공수래공수거

공수래공수거

원로 연극인 이원경의 회고담

공수래공수거

박민경 기록

空手來空手去
빈손으로 왔다가 빈손으로 간다

늘봄

　　내가 살고 있는 곳은 용인에서 이천으로 가는 국도변 추계리라는 작은 마을이다. 여기서 서울에 가려면 집 근처를 지나는 시골버스로 5~6분 타고 가 양지라는 곳에서 고속버스를 타고 40분쯤 걸려 서울 서초동 남부 터미널에 내린다.

　　내가 서울나들이 하는 것은 일년에 두세 번이다. 올해는 아직 한번도 가지 못했다. 서울에 가면 대개의 경우 일년에 한 번쯤 동숭동에 가서 조동화 선생을 만나는데, 어떤 목적이나 계획이 있는 만남이 아닌 그저 이 얘기 저 얘기 조금하고 돌아오는 식이다. 어느 해, 아마 2000년 가을인 것 같다. 무슨 옛날 얘기 한 토막을 하던 중 조 선생이 나보고 그런 얘기들을 「춤」지에 연재하자고 제의했다. 내가 '그런 얘기들을 「춤」지의 요즘 젊은 독자들이 볼까요' 하고 말했더니, 지금 젊은 사람들이 모르는 일들이니 읽게 해야 한다고 해서 좀 내키지는 않았지만 해보자고 하고, 그 대신 내가 다달이 쓰는 것은 도저히 자신이 없다니까 춤지에서 기자를 보내 녹음기로 녹취해서 글로 만들겠다는 아주 획기적인 편의를 제공한다기에 그러면… 하고 시작한 것이 꼭 3년을 연재하였다.

　　내가 회고담을 연재하는 것을 읽은 사람 가운데 어떤 사람은 내가 굉장히 기억력이 좋다고 놀랍다고 하는 분도 있었다. 그러나 실상은 내 기

공수래공수거

억력이 특출난 것이 아니라 나도 몰랐던 일인데 85년 전 다섯 살 때 일이 아주 선명하게 기억에 남아 있는 반면에 어떤 일 때문에 몇 달 전 일을 되새겨 이야기하려니까 그때 무슨 일이 있었는데…, 그 사람의 이름이 무엇이더라? 아주 가물가물하고 머리에 떠오르질 않는다. 어떤 때는 엊그제 있었던 일을 새카맣게 잊어버리는 때도 있다. 그러면서도 굉장히 오래 전 일은 아주 생생히 회상할 수 있다.

이런 현상은 왜, 어째서 그렇게 되는지 알 수는 없으나 옛날이야기를 기억하고 있지 않고 횡설수설하든가 얼토당토않은 언행을 하게 되면? 그것은 소위 노망이라는 현상일 것이다.

어떻든 이 회상기 덕분에 옛 일, 그때 그 시대의 일들이 되살아나는 나날을 살면서 그 어느 시대에 살지도 않았던 (젊은) 세대가 요즘 시류에 따라 그 옛날을 얘기하는 것을 보고 저게 아닌데…, 그러지 않았는데… 하고 답답한 심정에 젖을 때가 많아졌었다. 그 시대에 살아보지도 않았으면서 마치 자기가 체험한 것처럼 단언을 하는 것을 보았을 때는 참으로 답답하고 속이 부글부글 끓기도 하지만 신문이나 잡지에서 나보고 물어오지도 않으니 내 스스로 그것을 정정·해명하지도 못하겠고, 그것이 그렇게 규정지어지는 것을 보면서 그대로 시간과 세월을 보내고 있으려니

참 안타깝기도 하다.

내 회고담에서도 자기 상식이나 지식으로 알고 있는 현상을 내가 얘기하는 흘러간 그 시대로 잘못 표현하는 일도 있었다.

지나간 어느 시대를 지금 말할 때 잘 알지도 못하면서 장담하거나 무슨 의도를 가지고 규정짓는 그런 사례가 역사를 그르치는 큰 범죄를 저지르는 결과를 낳는다는 것을 이번 회고담을 하면서 새삼 심각하게 실감하였다.

한번은 버스를 타고 서울에 와 남부터미널 앞에서 택시로 갈아타고 대학로로 가자고 택시기사에게 말하고 동숭동 「춤」 잡지사로 가고 있었는데 내가 타고 있는 택시가 종로5가를 넘기 직전에 기사가 운전대 앞의 작은 거울로 나를 힐긋 보더니 '할아버지 파고다공원으로 가시지 않겠어요?' 하고 친절을 베풀어 준 일이 있었다.

李 源 庚
6.2005

| 차 례 |

5 · 작가의 말

1

14 · 유년기, 인생항로를 결정지어준 도천의 교훈
— 경성유치원, 교동보통학교, 파고다공원, 종로의 진풍경들

26 · 한이 승화될 때 예술이 된다
— 한과 예술, 서울말

36 · 영화 「아리랑」에 깃든 함경도 사람들의 민족의식
— 일본의 식민지정책, 북청물장수, 임성구와 나운규

44 · 일제를 거치면서 왜곡된 '풍류'의 타락상
— 요릿집과 기생, 가부끼와 사당패

52 · 땅을 딛고 살되 이상은 하늘의 달과 같이
— 최승희, 종로의 극장, 토월회 창단, 광주학생사건

64 · 엇갈리는 신극 공연의 효시
— 도항증명서, 이인직과 임성구, 이등박문, 배구자

72 · 역류하기 시작한 한일간의 문화교류
— 1930년대 미완성의 일본, 동양극장

82 · 연출은 타이밍이다
— 요리와 연극의 공통점

2

88 · 동해-물과 동-해물
— 친일파의 유형과 문화예술계의 표절

102 · 데카당스의 시대
— 일제시대 예술풍조, 이광수와 김동인, 극예술연구회,
서정주와 이상

112 · 일본이 진주만을 공격하던 12월 8일 나는 결혼했다
— 1940년대 일본의 신정치체제와 서울의 풍경

122 · 그대와 나
— 만주국 이주, 리고랑과 이창용, 미성년의 기준

132 · 명치좌의 아트락숀쇼
— 일제 말기 강요된 문화

140 · 집에 들어가면 '빨간 딱지'가 와 있을까봐 겁이 났다
— 징병과 징용

146 · 전쟁은 언제 끝납니까?
— 각설이패, 해방직전 현실의 답답함

156 · 송진우 · 여운형 · 박헌영 트로이카의 부상과 몰락
— 서울의 해방분위기, 좌 · 우익의 대립

164 · 이승만의 실패한 '반일'
— 미군정기의 정치적 소용돌이와 대한민국정부수립

3

176 · 유행병처럼 번진 민주주의 열풍
― 제국주의, 공산주의 그리고 한국식 민주주의

186 · 배꽃계집배움터와 번개딸딸이
― 한글전용

194 · 한국연극계의 판도를 바꾼 김두한의 심영 피습사건
― 일제시대 주먹들, 해방직후 연극계 동향

208 · 인생에서 운이란
― 미신과 신앙, 이중섭과 추송웅

220 · 첫 단추를 잘 꿰어야
― 국립극장 개관, 6 · 25 전쟁

228 · 파랑새
― 연극동맹의 귀환, 납치와 부역, 민극 창단

240 · '대추나무' 하나 가지고 '왜 싸워?'
― 서항석과 유치진의 헤게모니, 팔월극장

250 · 옹헤야
― 임화수와 반공예술인단, 예그린악단

260 · 광화문 유감
― 광화문 현판과 이순신동상

266 · 장소가 바뀌면 예술도 바뀐다
― 서양의 오페라와 일본의 소녀가극단,
조선성악연구회와 여성국극단, 국립창극단

4

278 · 영화에 담긴 인생, 인생이 담긴 영화
— 초창기 한국영화계

288 · 개혁과 국익
— 일본식 한자용어의 문제점

300 · 후라이보이, "40대는 물러나라"
— 세대교체론

310 · 들에 핀 이름모를 꽃
— 송병준과 돈키호테형 인간

322 · 예술, 현실, 예술가 1
— 예술의 기원과 서구의 극작가들

336 · 예술, 현실, 예술가 2
— 예술의 본질과 현대예술

348 · 인도주의
— 톨스토이의 부활

358 · 유명 그리고 미지의 여생
— 늙음과 죽음

일러두기

▪ 이 책에 실린 글은 월간 「춤」 2000년 12월호~2003년 11월호까지 〈원로회고〉라는 제목으로 연재되었던 내용을 재편집하여 엮은 것이다. 「춤」지에서는 기자가 매달 이원경 선생을 방문하여 매회분을 녹취하고 이를 글로 정리하여 실었었다.

▪ 1945년 이전 일제시대 유품, 사진, 포스터, 연극 관련 일체의 물건들이 6·25전쟁 때 전부 유실되어 여기 실린 사진들은 모두 1950년대 이후의 것들이다.

▪ 본문에서 인명인 경우 호칭은 모두 생략하였다.

1

유년기, 인생항로를 결정지어 준 도천의 교훈

· 경성유치원, 교동보통학교, 파고다공원, 종로의
진풍경들

나는 1916년에 태어나 지금까지 살고 있으니 거의 한 세기를 산 셈이다. 내가 태어나기 6년 전 1910년에는 한일합방이 있었고, 2년 전인 1914년에는 1차세계대전, 그리고 1919년에는 기미 3 · 1운동, 1929년에 광주학생사건, 1931년에 만주사변이 발발했다. 나는 이처럼 20세기 소용돌이치는 역사의 중심에서 이 땅에 태어나 어언 90년을 살아온 것이다.

나는 서울시 종로구 서린동에서 출생했고, 나의 어린 시절 아버지는 언제나 부재중이었다. 후에 안 일이지만, 유년시절 아버지는 중국, 만주 등지로 출타하느라 집을 자주 비웠고 때문에 집안살림은 언제나 어머니의 몫이었다. 그 당시 아버지가 어디론가 나다니셨던 것은 지금 거창하게 말하는 독립운동인지 어떤 건지는 확실치 않으나 관직이나 장사 때문이 아니었던 것은 분명하다.

아버지는 가끔씩 집에 바람처럼 왔다가 역시 바람처럼 흔적도 없이 사라지곤 하였다. 아버지는 광복 후 반민특위(반민족행위특별조사위원회)의 무슨 직책을 맡았었는지 순경 한 사람이 따라 다녔었다. 그러나 그 일은 얼마 오래가지 않았다.

내가 아홉 살 되던 해인가. 어느 날 저녁 아버지는 저녁식사 때 술을 거나하게 자시고 아무 예고도 없이 이런 얘기를 하기 시작하셨다.

한 선비가 먼 길의 여행을 하고 있었다. 며칠째 인가를 찾지 못한 선비는 무엇보다 무척 목이 탔다. 허겁지겁 물을 찾던 중 작은 샘을 발견했다. 물을 마시러 달려간 그 선비는 샘 위쪽 돌짝에 글씨가 새겨진 것을 봤다. 그 글을 읽은 선비는 그냥 돌아섰다. 그 글씨는 盜泉도천이었다.

유교적인 색채가 강한 가정환경에서 자라긴 했으나, 그때 나는 그 도천의 이야기를 그냥 한쪽 귀로 듣고 다른 한쪽으로 흘려버렸었다.

그러다 차츰 나이를 먹고 어느 시절, 문득 떠올라 지금까지 나의 처신에 큰 영향을 준 것은 목이 마르면 견딜 수 없는데도 훔쳐서는 마시지 않는다는 그 선비의 이야기였다. 어떤 상황에서 그 이야기를 해주셨는지 그리고 그 출처가 어딘지는 기억 못하지만 이 짤막한 일화는 나도 모르는 사이 나를 다독였다. 몇 해, 아니 몇 십년이 지나는 사이 그 도천은 오늘의 나를 만든 원동력인 셈이다.

유치원이라는 말조차 생소하게 들렸던 1921년 당시에 유치원은 둘(승동유치원과 경성유치원) 정도 있었다. 내가 유치원에 다닐 수 있었던 것은 그 당시 우리집이 서울 한복판에 위치했었다는 환경적 조건과도 무관치 않다. 우리집은 종로에서 을지로로 가는 조흥은행 본점 맞은편, 지금은 사라진 종로서적 자리였다.

1910~20년대 서울은 대개 세 부류의 계층이 지역별로 무리지어 살았다. 종로 북쪽, 특히 지금의 인사동과 낙원동 위 경운동에는 왕족과 당대 최고의 고위직 관료들이 살았던 집단거주지였으며, 종로나 서린동 그리고 무교동은 상인 가운데 거상이랄 수 있는 돈 많은 상인들의 저택들이 있었고, 경성유치원이 있던 인사동(파고다공원 뒷편)에는 당대의 대부호인 백인기白寅基, 민영휘閔泳徽의 큰 저택들이 있었고 민영휘의 집 위 안국동쪽으로 의친왕궁義親王宮이 있었다. 의친왕궁의 위치는 현 통문관通文館서점 그 근처 전부의 넓은 2층 양옥집이었다.

그런데 경성유치원은 의도적으로 의친왕, 민영휘 같은 최상류층의 자제들이 사는 곳을 골라서 설립한 것이고, 나는 내 의도와는 상관없이 경성유치원 가까운 거리인 서린동에 살았던 덕에 집에서 그 유치원에 보내줘서 그 당시 왕손들과 재산가들의 자식들과 교육을 받게 된 것이다.

나는 경성유치원에 다니면서 왕족의 후예와 당대 최고의 권력층 자손들과 거리낌 없이 어울리는 행운을 맛보게 되었다. 6~7세 무렵이니 뚜렷한 기억은 없으나, 의친왕궁이나 운현궁에 자유로이 드나들며 왕족의 자손들과 어울렸던 추억들이 스치고 지나간다.

경성유치원은 당신 일본여자가 교장으로 있었고, 교사는 한국인 한 명, 일본인 한 명 등 두 명이 있어 아이들을 가르쳤다. 5~6세 무렵 내가 경성유치원에 들어갔을 때 공교롭게도 졸업과 입학 기념행사로 학예회와 전람회를 준비 중이었다. 일본인 교장선생님은 일본말도 제대로 하지 못하는 나를 무턱대고 연극 주인공으로 발탁하는가 하면 전람회에 내걸 그림을 그리도록 했다.

이후, 교동보통학교校洞普通學校에 입학해서 나의 관심사는 여전히 연극과 미술에 있었고, 거기에 글쓰기라는, 먼 훗날 내가 희곡을 쓴 데 기초가 될, 어렴풋이 그것을 그리워하고 해볼까하는 호기심을 싹트게 하는 과정이 형성됐다. 그래서 보통학교 졸업 때까지 매년 보통학교 대항(?)의 연극경연, 작문, 전람회에 나가는 것은 정례화된 나의 중요한 연중행사 중의 하나였다.

그때 내가 다니던 교동보통학교는 당시 최고의 유아교육의 요람인 경성유치원과 쌍벽을 이루는 초등교육기관으로 경성유치원과 마찬가지로 왕족이나 고위직 관료의 자제들이 주로 입학하였다. 그 당시에는 입학시험이 있었고 또 월사금을 내야 했는데, 그 입학시험이 가관이었다. 일본 선생이 신문지로 만든 물건 넣는 봉지를 들고 이것이 쌀봉지냐 과자봉지냐고 물었다. 과자를 사먹으면 집형편이 괜찮고 쌀을 한 되 두 되씩 봉지로 사서 먹는 것은 가난하다는 증거가 되기 때문이었다.

&

내가 보통학교 다닐 시절 서울의 인구가 약 50만 정도 되었다. 그리고 80만, 150만으로 증가했는데, 그 뒤부터는 서울의 인구증가에 대해 관심이 없어졌다. 보통학교 시절 50만 정도이던 서울인구 중 5분의 1 정도는 일본사람이었다. 그들이 한일합방 후 야금야금 일본에서 들어와 살기 시작한 것이다. 일본인들은 주로 장사를 하는 사람들이었는데, 일본에서도 못사는 사람들이 우리나라가 그들의 식민지가 되자 서울로 이주해온 것이다. 일본에서 잘 사는 부유층은 굳이 낯선 식민지 땅까지 올 필요는 없었다.

그러니까 일제 초기 서울에 온 일본인들은 경제적으로나 교양 면에서 질적으로 별로 좋지 못한 사람들이었다. 물론 어릴 적에는 이런 배경을 전혀 몰랐다. 내가 열아홉 살 때 동경 유학을 가서 보니 이러한 정황을 여실히 알 수 있었다. 그 당시 서울에 와 살던 일본사람들은 일본의 한반도 식민지 정책에 의거, 착취하기 위해서 온 것이었기 때문에 그 일본인들이 조선사람들을 괴롭힌 것은 당연했다. 내가 처음 부산에서 배를 타고 일본으로 갔을 때다. 시모노세키下關라는 곳에서 기차를 타고 동경東京으로 가는 도중 일본의 논밭에서 거름을 메고 농사일을 하는 일본사람들을 보고 깜짝 놀랐다. 서울서 각 가정집의 변소치우는 것은 조선사람만이 하는데, 일본사람이 거름통을 멘 것을 보고 '아니 일본사람도 저 더러운 일을 하나' 하고 놀랐던 것이다.

일본인들은 대개 충무로에 모여 살았다. 당시 서울은 종로, 을지로,

충무로가 번화가였는데, 그중에서도 특히 일본인들의 집단거주지였던 충무로가 항상 많은 사람들로 북적댔다. 그 당시 충무로를 '진짜 거리'라는 뜻으로 혼마찌本町라 불렀다. 종로는 약 30미터 정도 간격을 두고 사람이 지나갈 정도로 한산한 풍경이었다. 그래서 조선사람들도 웬만하면 일본인 중심지였던 충무로로 갔다. 꼭 물건을 사러 가는 것이 아니더라도 약속이 있다거나 볼일이 있으면 대개는 그 혼마찌에서 해결하곤 하였다. 충무로에는 레코드 가게가 있어 확성기를 통해 음악을 크게 틀어주어 일본에서 유행하는 유행가는 이 충무로 거리에서 노래 연습을 했다.

반면 종로는 몇 가지 진풍경이 있어 사람들의 호기심을 자극했다. 어릴 적 내가 본 종로의 풍경 중 이문식당의 설렁탕 배달부는 특히 각별한 인상으로 남아 있다. 종로에서 안국동쪽으로 가는 길목에 이문식당이 있었는데, 이곳은 대대로 설렁탕 전문식당으로 명성이 높았다. 장소는 다른 곳으로 옮겨졌지만, 이문식당은 지금도 후손들에 의해 운영되고 있다고 들었다. 당시 이문식당의 배달부 청년의 인기는 실로 대단했다. 식당에 직접 오지 못하고 상점이나 사무실에서 설렁탕을 주문하면 배달부는 자전거에 탄 채 어깨에 긴 나무판을 올려놓고 그 위에 설렁탕을 열다섯 그릇 정도 올려놓고 거뜬히 내달리는 것이다. 그런데 배달부 청년의 목에 두른 흰 명주 목도리가 특히 인상적이었다. 목에 한번 감은 다음 한 갈래는 앞으로, 나머지 한 갈래를 어깨 뒤로 젖혀 멋을 냈는데, 바람결에 흩날리는 흰 명주 목도리의 선율이 절묘한 미감으로 전달되었다. 그때 이문식당의 배달부 청년은 어린 우리들에게는 선망의 대상이었다. 자전거 페달을 힘껏 밟으며 지나갈 때 그가 휘파람이라도 불어제끼면 지나던 사람들의 이목은 모두 그 배달부 청년에게 고정되곤 했다. 자전거가 흔치 않았던 때이기도 하지만, 그는 이문식당의 명성만큼이나 종로의 명물로 군림했었다.

그리고 종로를 활보하던 포드Ford 택시도 또 하나의 볼거리였다. 택시라고 해봐야 손에 꼽을 정도였을 그때 택시의 주요 고객은 소위 말하는 한량閑良들이었다. 주로 장사를 해 돈을 많이 번 한량들이 택시의 주요 단골이었는데, 그들은 요릿집에서 기생들과 어울리다 마음이 동하면 기생을 데리고 택시를 타고 한강으로 나들이가곤 했다. 한강에서 주변의 풍광을 구경하기도 하고 사진도 찍었는데, 돈 많은 한량의 부富의 과시로서 기생을 대동하고 택시타기를 즐겨했다. 한량과 기생을 태운 택시는 가끔씩 '에우—에우' 하는 클락션을 일부러 울리며 일반의 시선을 끌어당겼다.

교동보통학교 시절 나는 수화동에 살았는데, 학교를 마치고 집으로 돌아올 때면, 반드시 낙원시장을 거쳐야 했다. 인사동 길목 모서리쯤 낙원시장 초엽에 선술집 하나가 있었는데, 종로 아래쪽에 살던 아이들은 반드시 이곳을 지나야 집에 갈 수 있었다. 이 선술집은 허름하기 짝이 없었는데, 주로 하류 노동자들이 주요 단골 고객이었다. 선술집에서는 손님에게 술을 따라주는 작부가 있었는데, 이들은 소리도 했다. 당시 소위 잘 사는 집 여자애들은 등하교 때 반드시 유모를 대동했는데, 이곳을 지나가려면 유모는 어린 여자애의 손을 꼭 잡고 뛰다시피 했다. 그 술집 작부들이 손님과 노는 꼴을 보이지 않으려고 필사적으로 그 자리를 도망치듯 지나치기 위해서였다. 그런데 이 선술집에서 들려오던 소리, "어저께도 나가자고~, 그저께도 나가자고~" 하는 식의 작부들이 부르던 노래가 바로 경기잡가다. 오늘날 말하는 국악의 경기입창京畿立唱, 즉 경기민요인 것이다.

내게 있어 파고다공원은 도시 속의 낙원과도 같았다. 학교 수업이 파하고 집에 갈 때면 으레 이곳에 들렀다. 예전의 파고다공원은 요즘같이 노인들이 오는 노인정 같은 곳이 아니었다. 예전에는 나이 50만 되어도 늙은이로 치부되어 집에 가만히 들어앉아 있었지 요즘처럼 바깥출입이 잦지 않았다. 파고다공원을 찾는 이들 중 나처럼 어린아이도 드물었고, 대개가 30~40대층이 많았다.

그 당시(1927년) 학교가 있던 교동에서 집으로 가는 도중 파고다공원에는 거의 날마다 들어가서 여러 가지를 구경했는데, 그 가운데 조선사람들의 약장수하고 중국사람의 창던지기, 위태위태한 묘기가 있다. 먼저 조선사람 약장수는, 먼저 한 사람이 입에 무엇을 물었는지 쥐처럼 쩍쩍 소리를 내면서 손수건을 쥐 모양으로 접어서 손가락으로 툭툭 치면 얼핏 보기에 쥐가 움직이는 것 같은데…. 이것을 하고 나면 다른 사람이 나와서 일장연설을 한다. 그때는 무슨 소린지 몰랐는데 후에 나이를 먹고 나서 생각해보니, 그것이 슬그머니 일본을 비난하고 우리 민족이 정신차려야 한다는 은근히 선동적인 말이었던 것 같다. 그리고 나서 자기 팔을 찬칼(접는 칼)로 찍 그어 피를 내고는 거기 무슨 고약을 바르고 피가 안 나온다면서 두꺼비 기름이라는 것을 팔았다.

그리고 중국사람은 원숭이 한 마리를 줄을 매어 끌고 나와 이리저리 끌고 다니면서 땅재주를 넘게 하고, 마지막은 기다란 나무 장대 끝에 창을 꽂아들고 그것을 하늘높이 올렸다가 아래로 내려오면 그 중국사람의 눈에 꽂힐 듯 말 듯 할 때 손으로 탁 잡는다거나, 크고 둥그런 쇳덩어리를 입 안에 넣고 모자를 벗어들고 사람들 앞에 다가와 돈을 달라고 하는 재주를 부리곤 하였다. 이것을 두고 그 당시에 '재주는 곰이 부리고 돈은 때놈이 번다' 했다.

약장수들의 약 파는 솜씨 중 또 하나의 관심거리는 그들이 하는 각양각색의 재담이다. 요술과 재담을 섞어가며 구경꾼의 흥미를 유도했는데, 그들의 재담 속에는 반일反日 저항의식이 담긴 내용이 들어 있었고 그들은 간혹 일본을 우회적으로 비판하는 말도 서슴없이 내뱉었다. 혹자는 반일운동하는 이들이 사람들이 많이 모이는 파고다공원을 택해 약장수로 변신, 약을 팔며 반일감정을 부추겼다는 얘기도 있었다. 나 또한 어린나이였지만 파고다공원에서 즐겨 듣던 약장수의 재담이 잠재의식 속에 아로 새겨져 있었던 모양이다.

또 당시 파고다공원에는 젊고 잘생긴 청년 하나가 늘 나와 있었는데, 그를 두고 항간에서는 이씨 왕족의 후손이라는 말이 있었다. 그런데 그가 바로 차력을 하는 사람이었다. 파고다공원에 있던 팔각정을 훌쩍 뛰어 넘는다든지, 기왓장 몇 십장씩 맨주먹으로 깬다는 얘기도 들렸다. 이 사람을 두고 그때는 '다루마찌' 라고 불렀다. 다루마찌라는 말은 원래 미국 활동사진에 나오는 악한들을 물리치는 정의로운 인물이었다. 어린애들은 귀족풍의 젊은이만 나타나면 '다루마찌' 라며 우러러 보았다.

♨

1920년대 서울에는 잡화雜貨라고 하는, 요즘 말로 하면 백화점이라는 것이 처음 생겼다. 일본은 1920년대 정치적인 장악을 위한 발판을 끝내고, 30년대는 본격적으로 경제적인 장악을 시작했다. 종로에서 을지로 네거리, 지금의 서울시청 주위 롯데호텔 부근에는 우후죽순 격으로 근대식 건물, 즉 2~3층짜리 붉은 벽돌 양옥이 세워졌다. 그리고 박래품舶來品(일본말로 하꾸라이)이라고 월삼시계(미제), 만년필, 향수 등을 파는 상점으로 을지로 네거리에 중국상인 안합호安合號가 있었고 지금의 종로2가에도 중국상인 동성호東成號가 있었다. 안합호와 동성호는 말하지만 수입품가게였다. 안합호에는 중국의 일상용품이 전시 판매되었고, 동성호에는 커피, 우유, 양말, 스타킹 등의 서양식 물건들이 즐비하게 널려 있었다.

안압호와 동성호에서 파는 물건들은 주로 외국 잡화로 당시 사람들은 이를 매우 진귀하게 여겼다. 외국에서 수입한 물건을 박래품이라고 했는데, 배로 들여왔다는 의미에서 그렇게 불려졌다. 특히 종로에 있었던 동성호는 해방 이후 1950년 주로 미국이나 영국에서 유학하고 돌아온 젊은이들이나 해방 당시 조정청 경찰부장이나 수도청장을 지낸 정객들이 즐겨 찾았다. 해방 후 이승만李承晩 정권 때 국회의원이나 장관 등은 이곳을 거의 경유했을 정도로 인기가 있었다. 양복을 말쑥하게 차려 입고 중절모를 눌러써 한껏 멋을 낸 청년들은 거리에서 누구를 만난다거나 하면 으레 "가배(커피) 마시러 가자" 하고는 금방 어울려 동성호에 가곤 했다.

안합호와 동성호를 찾은 이들은 대개 외국물을 먹어본 유학파 젊은이들이었는데, 조병옥趙炳玉, 장택상張澤相 등이 이에 속한다. 어린 내 눈에는 그들이 굉장히 어른으로 보였지만, 실제로는 20~30세 사이의 젊은 청년들이었다. 검은색이나 밤색 양복에 모자를 쓰고 손에 스틱을 잡고 들어가 창가에 서서 가배를 마시는 모습은 이문식당의 배달부만큼이나 진귀한 풍경이었다.

그런데 종로거리에는 지나는 사람이 퍽 적은 편이었는데 일본(그 당시 외국, 특히 유럽, 미국 유학은 거의 없었다) 유학을 다녀온 사람 중에 이색적인 인상을 풍겨서 지나가는 젊은 남자들이 뒤돌아보는 경우가 가끔 있었다. 그 가운데 단 한 사나이의 간혹 미친놈이 배회하는 모습이 목격되기도 했다. 행색은 멀쩡한데, 옷 입은 폼이 영 엉망이었다. 허름한 바지저고리 차림인데 대님을 매지 않고 맨발에 꼭 고무신을 신고 히죽히죽 웃으며 지나가면 조금 거리를 두고 건장한 체격의 한 사람이 그를 따라 붙는다. 일종의 보디가드인 셈이었다. 식민지 조국의 현실에서 젊은 지식인이 겪은 고독과 좌절, 이상과 현실 사이에서 겪는 정신적 공황이 불러온 안타까운 현상이 아니었는지….

이처럼 당시 서울은 급속하게 변해갔고 여기에 적응하지 못하고 정신분열증적인 자조의 분위기를 스스로 부추기는 서글픈 젊은 인생들이 부유浮游했었다.

경성유치원과 도천盜泉 그리고 파고다공원은 나의 인생 항로와 인간 품성을 결정지어 주었다고 나는 믿는다.

1978년 명동 계성유치원 옆 삼일로 창고극장 앞

한이 승화될 때 예술이 된다

· 한과 예술, 서울말

나는 여기 시골서 사는 것이 좋다. 서울같이 아웅다웅하는 속에 있지 않고 여기 와서 사는 것이 좋다. 남이 볼 적에 쓸쓸하겠다, 어쩌겠다, 그렇게 말을 하지만 나는 쓸쓸하지 않다. 싫어서 여기까지 왔는데도 서울에서 일어나는 일을 뉴스라든가 전화로 듣게 되면 피곱다. 그렇다고 백지처럼 전혀 무관심하게 사는 그런 것은 아니고 주위의 이해타산에 섞여 있기 싫어서다. 나는 쓸쓸한 것을 극복했고, 쓸쓸하지 않게 사는 방법 중 하나로 음악을 듣는다.

나는 음악듣기를 좋아하는데, 음악을 듣기 시작한 것은 일본에 유학가서 다방에 갔을 때다. 당시 한국의 다방과는 달리 일본에는 두 종류의 다방이 있었는데, 커피를 마시고 대화하는 그런 다방과 음악만 들려주는 음악다방이라는 곳이 그것이다. 명색이 공부하러 간다, 예술한다고 갔으니까 음악도 들어야 한다는 그런 관념에서 재미없고 어려운 클래식 같은 것도 듣곤 했다. 꾹 참고 어려운 음악을 듣고 있다 보니, 모르던 것을 알게 되고 친해졌다. 그러한 습관을 자꾸 들이다보니까 음악을 더 자주 듣게 되었다. 물론 꼭 클래식만 듣고 대중가요는 경박한 것이니까 안 듣겠다는 그런 선입관은 전혀 없었는데, 그건 지금도 그렇다.

내가 평소 듣는 음악 중 '한恨'이라는 것과 딱 맞는 곡이 세 개 있다. 하나는 푸치니의 오페라 「토스카」의 아리아 「별은 빛나고」와 또하나는 일본인 타키렌타로오瀧廉太郎의 「황성의 달」, 그리고 작고한 유학파 출신인 남인수南仁樹의 「산유화」다.

세계의 오페라 작곡가 중에 푸치니를 따를 사람은 없을 것이다. 언제였는지 기억나지 않지만, 나는 이 「토스카」를 국립극장에서 한번 연출한 적이 있다. 마지막 부분에서 남자주인공이 총살당하기 직전에 연인에게 "총 속에 총알이 들어 있지 않으니까 맞고 죽은 척 해라. 군인들이 가고 난 다음에 도망을 가자"는 약속을 한다. 그리곤 형장에서 밤하늘을 올려다보니 별이 초롱초롱하게 빛나고 있다. 그 별을 바라보면서 조금 있으면 자기가 죽을지도 모른다는 생각이 드는데…, 그런 감정으로 노래 부른 것이 그 스토리보다도 더 아름답다. 별이 흐르는 것 같은 멜로디에서 느낄 수 있는 것이 조금 과장되게 이야기하면 우리의 한이 맺혀 있는 것 같다.

타키렌타로오라는 일본 작곡가의 곡은 대조적이다. 일본 사람들은 '한'이라는 것을 모른다. '한'이라는 말이 없다. 그래서 한번은 내가 동경 교리쯔여자대학에서 한 특강의 주제도 '한국의 한'이었다. 어쨌든 1백여 년 전 일본이 개화를 해서 서양의 문물을 받아들일 때 서양에 유학생들을 보냈다. 그 유학생 중 하나인 타키렌타로오는 스물인가, 스물한 살 때 독일로 유학을 떠났다. 그때만 해도 지금처럼 잘 살지 않았으니까 의학에 한 사람, 기계에 한 사람 하는 식으로 골라서 보냈다. 여하튼 이 사람이 유학을 갔는데 폐병에 걸리고 말았다. 그때는 약이 없었으니 폐병에 걸리면 다 죽는다고 생각해서 소환을 당했다. 돌아와서 한 2년 있다가 죽었으니 독일 유학은 고작 몇 달이었을 것이다. 죽을 때까지 사이를 길게 잡아야 겨우 2년 반쯤이 될까. 이 사이에「황성의 달」을 작곡한 것이다. 죽기 전에 이것을 작곡했다는 것인데, 정확히 언제 했는지는 모른다.

「황성의 달」이 무슨 말인가 하면, 일본은 우리하고 '성城'이라는 개념이 다르다. 가령 수원성 하면 수원으로 적이 들어오지 못하게 하는 구실을 하는 게 성이지만, 일본의 성이라는 것은 하나의 집 속에 그 고을을 다스리는 사람의 관저를 상징하는 것이다. 지금은 성주가 살고 있지 않고 옛날 성이라서 다 허물어져가는 그런 성에 그래도 달이 떴다 하는 것, 그게「황성의 달」가사다. 이것을 흉내낸, 1925년 그때 유행가로 일본 것에서 힌트를 얻은 것이 "황성 옛 터에 달이 뜨니 월

색만 고요해~” 하는 우리노래 「황성옛터」다. 왜 힌트라고 말을 하느냐 하면 멜로디는 같지 않기 때문이다.

이 사람은 유학에서 되돌아왔다, 게다가 언제 죽을지 모른다, 그러던 중에 자신의 고향마을을 보니 예전의 허물어져가는 성이 보인다, 그 위로 달이 떠 있고. 그것을 보고 그때 자신의 처지를 탄식한, 그 탄식이 작곡으로 나온 것이다. 그 탄식은 그의 표현방식을 빌린 우리식의 ‘한’ 이다. 그 사람의 한은 “내가 왜 이 몹쓸 병에 걸렸나” 하는 것, 자기가 어떻게 할 수 없다는 것에 대한 한탄이다. 물론 어디까지나 내 추측이다. 지금 얘기한 것을 염두에 두고 이 곡을 들어봐야 한다. 그 밑에 깔리는 애수가 있다. 그 애수라는 것을 일본사람들은 ‘감상感傷’ 이라고 하는지 모르지만, 나에게 표현하라고 한다면 ‘한’ 이다.

남인수는 당대 대중가요계에서 인기가 대단했고, 실제로도 제일 잘했다. 「산유화」는 아무리 유행가라고 해도, 내 생각에 제일 잘했다고 본다. 조수미曺秀美가 노벨평화상 수상 기념콘서트에서 우리나라 노래를 하나 부르는데 세계적으로 유명한 그 어떤 서양 가곡에 뒤지지 않았다. 우리나라 텔레비전에서 다른 음대 교수가 불렀으면 하나도 재미없었을 노래인데, 조수미가 부르니까 기가 막히게 좋았다. 이 「산유화」도 남인수가 부르니까 그토록 감정을 울리는 것이다. 쉽게 얘기하자면 술자리에서 이것을 들으면 기생들이 자기 신세를 타령하게 하는 그런 멜로디다. 실제 어느 술집에서 나온 그런 노래인지도 모른다.

이 세 곡은 모두 그 레벨이, 멜로디가, 가치가 다 다른 것이다. 다 달라도 우리한테 감동을 주는 것은 다 똑같다. 그 값어치를 누가 임의로 정할 수 있겠는가. 당시 그 사회의 분위기에 따라서, 혹은 남인수가 처음 했다 해서 유행가가 되는 것은 아니다.

지금 우리나라에서 언어학 하는 사람들이 표준어, 서울말이라는 것
을 어떻게 규정하는가 하면 "서울 사람 중에서 대다수가 사용하고 있
는 것이 표준말이다"라고 하고 있다.

옛날에는 서울에 사대문이 있었다. 동대문, 남대문, 서대문, 그리고
효자동을 넘어 가면 창의문이라고 해서 이렇게 4대문이 있었다. 북대
문은 없었는데, 인왕산, 북악산이 있기 때문이었다. 이렇게 사대문이
하나의 성城을 이루고 있었다. 저녁에 이 문을 닫으면 나가지도 들어
오지도 못했다. 이 사대문 안에 사는 사람들이 소위 '성안 또는 문안
사람'이고, 뚝섬, 왕십리, 청량리, 노량진, 마포 같은 데 사는 사람들
은 '성밖 또는 문밖 사람'이었다. 그래서 성안 사람들은 중류층 이상
이고, 성밖 사람들은 하류층이었다.

이 두 계층이 확연하게 드러나는 것이 바로 '말(套)'이었다. 그 당시
에는 확연히 달랐는데, 예를 들어 중류층 이상인 성안 사람들은 "그리
고"라든지 "너도나도"처럼 '고'와 '도'를 사용한 반면, 장사치나 하류
층 성밖 사람들은 "그리구" 또는 "너두나두"처럼 '구'와 '두'라고 말
을 했다.

지금은 일본 사람들이 우리보다 마늘을 더 잘 먹지만, 내가 일본에
서 유학할 때만 해도 일본인들은 우리나라 사람들보고 마늘냄새가 난
다고 했었다. 이처럼 사람에게는 서로 달리 나는 냄새가 있다. 조선시
대 중국에 사신을 보냈는데, 아무래도 우리에게서 자기네들하고 다른
냄새가 났을 것이다. 그 달리 나는 냄새를 그들은 뭐라고 했느냐 하면
'고려취高麗臭', 즉 "고려냄새가 난다"고 했다. 고려는 이성계李成桂가

쿠데타를 일으켜 차지하기 전에는 명나라의 속국이었으니까 그때 그 관습이 그대로 중국에서 내려와 조선을 고려라고 했다. 조선에서 사신으로 온 사람에게서 나는 냄새를 고려냄새라고 말을 한 것이다. 그러니까 사신으로 갔다 온 사람이 "이번에 대국에 들어갔더니 나한테서 고려내가 난다고 했다"고 말할 수밖에. 고려내, 그것이 저 하류로 가면 "구린내"가 되어 버리는 것이다. 중류 이상에서 "발 안 씻고 며칠 양말신고 있었더니 고려내가 나네"라고 말하지만, 하류로 가면 "꼬랑내"라고 말하는 것이었다. "-고"와 "-구" 그리고 "-도"와 "-두"에서 계급이 나온다.

또 다른 예로, 서울 장안에서 퍼간 분뇨는 뚝섬과 왕십리로 가서 비료가 된다. 왕십리나 뚝섬은 장안에 있는 분뇨가 다 모이는 곳으로 항상 파리가 우글우글 거렸다. 이 파리들은 소 엉덩이에 앉아 무지막지하게 피를 빨아먹곤 했다. 물론 사람 피도 빨아먹었었다. 그런데 그곳에서는 소 엉덩이에 앉아서 피 빨아먹는 파리를 '소파리'가 아니고 '쇠파리'라고 그랬다. 왜 그랬는지는 모르겠다. 근래에 와서 사람들이 '소고기'라고 하지 않고 '쇠고기'라고 하는 것도 왜 그러는지 모르겠다. 이게 서울말이라고 하는데, 문밖 사람들의 말이었던 '쇠파리'는 표준어가 아니다.

이런 부분적 인습에서 나온 말이 지금 와서 제멋대로 잘못 풀이되는 예가 적지 않다. 같은 예로 '맛'이라는 단어가 있다. 식당에 가면 "맛있게 잡수세요"라고 말하지 않고 "마싯게 잡수세요"라고 한다. 그러면 "맛"에 있는 ㅅ이 "있"으로 가서 "마싯게"로 발음되는데, "맛없다"고 할 때는 왜 "마섭다"라고 발음되지 않고 "맛없다"가 되느냐 말이다. 또, "꽃에 나비가 앉았다"에서 "꽃에"는 "꼬체"라고 발음하는데,

그럼 "꽃잎"의 경우에는 왜 "꼬칩"이라고 발음하지 않고 "꼰닙"으로 발음하는가. 프랑스 말에 '리에종'이라는 게 있는데, 이것은 뒤에 모음이 올 때 앞의 자음이 뒤의 모음에 붙는 것을 가리킨다. 예를 들어, "나의 친구"라는 뜻의 "모나미Mon-ami"가 그런 경우인데, 젊은 한글학자들이 이 프랑스말에서 힌트를 얻어 "마싯게"니 "꼬체"니 한 것은 아닐는지.

말이라는 것이 이렇게 성안, 성밖을 기준으로 흐트러져서 달라진 것이다. 그래서 내가 어렸을 적에는 우선 말을 듣고서 사람의 계급을 알 수 있었다. 나중에 해방되면서 차츰 없어졌지만 내가 30~40대가 될 때까지도 엄연히 구분이 됐다. 자신이 상류계급 사람이라고 우겨도 말을 하다 보면 자연스럽게 탄로나버리곤 했었다.

소설가 월탄 박종화朴鐘和는 서울 무교동의 큰 장롱가게집, 즉 거상의 집 아들이었다. 서울 한복판 종로의 거상, 장사치들에게는 독특한 말버릇이 있었는데, 영어로 하면 접속사 "and" 같은 것이었다. 박종화와 같이 예술원에 있을 때 그는 "그래설라무네…"라고 "설라무네"라는 말이 꼭 들어갔다. 그것으로 그가 상인의 집안사람임을 알 수 있었던 것이다.

우리가 잊어버리는 것이 또 하나 있는데, 바로 그 양반(문반과 무반)이라는 것 말이다. 안국동 일대에서 사는 이 판서들은 본래 서울사람이 아니었다. 충청도나 경상도 등지에서 올라와서 과거를 봐서 벼슬한 사람들이다. 그래서 자기네 집에서는 서울말을 쓰는 게 아니라 가족들이 전부 경상도 사람이면 경상도말을 했을 것이다. 무반의 장군들도 마찬가지였을 테고. 이러한 양반들은 절대 서울말을 안 했다. 일명 토박이들, 서울에서 대대로 산 사람들이 서울사람이다. 바로 나같이 서울 토박이들이 쓰는 말이 서울말이다.

그런데 이제는 서울말을 쓰는 사람들이 별로 없다. 예전에 새벽에 동대문을 열면 야채장수들이 지게에다 배추, 무, 파 등 여러 가지를 지고 들어왔다. 지금도 트럭에 배추, 배, 사과를 함께 팔 듯이. 그런데 이들이 쓰는 말 중에 일명 "드렁조"라는 게 있는데, "배추드렁 사려, 파드렁 사려" 그랬다. 배추, 파 복수형으로 배추들, 파들에 "렁"이 붙어 배추드렁, 파드렁 그런 것이다. 그래서 왕십리, 청량리 사람들에게는 이게 서울 사투리다. 그리고 종로 중심가에 큰 거상들의 집에서는 "그래설라무네", 그리고 "드릴깝쇼"처럼 "깝쇼"가 서울말이었다. 이런 것이 내가 보통학교 다닐 때 상용되던 말들이었다.

そ

그때 당시 종로에는 다리가 있었다. 복개하기 전에 광교라는 다리다. 6 · 25 났을 때도 그곳에 물이 흘렀는데 거기 시체들이 떠내려가곤 했었다. 아마 박정희시대에 복개했을 것이다. 삼청동에서 흘러내린 물이 광화문우체국 본점 근처로 흐르는데, 길에서 층계로 내려가게 해 놓았다. 그곳에 가면 큼지막한 돌멩이를 놓았는데, 거기다 빨래를 올려놓고 빨도록 하는, 이른바 빨래터다. 돈을 받고 하는 곳이었는데, 꽤 먼 곳에서 여기까지 와서 빨래를 했다. 그만큼 물이 깨끗했다. 그 당시에는 우체국이 아니었지만 그 뒤 일제시대때 우체국이 되었고, 지금도 그 자리에 우체국이 있다. 광교가 있고 지금 무교동에서 넘어 가면 고가도로가 있다.

그리고 서대문형무소 옆에 악박골이라는 약수터가 있다. 보통 늦은 봄에서 여름 사이에 여인들이 이쪽으로 모여든다. 텐트를 쳐 놓고 약물을 떠먹는다. 그런데 이 여기 약물 먹으러 가는 것, 빨래하러 가는 것, 이게 아낙네들의 하나의 행사이자 큰일들이었다. 일종의 레크레이션이기도 했다. 이때 '설구'라고 해서 굴비를 먹었는데, 굴비를 먹으면 짜니까 자꾸 약수를 마시게 되는 것이다.

이 물이 계속 내려가서 봉래교로 흘렀다. 서울역에서 양정고교로 넘어가는 데 다리가 있었다. 그쪽으로 해서 을지로의 사잇길, 지금의 을지로 네거리에서 종로쪽으로 가다 보면 이쪽으로 가는 길이 있다. 자동차가 다니는 큰길이다. 종로에서 가다가 우측으로 들어가면 서울시청이 있는 무교동으로 나가게 된다. 그리고 더 나가서 삼각형으로 된 곳으로 가면 청계천이다. 이렇게 물이 양쪽에서 흐르니까 뾰족 나온 것이 삼각형이다. 그래서 삼각동이라고 했다. 여기서 쭉 가면 수평교라고 있다. 물이 얼마만큼 찼는지 계산할 수 있었다. 그래서 수평교다.

내가 10살인가 11살 때 그곳에 살았는데 집 앞 개천이 꽤 넓었다. 다리가 있었으니까. 이 삼각형지대 안에 기생집이 하나 있었다. 그때는 기생이라는 것이 완전히 표시가 났다. 옷이 깨끗하고 얼굴에 분을 바르고…. 화장이라는 것을 일반 가정집 여자는 전혀 안 했기 때문이다.

극단69(드라마센터 서울연극학교 70년 졸업생) 창단 공연. 앙드레 지드 작, 이원경 각색, 윤황 연출 「전원교향악」(명동 시공관)

영화 「아리랑」에 깃든 함경도 사람들의 민족의식

· 일본의 식민지정책, 북청물장수, 임성구와 나운규

일본말에 '인색하다, 안달스럽다, 째째하다' 라는 뜻의 '게찌ㅐㅎ' 라는 말이 있다. 2002년 월드컵을 일본과 우리나라가 공동개최하기로 하고, 처음 약속은 개회식은 한국에서 하고 결승전은 일본에서 하기로 했었다. 그 대신 행사의 공식명칭은 '한국-일본'으로 하기로 하면서 조금씩 양보를 한 것이다. 그런데 월드컵을 1년 정도 남겨놓고 명칭을 은근슬쩍 '일본-한국'으로 바꾸고 결승전도 원래대로 자기 나라에서 하겠다고 한 것이 바로 일본인들의 게찌스러움의 결정적 증거다.

내가 보통학교 5~6학년 때 아주 안달스럽고 째째한 일본의 식민지 정책이 있었으니, 한마디로 조선사람과 일본사람들의 생활수준에 격차를 둔 것이었다. 다음 세 가지 예가 모두 인색하고 째째한 일본의 근성을 완연히 드러내는 단면이다. 그것이 우리 어렸을 적에는 일본인들이 우리를 억누르는 하나의 억압수단이었다고 할 수 있다.

그 첫 번째는 전기다. 벌써 70년이 넘은 일이라 자세히 생각은 안 나지만, 예를 들어 방 3개가 있는 한옥집이라면 방 1개에 10촉, 20촉 정도 하는 전구 하나씩 해서 3개만 쓰게 했다. 그것도 어두워질 무렵에만 켤 수 있도록 하고 날이 밝으면 자동으로 꺼지게 했다. 계량기 같은 것도 없고 두꺼비집만 있었는데, 정해져 있는 전기량이 넘으면 두꺼비집에 있는 휴즈가 뚝 끊어져서 전기가 꺼져버리게 해놨다. 그러면서도 전기기구 파는 가게에서는 전기다리미 같은 것을 팔아서 그것을 사다 쓰게 되면 전기를 도용해 썼다고 벌금을 내게 했다. 밀렵꾼이 산에 가서 산짐승을 몰래 잡으려고 덫을 놓는 것과 같은 모양으로 그렇게 골탕을 먹였다. 그리고 일본사람들 집에는 계량기가 있어서 쓴 만큼 돈을 내게 했다. 조선사람 중에서도 친일파들은 계량기가 있었는데, 그런 사람들은 특수 계급이었다. 그런 식으로 하려면 전기기구도 팔지 말아야 할 게 아닌가. 다른 전기기구들을 팔면서 한편으로 벌금을 물리다니, 이 얼마나 게찌스러운 짓이란 말인가.

두 번째는 변소치우는 일이다. 지금은 화장실이 수세식이지만 그때는 푸세식(퍼가는 것)이었다. 퍼가는 일도 일본인들은 안 했다. 똥을 푸는 일은 조선사람이 하고 그 조선사람을 고용하는 사람은 일본인들이었다. 그 일을 하는 사람들은 똥통을 양쪽에 메고 "변소치우시오!" 하면서 돌아다녔다. 한번 치우는 데 얼만지는 잊어버렸는데, 꼭 얼마씩 돈을 받았다. 그냥 퍼가도 되는데, 이 일본인들은 어찌나 인색한지 꼭 돈을 받고 퍼가는 것이었다. 그러니까 일은 우리나라 사람들이 하고 돈은 일본사람들이 벌어들였다.

세 번째로 수도가 그랬다. 동네마다 그 어귀에 공동수도가 있었다. 그러면 그곳에 사는 사람들은 전부 다 그곳으로 물을 길러 가야 했다. 그런데 그 물은 아침 몇 시부터 몇 시까지, 저녁은 몇 시부터 몇 시까지 밥 해먹을 시간에 맞춰서 수도꼭지를 가지고 있는 사람이 와서 틀고 앉아 있으면 돈 1전을 내고 두 양동이씩 받아가곤 했다. 약삭빠른 사람이 수도국에 가서 자기가 한 달에 얼마씩 돈을 주고 그 공동수도를 맡는다. 물론 수도도 상류계급과 친일파의 집에는 가정용 수도가 따로 있었다.

수도이야기가 나와서 하는 말인데, 물장수에는 두 가지가 있었다. 아까 말했던 수도꼭지를 맡아서 관리를 하는 사람과 그 관리하는 사람과 어떻게 계약을 맺었는지는 몰라도 아침저녁으로 물배달을 하는 물장수가 있다. 이 사람들은 100% 함경도 사람들로 그들이 바로 '북청물장수' 들이다. 가령 북청물장수한테 아침에 한 지게, 저녁에 한 지게 해서 하루에 두 지게 하면 한 달에 얼마 하는 식으로 돈을 내고 물을 썼다. 조금 큰 집에서는 네 지게의 물을 쓰기도 했는데, 이 물장수가 물을 대주면 그 집에서 물값 말고 식사대접도 받았다. 한 달을 30

일로 보고 간단히 계산해보면 함경도 북청물장수가 30집에 아침저녁으로 물을 배달한다고 보았을 때 60집에만 물을 대주면 한 달 내내 밥을 안 굶고 돌아가면서 먹을 수 있게 되는 것이다.

왜 그런지는 모르겠지만 함경도 사람이 아니면 물장수를 안 했는데, 이들은 자기 아들이나 조카, 혹은 누군가를 꼭 학교공부를 시켰다. 전기도 없는 단칸방에서 살면서 등잔불을 켜놓고 철저하게 공부는 꼭 시켰다. 자식들을 공부시키기 위해서 서울 와서 물장수를 하고는 있지만, 이 함경도 사람들이 본래 그렇게 하류계급은 아니었던 것 같다.

과거 서울에서 벼슬하던 사람들이 사색당파나 그 외 여러 가지로 휘말려서 귀양을 가게 될 경우에는 남쪽 끝인 전라도 해남이나 함경도 끝으로 보내지곤 했다. 함경도에 '달성達成 서씨徐氏'라고 있는데, 대구에 달성공원이 있는 것으로 봐서 본래 대구 사람이 벼슬을 하다가 함경도로 귀양 가서 살면서 달성 서씨가 그냥 함경도 사람으로 남게 된 것 같다. 이 사람들이 본바탕은 시골 무지랭이가 아니고 귀양 간 벼슬아치들이었기 때문에 이러한 전통이 생긴 게 아닌가 한다.

그리고 함경도는 지리적으로 가깝게 있는 러시아와 교류가 활발하면서 사상적인 영향도 많이 받았다. 그래서 그때의 일본인들이 제일 싫어하는 공산주의자들도 함경도 사람 중에 많았다. 이것은 꼭 공산주의를 하려는 것이었다기보다는 항일정신의 발로였을 가능성이 크다.

※

1926년에 나운규羅雲奎의 「아리랑」이라는 영화를 단성사에서 상영했었다. 내 나이 10살 때다. 지금 「아리랑」을 실제로 본 사람들은 거의 없다. 그리고 그 필름마저 없어졌다. 아무리 찾으려고 해도 못 찾고 있다고 한다. 그러나 영화 「아리랑」이 지금 우리가 생각하는 것처럼 소중하다는 것을 그때 알았더라면 제대로 보관했을 텐데, 그때는 아무렇지도 않게 생각했기 때문에 없어져 버린 것이다.

나운규는 1902년에 태어나서 1937년에 죽었다. 내가 1965년에 드라마센터에서 「나운규의 일생」이라는 연극을 연출한 적이 있는데, 나운규는 23살에 「아리랑」이라는 영화를 만들고 24살에 상영을 한 것이다. 그런데 그 나운규가 누구냐 하면 바로 함경북도 회령 사람이다. 이 사람도 결국은 함경도 물장수와 같은 류의 사람으로 학교를 퇴학당하기도 했던, 어느 정도 공산주의자며 항일정신을 갖고 있었던 사람이다.

영화 「아리랑」의 내용을 보면 나운규가 역을 맡은 주인공의 이름은 영진인데, 영진이를 정신병자로 설정을 하고 극중 인물로는 영진이의 누이동생이 있고, 영진이와 학교에 같이 다니던 친구가 있다. 그 친구는 서울에서 유학을 하고 있고 고향에 오면 영진이 누이동생하고 연애도 하는 사이다. 그리고 한편에는 마을의 농민을 착취하는 일본놈 지주가 있고 그 앞잡이 노릇을 하는 놈이 조선사람으로 이름이 기호다. 이놈이 조선농민들을 못살게 굴면서 호시탐탐 영진이의 누이동생을 겁탈하려고까지 하는데, 영진이가 그것을 알게 되어 그놈을 낫으로 죽인다. 10살 때 본 그 살해장면이 아직도 내 기억에 생생하게 남아 있다. 그놈을 죽이면 극장에서도 박수소리가 막 터져 나오곤 했다. 일본놈의 앞잡이를 죽이니까 그동안 맺혀 있던 속이 다 후련해서 박수를 치는 것이다.

이 플롯이 뭐가 재미있는가 하면, 영진이라는 주인공이 일본놈을 직접 죽이는 것이 아니고 일본놈의 앞잡이인 기호를 죽인다는 점이다.

일본놈의 앞잡이라서 죽이는 것도 아니고 자기의 누이동생을 건드리려고 하기에 죽인다고 스토리를 아주 교묘하게 만들었다. 그래도 검열에 걸릴 텐데, 왜 안 걸렸냐 하면 주인공을 미친 사람으로 만들어놨기 때문이다. 그로부터 차츰 일본 경찰은 검열이 까다로워졌다.

이야기를 계속 해보면, 영진이가 낫으로 기호를 죽이고 난 다음에 정신이 번쩍 든다. 그리고 사필귀정으로 일본놈 순경한테 잡혀서 포승에 묶여 아리랑고개를 넘어가는 것으로 끝난다. 플롯이 아주 근사한데, 바로 여기에 함경도 사람의 사상이 숨어 있는 것이다. 그 사상이란 투철한 민족의식이고 항일정신이었다. 함경도 사람들이 물장수를 하면서도 어떻게 해서든 자식들 공부를 시키는 것과 일맥상통하는 부분이다. 스물 몇 살밖에 되지 않은 사람이 이걸 꾸며냈다니….

그리고 나운규의 영화 「아리랑」의 주제가가 우리 민요 "아리랑, 아리랑, 아라리요~" 하는 「아리랑」이라고들 하는데, 천만의 말씀이다. 지금의 상식과 관례로 70년 전 시대를 판단하는 오류가 「아리랑」이라는 노래가 영화 「아리랑」의 주제가로 착각하게 한 것이다. 그 당시의 영화라는 것은 활동사진이라고 해서 색깔도 소리도 없는 흑백 무성이다. 소리가 없는데 어떻게 주제가가 있을 수 있겠는가.

그 당시 영화는 소리가 없는 대신 일본식으로 변사辯士라는 것이 있어서 변사가 스크린 옆에 쪼그마한 불을 켜놓고 앉아서 화면을 보면서 등장하는 인물들의 모든 대사를 혼자 다 했다. 「춘향전」을 예로 들면, 변사 한 명이 이도령도 됐다가 춘향이도 됐다가 월매도 됐다가 방자도 됐다가 혼자 다 하는 것이다. 변사란 한마디로 말 잘하는 사람들인데, 이 말을 잘 하는 것 때문에 반해서 변사를 찾아가는 기생들도 있었다.

그때에 변사가 넋두리로 "영진이는 낫으로 기호를 죽이고 일본 순경한테 포승에 끌려 아리랑 고개를 넘어간다" 이런 식으로 얘기를 하곤 했다. "아, 영진이는 슬프다. 아리랑 아리랑 아라리요, 아리랑고개를 넘어가는 영진이, 저 영진이~" 이런 식이다. 그것이 자꾸 과장이 되어 민요 「아리랑」이 나운규의 「아리랑」의 주제곡이라고 말들을 하지만 말도 안 되는 소리다. 있을 수도 없는 일이다. 내 기억이 어렴풋하다 할지라도 연극이 전공인 지금 생각해볼 때 변사 이외에는 아무것도 들리는 것이 없었는데, 어떻게 주제곡이 나올 수 있단 말인가. 누가 거기서 노래를 부른 것도 없는데 말이다. 그냥 우연히 나운규의 「아리랑」과 타이틀이 맞아떨어진 것일 뿐이다.

영화 「아리랑」의 원류에 대해서는 두 가지 설이 있다. 우선 나운규하고 같이 회령에서 학교를 다니다가 퇴학당하고 같은 사상을 가지고 있는 사람 중에 윤봉춘尹逢春이라고 있다. 윤봉춘과 나운규는 콤비다. 나운규가 출연하면 윤봉춘도 꼭 출연을 하곤 했는데, 더구나 사상적인 것은 윤봉춘의 아이디어가 더 많았다는 것이다. 그래서 윤봉춘의 머리에서 이 스토리가 나왔을 것이라고 추측하는 설이다.

그리고 두 번째로는 1910년 임성구林聖九라는 사람이 혁신단革新團이라는 극단을 만들어서 「육혈포강도사건」이라는 연극을 했다. 육혈포六穴砲라는 것은 권총에 6개 총알이 들어간다는 의미로 피스톨을 말하는 것인데, 그때는 육혈포라고 불렀다. 그 시절에는 연극을 하는 데 대본이나 희곡 같은 것을 쓰는 것이 아니고 말로 이야기를 꾸미곤 했다.

이 극의 줄거리는 가령 임성구가 "너는 육혈포 강도를 맡아라, 나는 형사가 되겠다. 그리고 어느 날 밤 너는 일본놈의 전당포에 권총을 가지고 들어가서 돈을 뺏고 도망을 쳐라. 그러면 형사인 나는 시커먼 안경을 쓰고 안마쟁이처럼 밤거리를 지나간다. 육혈포강도, 너는 내가 앞을 못 보는 줄 알고 또 다른 집에 강도짓을 하러 들어간다. 그러면 내가 널 잡으러 들어가고 그래서 격투를 벌인 후에 체포하는 거다"라고 스토리텔링을 한다.

상대역을 맡은 사람과 죽이 잘 맞으면 근사하게 만들어진다. 그래서 신바람이 나면 그게 막 늘어난다. 1시간짜리가 1시간 30분도 되곤 했다. 이 극에서 임성구가 일본사람의 전당포를 쳐들어가게 했다. 연극 속에서나마 일본놈을 골탕 먹이기 위해서였다. 「아리랑」의 영진이가 일본놈의 앞잡이를 죽이는 것과 같은 것이다. 「육혈포강도사건」에서 강도가 일본놈 집에 강도짓을 하러 들어가고 그것에 놀란 일본놈들이 쩔쩔매고 벌벌 떨면 객석에서는 "와!" 하고 환호성이 터져 나오곤 했다. 그동안에 맺혀 있던 것들이 그렇게 조금은 풀리는 것이었다. 이 혁신단이 함경도에 가서 이 연극을 했는데, 이를 나운규가 보고 크게 영향을 받지 않았나 싶다.

일제를 거치면서 왜곡된
'풍류'의 타락상

· 요릿집과 기생, 가부끼와 사당패

19 16년 전후에 일본사람들이 극장, 유곽, 그리고 요릿집을 우리나라에 만들었는데, 이는 조선사람을 위한 것이 아니라 일본사람들이 우리나라에서 살면서 향락을 즐기는 한 수단이었다. 요릿집

은 내가 보통학교 5~6학년 때 우리나라 사람들도 만들기 시작했는데, 조선사람이 만든 유명한 요릿집으로는 명월관明月館과 종로 네거리 YMCA 옆에 있던 태서관太西館, 그리고 지금 조흥은행 본점 자리에 있던 식도원食道園, 관철동에 지금도 이름이 남아있는 국일관國一館 등이었다.

그러나 이 요릿집은 아무나 들어가지 못했고, 아주 부자들만 출입이 가능했다. 그 시대에 내가 아는 부자들을 꼽아보면, 전라도 사람으로는 중앙고등보통학교, 동아일보, 고려대학교를 설립한 김성수金性洙, 경상도 사람으로는 장길상張吉相이 큰 지주였다. 그때는 부자의 척도가 쌀을 몇 천석, 몇 만석이나 가지고 있는가였는데, 이 사람들은 모두 다 몇 만석이 넘었다. 그리고 민영휘라는 사람이 있다. 그는 평안감사를 지내면서 돈을 모은 아주 악명 높은 사람이었다. 이름의 끝자를 따서 휘문徽文학교를 설립한 이가 바로 이 사람이다.

김성수, 장길상, 민영휘 이 세 사람이 전통적인 부자들이라고 한다면, 신흥부자로는 광맥을 발견하여 벼락부자가 된 최창학崔昌學과 방응모方應模가 있었다. 일본이 조선을 식민지화할 무렵, 러시아인, 청국인, 영국인들이 우리나라로 마구 들어와서 뒤지고 찾고 야단법석을 떨었는데, 그때 미국사람들도 금광을 찾기 시작했다. 그네들은 금광을 찾으면 '손대지 말라'는 뜻으로 "No, touch!"라고 외쳤는데, 그 말이 우리나라 사람들에게 와서 '노다지'가 되었다. 최창학과 방응모가 바로 이 노다지를 한 사람들이다. 방응모는 1932년에 조선일보를 산 사람이다. 최창학의 집은 서대문의 큰 양옥집이었는데, 이 집은 자유당시대 이승만李承晩의 아주 측근이었던 이기붕李起鵬의 집이었고, 해방 후에는 경교장京橋莊이라 불렸고, 김구金九가 기거하다가 암살당했던 곳이다.

그때는 이 사람들과 그 외 돈이 굉장히 많은 장사꾼인 거상들만이 이런 요릿집에 출입했다. 나는 25살이 넘어서도 그 근처에는 가지도 못했다. 워낙 비싸니까 들어가 볼 수도 없었던 것이다. 이곳에서 술을 먹는 사람들에게는 으레 기생이 불려간다. 이 기생들은 기생조합으로 구성했다. 이것을 자기네 고향이 어딘지에 따라 가령 경상도 여자들을 무슨 권번券番, 전라도 여자는 무슨 권번이라고 불렀으며 여기에 적을 두어야만 요릿집에 나갈 수 있었다. 권번에서는 상류사회 사람들이 즐기는 노래, 춤, 간혹 서예 등 예능을 했는데, 오늘날 국악, 판소리, 무용이라 불리는 것의 존속과 발전의 근원이 바로 이것이다.

본래 일본의 요정은 유곽에서 술도 팔고 연회도 하며, 이어서 그곳에서 자는 것이 전통인데, 그 후 요릿집이 따로 생겼지만 기생과 함께 자는 풍습은 그대로 계승됐다. 일본 기생은 술자리에서 몸을 제공하는 것이 당연한 풍습이었는데, 우리 풍습에서는 상류 기생은 일본기생처럼 몸을 함부로 내맡기지 않았다는 것을 「춘향전」에서 춘향이 이도령을 기다리며 절개를 지켰다는 이야기로 미루어 짐작할 수 있다.

고종황제시대에 사료를 수집하고, 종교, 민속 등 다방면으로 연구한, 당대 최고의 지식인이었던 이능화李能和의 저서 중 「조선해어화사朝鮮解語花史」라는 책이 있다. 제목 중 '해어화'란 말을 알아듣는 꽃, 즉 기생을 일컫는다. 이 책에서는 1패牌, 즉 1급은 '妓生기생'이라 부르며, 2패는 '殷勤者은근자'라고 한문으로 썼지만, 우리가 흔히 엉터리나 사기 같은 것을 가리켜 '은근짜'라고 부르는 말이 이것이다. 3패는 '搭仰謀利탑앙모리'라고 한자로 쓰는데, '더벅머리'를 이르는 것이다. 옷매무새를 가다듬지 않은 엉터리 같은 여자들을 일컫는 말이다. 계급에 따라서 1패는 밀 그대로 기생이며, 2패는 기생보나 품위나 귀끼가 떨어지는 여자, 그리고 3패는 아무 곳에서나 돈만 주면 몸을 주어버리는 여자를 말한다. 4패가 있어야 하는데, 사당패寺黨牌는 너무 천하게 여겨서 4패로도 치지 않았다. 이것이 바로 이능화가 화류계 여자들을 계급으로 나누어 놓은 것이다.

이능화는 기생의 시초를 신라시대로 규정했다. 신라 진흥왕때에 화랑의 전신인 '원화源花'라는 것이 있었다. 그 원화의 두 우두머리의 이름은 남모南毛와 준정俊貞으로 3백여 명을 거느리고 있었다. 이 사람들이 남자인지 여자인지는 잘 확인되지는 않았지만, 이들을 '원화도源花道'라고 불렀다는 점과 로마시대나 중국의 진시황시대를 비추어 보면, 이들은 분명 진흥왕의 애첩들이었다. 그래서 원화를 우리나라 기생의 시초로 본 것이다.

이능화의 설에 의하면, 처음 원화의 두 두목인 남모와 준정이 서로 시기하여 준정이 남모에게 술을 먹여서 강에 빠뜨려 죽였다. 다른 이유도 아니고 질투나 시기 정도가 될 것이다. 그래서 왕은 준정을 사형에 처하고, 그 후 '여자는 안되겠다' 하여 귀족출신의 미소년들을 뽑아서 '화랑도花郎道'를 만든 것이다. 김유신金庾信이나 원술元述 같은 이가 대표적인 화랑 출신이다.

이능화는 화랑도를 국선도, 원화도, 풍월도, 풍류도라고도 불렀다고 했는데, 이능화 자신이 상상하여 만들어낸 것이 아니고, 고려시대에 「삼국유사」를 썼던 최치원崔致遠의 "우리나라의 현묘玄妙한 도道가 있으니 이를 풍류風流라고 이른다"라는 말과 다른 모든 것들을 유추해볼 때 신라시대의 화랑도라는 것을 '풍류도'라고도 불렀다는 것을 알 수 있다. 그런데 박정희朴正熙는 왜 군대에 풍류도라는 말을 사용했는지,

도대체 이해할 수가 없다. '풍류'라는 것과 '씩씩한 군인정신'과 무슨 상관이 있다고.

고려시대에는 공민왕이 사랑하는 아내 노국공주가 죽은 후 여자를 만나지 않으려고, 화랑도와 똑같은 것은 아니지만 '자제위子弟衛'라 하여 역시 미소년들을 궁중에 들였다. 그 자제위로 인해 분란이 일어나 결국은 공민왕이 내시에게 칼을 맞아 죽는 일도 발생했다. 신라시대의 흐름을 공민왕도 알고 자제위를 만든 것이다. 이것도 이능화의 설에 의하면 나라를 지키는 군대의 임무보다는 성적인 면이 강했다고 했다. 원화의 계통을 물려받은 것이라는 것이다. 궁중의 자제위와 더불어 고려시대에는 노비奴婢가 있었는데, '노奴'는 남자, 그리고 '비婢'는 여자들을 일컫는 것이다. 남자든 여자든 돈을 주고 사고 팔 수 있는 제도가 바로 이것인데, 이 속에서 예쁜 여자를 골라서 애첩으로 삼기도 했다.

그리고 조선시대에는 관기官妓가 생겼다. 나라에서 기생이라는 직업을 하나의 조직으로 구성해 놓은 것이다. 관기로는 두가지가 있는데, 하나는 예능을 갖추고 춤을 추고 노래를 하는 기생과 나머지 하나는 약방기생이라고 하여 왕비나 왕의 어머니 등 왕족의 여자는 모두 남자였던 의원이 직접 만지지 못했기 때문에 그런 사람들을 진찰하고 의원에게 말을 전해주던 여자들을 이르는 말이었다.

황진이, 임진왜란 때 진주에서 왜장을 껴안고 남강에 빠진 논개, 그리고 가설이지만 춘향의 어머니 월매 등으로 미루어 보건대 조선시대에 기생이 존재한 것은 사실이다. 그리고 한가지 더 분명한 것은 춤, 소리, 연극 모든 연예演藝를 상류계급 가정의 여자들은 하지 않았다는 점이다.

1603년부터 행해졌다는 일본 전통연극인 가부끼歌舞技의 출발은 여자들이 몸을 팔기 위해 노래하고 춤추는 것을 보여주는 것이었다. 우리나라 기생들과 다른 점은 몸을 팔기 위해 자기를 과시하는 것으로 노래하고 춤을 추었던 것이다. 그것이 집단적으로 자꾸만 커져 가면서 보는 사람도 많아지고 무대에서 행해지게 되면서 점차 형태를 만들어 퍼포먼스화된 것이 바로 가부끼다.

그 무렵 우리나라에서는 일본의 가부끼와 유사한 사당패가 있었다. 사당패에는 지금의 포주와 같이 여자들을 자기 아내처럼 데리고 다니면서 몸을 팔게 하는 모갑謀甲으로 불리는 사람들이 있었다. 이들이 모여 전국 방방곡곡을 돌아다니면서 몸을 팔았는데, 가부끼와 마찬가지로 남자들을 유혹하기 위해 춤을 추고 노래를 부르곤 했다. 이들이 그런 장소로 사용한 곳이 바로 절이었다. 스님들에게 여자를 바치고 그 대가로 그런 일들을 넓은 절 마당을 빌려서 사람들을 불러모아서 행했는데, 그래서 사당패의 한자를 보면 '절 사寺' 자가 있는 것이다. 그렇기 때문에 이능화는 사당패를 너무나 천하게 여겨 4패에도 넣지 않았다.

동경에 가면 큰 유곽이 있었는데, 그것이 요시와라古原라고 해서 아주 오랜 전통으로 유명한 곳이다. 그곳은 창녀들이 들어가면 나오지 못하도록 시스템이 되어 있다. 그런데 이 유곽의 출입구 앞에서 창녀들이 퍼포먼스 같은 것을 한다. 바깥에서 보고 있다가 괜찮은 여자를 보면 사러 들어가는 것이다. 이런 무대는 '무대'라고 부르지도 않았으며 '야구라'라 불렀다. 야구라는 지면보다 좀 높은 곳으로 망대望臺와 비슷한 개념이다.

일본에서는 가부끼가 너무 문란하고 관리들이 이것에 빠져서 일을 못하자 도꾸가와막부德川幕府시대에 이를 폐지시켰다. 같은 때에 우리나라에서도 사당패의 폐해가 너무 커서 금지시켰다. 그런데 일본에서 다시 '여자가 나와서 문제니까 여자는 등장시키지 않겠다' 하여 관리의 허락을 받게 되었다. 머리에 치장하는 형식도 모두 제외하고, 남자들이 더벅머리와 비슷한 모양을 하고 하나의 스토리가 있는 구경거리로 보게 하려는 것이었다. 그래서 지금의 가부끼에는 여자가 한 명도 나오지 않는다. 우리나라의 사당패도 관청에다 남자들만 하겠다는 조건으로 허락을 받아 행해지게 된 것이 남사당패男寺黨牌다.

가부끼와 사당패는 둘 다 매춘賣春에서 시작하였다. 그것은 어쩔 수 없는 역사적 사실이다. 그리고 남사당패 역시 안성에 있는 절에서 출발했다. 가부끼는 현재 예술로 승화되어 있는데, 우리나라의 사당패가 하던 줄타기라든지 하는 예능은 그때보다도 쇠퇴했든가, 겨우 흔적이 남아 있는 정도가 아닐는지.

৯৯

비록 일본 사람이 우리나라에 와서 자기들의 생활을 윤택하게 하려는 수단으로 극장과 요릿집, 유곽을 만들었다 하더라도 기생이라는 것의 본바탕은 노래나 춤이 먼저가 아니라 동서고금을 막론하고 섹스다. 성性이 빠진 예술이라는 것은 없다. 대학로에서 하는 옷을 다 벗는 연극을 이르는 말이 아니라, 근원적으로 섹스가 빠져서는 예술이 안된다. 인류나 동물은 성을 향유하게 조물주가 만들어 놓았다.

서양 연극의 시조는 그리스시대에 제우스의 13번째 아들인 '생산의

신' 디오니소스를 제사지내는 행사가 연극으로 발전했다고 한다. 땅에서 생산되는 것을 그 신이 관장했기 때문에 백성들이 그 신을 제사지내 온 것이었다. 디오니소스가 데리고 다니는 생식의 심볼인 사튜로스라는 종복이 있었는데, 이 신은 반은 동물이고, 반은 인간이다. 땅에서 나는 것이 아닌 동물들의 교미를 관장한다. 동물이 생식하는 데는 본능적으로 쾌감을 갖게 해준다. 그것이 오늘날 이야기하는 '섹스의 효과' 다. 그러나 땅에서 생산되는 식물의 번식은 어떻게 해서 이루어지는가. 가령 포도를 보자. 포도를 사람이나 동물이 먹고 난 후 씨를 버리는데, 거기서 포도나무가 자라서 포도를 낳는다. 그렇게 되면 자연 생식이 되는 것이다. 포도를 먹으면 맛있다는 쾌감을 포도가 느끼는 것이 아니라 남이 느끼도록 하고 자신은 생식을 하는 것이다.

　이것이 원리인데, 어느 시대에 와서는 성욕이라는 것이 문란하다든가 독점하려 야욕이 생긴다는 등 탐욕과 정신적 문란 때문에 결국은 도덕이라는 카테고리가 있어서 매춘이라는 것이 나오는 것이다. 그것을 할 수 있도록 해주는 것이 동양에서는 기생이다. 가무를 하기 위해서가 아니고, 명월관에 오는 김성수, 최창학, 방응모 같은 돈 있는 사람들을 위안해주는 존재가 기생인데, 노래나 춤으로 술을 마시게 하여 분위기를 조성해주는 것이다.

　일본사람들이 우리나라에 와서 요정을 만든 것이나 우리의 요릿집에 기생을 있게 한 원천은 그리스신화와 마찬가지로 생식을 위한 것인데, 이는 정상적인 생식이 아니고 완전히 순간적인 쾌락을 위한 것이므로 옆길로 샌 것이라고 할 수 있다. 그곳이 바로 화류계이며 그들의 수단과 방법이 가무였다. 그리고 그 가무는 오늘날 누구나 잘 아는 예술이라는 장르로 존재하고 있다.

땅을 딛고 살되 이상은 하늘의 달과 같이

· 최승희, 종로의 극장, 토월회 창단, 광주학생사건

19 29년, 이때가 조택원趙澤元과 최승희崔承喜가 석정막石井漠(이시이 바쿠)에게 가는 그 무렵이다. 내가 제일고보 1학년 때인 것 같은데, 조선극장에서 석정막이 공연을 하는데 조택원과 최승희가 나

온 기억이 난다. 인사동에서 종로쪽으로 쭉 나가 보면 종로 가운데에 가서 질그릇 같은 것을 놓고 팔던 공터가 있는데 바로 그곳에 조선극장이 있었다. 그때 본 기억으로 그 극장 크기는 지금의 동숭아트홀만 한 것 같다.

믿을 수 없겠지만 내 기억에 남아 있는 것은 조택원이 무대 앞의 왼쪽에서 나와서 무대 뒤의 오른쪽으로 가로질러 뛰어가고, 다시 그곳에서 무대 앞의 왼쪽으로 뛰어오던 모습뿐이다. 그 시대에는 그것이 무용이었다. 석정막은 윗도리를 다 벗고 마닐라로프라는 굵은 줄을 들고 나와서는 그 줄을 들고 있다가 갑자기 바닥을 탁 치면서 일본말로 "무용이라는 것은 언어가 없는 언어다"라는 말 한마디를 하고 들어갔다. 그런데 최승희는 어떻게 춤추었는지 생각이 나지 않는다. 석정막의 딸들과 대여섯이 나와서 군무를 췄었는데, 그 군무 속에 최승희가 있었던 것 같다. 이것이 내가 본 최초의 무용이다.

나는 최승희의 춤을 조선극장에서 한 번, 그리고 내가 일본에 있을 때 한 번, 이렇게 두 번밖에 본 적이 없어서 최승희가 천재인지는 잘 모르겠다. 그 시대 일본인들의 체구는 굉장히 작았는데, 최승희의 체구는 일본여자의 2배는 될 만큼 몸이 굉장히 좋았다. 물론 얼굴도 미인이었다. 그래서 최승희가 무대에만 서면 황홀해서 일본사람들이 주눅이 들었다.

일본무대는 집이 단층이니까 옆으로 길다. 지금 우리나라의 연극 극장도 일본 영향을 받아서 그러하다. 일본의 무대는 무대 막 뒤에 사람이 있어서, 무대를 열 때도 무대 뒤에서 사람이 막을 밀면서 왼쪽에서 오른쪽으로 열었고, 닫을 때에는 오른쪽에서 왼쪽으로 닫혔다. 그런데 막이 뚝뚝 끊어져서 열리는 것이 아니고 마치 자동인 것처럼 미끄러지

듯이 열리고 닫혔다. 그게 기술이었다. 아무나 못했다. 배우를 1로 친다면 막을 잡고 열고 닫는 사람도 동등한 가치를 둘 정도였으니까. 지금도 일본에 가면 가부끼를 공연할 때는 그렇게 한다.

최승희는 무대에서 계속 웃는 것이 아니라, 최승희가 무대 위에서 근사하게 춤을 추다가 춤이 끝나면서 막도 같이 닫혀 가는데, 마지막 막이 닫히기 직전에 무대 끝에 서서 최승희가 살짝 웃으면 눈 깜짝할 사이에 막은 닫히고, 그 웃는 모습을 본 일본 사람들은 "와!" 소리를 치면서 미친 듯이 좋아했다. 살짝 웃으면 다들 자기보고 웃는 줄 알고 있는데 막을 싹 닫아버리는 것이다. 잠깐 웃는 이 연출은 최승희의 남편인 안막安漠이 시킨 것이다. 최승희는 일본에서는 배제시킬 수 없는 막강한 존재였는데, 내 생각에 정책적인 것은 아니었던 것 같고 그의 남편인 안막이 자신의 아이디어로 최승희를 부각시켰던 것 같다. 어떤 의미에서는 일본여자들을 돈 주고 사서 더 비싸게 판 것과 마찬가지로, 최승희는 몸을 판 것은 아니었지만 조선사람이 일본을 대표해서 유럽 등지를 돌아다닐 때, '일본인 최승희의 춤'이라 하여 이용한 것 같다.

우리나라 전통춤계에 아주 좋지 않은 한 가지 현상은 해방 후부터 나타난 것인데, 춤을 출 때 덮어놓고 웃는 얼굴로 춤을 추는 것이다. 어느 해 프랑스문화원의 프랑스인하고 우연히 춤에 대해 이야기했는데, 그 사람이 "한국춤은 꼭 웃으면서 추어야 하느냐"고 물었다. 한국춤을 추는 남녀 다 왜 무대에서 미소랄까 살짝 웃는 얼굴로 춤을 추는지 나는 아주 불만이다. 몸의 움직임은 춤추는 사람의 감정과 마음에 의한 표현이 신체적 율동으로 나타나는 것인데, 계속해서 웃는 것은 옳지 않은 듯하다. 내가 본 것 중에 이매방李梅芳과 한영숙韓英淑을 제외하고는 다 웃었던 것 같다.

석정막 문하에 조택원, 최승희만 간 것이 아니고, 강홍식姜弘植이라는 사람도 갔었다. 이 사람은 영화배우 최민수崔民秀의 외할아버지, 그러니까 영화배우 강효실姜孝實의 아버지다. 강홍식은 조택원, 최승희와 같이 석정막 문하에서 무용을 했는데, 그들은 유명해졌지만 이 사람은 소문이 잘 안났다. 이 사람이 나중에는 영화와 연극도 하고 대중가수도 했는데, 옛날 노래 중에 "봄이 왔네, 봄이 와, 숫처녀의 가슴에도~"라는 노래도 이 사람이 부른 것이다.

종각의 맞은편으로 비스듬하게 기독교회관(YMCA)이 있었는데, 이 건물은 지금도 그 자리에 있다. 그때는 3층 벽돌집이었다. 1층 길거리는 세를 놓았던 가게였는데, 생각나는 가게는 계단 오른쪽에 있던 삼일양복점, 그리고 이비인후과도 있었다. 건물 안으로 들어가면 반半2층인데, 올라가면 왼편엔 체육관, 계단 오른쪽엔 오락장같이 되어 있는 실내운동을 할 수 있는 곳이었다. 체육관 입구 벽에 운보 김기창金基昶의 스승인 김은호金殷鎬라는 유명한 화가가 그린 예수 화상이 있었고, 오락관을 지나 더 들어가면 오른쪽에 강당이 있었다. 이 강당은 조선극장보다 더 작았다. 무대가 있어서 무용, 성악, 웅변 같은 발표회를 했다.

한번은 웅변을 들었는데, 보육학교의 학생인 것 같았다. 그 학생이 웅변을 하면 한쪽 구석에 '경부警部'라고 불리는 일본인 순경이 칼을 들고 눈을 감고 쭉 듣고 있다. 내용상 문제가 되는 것이 있으면 처음에는 "주의!"라고 하고, 두번째에는 "중지!"라고 말한다. "중지"라는 말을 들으면 더 이상 발표를 못한다. 발표 내용 중에 내가 들은 것은 "치아 중에 충치가 있으면 그것을 뽑아버려야지 그렇지 않으면 다른 치아들도 다 썩는다"라는 말이었는데, 그때 바로 "중지!"라고 그 경부가 외쳐서 그냥 멈춰버린 기억이 있다. '일본놈이 우리나라에 와 있으니까 그것을 없애버려야지 그냥 놔 두면 안 된다' 라는 의미로 듣고는 바로 중지를 시키는 것이었다. 그리고 성악도 들었던 기억이 있는데, 한 여자가 높은 음이 안 나와서 결국엔 이상한 소리를 내고 말았다. 그렇지만 그것을 보던 관객들은 웃지 않았다. 그것이 그 시대의 예의였다.

비록 영리를 목적으로 하는 극장이었지만 조선극장에서는 석정막 무용 혹은 토월회土月會 같은 좀 문화적 가치가 있는 것을 올리기도 해서 그 당시로서는 좀 의의있는 사업을 했고, 기독교회관은 다분히 의도적으로 민족적 정기를 고무하는 모임의 광장의 역할을 했다. 내가 어쩌다가 YMCA를 드나들게 되었는지는 모르겠지만, 그때로서는 새로운 문화를 접촉할 수 있고 민족의식이 강한 행사를 주로 한 그곳이 나에게 큰 영향을 준 것 같다. 그때로서는 YMCA와 파고다공원에 볼거리들이 있었는데, 파고다공원에서도 프로파간다propaganda 같은 일본에 대한 저항의식을 담은 것들이 벌어졌다.

극장은 조선극장과 단성사團成社, 그리고 우미관優美館이 있었는데, 우미관은 종각에서 파고다공원쪽으로 가다 보면 지금은 골목 전체가 식당인 골목이 있고, 종근당이라는 제약회사의 맞은편에 있었다. 우미관은 일본사람이 운영하고, 단성사와 조선극장은 조선사람이 운영을 했다. 조선극장의 운영자는 김조성金肇盛인데, 예명은 김춘광金春光이었다. 활동사진의 변사였던 김조성은 1930년대에 조선극장을 운영

하나가 1940년부터 1945년까지는 예원좌극단藝園座劇團을 운영했다. 그리고 이 사람의 부인은 예원좌극단에 있었고, TV 드라마 「전원일기」에도 출연했던 정애란鄭愛蘭이다.

조선극장의 경우는 석정막이나 토월회 같은 일본유학생들이 와서 공연하는 곳이었다. 그리고 단성사는 흥행위주의 극장이었다. 단성사에서는 신불출申不出이라는 사람의 신무대가 유명했고, 조선극장에서는 석정막이나 강홍식이 하던 조선연극사朝鮮演劇舍가 공연을 했다. 우미관은 그 셋 중 가장 처지는 극장이었다. 이곳은 그때그때 공연하는 것에 따라 값이 올라갔는데, 입장료도 쌌고 대관료도 저렴했던 것 같다. 그리고 우미관에서는 기생 권번券番이 번갈아 가며 발표회를 가졌다. 춤도 추고 노래도 하곤 했는데, 극장 무대 천장의 앞쪽에 붓글씨로 '일금—金 5원 ○○○' 이라고 쓰여 있는 하얀 종이가 쭉 붙어 있었다. 그러니까 누가 돈 얼마를 이 기생에게 줬다고 알리는 것이다.

그때 발표회를 한다는 것은 지금처럼 판소리, 검무, 승무 같은 예술성이 있는 발표회가 아니고, 기생들이 나와서 공연을 하면 돈 좀 있는 사람들이 그곳에 가서 보고 있다가 돈을 좀 주고 하루 같이 놀 수 있는 기회를 만드는 자리일 뿐 예술성은 전혀 없는 것이다. 기생을 사서 같이 노는 사람들을 오입쟁이라고 했는데, 그런 오입쟁이들의 일종의 호기豪氣 같은 것이다. 지금으로는 상상도 할 수 없는 일이다. 권번이라는 것이 사실은 예능을 유지하기 위해서 극단처럼 만들어놓은 것이 아니고 순전히 장사였다.

내가 중학교에 들어갈 무렵 일본에서 무용, 연극, 미술 등이 전부 새로 들어왔다. 그 전에 1920년쯤 나보다 한 세대 윗사람들이 일본을 통해 미국과 유럽의 문화를 들여왔는데, 그때 일본 유학을 다녀온 사람들이 만든 극예술협회劇藝術協會라는 것이 있다. 일본의 와세다대학에 다니던 김우진金祐鎭이라는 사람이 전라도 갑부의 아들인데, 유학 갔다가 친구들 몇 명을 모아서 극예술협회를 만들었다. 말이 근사하게 극예술협회지, 김우진이 돈이 있으니까 극단 운영을 유지할 수 있었던 것이다. 이것이 1920년에 만들어져 일본에서 본 연극을 그대로 우리나라에 가지고 와서 공연을 하기도 했다.

그때 개화된 사람들은 일본을 왔다갔다하면서 알게 되어 연애를 하기도 했는데, 바로 김우진과 윤심덕尹心悳의 연애도 한 예일 것이다. 윤심덕은 화가 나혜석羅蕙錫, 나중에 스님이 된 김일엽金一葉처럼 개화된 여성으로 관비官費로 일본 동경음악학교로 유학을 갔다. 김우진은 본부인과 어린애가 있는 대가집의 아들이었다. 그 김우진이 윤심덕과 함께 일본에 「사死의 찬미」를 녹음하러 갔다 같이 현해탄의 연락선을 타고 돌아오다가 동반자살, 이른바 정사情死를 감행했다. 김일엽은 이광수와 스캔들도 있었고, 일본사람과의 사이에 아이를 낳기도 했다. 그런 후 여승이 되고는 전혀 세상에 나타나지 않았다. 해방 후에 얼마 전까지도 그의 아들이 엄마를 찾아왔는데도 만나주지 않았다는 유명한 이야기가 있다.

1923년 '우리는 살기는 땅을 딛고 살고 이상은 하늘의 달과 같다'라는 뜻을 지닌 토월회土月會가 생겼다. 토월회에서 톨스토이의 「카츄샤(復活, 부활)」라는 연극을 했다. 일본의 신파극단이 공연한 대본(작품)을 그대로 번역해서 우리나라에서 한 것이다. 여기에 일본말로 "카츄샤 애처롭다. 사랑한다~"라는 주제가가 무대 뒤에서 흘러나오는데, 그

짓을 조택원이 불렀다고 한다. 김정환金貞桓이라는 사람이 조택원의
휘문학교 4년 후배로, 나중에 조택원을 따라 일본에 가서 뒤치다꺼리
를 해주곤 했는데, 이 사람한테 들은 이야기다. 그러니까 그때는 무용
이면 무용, 연극이면 연극으로 구분되었던 것이 아니라 장르를 넘어
서 이것저것을 다 하던 시대였다. 강홍식이 유행가도 부르듯 조택원
도 무용만 한 것이 아니라 무대 뒤에서 노래도 부르곤 한 것이다.

당시 토월회의 멤버로는 박승희朴勝喜, 김복진金復鎭, 김기진金基鎭 등
이 있었는데, 김복진과 김기진은 형제였다. 카프운동도 하고 좌익이
었던 김기진은 소설가 김팔봉으로 더 유명하다. 김복진은 우리나라에
서 조각을 처음 시작한 조각가다. 이 사람들은 연극을 해본 경험은 없
었고, 일본에서 본 것이 전부였다.

이들이 조선극장에서 공연을 할 때 모기장을 쳐놓고 했다. 그때는
조명에 페이드 인, 페이드 아웃은 하나도 없고 둥그런 전구만 몇 개
켜 놓은 것이 전부였는데, 연극을 시작하면 무대는 환하게 놔두고 객
석의 불은 다 껐다. 그래도 얼굴이 보이면 눈이 마주쳐서 도저히 연극
을 할 수 없었다. 모기장을 쳐 놓으면 깜깜하니까 무대에서는 객석이
보이지 않게 할 수 있었다.

그렇게 연극을 하던 그때는 여배우 구하기가 매우 어려웠다. 왜냐하
면 그런 예술쪽 일은 상류계급 여자들은 하지를 않았기 때문이었다.
그래서 대개는 신여성이라는 사람들, 그러니까 기생, 혹은 카후에라
고 해서 바bar의 여자들을 설득해 연극을 하기도 했다. 그때 이월화李
月華라는 여자를 술집인가 어디에 가서 꼬셔와서 토월회에서 연극을
함께 했는데, 박승희와 이월화가 연애를 했다. 박승희도 부잣집 아들
이었다. 박승희가 무대에 올라와야 하는데, 나오지 않아서 찾아다니

다 보면 무대 뒤 귀퉁이에서 이월화와 같이 있곤 했다고 한다. 박승희가 물려받은 돈을 다 없앨 때까지 이월화와 함께 연극을 하고 돌아다녔다. 토월회는 공연을 딱 한번 하고 해체되고 나서도 박승희는 연극을 했는데, 이월화와 떨어지기 싫어서 한 것이다. 이후에는 태양극장이라는 극단을 만들어서 돌아다녔다. 돈이 다 없어지고 난 다음 이월화는 박승희를 떠나버렸다. 이월화와 박승희의 이야기는 함께 동반자살한 윤심덕과 김우진의 이야기와 참으로 대조되는 사건이다.

❦

　내가 다닌 경기고등학교의 전신인 제일고보는 안국동에서 북쪽 화동 끝에 있었다. 그 아래쪽에 있던 고려대학교의 전신인 보성전문학교는 그때는 김성수가 운영한 것이 아니라 교장은 변호사인 박승빈朴勝彬이었다. 그리고 바로 옆 동네인 계동에는 북쪽 끝에 중앙고보가 있고, 중앙고보를 들어가는 입구에 경기여고가 있었다. 그리고 지금 현대그룹의 본사가 있는 자리에 휘문고보가 있었다. 안국동에서 중앙청으로 가는 길에 구부러져 들어가면 지금 일본대사관이 있는데, 그 위에 중동학교가 있었고, 그곳에서 조금 내려가면 숙명여고가 있었다. 이 중동학교는 조선총독부에서 정식 고등보통학교의 인가를 내주지 않아서 그냥 각종학교各種學校로 입학생의 자격이나 연령 같은 제한도 두지 않고 아주 들어가기 쉬워서 시골에서 만학晩學으로 신학문을 배우려고 늦게 시작하는 아주 나이 많은 사람들이 주로 다녔다. 이 동네가 모두 학교촌이었다.

　그리고 인사동도 지금과는 다르게 고종황제의 아들인 의친왕의 궁이 있고, 그 궁에서 남쪽으로 약간 내려오면 휘문학교를 설립한 민영

위의 십이 있었다. 그 맞은편이 민영휘의 둘째아들인 민규식閔奎植의
집이었다. 이 인사동 거리에서 교동보통학교의 사이만큼이 민규식의
집이었으니 어마어마한 크기였다. 교동보통학교 맞은편에는 천도교
가 있었는데, 이곳이 방정환方定煥이 「어린이」라는 잡지를 만들던 곳
이다. 그리고 교동보통학교 위는 흥선대원군의 사가私家였던 운현궁
이 있었고, 지금 덕성여대의 운니동 캠퍼스가 그곳이다.

　그런데 등교할 때면 중앙고보, 휘문학교, 중동학교에 다니는 학생들
이 제일고보에 다니는 학생들을 미워했기 때문에 인사동 분위기가 항
상 묘했다. 미워하는 두 가지 이유 중 한가지는 자기들도 제일고보에
들어가고 싶었지만 못 들어갔다는 것과 다른 한 가지는 권력있는 집
자제들은 거의 다 일본인이 만든 제일고보에 다니니까 그것에 대한 반
항심에서였던 것 같다. 그래서 나는 그곳을 지나다니기가 거북했다.
옷 입은 것도 달랐다. 중앙고보와 휘문학교 학생들은 멋 부리는 옷도
입곤 했는데, 일본식 학교인 제일고보 학생들은 항상 단정하게 입었
다. 지금은 인사동 길이 아주 시끄럽고 복잡하지만 그때는 이렇지 않
았다. 으리으리하게 큰 민영휘의 집과 둘째아들의 집, 그리고 의친왕
의 궁이 있었기 때문에 주위에서 다른 장사를 할 수 없었던 것이다.

　의친왕궁에서 북쪽으로 약간 올라가면 있는 오른쪽 모퉁이에 조그
마하게 이문당以文堂이라는 문방구 상점이 있었는데, 그 당시로서는
조선사람이 하는 유일한 문방구였다. 그 근처의 학교에 다니는 모든
학생들이 연필, 펜, 잉크 등을 다 그곳에서 샀다.

　인사동에서 광화문을 거쳐 서대문쪽으로 가다 보면 오른쪽에 일본
인 학생이 다니는 경성중학이 있고, 지금 이화여고가 있는 곳으로 가
면 정동예배당이 지금도 있는데, 그곳에서 구부러져 소공동으로 나가

는 길에 아펜셀라라는 미국 사람이 세운 배재고보가 있다. 그리고 이화여고 맞은편에 러시아 영사관이 있었다. 바로 이 러시아 영사관 앞에서 싸움이 잘 벌어졌다. 왜냐하면 경성중학의 일본 학생들이 이화여고 학생들을 잘 놀리기 때문이었다. 그러면 배재학교 학생들이 가만히 있지를 않고 꼭 러시아 영사관 앞에서 싸움이 벌어지는 것이다. 그러다가 배재학생들이 밀리는 것 같으면 어떻게 알았는지 휘문학교 학생들이 원정을 가곤 했다. 그러면 더 큰 싸움이 벌어지곤 하는 것이었다. 이런 싸움은 광주학생운동이 있은 후 자주 일어났다.

내가 제일고보에 들어간 1929년 11월 3일, 광주학생운동이 일어났다. 조선대 교수를 지냈고, 최근에 세상을 떠난 박준채朴準採의 친인척 되던 여학생이 박준채와 함께 나주에서 광주로 기차통학을 했다. 광주의 서중학교가 서울의 경성중학교 같이 일본인들이 다니는 학교였고, 박준채는 광주고보를 다녔는데, 이 학교는 서울의 제일고보처럼 들어가기 어려웠다. 기차로 통학 중에 서중학교 학생들이 그 여학생의 머리채를 잡아당겼다. 그래서 싸움이 났고, 이것이 광주학생운동의 시발이 된 것이다. 이 싸움이 나자마자 그 소문이 서울까지 나서 서울에서 11월 3일 온 학교가 동맹휴학을 했다. 지금도 잊혀지지가 않는데, 눈이 내리던 11월 3일 학교는 일본 선생들이 쫙 늘어서 있고, 반대쪽에서는 데모를 하느라고 시끄러웠다. 그때 1학년이었던 우리는 간신히 들어가서 벌벌 떨고 있던 기억이 난다.

1977년 가을 예술원 회원 모임에서

엇갈리는 신극 공연의 효시

· 도항증명서, 이인직과 임성구, 이등박문, 배구자

일제시대에 조선사람이 일본에 갈 수 있는 경우는 첫 번째로 유학, 두 번째로 친일파들의 일본 왕래였다. 그리고 또 하나는 왜, 어떻게 해서 일본에 갔을까 하는 부류가 있다.

내가 일본에 간 무렵인 1935년(19살 때)에 나는 사직동에 살았는데, 종로경찰서에서 형사가 나와 신분, 가정환경, 사상 등을 조사해 간 후 일본에 가도 괜찮다는 판정을 내렸다. 대개의 경우 가난한 사람은 보내지 않았는데, 일본에 가서 피해를 줄 수 있기 때문이었다. 그래서 고학苦學도 못하게 했다. 그리고 사상적으로는 좌익사상을 가진 사람, 독립운동을 하던 사람의 후예는 가지 못했다.

이러한 검사에서 통과가 되면 도항증명서渡航證明書라는 것을 떼주었다. 이것을 가지고 서울에서 부산까지 기차를 타고 가서 부산 부두의 어느 관청에 가면 이 도항증명서에 도장을 찍어 주었다. 그러면 부산에서 시모노세끼까지 가는 배를 탄다. 그런데 그 배를 일본인들이 '관부關釜연락선'이라고 불렀다. 원칙은 '부관연락선'이라고 해야 하는데, 거꾸로 부른 것이다. 2002년 월드컵의 이름을 일본인들이 '한국-일본'으로 하기로 해놓고 자기 나라에서는 '일본-한국'의 순으로 부르는 것과 마찬가지의 일이다.

조선인이 배에 올라타면 일본 형사가 서서 어떻게 그렇게 정확하게 조선사람만 족집게로 찍어내듯 불러서 도항증명서를 보는데, 그럴 때면 일본인들이 힐끔 쳐다보기 때문에 부끄러운 생각이 들었다. 그 증명서가 이상하면 배에서 내려야 한다. 그 지적을 당할 때의 모욕감이라는 것은 상상도 못한다. 가령 나를 괜찮게 생각하는 젊은 여자가 나에게 눈길을 주고 있다가도 형사가 나를 조선사람으로 지목을 하면 그 다음부터는 경멸하는 눈초리로 본다. 그 정도로 이 도항증명서라는 것이 사람을 위축시켰다. 시모노세끼에 배가 닿아 내리면 동경까지는 기차를 타고 가야 하는데, 기차가 시모노세끼를 떠나 얼마 가지 않아 오고리小郡라는 곳을 지나기 전에 형사가 조선사람만 또 도항증명서를 검사한다. 그러니 오고리를 지나야만 안심하고 잠이라도 잘 수 있었다.

처음 일본에 갈 때는 봄이었는데, 오고리를 지나 차창 밖을 내다보니 전부 감귤밭이었다. 그때 우리나라는 제주도에도 감귤농사가 되지 않아 감귤이 없었는데, 일본에서 노란 감귤밭을 처음 본 것이었다. 그것을 보면서 나는 너무 놀라 자빠질 수밖에 없었다. 서울에서 봤을 때는 조선사람들이 비료로 쓸 똥통을 메고 다녔는데, 그곳에서는 일본 사람들이 똥통을 메고 다니는 것이 아닌가! 도항증명서 등 인종차별이 아닌, 사람차별을 당했던 선입관 때문에 일본 본토에 사는 일본 사람들은 막노동을 안 할 것이라는 생각이 머리에 깊이 박혀 있었는데, 일본 사람들도 똥통을 메고 다닌다는 사실에 정말 너무나 놀랐다. 이것이 일본에 대한 나의 첫 번째 인상이다.

동경에 가서 또 한 번 놀랐다. 아파트단지 같은 것이 있었는데, 그곳에서 분뇨를 치우는 사람은 조선사람이었다. 그리고 어떤 아는 사람을 통해서 조선인 부락을 갔었는데, 그 외에도 우리나라의 뚝섬과 비슷한 아라가와荒川에 조선인 부락이 있었다. 이 부락은 지금도 제일교포 2~3세가 살고 있다. 이 조선인 부락에 사는 사람들은 넝마주이를 하고 있었다. 내가 일본에 갔던 1935년 이전부터 살던 사람들이 바로 이 사람들이다.

1923년 9월 1일에 관동대진재關東大震災라는 지진이 일어났다. 동경과 요코하마의 집이 다 무너지고 사망자와 행방불명된 사람들이 15만 명이었다. 그 가운데 조선인들이 불 지르며 돌아다니고, 수돗물에 독약을 넣었다는 유언비어로 많은 조선인이 학살을 당해 통계적으로 6,433명의 사상자가 생겼던 사건이 있었다. 그런데 이 사람들이 밀항을 한 사람들이냐, 그건 아니다. 왜냐하면 그때는 밀항이라는 것이 있을 수가 없기 때문이다. 내가 그곳에 가게 된 것은 아는 어떤 사람이 자기 친척을 만나러 가는 길에 나를 데리고 갔기 때문이다. 그래서 그곳의 사람들과 사상에 관한 이야기도 했었는데, 일본에 대한 반항의식에 대한 이야기를 주고받은 기억이 난다. 나는 그때 20대 초반이었는데, 그곳의 사람들은 30대였다. 그러니까 이 사람들은 이미 1910년 이전에 와서 부락을 이루며 먹고 살고 있었다고 할 수 있다. 1910년에 한일합방이 됐는데, 1910년에서 관동대진재가 있은 1923년 사이 일본에 많은 사람들이 가 있었기 때문에 이런 일이 있을 수 있었을 것이다. 그때만 해도 6천명 이상의 사상자가 있었다고 하는데, 그렇다면 그보다 훨씬 더 많은 수의 우리나라 사람들이 그곳에 이미 살고 있었다는 말이 된다. 어떻게 일본에 그렇게 많은 수의 사람들이 갈 수 있었으며, 왜 일본으로 갔는지 아직도 의문이다.

훓

이등박문伊藤博文(이토 히로부미)은 일본을 뒤집어 놓은 사람이다. 이 사람은 무사정치武士政治를 명치유신明治維新으로 뒤집어 놓고, 러일전쟁과 청일전쟁을 일으킨 장본인이다. 이 사람이 만주 하얼빈에서 안중근安重根에게 사살되던 해가 1909년이다. 그리고 1910년에 한일합방이 되었다.

이등박문이 안중근에게 총에 맞아 죽기 전 1908년, 우리나라에 원각사圓覺寺라는 극장이 있었다고 전해오고 있었다. 원래 원각사는 극장이 아니라 이등박문이 외국 사절과의 사교장으로 건축했던 건물이었다고 한다. 아무튼 이곳의 극장장은 이인직李人稙이라는 사람이었는데, 이곳에서 자기 소설을 각색해서 연극한 것이 우리나라 연극의 효시嚆矢로 되어 있다.

김재철金在喆이 지은 「조선연극사朝鮮演劇史」라는 책 속에 "1909년에 最初최초로 李人稙이인직씨가 新劇신극 「雪中梅설중매」, 「銀世界은세계」 등을 上演상연하였으니 그것이 朝鮮演劇조선연극의 제1聲성이었다"라고 나온다. 바로 이 말에서 출발한 것이다.

그런데 1935년 2월 28일자 「동아일보」를 보면, 이무영李無影, 유치진柳致眞, 안종화安鍾和, 서항석徐恒錫, 사회 이기세李基世가 참여한 「이 땅 연극의 조류」라는 좌담에서 한결같이 이인직이 효시가 아니라는 내용이 있다. 실제로는 임성구林聖九라는 사람이 남성사南成社 어성좌御成座라는 곳에서 한 연극이 시초라는 것이다. 김재철은 「조선연극사」에서 이인직이 시초라고 하였지만, 안종화가 쓴 「신극사新劇史 이야기」라는 책을 보면 "작가 이인직도 역시 원각사에서 연극행동이 있었다 하는 바, 그 확증을 잡을 수 없으므로 여기에선 생략키로 한다"라고 적혀 있다. 생략을 하는 이유는 증거를 잡을 수 없기 때문이라고 하였다. 이인직은 40세가 넘어서 연극을 시작했는데, 실제로 40세가 넘어 연극을 시작하는 것은 불가능하다.

이인직은 이등박문과도 관련이 있는데, 이등박문은 쇄국정치를 펴던 일본을 개방하고 외국과 교류를 하면서 문화를 받아들인 혁신적인 일을 하면서 조선도 삼켜버린 인물이다. 그런 이등박문의 끄나풀 중 한 명이 바로 이인직이다. 이등박문은 조선에 와서 일을 할 때 젊은 사람 하나를 발탁해서 일본에 유학을 보냈다. 명분은 유학이지만 실은 일본에 유학 와 있는 조선 학생들의 동향을 알아오는 첩자노릇이었다. 이인직은 훗날 이완용李完用이 국무총리를 할 때 비서실장까지 지냈다.

일본의 연극에 있어 그 첫 번째는 1603년에 시작된 가부끼고, 1890년 이른바 '혁명적 문제극'(우리나라로 치면, 박정희정권을 반대했던 마당극과 같은 것)이라는 것이 나오는 때에 일본의 정치체제의 개혁을 부르짖는 내용을 담은, 소위 장사극壯士劇이 나오기 시작했다. 이 연극운동을 했던 사람 가운데 1864년에 태어나 1913년에 죽은 가와카미 오도지로川上音二郎라는 사람이 있었다. 그는 잘생기고 한량이었던 것 같다. 가와카미가 말을 하면 군중들이 순식간에 감동을 하곤 했다. 동경에서 정치하는 사람들이 가는 최고급 요정이 있는 데가 긴자에서 조금 옆에 신바시라는 곳이다.

여기의 한 요정에 매력 있는 기생이 하나 있었는데, 일본 최초의 여배우 사다야꼬貞奴라는 사람이었다. 1872년에 태어나 1946년까지 살다간 사다야꼬는 7살에 화류계 양녀로 들어간 여자로 바로 이등박문의 애첩이었다. 그래서 아무도 사다야꼬에게는 손을 못 댔다. 그랬는데, 이 여자가 가와카미를 알게 되었고 그만 가와카미에게 반해 버렸다. 사다야꼬가 있는 요정의 주인여자는 "너는 고사하고 가와카미도 이등박문에게 죽는다. 제발 좀 떨어져라"고 말렸을 것이다. 그런데 둘이 프랑스로 도망을 가버린 일이 있다. 외국으로 떠나는 것에 대한 평계도 "공연을 간다"는 것이었다. 그래서 일본의 연극 중 혁명적 문제극이 신파로 발전하는 계기도 여기에서 나온다. 사랑하는 사람이 있어서 죽음을 당하지 않으려고 유럽으로 도피한 것인데, 이때 서양 연극을 보고 일본 연극이 발전된 것이다.

이등박문의 애첩은 사다야꼬뿐만이 아니었다. 조선에 와 있을 때, 지금말처럼 '현지처'로 한 조선여자를 좋아했었는데, 그 여자가 바로 배정자裵貞子다. 이 사람은 1870년에 태어난 사람으로 언제 죽었는지는 모르겠지만, 본명은 분남粉南이다. 1882년 여승女僧이 되었다가 1885년 아버지 친구의 주선으로 일본에 망명해 있던 안경수, 김옥균金玉均에게 위탁되어 있다가, 이등박문의 눈에 띄어 만나게 되고 이름도 분남에서 정자貞子(사다꼬)로 개명했다. 그러니까 조선여자 분남과 살면서 이름도 가와카미와 도망쳐버린 기생 사다야꼬와 비슷하게 사다꼬로 바꾸어 놓은 것이다. 이것을 봐서라도 배정자는 이등박문의 애첩이었음이 틀림없다.

그리고 배정자의 수양딸이 배구자裵龜子다. 배정자의 성이 배씨였는지는 의문이지만, 배구자의 이름도 배정자가 지어주었을 것이다. 일제시대때 여자 이름에 子자를 쓴 집안은 일본과의 관계가 깊거나 일본 명을 의식적으로 쓴 것이다. 배구자가 왜 배정자의 수양딸이 되었는지도 모르겠다. 배구자가 배정자의 수양딸이 된 이후인지 이전인지는 모르겠지만, 일본의 덴까쯔天勝라는 서커스의 단원이었다. 즉, 오도리꼬 막간에 춤을 추는 무용수라고 할까. 그렇다면 배정자도 덴까쯔의 춤추는 사람이어서 이 모습을 이등박문이 본 것은 아닐까 한다.

배구자의 덴까쯔가 조선, 중국, 만주까지 순회공연을 돌아다니곤 했는데, 평양에 가면 꼭 들르는 여관이 있었다. 그 여관에서 손님을 안내하는 일을 하던 홍순언洪淳彦이라는 사람이 있었는데, 해마다 이 곡마단이 이 여관에 머무르니까 배구자와 이 사람이 눈이 맞았다. 그래서 배구자가 배정자로부터 뛰쳐나오려고 그런 건지, 무엇 때문인지는 모르겠지만 홍순언과 덴까쯔에서 도망을 갔다. 그리고는 객석 6백석을 갖춘, 우리나라 사람이 운영하는 최초의 연극전용 극장인 동양극장東洋劇場을 만든 것이다.

　이등박문은 조선이 일본의 식민지가 되는 데 있어 원흉이라는 것만 알고 있는데, 우연하게도 그가 관계하는 여자가 일본의 신연극을, 그리고 직접적이지는 않지만 동양극장이 생기는 경위에도 그의 이름이 끼어있다는 것은 아이러니일 것이다.

역류하기 시작한 한일간의 문화교류

· 1930년대 미완성의 일본, 동양극장

일본을 섬나라島國라고 한다. 섬나라의 특징 중 하나로 '비상구非常口'라는 것이 있다. 비상구는 일본사람들이 만든 한자인데, '평상시가 아닌 구멍'이라는 뜻이다. 극장의 경우 꼭 비상구가 있는데, 물이 나거나 하면 그곳으로 나가라는 것이다. 우리나라는 소방법 때문에 비상구를 만들기는 하지만 그쪽으로 관객들이 들어올 수 있기 때문에 보통 잠가두는데, 일본에서는 그냥 열어둔다. 1935년 당시 커피 한잔에 5전이었는데, 일본 최고급 극장인 제국극장의 입장료가 3원정도 했다. 그러니까 지금 커피 한잔을 3천원정도로 잡고 계산해 보면 지금 돈으로는 입장료가 18만원정도인 것이다. 그렇게 비쌌는데도 비상구는 열려 있었다. 그러니 당연히 사람들이 입장권을 사지 않고 그 비상구로 들어갈 것 같은데, 아무도 그 길로 극장 안에 안 들어갔다. 이것 하나만으로도 섬나라라는 특징이 나온다. 무슨 이야기냐 하면, 자기가 섬나라에서 사는데 어디로 도망을 갈 것인가, 어디로 가도 일본 안에 있는 것이다. 그러한 근성이 비상구를 열어두는 것이다.

나는 일본으로 유학 가서 아파트에 살았는데, 2층에서 건넛집을 내려다보면 뜰이 보였다. 여름에는 그 뜰에서 시아버지가 목욕을 하기 위해 물이 든 큰 통에 들어가 앉아 있으면 며느리가 물을 떠와서 등목을 해주곤 했다. 그리고는 또 그 자리에서 며느리가 목욕을 하곤 했다. 그것을 보고 나는 깜짝 놀랐는데, 일본사람들은 개방이 되어 있어서인지는 모르겠지만 당연시했다.

우리나라는 예부터 남녀칠세부동석男女七歲不同席이라 하여 처음부터 성性에 관한 난잡한 현상이 나오지 않도록 미연에 방지하는 유교사상이 있었다. 그런데 일본은 그것이 없었다. 퇴계退溪 이황李滉의 성리학性理學을 일본의 나카에 도오주中江藤樹라는 사람이 접하게 되어 이퇴계의 제자로 들어가 배운 후 일본으로 갔기 때문에 우리나라보다 훨씬 후에 사상이 전파됐다. 일본으로 한문과 불교는 백제시대에 유입됐지만 유교는 조선시대 중세 이후에야 들어간 것이다. 그러니까 그 이전에 이미 성의 형태가 그들 나름대로 행해지면서 하나의 그들의 성행위 전통이 생겼다. 유교가 늦게 들어갔기 때문에 남녀관계는 개방을 넘어 원시적이다. 지금도 일본 시골로 가면 그곳의 온천은 여전히 남녀 혼탕이다. 바로 그러한 부분들이 역사적 증거로 남는 것이다.

이러한 예들이 모두 일본이라는 나라의 주위가 바다라는 것, 즉 일본이 섬나라라는 것과 무관하지 않으며, 이는 일본의 전통예술의 큰 원동력이 되는 것 같다.

일본의 대표적인 전통예술로는 가부끼歌舞伎가 있다. 가부끼에 '광대'라는 '伎기' 자를 쓴 것은 근래에 들어서이고, 본래는 '기생'이라는 '妓기' 자를 써서 가부끼歌舞妓였다. 일본의 이즈모出雲라는 곳은 지리상 우리나라 경주와 굉장히 가깝다. 그래서 지금도 이즈모의 해변에는 우리나라 우유팩 같은 것이 떠오곤 한다.

한번은 일본 와세다대학의 전통 가부끼에 대해 권위있는 교수하고 이야기를 한 적이 있는데, 가부끼의 시초는 1603년 이즈모에서 오구니阿國라는 여자가 춤을 춘 것에서 시작되었다고 일본 가부끼 역사책에 나와 있다는 것이다. 이 사실에 대해서 그 교수에게 내가 "이 오구니라는 사람은 조선여자다. 경상도 어디에서 무당이나 뭐 그런 족속의 여자다"라고 말했다. 왜냐하면, 우리나라나 일본이나 상류계급의 여자가 남자들 앞에서 춤을 출 리는 만무했기 때문이다. 경주지역에서 일본으로 흘러 들어간 여자가 먹고 살기 위해서 무슨 짓을 했을지 어떻게 알겠느냐 말이다. 그것이 이즈모의 오구니가 아니냐고 했다. 그랬더니 그 교수도 그럴 수 있겠다는 반응이었다.

가부끼가 일본에서 시작할 무렵인 1603년, 일본은 공창제도公娼制度가 있어서 유곽을 설치하고 거기 창녀들이 살고 있었는데, 이 유곽에서 기녀들이 가무를 하면 그것을 보고 자기가 좋아하는 기녀를 골라 잡는다. 이러한 역사가 쭉 내려온 것이 내가 일본에 간 1930년, 시아버지에게 물을 끼얹어주고 자기도 그 자리에서 목욕을 하던 모습으로 나타난 것이 아닐까 생각한다.

「가부끼」와 같은 때에 발생한, 우리나라말로 '이 풍진 세상'이라는 뜻의 '우끼요에浮世繪'라는 화풍이 있었다. 보통 목판화로, 내용은 대부분 화류계 여자들의 생활로서 우리가 알고 있는 춘화春畵라고 할 수 있다. 가쯔시가 호꾸사이葛飾北濟와 미인화 분야의 대가 기타가와 우타마로喜多川歌磨는 우끼요에를 그린 대표적 화가들이다. 이 시대 우리나라에서는 신윤복申潤福, 김홍도金弘道의 풍속화가 유행했는데, 여자들이 세검정의 물 내려가는 곳에서 웃옷을 벗고 목욕하고 어떤 사람이 몰래 보고 있는 그림 같은 걸 말한다. 일본의 가부끼 시대와 조선의 사당패 시대가 거의 비슷하고, 일본의 우끼요에와 우리나라의 풍속도가 거의 같은 시기에 나왔다.

김홍도, 신윤복의 그림은 우리나라 사람만이 알고 있는데, 일본의 우끼요에는 어떤 경위로 유럽으로 건너갔는지 잘 알 수 없지만 특히 프랑스에서 선풍적인 반응이 있었다. 인상파 화가로 유명한 로트렉, 세잔, 르노아르, 마티스가 우끼요에의 영향을 받았다는 사실은 세계적인 정설定說로 되어 있다. 유끼요에는 신윤복이나 김홍도처럼 훔쳐보는 것이 아니고 노골적으로 섹스하는 모습을 면상필面相筆이라는 아주 가는 붓으로 머리카락 하나하나 다 그리는 기법으로 묘사한 그림으로, 요즘의 포르노를 방불케 한 그림이었다.

이런 그림들은 섹스어필이지, 내 생각으로는 예술이라는 것은 없는 것 같다. 프랑스의 로트렉 같은 사람이 물랑루즈에 그린 그림들도 모두 무희들 모습을 그린 섹스어필이다. 예술이라는 것을 다 털어 버리면 남는 것은 섹스일 것이다. 그것이 바로 일본의 전래문화다.

ꚛ

우리나라는 일본과 비슷한 사건이 많은데, 우리나라와 일본의 정치도 1800년대에는 쇄국정책을 펼쳤다. 우리나라는 대원군이 쇄국정책을 펼쳤고, 일본은 도쿠가와막부에서 무사정치를 펼쳤다. 1866년에 미국 상선商船 제너럴셔먼호가 중국 천진에서 조선에 물건을 팔려고 대동강에 나타났는데, 미국사람들이 나쁜 짓을 많이 해서 평안도 감찰사 박규수朴珪壽라는 사람이 군대를 동원해서 그 배에 불을 질렀다. 그 일로 신미양요가 일어났다.

일본은 1868년 개방이 됐고, 우리나라는 1910년에 한일합방을 하고 나서야 외국의 문물을 받아들였다. 1881년에 박정양朴定陽, 어윤중魚允中을 일본에 시찰보내기도 하고 김윤식金允植을 청국에 보내긴 했어도, 이미 최소 30년은 조선의 개방이 늦어진 것이다. 그것은 정치하는 대원군大院君 한 사람의 의지로 그렇게 된 것이 아닌가 한다.

내가 머물던 1930년대의 일본은 지금 생각해보면 아직 완성되지 않은 일본화하는 과정이었던 것 같다. 1920년대에 그 미완성의 일본 모습을 보고 온 사람이 이광수李光洙, 김복진金復鎭, 김우진, 윤심덕 등이었고 나도 1930년대에 일본으로 갔으니까, 충분히 훈련받지 않은 것을 우리나라에 펼쳐놓은 사람들이 바로 우리들이다. 바로 이것이 초기의 우리의 예술 형태다. 만일 대원군이 쇄국정책을 하지 않았다면 서양문물을 먼저 개방한 일본으로 우리는 서양 것을 배우러 가지 않아도 됐을 것이다.

외국의 문물이 전해지는 흐름도 많이 바뀌었는데, 도쿠가와막부시대 1500년대에는 나가사키로 마카오나 말레이시아의 문물이 유입되고, 중국의 불교나 한자문화, 사상 등이 우리나라를 통해 일본으로 들어갔고, 그 양은 요코하마나 나가사키를 통해 들어가는 문화보다 훨씬 많은 비중을 차지했었다. 그러나 해방 후 우리나라에 휴전선이 그어지면서 북쪽의 통로가 막히고 미국의 문화가 일본으로부터 마구 들어오기 시작했다. 왜냐하면 미국과 전쟁을 하다가 일본이 졌으니까 식민지처럼 되어서 미국의 문화가 마구 들어갈 수 있었기 때문이었다. 결국 2차세계대전 이후 문화의 흐름이란 것이 달라졌다. 일본으로 들어가 일본화된 문화가 한국으로 다시 들어오게 된 것이다. 이렇게 문화의 흐름이 역류되었다.

1935년에는 서울 인구 중 일본인이 5분의 2정도이고, 조선사람이 5분의 3쯤 되었던 것 같다. 종로는 상가가 밀집되어 있었는데, 백화점 형태의 우리나라 시초로 오방재가五房在家가 있었다. 종로에서 인사동으로 들어가는 곳에는 수예품가게들이 있었고, 종로에서 안국동으로 들어가는 길에는 안방에 놓는 보료를 파는 상가들이 있었다. 그리고 무교동은 장롱을 많이 팔았다.

극장 관객으로는 남자는 대개 종로, 무교동의 상인들이었고, 여자는 전부 기생이었는데 중류이상 되는 부녀자들이 극장에 가지를 못했기 때문이었다. 그러니까 손님들이 거의 기생이니까 레퍼토리도 기생의 삶에 관한 이야기들이었다. 「사랑에 속고, 돈에 울고」 같은 극이 그 예다. 기생 얘기도 기생이 보고 한숨을 쉬면서 눈물을 흘릴 수 있는 것들만 올렸다.

　1·4후퇴 후에 대구에 국립극장이 있을 때는 미군에게 몸을 팔곤 하던 양공주를 주인공으로 극을 만들었는데, 그 양공주를 나쁜 쪽으로 얘기를 쓰지 않았다. 내용은 그 주인공 여자가 결혼을 했는데, 남편은 군대에 가 있고, 남편의 동생이 대학을 가야 하는데 등록금이 없으니까 생각다 못해 용기를 내서 양공주가 되는 얘기였다.

　이것이 동양극장류의 신파연극으로, 이 연극을 하고 있는데 갑자기 극장 안에 타다닥 뛰어가는 발소리가 들렸다. 나중에 알고 보니까 그 여자가 6·25전쟁이 있기 전에 이화여고에서 육상선수였던 사람인데, 1·4후퇴 이후에 어쩌다 양공주가 된 사람이었다. 그 여자가 그 극을 보다 보다 못보고 극장을 뛰쳐나간 것이었다. 양공주들이 미군에서 나오는 양말, 커피 등을 무대 뒤로 가져와서 배우들에게 나눠주면서 고맙다고 하는 일도 있었다.

　6백석 정도 되는 동양극장의 객석이니 3일이면 1천8백명이다. 그 당시 서울인구 중 극장에 연극을 보러 오는 계층은 고작 1천5백명쯤 되었다는 계산이다. 사흘만 공연을 하면 더 이상 손님이 안 들어오니까 사흘마다 레퍼토리를 바꿔야 했다. 그러니 기를 쓰고 글을 써야 했는데 이만저만 힘든 게 아니었다. '어쩜', '먹음', '허지만' 이런 말들을 지금 잘 쓰고 있는데, 실은 이것이 준말이 아니다.

　사흘에 극을 하나씩 써야 하는데, 3시간짜리 연극을 하려면 2백자 원고지로 6백장 분량이 있어야 하고 그러다보니 하루에 2백장은 써야 했던 셈이다. 3일 동안에 하룻밤 공연할 5막짜리 희곡을 쓰려면 2백자 원고지 6백장 내지 7백장을 써야 했다. 그러니까 대사를 길게 다 못쓰고, 가령 「춘향전」이라면 춘향의 대사는 '춘' 이라고만 쓰고, 이도

령은 '이노'라고만 썼다. 대사 중에도 '어써넌'이라는 말은 '어썸'으로, 조금이라도 글자수를 줄이려고 했던 것이다. 그렇게 써 놓으면 지금처럼 프린트를 하거나 그런 것이 아니고 가끼누끼書拔き라고 해서 배우들이 있는 분장실에 원고를 가져오면 이도령 것만 누가 한 명 옮겨 쓰고, 또 다른 사람은 춘향 것만 받아쓰는 식으로 해서 맞춰보곤 했던 시대였다.

글은 줄여서 써도 연극을 무대 위에서 실제로 할 때에는 제대로 발음했다. 이런 역사적인 사실을 모르고, 오늘의 방송국 작가들은 준말인 줄 알고 그렇게들 쓰고 있다. 너무 짧은 시간에 많은 글을 써야 하다 보니까 편법으로 그렇게 했던 것인데, 지금은 거꾸로 그렇게 말하는 것이 대사인줄 알고 있어서 문제다.

그럼 기생들은 왜 극장에 많이 왔을까? 기생은 자유업이다. 지금처럼 요정에 출근하는 것이 아니다. 그냥 전라도의 기생이라면, 전라도 기생조합에 적을 두고 요릿집에서 손님이 부르면 가는 것이다.

예를 들어 "○○에 사는 ○○○가 명월관에 손님 몇과 갈 테니 춘심이를 좀 불러다오"라며 예약을 하면 요릿집에서 손님이 다 오고 나서 술상 들어오기 전에 인력거를 예약한 기생집에 보낸다. 그러면 그것을 기생이 타고 오는 것이다. 기생은 어떤 요릿집에서 언제 부를지 모르니까 미리 서너시 정도되면 화장도 곱게 하고 몸단장을 다 마치고 기다리는 것이다. 그러니까 요릿집에서 밤까지 부르러 오지 않으면 화장을 다 지우고 씻고 쓸쓸히 울면서 자야 한다.

그때 기생들이 이용하는 것이 동양극장이었다. 몸단장을 다 마치고 자기집 식구들한테 "나 동양극장에 있을 테니 요릿집에서 인력거 오거든 그리로 보내다오" 하고 극장으로 가 있는 것이다. 가령 명월관에서 춘심이를 지명해서 오라는 예약이 생기면 쪽지에 '춘심'이라고 적어서 인력거꾼이 명월관에서부터 춘심이네 집으로 가는 것이었다. 집에 가서 춘심이가 동양극장에 갔다는 사실을 알게 되면 인력거는 다시 동양극장으로 간다.

연극을 하고 있는 시간이어서 문 앞 표 받는 곳에 인력거꾼이 '춘심'이라고 적혀 있는 쪽지를 내민다. 그러면 그 쪽지를 가지고 표 받는 곳에 있던 사람이 공연을 하고 있는 극장 안으로 들어가서 "춘심 씨, 놀음이요" 하고 소리를 지른다. 그러면 연극은 중단된다. 배우들도 그대로 서 있다. 그러면 춘심이는 거드름을 피우며 일어나서 나간다.

그러면 객석에서 그 춘심이를 다 보게 된다. 물론 무대 위에 있는 배우들도 춘심이를 본다. 사람들이 '음, 이 다음에는 춘심이를 한번 불러봐야겠다' 하고 생각을 하도록 하는 일종의 자기 선전이었다. 그것으로 극장을 이용하는 것이었다. 극장의 입장에서 본다면 연극을 방해하는 행동들이지만 그 기생들이 와야만 연극을 할 수 있으니까 묵인을 해주는 것이다. 이것이 그때 극장의 풍습이었다. 지금은 도저히 상상을 할 수 없는 일이다.

이런 얘기를 누구에겐가 했더니 "그 컴컴한 극장 속에서 어떻게 춘심이의 얼굴이 보입니까?" 하고 물어오는 이가 있었다. 그러나 무대가 환하고 객석이 어두운 것은 조명기기가 발달한 후의 일이다. 그때는 지금의 극장과는 달리 객석의 불도 그대로 있었다. 그러니까 객석에 조명이 8개쯤 있다면 5개는 줄이고 3개는 그대로 켜놨다. 조명빛깔도 없고, 페이드 인, 페이드 아웃도 그 시절은 없었기 때문에 다 보였다.

1978년 프랑스 파리 퐁피드 광장에서

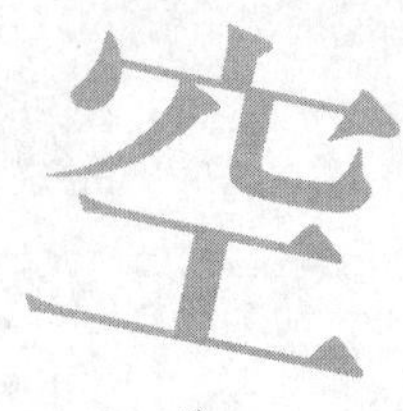

연출은 타이밍이다

· 요리와 연극의 공통점

내가 일본으로 유학을 간 1935년부터 일본이 미국에 선전포고를 하기 바로 전해인 1940년은 바로 내 나이 19살에서 24살이었을 때다. 지금은 이 나이 때를 어른스럽게 보지 않지만 그때는

16~17살이면 장가도 갔기 때문에 그때 나는 벌써 장년에 속해 있었다. 일제가 세계로 뻗어보려는 야욕과 만용을 부리는 속에서 나는 조선 청년으로서 일본에서 유학하며 내 나름대로 젊음을 구가했다. 그 시대의 일본 유학은 지금의 미국이나 독일 유학과는 아주 다르다. 돈만 가지고 되는 것도 아니었기 때문에 훨씬 어려웠다.

그러한 때에 일본에 있으면서 느낀 것 중에는 내가 예견하거나 미리 준비하지 않았음에도 불구하고, 20대에서 30대로 넘어가고 30대에서 40대로 그렇게 체험하고 살아가는 동안 그 흔적들이 나에게 너무나 우연히, 그리고 자연스럽게 오늘날까지 영향을 주는 것들이 있다.

그때는 경복궁 근처에 벼슬하는 양반들이 살았다. 아무래도 벼슬아치들은 궁궐 가까이 있어야 했으므로 경복궁과 창덕궁을 중심으로 그 주변이 상류계급의 사람들이 사는 곳이었는데, 그런 식으로 일본의 동경에서도 상류계급이 사는 곳이 따로 있었다. 그곳을 야마노데라고 한다. 하류계급이 사는 곳은 시다마치, 상류계급과 하류계급의 완충지대는 상가다. 그 외에 아사구사라고 있는데, 매춘을 하는 곳으로 지금도 있다. 이 근처에 요시하라라는 역사적으로 유명한 유곽이 있었는데, 이 요시하라 입구에 가설무대를 만들고 이 유곽에 있는 창녀들이 춤을 추고 노래도 해서 호객행위하는 것이 가부끼의 시초였다고 본다. 야마노데 출신들은 양반과 상놈의 구별처럼 아사구사 사람들과 절대로 결혼하지 않는다. 그건 지금도 그렇다.

조선 유학생은 친일파의 아들이나 아주 갑부집 자식이 아니고는 야마노데에서 방을 얻지 못했는데, 이유는 조선 학생이 가져오는 짐꾸러미(야나기 고오리) 속에 낭낑무시 南京蟲(우리나라에서 "빈대"라고 부르는 것을 일본에서는 "중국의 남경에서 오는 벌레"라 하여 이렇게 불렀다)가 들어 있고 마늘냄새도 난다는 것이었다. 일본사람들이 지금 우리보다 마늘을 더 많이 먹는 것으로 보아서 이것은 다 핑계다.

여하튼 조선 유학생 중에서도 아주 가난한 학생들은 시다마치에 살았다. 지금은 지하철과 전철이 많이 생겨서 거미줄 같지만, 그 당시는 학생들이 교통수단으로 주로 사용하던 전철은 동경을 직선으로 관통해 신주꾸를 거쳐 변두리로 가는 츄오센과 부잣집 동네를 빙빙 도는 야마노데센, 이렇게 두 가지만 있었다.

유학을 하는 데 있어서 부잣집 자식들은 한 달에 80원 정도에서 100원 정도의 생활비를 가지고 살았다. 그것은 어마어마하게 잘 사는 경우였다. 나는 그냥 고학은 아니다 싶은 정도로, 한 달에 40원에서 45원 정도를 썼다. 지금 내 기억으로는 방값이 보통 15원 정도를 내야 했고, 밥은 동네마다 식당이 있어서 식권을 사서 먹었는데, 이것이 한 달에 20원 정도 들었다. 그러니까 5원 정도 가지고 교통비를 한 것이다. 거리에 따라 다르지만 한 번 전철을 타는 데 보통 10전 정도가 든다. 하루에 통학만 한다고 하면 20전이 필요하고 한 달이면 6원이다. 그러면 40원으로는 한 달 생활이 무척이나 빠듯하다.

그래서 학생들은 여러 명이 함께 모여서 자취를 하곤 했다. 만약 3명이 방 하나를 함께 얻는다면 15원의 방값은 한 사람 당 5원밖에 되지 않는다. 그리고 식대는 자기들이 해 먹으면서 재료값으로 한 사람 당 10원 정도 냈다. 그렇게 하면 40원 정도 필요했던 생활비를 교통비까지 해서 20원으로 줄일 수 있었다. A, B, C라는 유학생들이 함께 산다고 가정했을 때, 오늘 A는 밥을 담당하고, B는 설거지, C는 하루 쉬는 것으로 정해서 교대로 돌아가며 집안일을 했다.

그런데 이 일이 나에게는 큰 영향을 주었다. 내가 밥 담당으로 음식을 만들었는데, 나머지 두 명이 너무 맛있다면서 나에게 "너는 식대 10원은 안 내도 된다. 설거지고 뭐고 다 집어치우고 너는 우리한테 음식만 해달라"고 하는 것이었다. 내가 천부적으로 요리에 소질을 타고 난 것도 아니었고, 그냥 우연히 그렇게 된 것이었다. 그때 10원이라는 돈은 어마어마한 것이었다. 10원이면 당시 한 잔에 5전이었던 커피도 마실 수 있고, 극장에서 영화도 볼 수 있었기 때문에 나는 하루 종일 공부고 뭐고 다 집어치우고 음식 만드는 것만 생각을 했다.

우리나라의 식당은 주방이 식당 안에 따로 있지만 일본은 손님들 가까이에 있어 식당에서 음식을 시켜 먹을 때에도 요리하는 것을 다 볼 수 있었기 때문에 지켜보면서 메모도 하고, 맛을 보면서 "이것은 간장 맛이다. 이것은 소금 맛이다"라는 생각을 하기도 했다. 그리고 집에 와서 그대로 만들곤 했는데, 그러면 우리방 친구들은 "아주 맛있다"고 들 좋아했다. 이러한 생활이 내 나이 60세가 넘어 세계를 돌아다닐 때도 그 나라의 관광은 하지 않아도 어떤 음식이 맛있다고 하면 음식 먼저 먹으러 가는 것으로 이어졌다.

요리는 연극과 많은 면에서 유사하다. 말하자면 요리도 곧 예술이다. 연극에 있어서 연출은 요리하는 것과 같다. 요리는 고기, 야채, 양념 등의 재료를 가지고 우선 볼품 있고, 냄새가 구미를 당길 수 있어야 하고, 인체를 튼튼하게 해주면서 입에 넣으며 미각이 사람을 행복하게 해주어 정신적인 부분에도 만족감을 준다. 이것은 희곡, 배우, 무대, 장치, 의상, 음악, 효과 등을 총망라해서 요리사가 음식을 만들듯이 연출가가 연극이라는 요리를 만드는 것이다.

일본에는 고급 요릿집촌으로 신바시와 지금도 유명한 아까사까라는 곳이 있다. 그리고 이런 곳과는 조금 떨어진 곳에 가구라사까라는 곳이 있다. '가구라' 라는 것은 우리나라로 따지면 '무속음악' 이라는 뜻이다. 이런 곳은 아주 하류계급 사람들이 가는 곳이다. 60여 년 전에 이곳에 구라藏라는 곳이 있었는데, 큰 초가집으로 그 속은 아주 허허벌판 같았으며, 프랑스를 예로 들면 포도주를 넣어 두는 넓은 창고 같은 곳으로 술도 빚고 저장하기도 했다. 이곳은 아주 값싼 술을 팔아 일본 노동자들이 자주 찾았다. 우리나라의 막걸리와 비슷한 도부사께 1잔과 두부 2쪽, 그리고 간장을 줬는데, 여기서 미꾸라지가 든 두부 만드는 과정을 손님들도 볼 수 있었다.

숯불을 피우는 화덕이 있고 그 위에 냄비를 올려놓는다. 옆에는 양동이가 있는데, 그 속에는 미꾸라지가 들어 있고 양동이 위에는 석쇠가 있다. 화덕 앞에는 한 늙은이가 앉아서 불이 잘 타오를 수 있도록 화덕에 있는 바람구멍으로 부채질을 하고 있다. 양동이 옆에는 여남은 살 정도 되는 어린아이가 있다. 손님이 술을 먹으러 들어가면 화덕 위의 냄비에 물을 붓고 늙은이가 부채질을 시작한다. 옆에 앉아 있던 어린아이는 늙은이가 부채질하는 것과 냄비 속의 물을 보고 있다가 다른 곳에 담겨 있던 미꾸라지를 한 바가지 떠서 석쇠 위로 붓는다. 그러면 미꾸라지가 작고 가는 것은 다시 양동이의 물 속으로 들어가고, 그 사이로 빠지지 못한 덩치가 웬만한 것들은 석쇠 위에 남아 꿈틀꿈틀 움직이고 있다. 그러다 물이 보글보글 끓으면 부채질을 하던 사람은 일본말로 "하잇!(넣어!)"라고 한다. 그러면 어린아이가 석쇠 위에 남은 미꾸라지를 냄비에 쏙 집어넣는다. 냄비 속에는 두부가 들어 있다. 나는 이러한 모습을 유심히 보고 있었는데, 어린아이가 미꾸라지를 냄비 속에 넣자마자 눈 깜짝할 사이에 미꾸라지는 없어져버린다. 찬 곳을 찾아 두부 속으로 들어간 것이다.

만약 처음에 석쇠로 미꾸라지를 거르지 않고 작은 것까지 넣어버리면 그것들은 이 뜨거운 물 속에서 두부까지 도달하지 못하고 죽어버릴 것이다. 그리고 물이 일정한 온도에 오르지 못했을 때 미꾸라지를 넣었다면 미꾸라지가 찬 두부 속에 들어가 꿈틀대다가 두부가 다 깨질 것이다. 이것이 바로 '타이밍Timing'이다.

「춘향전」을 연기하는데, 이도령이 "춘향아, 우리 아버지가 한양으로 벼슬을 가는데, 너를 데려갈 수도, 놓고 갈 수도 없구나" 하며 처량하게 있을 때, 춘향이 "그럼 결국 나를 놔두고 간다는 것이 아니오"라는 말을 해야 할 상황이라고 가정을 해보자. 먼저 이도령의 대사가 끝나자마자 곧바로 춘향의 대사가 시작되는 것과 이도령이 대사를 한 후 물끄러미 앉아 있는 것으로 시간이 흘러 분위기가 다 흐트러진 후에 춘향의 대사가 시작되는 경우, 이도령의 대사와 춘향의 대사 사이의 공간이 어느 정도의 길이냐에 따라 극적 효과는 달라진다. 관객이 흥분할 수 있는 그 시간을 잡는 것이 바로 연출인 것이다. 연극을 하면서 어느 날 갑자기 그 미꾸라지가 들어간 두부를 만들던 모습이 떠올라 '연출은 바로 타이밍'이라는 것을 깨달았다.

유학 생활비를 아끼려고 요리를 시작하면서 맛에 신경을 쓰게 되고, 음식에 있어서의 맛과 연극의 재미는 일맥상통한다는 것을 깨달았다. 그리고 상류계급 사람들 사이에서 살지 못하면서 서민적인 연극이라는 것을 터득한 것이다. 자취를 하면서 요리를 시작한 것과 가구라사까에서 우연히 두부 만드는 모습을 본 이 두 가지가 내 인생방향을 바꾸어 나가는 데 있어 물 흐르듯 자연스럽게 커다란 영향을 주었다.

동해-물과 동-해물

· 친일파의 유형과 문화예술계의 표절

중학교 동기동창인 한 친구의 아버지는 사회적 명망이 높은 사람으로 일제시대 때 변호사였으며, 훗날 김성수가 사서 고려대학교로 바뀐 보성전문학교를 설립한 박승빈朴勝彬이라는 분이었다. 그는 훈민정음파로 세종대왕이 만든 언문諺文을 주창하는 사람이었다. 그와 상반되는 인물이 언문을 배척하고 지금의 한글을 주창한 주시경周時經이다. 내가 지금도 한글 맞춤법을 싫어하는 것이 내 친구의 아버지가 언문을 주창한 사람이었기에 그 영향을 받은 때문이기도 하다.

만주사변이 일어났을 때가 내 나이 15살이었다. 그날 밤 나는 그 친구와 을지로를 걷고 있었는데, 그가 "만주사변이 일어났다"며 "그 전쟁은 아주 오래갈 것 같다. 일본놈이 만주를 점점 먹어 들어가는 시작이다"라는 말을 했다. 그 당시 나는 그게 얼마나 중대한 사실인지를 전혀 몰랐다. 여기까지 총소리가 들릴 리도 없고, 신문에도 나지 않았기 때문에 아무도 모르고 있었다. 결국 그 말은 자기 아버지에게 들은 말이었고, 나중에 알고 보니까 그분은 미리 예견을 했던 것이다.

일본군은 만주사변을 일으킨 후, 1937년에는 중국과 전쟁을 일으키고 1941년에는 미국과 전쟁을 했다. 그러나 결국 장제스蔣介石가 있는 중경重慶까지 가지 못하고 1945년 패전했다. 1931년 그 당시로는 "일본이 이렇게 전쟁을 하다가 망할 것이다"라고 생각했던 사람은 없었을 것이다. 다만 우리 아버지대代의 유식한 사람들 사이에서 전쟁이 장기화될 것이라는 예측만이 가능한 시기였다. 일본은 앞으로 자꾸만 뻗어나가고 있었고, 우리나라 사람들은 어차피 식민지가 되었으니까 무의식중에 그랬든 의식적으로 그랬든 어떻게든 일본의 박해를 받지 않고 편안히 살기만을 바라는 생각이 팽배해 있을 시기였다. 그런 행동들이 해방이 되자 친일親日이 되어버린 것이다.

2차세계대전 때까지 우리나라에는 '친일파'라든가, '민족반역자'라는 말은 없었다. 그러나 '일본놈 앞잡이', '주구走狗', '역적逆賊'이라는 말은 있었다. 한일합방 때 조인한 이완용李完用이라든가, 고종황제

에게 칼을 들이대며 도장 찍으라고 했다는 송병준宋秉畯 등을 역적이
라 불렀다.

중국과 만주지역은 워낙 넓으니까 지방마다 그곳에서 제일가는 세
력가인 토후土候가 있었는데, 그 중에 장쭤린張作霖이라는 사람이 있었
다. 일본은 만주를 점령하고 중국을 삼키기 위해 장쭤린을 장제스와
타협하는 데 이용하려고 했다. 그런데 장쭤린이 장제스에게 갔다가
일본이 원했던 타협에 실패하고 돌아오니까, 일본은 중국군과 마찰이
생기도록 사건을 일부러 만들어서 장쭤린을 비롯한 그의 군대를 전부
몰살시켜 버렸다.

내가 역사학자도 아니기 때문에 역사에 깊이 관여해서 얘기할 자격
은 없지만, 대원군 시대에 미우라 고로三浦梧樓라는 일본인이 경복궁에
낭인浪人들을 시켜 명성황후를 시해한 사건이 있었는데, 만약에 그 사
건의 앙갚음으로 우리가 전쟁을 일으켰다 패배를 했을 경우 그것은
한일합방 같은 조인식도 아니고 그냥 점령당하는 것이 아니었겠는가.
그런데 고종쪽에서는 싸움을 안 했기 때문에 한일합방을 하게 된 것
이 아닌가 싶다.

1937년에 일어난 노구교사건盧溝橋事件(중일전쟁의 발단이 된 양국 군대의 충돌
사건)도 장제스에게 쳐들어가는 사건이라는 점으로 보아 만주사변과
비슷한 것이었다. 그런데 장제스는 장쭤린처럼 죽지 않고, 구석으로
구석으로 계속 밀려갔다. 8·15 해방시에는 중경에 가 있었고, 김구金
九와 우리 독립군도 거기에 따라 들어가기도 했다.

친일파에는 4가지가 부류가 있다. 이완용과 송병준 같은 사람들은
처음부터 친일파였다. 그러니까 '원천적인 친일파'라 할 수 있겠다.
두 번째로는 자진해서 친일을 하는 경우다. 이것은 자신이 스스로 제

법 똑똑하다고 생각해서 잎을 내다봐야 한다며 일본에 붙은 경우다. 세 번째는 무식해서 친일파가 되어버린 경우고, 네 번째가 악질인 경우다.

자진해서 하고 싶어서 친일파가 된 사람이 있고, 먹고 살려고 할 수 없이 친일을 하는 사람들도 있었지만, 아주 악질은 바로 일선 경찰서 순사와 형사였다. 일본 파출소에도 일본 순사가 하나 있으면 우리나라 순사도 하나 있었는데, 우리나라 사람이 일본인보다 더 못되게 굴었다. 이들이 우리나라 독립운동을 하던 사람들이나 사상범을 체포해 고문하는 고등계 형사에 속하는 사람들이다. 지식인들을 못 견디게 하고, 서대문형무소로 들어가기까지 한 짓은 다 조선인 경찰들이었다.

실제로 일본에서는 일본 천황이 어딘가를 가기 위해 어떤 동네를 지나가기라도 할라치면 천황이 그 앞을 지나가기 4~5일 전부터 그 거리에서 조금이라도 이상한 사람은 모두 다 경찰서에 '예비구속'이라는 것을 했다. 우리 같은 조선사람이 그런 경우였다. 그런데 동경에서 예비구속은 했어도 때리거나 고문 같은 것은 안 했는데, 이런 경우 조선에서는 조선인 형사가 무슨 구실을 붙여서라도 무조건 구타나 고문 같은 것을 자행했었다. 종로경찰서의 고등계 형사 중에 굉장한 악질이 한 명 있었는데, 해방이 되면서 집으로 누가 찾아와 문을 똑똑 두드려서 열어 주니까 총을 쏴서 죽여 버린 사건이 있었다는 것을 신문에서 읽은 적도 있다. 원효로에서 물고문을 해서 죽인 이근안李根安의 모습이 바로 그러한 일제의 잔재다.

친일파의 네 부류 중 두 번째 경우 구분해야 할 게 하나 있다. 즉, 관료가 된 사람들의 경우다. 지금의 사법고시와 비슷한 것으로 그 시대에는 고등문관시험高等文官試驗과 보통문관시험普通文官試驗, 이렇게 두 종류가 있었다. 고등문관시험은 서기관이 되기 위한 시험으로, 서기관은 지금으로 따지면 4급 일반직 국가공무원으로 꽤 높은 자리였다. 정식 대학교는 경성제국대학교밖에 없었고, 다른 대학교는 모두 보성전문학교, 연희전문학교 이런 식으로 4년제 전문학교였다. 경성제국대학교의 예과 2년과 본과 4년을 졸업하면 고등문관시험의 합격자와 비슷한 자격이 주어진다. 고등문관시험에 응시하는 사람들은 전문학교를 나온 이들이다. 그런데 조선사람들은 고등문관시험을 보지 않았고 대부분 보통문관시험에 응시했다. 그 시대는 보통 임시 고용직이었는데, 어떻게 하든지 정식 관리가 되고 싶어서 이 시험을 봤다. 고등문관시험을 볼 만한 사람들은 그 이전에 의학 계통이나 법학을 전공하고 변호사 자격시험을 보는 편을 선택했다.

정식 관리가 되려고 하는 사람들은 자진해서 친일하려는 사람이라기보다 과거 조선시대에 벼슬이라는 개념을 그대로 이어서 일본 치하에서도 그때처럼 벼슬을 하려는, 관념적으로 관료가 되려는 부류라고 할 수 있다. 말하자면 출세하고 싶고 안정된 생활을 바라는 마음으로 관리가 되고 싶은 것이었다. 이 사람들은 죄가 없는 사람들이다. 가령 우리가 생각할 때 지금의 용인시장, 그 전 같으면 군수라는 자리는 별로 큰 벼슬이 아니지만, 조선시대에는 고을 원님이라고 하면 아주 높은 지위였다. 그런 식으로 관념의 잔재의식이 남아 있던 시대였었다.

그때로서 꽤 출세한 경우인 고등문관시험을 통과한 조선사람으로, 내가 알고 있는 사람 중에 엄○○라는 전라남도 도지사까지 지낸 사람이 있다. 그 당시는 우리나라가 전체 13도였는데, 그 중 2도만이 우리나라 사람이 도지사였다. 그 사람은 조선신궁의 참배를 비가 오나 눈이 오나 하루도 빠지지 않았다. 조선신궁은 우리나라 단군처럼 일본의 시조로 여기는 신神인 아마떼라스 오오미까미天照大神를 모신 곳으로, 지금은 없어졌지만 당시 남산에 있었다. 아주 이상하게 소름끼치게 만들어 놨으며, 그때는 학교 선생이나 관리들 모두 이곳에 참배를 하지 않으면 박해를 받았었다. 아무튼 이 사람은 자신의 영달榮達을 위해서 성심성의껏 철저히 일본의 식민이 된 것이다. 이런 사람은 내가 볼 때에는 민족성은 없는 사람이지만 악의도 없는 사람이다. 그냥 "나는 일본인이 됐다"고 생각하는 사람인 것이다. 그렇게 하니까 결국 도지사까지 할 수 있었는데, 이 사람은 비록 완전히 친일파이긴 하지만, 한 가지 주의할 점은 도지사를 했다는 것이 이완용과 송병준처럼 나라를 팔아먹은 일은 아니라는 점이다.

이렇게 시험을 통해 친일을 한 경우 외에 과거 대한제국시대에 문벌이 있던 집안, 가령 창덕궁에 판서를 했다든가 한림학사를 지냈다든가 지금 성균관대학교가 있는 공자묘가 있는 곳에 학자였던 소위 양반계급의 사람들은 사실 일본인도 함부로 건드리지 못하고 예우를 해주었는데, 그것은 일종의 제스처였다. 그 방법으로 조선총독부에서 정치를 하면 평가를 하는 중추원中樞院이라는 기관을 두었다. 그러니까 그 사람들을 친일파 속으로 억지로 모셔다 놓고는 일년에 몇 번 회의를 한 후 돈을 조금 주곤 했다. 일본말을 할 줄 몰라도 상관하지 않았다. 3·1운동 같은 우리나라 사람들의 거센 저항을 겪고 난 후 이렇게라도 대접을 해줘야 말이 없게 생겼으니까 한 것이었는데, 해방 후 이들은 억울하게 친일파로 몰리기도 하였다.

문화예술계에서 오늘날 문제시되는 것 중에 하나가 바로 표절剽竊이다. 그 당시 친일파, 민족반역자라는 말이 없었던 것과 마찬가지로 문학 작품이든지 회화, 음악에서 표절이라는 말도 없었다. 요즘에 와서야 나온 말이다. 그런데 따지고 보면 그때 시대는 다 표절이었지 창작이라는 것이 없었다. 가령 많은 연극을 보고 나도 저렇게 해 볼까 해서 연극이 되는 것이지 하나도 보지 않고는 연극이 될 수 없었다. 소설이나 시도 모두 그렇고.

그럼에도 불구하고 1910년 전후에 연극이 나오고 조금 후에 소설도 나왔는데, 그것이 창작이냐 하면 아니다. 전부 일본 것을 베낀 것이다. 소설이라는 것이 그때는 크기도 4×6판 정도로 작고 껍질도 아주 엉터리인 얇은 책으로 나왔는데, 신소설新小說이라 했다. 그런데 그것이 주로 일본소설을 그대로 번역해서 낸 것이었다. 그리고「장화홍련전」도 내용을 보면「콩쥐팥쥐」를 보고 표절한 것이다. 그런데 지금 누가「장화홍련전」을 보고 표절했다고 하는 사람은 아무도 없다. 소설에「장한몽長恨夢」이라고 있는데, 그것은 일본작가 오자키 고요尾崎紅葉가 쓴「곤지키야샤金色夜叉」를 번안한 것이다. 일본에서도 서양 것을 갖다가 저희 것처럼 번안을 하고, 우리 선배들은 또 그것을 갖다가 우리 것으로 번안을 하곤 했다.

몇 해 전에 재일교포인 60세 정도 된 한 여자가 KBS의 한 프로그램에 와서 피아노를 치면서 얘기를 하는데, 홍난파洪蘭坡가 작곡한 곡은 모두 일본 것을 그대로 조調만 바꿔 베낀 것이라고 했다. 그때는 바로 그런 시대다. 이러한 시대에 친일적인 예술가라는 것이 따로 있었겠는가.

고종황제 때 일본의 국가國歌인 기미가요君ガ代를 작곡한 서양사람에게 웬일인지 일본 고위층에서 우리나라의 국가를 만들게 했는데,

우리나라 사람들은 그것을 쓰지 않았다. 그때 우리나라에서는 스코틀랜드 민요인 「올드 랭 사인」에 가사를 붙여서 "동해물과 백두산이 마르고 닳도록~"이라고 불렀다. 그것은 누군가가 반일反日 의식이 있어서 그 사람의 곡을 쓰지 않고 그렇게 한 것이었다. 일본 기미가요의 가사를 보면 "임금님의 세대는 천세만세로 이어져 작은 조약돌이 바위처럼 커지고 그 위에 이끼가 무성할 때까지 이어지리라" 이렇다. 그러니까 우리나라 애국가의 가사를 일본의 "천년 팔천년 동안 조그만 조약돌이 큰 바위가 되도록"에 빗대어 "동해물과 백두산이 마르고 닳도록"이라고(동해바닷물이 어떻게 마를 것이며 백두산이 닳고 닳아서 어떻게 평지처럼 될 것인가), 이렇게 변형을 시키면서 기미가요보다 한층 더 과장시켰다. 고종의 후궁 윤비의 일가인 윤치호尹致昊가 미국으로 유학을 가는 배 속에서 이것을 작사했다는 이야기가 있다. 그리고는 곡을 붙일 수 없으니까 스코틀랜드의 민요에 가사를 붙였다고 했다.

안익태安益泰 작곡의 애국가는 「올드 랭 사인」을 조調만 살짝 바꿔놓은 것인데, 문제가 있다. 예전에 안익태의 부인과 큰딸이 서울에서 살고 싶어 스페인에서 왔었다. 그때 내가 우리나라 국가를 바꿔야 한다는 이야기를 했었는데, 신문에도 크게 났었다. 애국가를 음악적으로 보았을 때 서양의 작곡은 보통 강-약-강-약으로 진행이 되는데, 스코틀랜드 민요에 가사를 붙였을 때에는 "동해물과 백두산이"라는 말뜻이 살아 있는데, 안익태 작곡의 곡으로 불러보면 "동-해물과"로 뜻이 '동쪽의 해물'이 된다. 나 때문인지는 모르겠지만, 안익태의 큰딸이 마구 항의를 하고 신문에 기사도 내더니 짐을 싸서 다시 스페인으로 갔다. 애국가에 대한 것이 음악가협회에서 문제가 되기도 했었는데,

결론은 남북이 통일되면 그때 국가를 새로 제정하자는 것이었다.

⍟

일제 말기 예술가 중 내 기억에 남는 사람들이 있다. 조선이 개화를 하면서 연극, 미술, 음악, 무용에서 많은 사람들이 등장했다. 이 사람들을 지금의 시각으로 보면 친일파로 생각될 수 있지만 절대 친일파가 아니다.

우선 화가 중에서는 개성에서 태어난 김인승金仁承이다. 동생이 세종대왕상像을 조각한 김경승金景承이다. 김인승은 우에미술대학(지금의 동경미술대학)을 졸업한 사람으로, 「나부裸婦」로 선전鮮展(지금의 대한민국미술대전 전신인 조선미술전람회朝鮮美術展覽會의 약칭)에서 최고상인 창덕궁상을 받았는데, 정말 말못할 정도로 잘 그렸다. 지금 보면 구식이라 할 수 있는 사실주의이지만, 그토록 신선할 수가 없었다. 김인승은 일본 최고의 국전國展인 제전帝展에 조선사람으로서 입선을 했다.

그리고 음악가로 이인범李仁範이라는 테너 성악가가 있다. 1914년에 태어나 1973년에 세상을 떠난 이 사람은 연희전문학교를 나와서 일본고등음악학교를 졸업하고 전全일본음악콩쿨 성악부문에서 차석을 했다. 이인범이 아니고 일본인이었다면 당연히 일등의 실력이다. 말하자면 원체 잘 하니까 하는 수 없이 수석이 아닌 차석을 준 것이다. 또 한 사람 연희전문학교를 졸업한 문학준文學準이라는 바이올리니스트는 일본에서 신교新響라는 일본 최고의 오케스트라단원으로 뽑혀 활동하기도 했다. 지금의 NHK교향악단, 일본교향악단 같은 것으로 그때는 이것 하나밖에 없었다.

문학에서는 평양 출신이면서 동경제국대학을 졸업한 김사량金史良

이 있다. 그는 일본의 유명한 문학상인 아쿠다가와상에 후보로 뽑혔다. 이것도 김사량이 아니고 일본인이었다면 단연 당선이 됐을 것이다. 일본이 아무리 우리나라를 억누르더라도 이런 사람들은 우후죽순격이랄까, 자꾸 쑥쑥 삐죽거렸다. 이들은 능력이 너무나 출중했기 때문에 일본에서도 어쩔 수 없이 선발한 것이다. 신문 등의 언론에 잘 등장하지도 않고 그냥 순수하게 자기 할 일만 하다가 죽은 사람들이다. 이 사람들을 지금 친일파라 하겠는가.

1941년 일본과 미국이 전쟁을 하는데, 그 전쟁의 준비를 하던 1940년에 조선총독부에서 정확한 명칭은 모르지만 예능기예증藝能技藝證을 발급해주었다. 예능기예증은 연예인들 전체를 사찰할 목적으로, 연기면 연기시험, 악사면 악사시험 등을 봐서 거기에 합격한 사람들만이 극장에서 공연을 할 수 있고, 식량 이외의 생활품을 배급받을 수 있는 혜택을 받게 해주는 것이었다.

1940년 가을이었다. 나는 연기나 음악 같은 기술이 아니라 무대장치를 했었기 때문에 시험은 보지 않았지만, 시험장소였던 부민관府民館에 갔었다. 대개 내 나이 또래나 위의 나이 사람들이 시험을 보기 위해 우글우글 많이 모여 있었는데, 조선총독부에서 나온 관리가 시험 보는 요령이나 주의사항을 이야기하였다. 그리고는 이광수李光洙의 특별 강연이 있었다. 이광수가 창씨한 이름은 가야마 미쓰로香山光郎인데, 이 이름은 그냥 만든 것이 아니라 자기의 고향인 평안도에 있는 산인 묘향산妙香山에서 '香山'을 따오고 자기 이름에 들어있는 '光'자로 일본 이름을 만들었다. 그때는 창씨개명을 하기 전이었는데, 그가 했던 말을 나는 지금도 기억한다. "조선총독부에서 이런 말은 해도 괜찮다고 해서 이 말을 한다. 일본의 천왕 집안과 우리나라 백제 폐왕廢

王(신라와 당나라에 폐망한 왕족) 집안은 원래 한 집안이다"라는 말을 했다. 그때는 일본 사람들이 내선일체內鮮一體를 강조하던 시기였는데, 일본 사람들이 내지에 산다 하여 '내內'라 하고 '선鮮'은 조선을 일컫는 말로, '일본과 조선이 본래 하나'라는 뜻이다. 전쟁에 조선의 협력을 강요한 통치정책의 일환으로 그러한 것이다. 이광수가 어떻게 해서 그 자리에서 말을 하게 되었는지는 모르겠지만 그런 얘기를 했다.

그런 후 분야별로 실기시험을 봤다. 배우들은 연기를, 악사는 각자 자기 전공하는 기악기를 연주하는데 모두들 결사적으로 최고로 표현하려고 애를 썼다. 그런데 어떤 한 사람이 자기 차례에 클라리넷을 들고 나와서는 아주 괴상망측한 소리를 짧게 "꿱!" 불어내고는 나가버렸다. 깜짝 놀란 사람은 심사위원들이 아니고 거기 있던 우리 조선사람들이었다. "저 사람이 죽으려고 작정을 했구나" 하고 잡혀갈까봐 너무나 놀라며 걱정을 했던 것이다. 그런데 정작 그 사람은 나가면서 살짝 웃음을 짓는 게 아닌가. 그 사람이 바로 여배우 엄앵란嚴鶯蘭의 아버지 엄재근이다. 이것은 목숨을 건 엄청난 행동이었다. 지금 생각해도 너무나 섬뜩했던 일이다. 이 사람이 그 자리에서 잡혀가지는 않았지만, 우리는 이 사람을 유관순柳寬順처럼 대우해주기는커녕 대부분의 사람들은 엄재근이라는 사람이 있었는지도 모르고 있다.

한편, 문화예술에 속하는 사람도 아니고 중추원 참의도 아니면서 친일을 하기가 싫어서 피한 사람들도 있다. 이승만정권 시대에 야당 활동을 하던 유명한 사람들 가운데 그 당시의 꽤 높은 자리에 있던 이정래李晶來라는 사람은 일본사람들과 접촉을 피하기 위해서 안국동에서 서점을 운영했다. 그리고 서민호徐珉濠는 엉뚱하게 흥행도 안 되는 반도가극단半島歌劇團을 만들어서 악극을 했다. 그래야만 일본에 끌려가지 않기 때문이었다.

충무로와 명동 일대에 있던 일본인이 경영하는 백화점으로 총독부 고급 관리 등 서울에 사는 고위층 일본인들을 위한 미쓰꼬시三越(지금의 신세계)가 있었고, 그보다는 못하지만 그런대로 잘 사는 사람들을 주 대상으로 하는 미나가이三中井(지금의 미도파), 그리고 주로 서민층을 고객으로 삼는 히라따平田, 월급쟁이들을 위한 조지야丁字屋 등이 있었다. 우리나라 사람이 경영하는 상점으로는 종로에서 인사동으로 들어가는 길의 모퉁이에 부인들이 쓰는 실이나 바늘 수예품들을 파는 조그만 가게인 동아부인상회東亞婦人商會가 있었고, YMCA 옆쪽으로 얼마 지나 박흥식朴興植이라는 사람이 화신상회라는 것을 운영하고 있었는데, 후에 동아부인상회를 인수하여 YMCA 바로 옆으로 3층집을 지어 화신백화점으로 문을 열었다. 그러나 이 사람도 일본이 전쟁할 때 군수품을 사라며 막대한 돈을 일본에 헌납을 하곤 해서 해방 후 친일파로 잡혀서 서대문형무소에 들어갔었다.

2

空
手
來
空
手
去

데카당스의 시대

· 일제시대 예술풍조, 이광수와 김동인,
극예술연구회, 서정주와 이상

우리나라가 일본의 식민지였던 때 나보다 나이가 더 많은 사람들도 일본이 전쟁에서 질 줄은 몰랐고, 물론 나도 그러리라고는 생각도 못했다. 그때 그 시대를 살아내려고 하다 보니까, 혹은 욕망이나 복심 때문에 일본과 가까워져서 결과적으로 친일파와 민족반역자가 나왔지만, 만일 일본이 결국엔 전쟁에서 진다는 것을 알고 있었다면 친일파는 생겨나지 않았을 것이다.

1940년 일본이 독일, 이탈리아와 3국 동맹을 맺고 1941년 12월 8일 미국 하와이를 공격했을 때 내 나이 25~26세였다. 그 시대에 우리나라에는 외국의 몇 가지 예술풍조가 들어와 있었다. 어떤 의미에서는 사상, 그리고 약간 과장해서 이야기하면 철학이라 할 수 있다.

우선 퇴폐decadence(데카당스)가 성행했다. 이는 잔악성을 띠며 자기 자신을 학대하고 세상의 모든 것을 비건설적, 부정적으로 보는 것인데, 일제 식민지하에 있어서 일종의 자학행위라고 볼 수 있다. 두 번째는 자기 연민에서 나오는 센티멘털리즘sentimentalism인데, 일본사람들이 번역해 놓은 것으로는 감상주의다. 이러한 데카당스와 센티멘털리즘은 당시 지식인들의 주류를 이룬 정서였다고 할 수 있다. 세 번째는 명월관 같은 비싼 요릿집에 갈 수 있는 부유층 사람들에게만 주로 있던 로맨티시즘romanticism이다. 대부분 친일파가 여기에 속해 있었다. 일제시대 일본사람 밑에서 마음이 풍요로우면서 세상을 아름답게 여기며 사는 사람들은 얼마 없었기 때문에 이 로맨티시즘은 그리 흔하지 않았다. 길거리에서 흔히 볼 수 있는 것은 퇴폐와 센티멘털리즘이었다. 센티멘털은 연애에서뿐만 아니라 생활 전반적인 면에서도 나타났고, 고학력자들에게는 데카당스보다 센티멘털리즘이 팽배했다.

데카당스는 극단極端적인 모습으로 많이 표출됐는데, '깡패'가 바로 그것이다. 그때는 초등학교도 수업료를 내야 다닐 수 있었기 때문에, 그 수업료도 낼 수 없는 집의 자식들은 아예 학교 문턱에도 가보지 못했고, 그 중 기운이 센 사람들은 깡패가 되는 경우가 종종 있었다. 요즘 야쿠자라는 말을 잘 모르고 쓰고 있는데, 일본에서 야쿠자는 명치유신 이전 칼을 차고 거리를 활보하던 무사정치에서 그 모습을 찾을 수 있다. 어느 다이묘(大名, 지방 호족)에 적을 어디 두지 못하고 떠돌아다니는 양인良人을 일컬었는데, 이 야쿠자의 흐름이 한일합방 후 우리나라에서 깡패로 나타났다. 내가 10대일 때 칠복이라고 종로의 유명한 깡패가 있었고, 구마적, 신마적, 그리고 '장군의 아들' 김두한金斗漢이 그 후에 등장한 깡패다.

지금은 가회동과 인사동에 한옥마을이 있다는데, 그때는 집 모양이 대부분 ㄱ(기역)자 모양으로 부엌, 안방, 마루, 건넌방, 행랑방 순으로 되어 있었다. 흔히 이 행랑방에는 가난한 젊은 부부가 살았는데, 집주인이 이 부부 중 남자를 부를 때는 "아범", 여자는 "어멈"이라고 불렀다. 젊은 부부는 화장실이나 마당을 비롯한 집 안팎의 청소를 해주고 방을 거저 얻어 쓰는 것이다. 이런 부부의 자식들이 갖는 생각이 바로 한恨이다. 별로 잘난 것도 없는 집주인이 아범, 어멈 부르면 자신의 부모가 조르륵 달려가는 것을 보며 자란 자식들이 갖는 한이 나이를 먹으면서 데카당스한 성격으로 바뀐다. 남처럼 배우지 못하는 울분이 그렇게 할 수 있는 사람을 대상으로 적대감을 갖는 데서 출발하는 한은 아무나 갖고 있지 않다. 부유하게 사는 사람들은 한이 무엇인지도 모를 것이다. 태어나면서 주위환경에서 이렇게 분류가 되는 것이다.

데카당스라는 것은 인간이 살아가는 데서 자생적으로 발생한 생각과 생활, 행동에서 나온다. 그리고 인위적인 한 부류의 흐름으로 센티멘털리즘이 나온다. 그리고 일제라는 더 큰 억눌림이 있었으니 이런 느낌은 이중으로 커질 수밖에 없었으며, 이 속에서 많이 배운 사람들은 니힐리즘nihilism(허무주의)으로도 흐르게 된다. 이것은 퇴폐와 다르며 한과도 또한 다르다.

니힐리즘은 라틴어의 '무無'를 의미하는 '니힐nihil'이 그 어원이며, 러시아에서 시작이 됐다고 한다. 대표적 사상가는 독일의 철학자 니체인데, 그가 궁극에 허무주의가 되는 요인에 있어서는 아버지가 5살에 죽은 것이 큰 영향을 미쳤을 것이다. 불교에서 말하는 인과응보인 것이다. 목사인 아버지가 5살 때 죽고, 그 후 대학까지 다닐 때의 생활이란 순탄치만은 않았을 것이다. 니체는 대학을 다니면서 서양의 철학을 전부 무시하고 동양사상에 심취했던 철학가 쇼펜하우어를 좋아했다. 그런데 쇼펜하우어가 그를 무시해 버렸다. 5살에는 아버지가 죽고, 자기가 무척이나 숭상하던 스승이 자기를 무시해 버린 것이다. 그런데다가 젊은 러시아의 처녀 살로메를 사랑했는데, 그 사랑도 이루어지지 않았다. 그러한 삶이 니체를 허무주의에 빠지게 했을 것이라고 나는 생각한다.

그 시대 사상의 흐름은 예술적인 활동을 하는 사람들은 데카당스 아니면 센티멘털, 그것이 철학적으로 조금 높이 올라가 생각이 깊은 사람들의 사상은 허무주의에 가까웠다. 우리나라에서 허무주의는 조선시대 김삿갓에게도 보인다. 중국의 경우는 공자孔子, 맹자孟子의 철학과는 달리 세상을 둥둥 뜬구름으로 생각하는 사람들, 벼슬도 안하고 누구에게 얽매이지도 않겠다며 유유히 흘러 다니던 이태백李太白과 두보杜甫가 있었다. 일제시대는 데카당스, 센티멘털리즘, 허무주의가 주류였다.

그 외에 이때 등장하는 공산주의共産主義가 있다. 러시아제국이 멸망하고, 공산주의가 된 것이 1900년대인데, 우리나라에는 러시아와 가까운 함경도를 통해 들어왔다. 공산주의가 들어오게 된 것도 공산주의의 사상이 좋아서라기보다 일본에 대한 반항의식에서 받아들이게된 것이다.

데카당스나 센티멘털처럼 추상적인 것이 아니라, 구체적인 것으로일본 사람들은 자본주의이니까 그에 반대하는 이론인 마르크스-레닌주의를 학술적으로 읽기 시작했다. 물론 일본인들도 읽었다. 오늘날에도 일본의 정당 중에는 공산당이 있다. 일본사람들은 우리나라 사람들이 데카당스나 센티멘털에 빠지면, 그것은 사상자체가 감상적이기 때문에 민족이 쇠약해지라고 그냥 놔두었다. 그런데 공산주의는어마어마하게 무서운 것이었다. 일본 땅에서 공산주의가 싹트는 것도무서웠는데, 우리나라에서도 싹이 트니까 막 잡아다 가두었다. 이 속에 카프KAPF가 있었다. 카프는 조선프롤레타리아예술가동맹을 에스페란토식 표기의 머리글자를 따서 '카프'로 약칭한, 한국의 사회주의혁명을 위해 조직한 대표적인 문예운동단체다.

그 시대에 예술가들이 등장하기 시작한다. 그 중 두드러진 사람이춘원 이광수, 이광수와 대조적인 사람으로 김동인金東仁, 그리고 이화여대 총장을 했던 김활란金活蘭, 자유연애주의자로 여성해방운동을 하기도 했던 김일엽金一葉, 화가 나혜석羅蕙錫, 성악가 윤심덕尹心悳이 있다. 이 사람들은 나보다 20년 가까이 먼저 태어났다. 그 후 근대라고할 수 있는 시대의 토월회 사람들인 김복진金復鎭, 박승희朴勝喜, 우리나라에서는 최고最古 기자 김을한金乙漢, 연학년延鶴年 등이 있었다.

1920년대 일본에 가서 신학문을 하는 사람들의 모임으로 토월회가 만들어졌고, 토월회 이전에는 개인적으로 활동했는데, 대표적으로 이광수와 김동인이 있다. 그 이후 만들어진 극예술연구회는 이광수, 김동인에 대한 해외문학파였다.

이광수는 평안북도 정주 출신인데 일찍이 고아가 되었다. 1892년에 태어나서 1902년에 고아가 되어서 1910년, 그러니까 18~19살 때 친일파 모임인 일진회一進會의 도움으로 일본유학을 간다. 일찍 고아가 되고 일진회의 도움을 받아 일본으로 유학을 가는 것이 후에 이 사람을 친일파로 몰리게 하는 출발이 되는 계기가 된 것은 아닐는지. 일본에 두 번 가는데, 처음에는 메이지明治학원을 다니다가 우리나라에 들어왔다가 1915년에 다시 유학해 와세다대학을 졸업한다. 그때부터 소설을 쓰기 시작한다.

그가 소설을 쓰기 전에 우리나라는 작가가 자신의 상상력으로 이야기를 꾸며서 소설을 쓰는 시대가 아니고 표절시대였다. 그때는 일본말을 아니까 그냥 일본 것을 우리나라말로 번역해서 쓰던 시대였다. 표절이라는 말조차 없었고 그런 행동은 당연했다. 그러한 시대에 최초로 창작해서 글을 쓰기 시작한 사람이 바로 이광수다. 그가 지은 소설「흙」,「마의태자麻衣太子」,「단종애사端宗哀史」등은 조선사람들의 슬픈 배경, 환경을 앞세워 '민족'을 내세우는 센티멘털한 이야기다. 그래서 이광수도 일본 경찰에게 잡혀가기도 했었고, 1919년에 상하이上海로 망명을 해서 우리 독립신문을 만들면서 독립운동에도 가담했었다. 그의 소설은 더듬어 올라가면 허무주의까지 가지도 않고 센티멘털리즘에 머무른다. 그러한 사상은 니체가 일찍 아버지를 여의고 허무주의에 빠지는 것과 같이 일찍 고아가 된 것에서 기인하는 것 같다.

김동인은 평안남도 평양에서 이광수보다 8년 후에 태어난 부잣집 아들이다. 그도 일본 유학을 다녀왔다. 이광수와는 달리 부유한 환경에서 자랐기 때문에 김동인은 예술지상주의적이면서 사실주의적인 창작활동을 했다. 자라나는 환경은 아주 대조적이었지만 소설계에서 이 두 사람은 쌍벽을 이루었다. 우리나라에서 순수문학이 생긴 것은 김동인에서부터였지 않나 한다. 그는 부유했기 때문에 니체나 이광수가 겪는 정신적인 고통없이 탄탄대로를 걸었고, 그랬기에 친일파의 오명도 쓰지 않으면서 자기 일을 할 수가 있었다. 결국 이광수는 해방 후 반민특위에 의해 투옥되었다가 6·25전쟁 때 납북되었고, 김동인은 1951년 6·25전쟁 중 사망했다. 이들이 신문학을 퍼트린 선구자들이다.

이들보다 조금 후의 사람들이 바로 토월회다. 1900년 초에 한일합방을 하면서 일본으로 유학을 갈 수 있게 되었는데, 후에는 여학생들도 가능했다. 토월회는 사상적이거나 문학적인 모임이 아니고, 이렇게 일본에 유학을 갔던 사람들끼리 모여 만든 것이다.

몇 년 후 1931년 극예술연구회(극연)가 등장한다. 그 당시 신문지상에서는 여기에 소속된 사람들을 이광수, 김동인 등 민족문학파에 대항한 사람들로 새로운 시대를 만드는 혁신적인 사람들이라 하여 '해외문학파'라고 불렀다. 극연은 세계적으로 널리 문학을 도입하자는 선구자적인 생각에서 외국, 유럽의 문학을 들여오는데, 책으로 소설로만 할 것이 아니라 더 효과적인 연극도 하자 그래서 시작되었다.

극연은 서항석(徐恒錫, 독문학)을 중심으로 이화여대에 있던 이헌구(李軒求, 불문학) 외에 일본 릿교立教대학 영문과를 졸업한 유치진柳致眞, 러시아문학하던 함대훈咸大勳, 영문학하던 정인섭鄭寅燮, 독문학 김진섭金晉燮, 영문학 이하윤異河潤, 동경대 영문학과를 졸업한 최정우崔珽宇, 장기제張起悌, 독문학 조희순趙喜淳 등 10명이 발족시켰다. 1931년 동아일보 학예부장이던 서항석이 동아일보 사옥 옥상에서 연극영화전람회를 위해 영화포스터 등 국내외 자료를 모으는 과정에서 극예술연구회를 같이 할 사람들이 모이는 계기가 만들어졌다.

그런데 이 단체에 있던 사람들은 일본 대학에 가서 외국문학을 공부한 사람들이라 연극을 할 줄 몰랐다. 그래서 이미 일본에서 와있던 연극을 전문으로 하는 홍해성洪海星과 윤백남尹白南과 함께 극예술연구회를 만든 것이다. 그런데 윤백남은 마음에 맞지 않아 그만두었고, 홍해성은 기대했던 실력이 아니었다. 결국 서항석은 당시 별다른 직업이 없던 유치진을 연출공부를 위해 다시 일본으로 보냈고 경비도 댔다. 사실 극예술연구회를 유지시키는 경비도 모두 서항석이 부담하는 실정이었다. 그런데 극예술연구회를 만들어서 이들은 이론적인 것을 했고, 실제로 일을 한 것은 우리였다. 우리가 그들 아래연배였고, 연극을 무대 위에서 실제로 공연하도록 우리를 기용했다. 극예술연구회에서 끝까지 연극에 남은 이는 두 사람, 서항석과 유치진이다.

극예술연구회는 연극 활동을 꽤 오래했다. 1950년 대한민국정부가 수립이 되면서 국립극장을 세웠는데, 극예술연구회의 유치진이 초대 극장장을 역임했고 서항석이 1953년 2대 국립극장 극장장을 역임했다.

৪৯

TV의 한 프로그램에서 서정주徐廷柱를 친일파로 매섭게 몰아붙이는 것을 본 적이 있다. 서정주는 1914년생, 나는 1916년생이니까 두 살 차이가 난다. 나이 차이는 있었지만 우리는 친구지간으로 지냈는데,

일제시대에는 서정주나 나나 대단한 자리에 있지도 못했다. 우리는 그때 친일파 민족반역자까지 미치지도 못했고, 세상에 이제 막 우리를 드러내려는 때였다. 해방되던 해가 서정주의 나이 32살이었는데, 사회적으로 지위도 높지 않았던 그 시기에 서정주가 친일을 했으면 얼마나 했다고 야단법석을 떠는지 모르겠다.

서정주가 쓴 일본을 숭앙하는 내용의 시를 훗날 우연히 누군가 발견하여 어마어마하게 친일파로 몰아붙이고 있는데, 전두환全斗煥이 대통령으로 당선되도록 선거운동을 한 것이 더 큰 문제면 문제지, 일제시대에 서정주가 시를 쓴 것은 큰 문제가 아니다. 내가 서정주와 친한 사이였기 때문에 이런 말을 하는 것이 아니다. 그 시대(일제시대 서정주가 문단에 데뷔할 당시)에 살지도 않았으면서 서정주가 굉장한 시인이 된 뒤 그의 행적을 보고서 일제시대를 제 생각대로 판단하고 단정하는 것은 경망한 짓이다.

서정주가 그 시대에는 아무것도 아니었다는 것을 말하고 싶어서 1910년에 태어난 이상李箱에 대해 이야기하려고 한다. 어떤 의미로 보면 이상보다 더한 친일파가 없다.

이상은 경성공업고등학교를 졸업했다. 그때는 지금의 중·고등학교와 같은 5년제인 고등보통학교가 있었다. 그 학교를 졸업하면 취직을 하거나 법학전문학교, 공업전문학교, 상업전문학교 같은 전문학교를 들어갔다. 전문학교를 가지 않으면 대학에 들어가는데, 대학은 예과 2년과 본과 4년으로 6년으로 구성되어 있었다. 공업고등학교는 일본인 자식들이 다니는 학교였다. 이상은 중학교 2학년 때 들어갔는데, 여기를 졸업하면 금방 취직이 되지만 입학하기는 어려운 학교였다. 졸업 후 조선총독부의 건축기사가 되었다. 먹고 살려고 취직을 했다 하더라고 일본 관리가 되었다는 것인데, 그것부터 친일파적인 모습이 아 닐 수 없다. 그리고 1931년에는 일본말로 시를 발표해 문단에 데뷔했 다. 이상은 일본인 학교를 다니고 조선총독부의 기사를 하면서 일본 인들 속에 그대로 동화되었던 것이다. 그리고 1931년 선전鮮展에 「자 화상自畵像」이 입선이 됐다.

그리고 자전소설로 「날개」가 있다. 나로서는 이 소설이 이상이 썼으 니까 문예작품으로 남은 것이라 생각한다. 그 당시 이상은 미치광이 같은 정신분열 상태에서 글을 썼을 것이다. 이 소설을 쓸 때 그는 폐 병을 앓고 있었고 기생을 만나 함께 살았다. 금홍이라는 기생은 소리 하고 춤추고 매춘을 하면서 돈을 벌어서 다 죽어가는 소설가인 이상 을 먹여 살린 것이다. 그리고 그러한 생활에서 벗어나려고 다방을 하 기도 하고 술집을 하기도 했다. 이것이 바로 데카당스의 결정체인 것 이다.

젊은 사람이 몸은 점점 폐결핵균이 먹어 들어가서 삶이 자꾸만 사그 라져가는데 결혼은 안하고 기생이 벌어다 주는 것으로 사는 것이 온 전한 정신을 가진 사람이 하는 생활인가! 소설도 시도 쓰고, 그림 입 선까지 하는 머리로 안이하게 살다가 죽어버리는 것은 허무주의도 아 니고 그 전에 데카당스다. 그것이 그 시대의 우리의 풍조였다. 이상은 일제시대라는 배경 속에서 은연중에 억눌려 있는 반항의식이 비뚤어 져 나오면서 퇴폐적으로 되는 결정적 인간이다.

일본이 진주만을 공격하던
12월 8일 나는 결혼했다

· 1940년대 일본의 신정치체제와 서울의 풍경

역사는 되풀이되기도 하고 모방되기도 한다. 1960년 육군소장 박정희朴正熙가 일으켰던 5·16군사쿠데타는 1936년 일본에서 일어났던 니니로꾸지겐으로 불리는 2·26사건과 모습을 같이 하고 있다. 이는 일본 육군 내의 황도파 청년장교들이 국가주의 이론가인 키다 잇키北一輝의 영향을 받아 무력으로 국내 개혁을 기도해 쿠데타를 일으켰으나 실패한 사건이다. 2·26사건을 박정희가 의도적으로 따라 했는지는 모르겠지만, 일본군의 장교였던 만큼 일본에서 이러한 쿠데타가 있었다는 사실은 알고 있었을 것이다. 더구나 박정희는 1972년에 장기집권을 목적으로 '10월유신'을 단행했는데, 이 '유신'이라는 용어가 바로 일본의 명치유신을 그대로 닮고 있다.

명치유신은 오쿠보 도시미치大久保利通와 사이고 다카모리西鄕隆盛가 중추가 되어 일으킨 일종의 혁명이었다. 유신 후 사이고 다카모리는 조선을 치자고 주장했다. 역사를 거슬러 올라가보면 이것은 도요토미 히데요시豊臣秀吉가 조선정벌을 하려 한 것과 같은 맥락으로 해석할 수 있다. 당시 무사 중 한 사람인 오다 노부나가織田信長가 일본 천하를 통일하다시피 했는데, 이때 그의 신하로 들어간 사람이 도요토미 히데요시다. 오다 노부나가가 암살 당한 후에 도요토미 히데요시가 일본 천하를 잡고 그 후 조선까지 뻗친 것이다. 그것을 사이고 다카모리가 흉내낸 것이다.

1940년 유럽에서는 독일에서 히틀러가 2차세계대전을 일으킬 준비를 하고 있었고, 그때가 바로 손기정孫基禎이 마라톤에서 우승을 했던 베를린올림픽이 개최된 해이기도 하다. 히틀러는 이 올림픽대회를 2차세계대전을 일으키는 전초전으로 정치적으로 이용했다. 당시 이탈리아에서는 파시스트 무솔리니가 기세를 잡고 있었다. 일본에서는 육군 참모총장 도죠 히데기東條英機가 등장해서 히틀러와 무솔리니의 흉내를 내며 군국주의의 길에 들어섰다. 이른바 신정치체제新政治體制를 단행한 것이다.

도죠 히데기는 실패한 군사쿠데타인 2·26사건을 알고 있었을 것이고, 히틀러와 무솔리니가 다 군인들인데, 우리도 한번 일으켜보자는 생각이 있었던 것 같다. 게다가 도요토미 히데요시나 뒤를 이어 일본을 정복한 도쿠가와 이에야스도 장군이었으니까 그 전통을 도죠 히데기는 자기가 받았다는 과대망상을 했던 것 같다. 미국에 선전포고를 하기 전해에 이미 일본이 히틀러나 무솔리니와 밀약을 했는지는 모르겠다. 도죠 히데기는 일본의 태평양전쟁을 주도했고, 패전 후에는 전범으로 사형선고를 받았다.

이에 따라 1940년부터 우리나라에서는 황국신민서사皇國臣民誓詞가 강요되었다. 예를 들어 극장에서 연극을 시작하기 전에 무조건 동쪽으로 돌아서서 절을 하면서 황국신민서사와 황궁의 경례를 해야 했다. 어떠한 모임이나 집회에서도 황국신민서사를 꼭 외어야 했다. 이미 1937년에 일본말을 사용하라고 했고, 내가 중학교에 다닐 때만 해도 조선어 시간이 있었는데, 1938년부터는 그 수업도 없어졌다. 그리고 같은 해에 지원병제도가 실시됐다. 당시 나는 징집연령을 넘어서 있어 해당되지 않았다. 1940년에 조선일보와 동아일보를 폐간시키고 황국신민화운동을 벌였고, 창씨개명제도가 나왔는데 본격적으로 시행된 것은 1941년 이후다.

나는 1942년 정도가 되어서야 이러한 제도들을 실감했지 그전까지는 주로 일본에 있었기 때문에 모르고 있었다. 일본 내에서는 신체제가 되었어도 황국신민서사나 황궁의 경례 같은 것은 없었다. 일본 사람들이 우리나라에서만 이러한 것들을 강요한 것이다. 그런데 왜 박정희 시대에 '국기에 대한 맹세'를 국민들에게 시켰는지 의아스럽다. 일제시대의 유령이 되살아난 것만 같다. 국기에 대한 맹세를 하기 시작한 것은 예술원이 경복궁에 있을 때니까 한 20여년 전인데, 예술원의 사무국장으로 와 있던 문교부의 사람이 그 아이디어를 처음 냈다. 그 관리가 문교부장관에게 그 아이디어를 내서 채택된 다음 그 사람은 승진을 해서 문교부로 다시 들어간 것으로 알고 있다. 박정희 시대부터 애국가를 부르고 국기에 대한 맹세를 하는 국민의례는 바로 이것을 흉내낸 것이다.

물론 미국에서도 메이저리그라든가 큰 경기가 있으면 그 경기를 시작하기 전에 국기를 향해 미국의 국가인 「성조기여 영원하라」를 제창하곤 한다. 그러나 애초에 우리나라와는 전혀 다른 개념인 것이다. 이승만 정권 때에도 하지 않은 것을 박정희 정권에서 시작한 것이다.

박정희의 10월유신은 이름은 명치유신에서 따왔는데, 일본의 명치유신은 왕정을 복고시키려는 것이었지만, 10월유신은 자기가 장기집권하려는 것이어서 일본의 명치유신의 정신과는 다르고 이름만 따 온 것이다. 그리고 장기집권의 수단으로는 1940년 일제의 신정치체제를 모방했다.

1940년 신정치체제가 일본에서는 서양문화를 전부 못하게 하는 것으로 나타났다. 일본에는 남녀공학으로 화가 이중섭이 일본인인 아내와 다니던 문화학원 단 한 곳이 있었는데, 이 학교도 없앴다. 그리고 일본이 최초로 서양연극을 받아들이면서 번역극을 했던 유일한 연극 전용극장이었던 축지소극장을 폐쇄하고 단원들을 모두 구속시켰다. 그때 나도 그 극장에 있었기 때문에 도망을 나와 우리나라로 돌아온 후 다시 일본 유학을 가지 않았다. 그때 동경의 각 대학을 다니면서 연극을 하는 학생들이 모이는 동경학생예술좌도 해산시켰고, 서양음악을 하는 곳도 모두 없앴고, 외국영화도 상영하지 못하게 했다.

1940년대 초 서울 종로4가에 있던 천일약방天—藥房에서 영신환이라는 소화제를 팔았는데, 이 약방이 제일 컸다. 두 번째 큰 곳으로 고름나는 데 바르는 고약을 파는 조고약이라고 있었고, 세 번째는 광화문과 종각 사이에 있는 길에서 안국동으로 올라가는 지금의 조계사 바로 밑에 북쪽으로 올라가면 조계사가 있는데, 그 바로 밑 2층 벽돌집인 평화당제약회사라는 곳이 있었다.

평화당에서 무엇을 만들었는지는 기억이 나지 않지만, 사장은 나이가 쉰살쯤 되고 배도 좀 나오고 뚱뚱한 사람이었는데, 그 사람에게는 화신상회라는 별명을 가진 첩이 있었다. 이 첩은 항상 같은 시간에 혼자 종각을 돌아 걸어서 평화당까지 왔다. 그때는 부인들이 머리에 쪽을 찌던 시절이었지만 금비녀는 어림도 없고, 흔히 은비녀를 하던가, 그도 아니면 목木비녀를 꽂던 때였다.

그런데 그 여자는 쪽진 머리에 금, 옥, 비취 등 온갖 보석들을 다 꽂고 다녔다. 그런 시대에 그러고 다니니 별명이 화신상회였다. 화신상회가 백화점으로 발전하기 전에는 금은방이었다. 지금 같으면 그렇게 하고 다니면 못된 사람들이 그냥 놔두지 않고 다 빼앗아 갔을 것이다. 그때도 어쩌다 빠지거나 해서 잊어버릴 수도 있는데, 그 사람은 빗질을 하면서 그런 패물과 함께 머리를 묶어서 빠지지 않게 하고 다녔다. 그는 후에 상도동에서 봉천동으로 넘어가는 곳에 절을 짓고 자선사업을 하기도 했다.

그리고 깍두기라는 별명을 가진 사람이 있었는데, 이 사람은 키가 작달막하고 새까만 얼굴에 까만 안경을 쓰고 빨간 넥타이를 매고 다

니는 사람이었다. 이 사람은 날마다 같은 시간에 혼마찌에서 조선은
행 앞에 있던 미쓰고시 백화점까지 걸어다니곤 했다. 일종의 시위를
했던 것 같은데, 일본경찰에서 왜 잡아가지 않는지는 수수께끼였다.
그 시간에는 모두 어딘가에서 일을 해야 할 시간이었는데, 그러고 돌
아다녔다. 뭐하는 사람인지는 모르겠지만 틀림없는 것은 부잣집 아들
이라는 것이다. 그렇지 않고서야 어떻게 아무 일도 하지 않고 날마다
그러고 다니겠는가.

또, 핫바지 저고리를 입고 맨발에 고무신을 신고 종로를 다니던 미
친 사람이 있었다. 이 사람은 사람들 사이에 정신이 좀 이상한 굉장한
부잣집 아들이라고 소문이 났었다. 그 사람의 뒤를 쫓아서 항상 누가
따라다니곤 했는데, 아마도 누가 해치지 않나 하고 보호해주는 사람
이었던 것 같다. 하루에 이 세 명의 모습이 안보이면 사람들은 이 사
람들이 병이나 나지 않았나 하고 걱정을 하기도 했다.

지금도 구 화신백화점과 YMCA 사이의 골목으로 들어가면 바른쪽
에 이문식당이라는 설렁탕집이 있다. 이 골목에서 인사동으로 나가는
길이 있는데, 인사동 편에 승동예배당이 있었고, 종로쪽에서 인사동
으로 가는 길 한가운데 이 골목을 지나가려면 꼭 넘어가야 하는 옛날
집 대문같이 생긴 이문이라는 문이 있었다. 그런데 이곳에서 사기가
많이 발생했다. 예를 들어 종로의 상점에서 물건을 사고는 집이 이 근
처이니 집에 가서 돈을 내어주겠다고 상점 점원을 따라오게 한다. 그
리고는 이문에서 여기가 우리 집이니 문앞에서 잠시만 기다리라고 하
고는 그 문을 지나 그냥 인사동쪽으로 도망을 치는 것이다.

그리고 광화문의 동아일보사 맞은편에 해방 후 귀거래라는 다방이
있었는데, 일제시대에는 일본사람이 메밀국수를 팔던 우매바찌라는

소바집이다. 거기에서 소바(모밀국수)를 먹으면서 간장이 맛있어서 더 달라고 하면 늙은 주인이 나와서 돈도 내지 말고 가라고 한다. 배부르려고 먹는 것이 아니라 예술작품이고, 나오는 양이면 국수를 다 먹을 수 있는데, 왜 그것만 다 마셔버리느냐는 그런 의미였다. 일본 사람들의 직업의식은 우리와 매우 다르다.

그 시절에는 양식洋食이라는 것은 꽤 드물었다. 종로 YMCA 맞은편 골목 속에 백합원百合園이라는 양식집이 있었는데, 분위기가 너무 으리으리해서 돈이 어지간히 많지 않고는 들어갈 엄두도 내지 못하는 곳이었다.

대중적인 곳으로는 혼마찌쪽에 일본사람들의 번화가에 양식점이 있었는데, 메뉴는 런치밖에 없었다. 런치는 지금으로 말하면 돈까스, 생선까스 정도다. 접시에 돈까스나 생선까스가 나오고 양배추 썬 것, 그리고 우스터소스, 밥이 나온다. 양복을 입고 넥타이를 매고 기생을 데리고 런치를 먹으러 가면 음식과 함께 나이프와 포크를 주는데, 기생들은 어떻게 먹는지 모르니까 나이프와 포크를 들고 눈치를 보고 있다. 그러면 이 남자가 마치 숟가락처럼 나이프로 밥을 떠서 먹었다. 그것이 그 시절의 런치를 먹는 모습이다. 칼이 입 속으로 들어가는 것을 보면 아는 사람이 보면 얼마나 우스웠겠는가. 그리고 커피는 국을 먹는 것처럼 스푼으로 끝까지 떠먹었다. 후루룩 마셔버리면 먹고 싶어서 음식에 대드는 것처럼 상스럽게 생각했다. 해방무렵까지 런치를 먹는 풍습이 바로 이것이었다.

종로와 을지로 사이 시청쪽으로 가는 길 오른쪽에 무교탕반武橋湯飯이라고 있었다. 이곳은 사태, 양지머리 등을 넣어서 푹 끓인 국물에 너비아니를 두 쪽 올려 파는 곳이었다. 그곳은 문인文人들이 잘 가는 곳으로 대단히 유명한 문인들이 다 갔던 곳이었는데 해방 후에 없어졌다.

일본에 가면 몇 대를 이어 음식점을 하는 곳이 아주 많은데 비해 우리나라는 그렇지 못하다. 지금 무교동에 조그만 기와집에서 추어탕을 파는 집이 있는데, 내가 알기로는 대를 이어 하는 집으로는 유일한 곳이다. 종로에서 청진동 해장국집 골목으로 가면 선술집이 있는데, 그것이 잘되니까 그 집을 헐고 한일관이라는 큰 식당을 만들었다. 우리나라는 음식장사를 해서 잘 되면 그렇게 바꿔버리지 일본사람들처럼 이어나가지를 않는다.

프랑스에 갔을 때 너무 비싸지 않은 전통음식점을 소개받아 가봤더니 소르본느대학에서 좀 내려가는 곳에 위치한 3층짜리 조그마한 집이었다. 1, 2, 3층이 모두 꽉 차서 다락방에서 오리요리 하나와 달팽이 3개를 먹었는데, 다 먹고 일어나서 아래층 문가에서 계산을 하다 보니까, 음식점에 누가누가 다녀갔다고 사인을 해 놓은 것 중에 나폴레옹 보나파르트가 있었다. 그러니 그 집이 얼마나 오래된 것인가.

런던에서는 한 맥주집에 갔더니 1600년대 극작가인 벤 존슨이 와서 맥주를 먹던 자리에 'Ben Jonson'이라고 쓰여 있었다. 우리는 그런 집이 하나도 없다. 하나의 전통을 이어간다는 자부심이 없는 것이다.

∢

1940년에 일본 신정치체제가 되어서 내가 거기에 더 있을 수가 없어서 일본에서 나올 때, 그때까지만 해도 나의 최종 그리고 최고의 희망은 프랑스 유학이었다. 그때는 프랑스로 가는 비행기는 없었고 마르세이유까지 배로 가던 때였다. 그때 돈으로 4백엔 얼마가 뱃삯이었다. 당시 총독부 관리 월급이 60원 정도 됐으니까 어마어마한 돈이었다. 그런데 1940년에 히틀러가 파리를 무혈점령해버렸다. 그래서 프랑스로 가려던 계획은 수포로 돌아갔다.

한편, 일본에서 있을 때 일본여자미술학교에 다니는 어떤 여학생을 회의 때 만나서 괜찮다는 생각을 하고 있었는데, 프랑스에 가지 못하고 서울에 있다가 우연히 그녀와 마주치게 되었다. 그래서 이듬해 1941년 12월 8일 일본이 진주만을 공습하던 날 나는 그녀와 결혼을 했다. 별안간 서울거리가 조용해지고 하객들도 별로 없는 예식장에 뚜벅뚜벅 걸어가서 결혼식을 치렀다.

예술원회원 고적답사(경북 문경) 조각가 김경승, 성악가 김자경, 소설가 김동리, 연극인 서항석, 화가 이유태 등과

그대와 나

· 만주국 이주, 리고랑과 이창용, 미성년의 기준

1941년 12월 8일, 일본의 젊은이들이 비행기를 탄 채로 자신이 폭탄이 되어 공격하는 일명 가미가제특공대神風特攻隊가 진주만에 있던 미국 함대를 새벽에 기습공격했다. 아프가니스탄 게릴라들이 비행기를 빼앗아 승색을 내운 재 사신들이 **탄** 채로 미국 세계무역 센터를 공격한 9·11 테러의 시초격이다.

히틀러가 유럽에서 일으킨 2차세계대전에 일본도 끼어 들면서 일본은 동아시아와 동남아시아를 대동아공영권_{大東亞共榮圈}이라 부르며, 일명 대동아전쟁_{大東亞戰爭}을 일으켜 동양에서 맹주가 되고자 했다. 일본이 처음 조선을 침략할 때에는 그 무렵 관계가 불편했던 러시아, 청국과 싸워서 이겼다. 그러나 그 전쟁에서 청국과 러시아 모두 조선 하나를 점령하기 위해서 일본과 결사적으로 전쟁을 하겠다는 의욕은 없었던 것 같다.

그 후 일본은 조선을 식민지화하고 그 다음은 만주, 그리고 중국 본토로 들어가는 그 무렵 진주만 습격을 일으킨 것이다. 미국 하와이주 오아후섬의 군항_{軍港} 진주만에 미국 태평양사령부가 있으니, 우선 그곳을 공격하면 대동아쪽으로 미국의 힘이 미치지 못하게 될 것이고, 그런 후 대동아 전체를 점령하려는 계산으로 일본이 진주만을 공격한 것이 대동아전쟁의 시작이다.

우리나라에서 치른 큰 전쟁 중의 하나가 바로 임진왜란이지만 나는 이 전쟁에 대한 이야기를 25~26살이 될 때까지 전혀 몰랐다. 왜냐하면 일본 사람들이 그런 것은 말도 못하게 했고, 학교에서도 가르치지 않았기 때문이었다. 그 시절 40대 정도의 사람들은 알았을지 모르지만 나는 심지어 이순신 장군에 대해서도 알지 못했다. 전쟁이라는 말만 알았지 왜 그렇게 됐는지, 어떻게 하는 줄도 모르고 관심도 경험도 물론 없던 때라 가미가제특공대가 그때는 대단한 것인 줄도 몰랐다. 비행기가 군함으로 떨어져서 침몰했다고만 신문에 났기 때문에 단순히 그런 일이 있었다는 것만 알 뿐이었다.

일본은 진주만에 있는 함대를 공격한 후 필리핀, 말레이시아, 태국, 싱가폴쪽으로 침략을 시작했고, 미국이 그렇게 당하고 나니까 지원갈 수 있는 나라도 없었다. 그러니 홍콩에서는 영국 함대가 일본에게 무조건 항복을 했다. 순식간에 이 지역이 소위 대동아공영권이 되어 버린 것이었다.

일본은 한 나라를 점령하면 그때마다 서울에 살고 있는 일본인들을 강제로 동원해서 초롱에 촛불을 켜들고 지금의 을지로 시청 앞을 만세를 부르며 행진했다. 그것은 일본이 이렇게 자꾸만 이겨나간다고 조선사람을 주눅들게 하려는 정치전략이었다.

일본 군수뇌부는 진주만을 기습하면서 그곳에 있는 미태평양 군사령부의 군함을 다 파괴하면 미국이 태평양이나 동남아쪽으로 지원올 수단이 없을 것이라는 단순한 생각을 했던 것 같다. 일본 태평양함대의 사령관이었던 야마모토 이소로쿠 대장은 진주만 작전을 반대했지만, 해군보다는 육군의 도죠 히데기의 세력이 더 막강해 막을 수 없었다. 그러나 1943년 야마모토가 전사한 과달카날해전(솔로몬해전)에서 일본군이 미국에 패배함으로써 일본이 2차세계대전에서 패전하는 결정적 계기가 되었다. 조선에 거주하는 일본인에게까지 이런 소식이 전해지는 데는 꽤 오랜 시간이 걸렸다.

그 무렵 일본은 차근차근 우리나라 사람들을 만주로 이주시키는 일을 진행하였다. 이것은 서울보다는 시골에서 심했던 것 같다. "지금 여기에서는 남의 땅을 갈고 살지만 만주에 가면 넓은 땅이 자기 것이 된다"는 감언이설로 자꾸만 만주로 사람들을 보내고 일본 사람들이 조선으로 들어왔다. 우리나라에서는 부산에서 신의주, 압록강을 거쳐 만주로 가는 급행열차가 날마다 만원으로 꽉꽉 찼다. 나도 평양에 갈 일이 있어서 몇 번 그 기차를 탔었는데, 매번 앉는 자리는 물론 복도와 열차의 통로까지도 사람들로 꽉 찼었다. 일본인이나 전라도, 경상도 등 조선 남쪽 부근보다 평안도, 함경도에 사는 사람들이 지리적으로 가깝다 보니 북간도, 안동, 흑룡강 지역으로 떠나는 그 수가 더 많았다. 중국 조선족의 말투가 평안도와 비슷한 것도 그들의 후예이기 때문에 방언이 굳은 것으로 생각된다. 그리고 일부에서는 조선으로는 이미 이주시킬 만큼 시켰으니까 일본에서 바다를 거쳐 만주로 직접 들어가기도 했는데, 그때 부수적으로 따라가는 것이 여자(일본말로 죠로, 즉 매춘부)였다.

우리나라는 지금까지도 그 정신대 때문에 문제가 많지만 그것과는 달리 일본에서는 여자 장사를 하는 사람들이 있었다. 에도시대부터 딸을 유곽에 팔아 넘기는 풍습이 있어 딸을 낳으면 재산이 생겼다고 좋아했다. 딸들도 아버지가 팔면 할 수 없이 체념하고 팔려가곤 했는데, 아직도 일본 영화엔 그런 내용이 종종 나오고 있다. 그것이 전통이 되어 일제시대에 종군위안부까지 만들어진 것이다.

우리나라에서 만주로 이주할 때 부부동반이나 가족과 함께 가는 사람들도 있었지만, 혼자 가는 사람들도 있어서인지 일본에서 여자 장사를 하는 것처럼 우리나라에서도 그런 장사를 하기도 했다. 어렵게 사는 집에 가서 돈을 주고 여자를 사 모아 만주로 돈을 더 얹어 받고 팔았다. 우리 옆집에 사는 사람이 딸을 파는 모습을 내가 직접 본 적도 있었으니, 그런 일이 빈번했던 것 같다. 그것은 우리의 전통이 아니라 일본의 짓을 우리나라가 보고 배운 것이라 할 수 있을 것이다.

만주국은 당시 일본이 푸이를 왕으로 세운 나라인데, 우리나라에 철도를 놓은 것처럼 만주에도 철도를 관장하는 만주철도라는 큰 기업이 있었다. 그 회사에는 일본에서 이주를 간 야마구찌山口라는 하잘것없는 직원이 있었는데, 유명한 사람도 아니었고 수백명씩 만주로 간 무리 중의 한 사람이었다. 이 사람에게는 다섯 명의 자식이 있었다.

그 중에 한 여자아이가 어려서부터 어찌나 노래를 잘하는지, 하얼빈에 러시아의 유명한 여자 가수가 와서 노래를 부를 때 14살쯤 된 이 아이에게 노래를 시켰다고 한다. 슈베르트의 「세레나데」와 일본 노래 등 몇 곡을 부르게 했는데, 기가 막히게 잘 불러서 야마구찌는 만주 전체를 돌아다니며 극장 쇼에 출연시켰다. 그런데 일본에서는 이 여자아이를 일본인으로 내놓은 것이 아니고 리고랑李香蘭이라는 중국 여자아이로 등장시켰다. 리고랑은 그 시대에 정말 어마어마한 인기를 누렸다. 내가 10여 년 전에 동경에서 한 10km쯤 떨어진 유명한 온천장인 하꼬네에 간 적이 있는데, 심부름하는 노인이 "우리 여관이 이렇게 유명하다"면서 왔던 사람들 사인한 것을 보니까 거기에 리고랑도 있었다.

한번은 일본의 TV프로그램 「내 마음의 여행」에서 이 리고랑의 러시아 여행에 대해 다룬 것을 보았다. 1945년 8월 러시아가 미국보다 앞서 만주와 한반도 이북을 침공했을 때, 리고랑은 간첩으로 잡혀 사형선고까지 받았다. 그런데 일본말 통역을 하던 류바라는 러시아 여자가 "이 여자는 만주사람이 아니고 만주철도회사의 직원인 일본인의 딸이다. 일본인으로 일본에서 인기가 있었던 것이지, 간첩 행위를 하지는 않았다"고 변호를 해줘서 가까스로 사형을 면하고 일본으로 갈 수 있었다. 그 프로그램은 세월이 많이 지난 후, 고마움을 잊지 못하고 류바를 만나기 위해 리고랑이 러시아로 찾아간 내용이었다. 2001년 가을에 러시아에 갔던 프로그램이다.

1941년 조선군사령부의 고급 장성 중 한 명이 리고랑을 조선으로 데려와서 만주와 합작영화를 찍을 수 있도록 주선했다. 그렇게 해서 찍은 영화가 「그대와 나君と僕」였는데, '그대'는 조선사람이고, '나'는 일본사람이라는 의미를 담고 있다. 그 장성이 리고랑을 좋아해서 합작영화를 찍자는 핑계로 데려온 것일 수도 있다. 제작사는 고려영화사로 종로 YMCA 옆에 있는 3층 건물의 2층에 위치하고 있었고 사장은 이창용李創用이었다. 이 사람은 처음엔 영화관에서 활동사진의 영사기 돌리는 일을 했었는데, 그 후 영화의 카메라맨을 하다 고려영화사를 만들었다.

그런데 이창용이 리고랑을 유혹한 것이 아니고 리고랑이 이창용을 유혹해서 반도호텔에서 하룻밤을 같이 잤다. 리고랑의 나이 21살쯤이었을 것이다. 그 나이면 성性에 대해서 잘 몰랐을 것 같은데, 어떻게 호텔에 데려가서 같이 자는가 말이다. 그 시대에 이 사건은 너무나 센세이션한 것이었다.

리고랑은 너무나 유명한 사람이었기 때문에 제작사 사장인 이창용에게 특별히 잘 보이려고 그 사람에게 접근한 것은 절대 아니었을 것이다. 일본 흥행계의 대스타였으니 돈을 아무리 많이 준다한들 하룻밤을 같이 지낸다는 것은 상상조차 못할 판인데, 그 여자가 자진해서 이창용을 택했으니 그것은 대단한 사건이었다.

그 당시 일본사람들은 조선사람을 아주 멸시하며 하찮은 민족으로 알고 있었는데, 일본에서 그토록 추켜세우는 리고랑이 조선사람과 하룻밤을 보냈다는 것은 아주 대단한 이야기였다. 21살밖에 안 된 리고랑이지만 미성년일 때부터 그런 경험이 많았으니까 그럴 수 있었는지…. 리고랑은 현재 일본에서 살고 있는데, 한때는 일본대사 자격으로 어느 외국에 가 있기도 하고, 또 일본 국회의원이기도 한 유명 여류인사이기 때문에 그의 이름은 밝히지 않는다.

성년식成年式을 지금 유교의 본산지인 성균관에서 하고 있다. 요즘 미성년의 기준이 19세냐, 20세냐를 놓고 논란을 벌이고 있는데, 나는 하나도 쓸데없는 짓이라고 생각한다. 예전에 혼례식을 올리는 것이 곧 성년식이었지 않은가.

내가 중학교 3학년 때 친구집에 가면 들어오라고 하면서 자기 방에 가서 같이 들어가는 경우가 있고, 아니면 대문에서 친구가 얼굴만 빼꼼히 내밀면서 말을 하는 경우가 있다. 후자의 경우는 장가를 갔기 때문에 아내가 있으니까 부끄러워서 그러는 것이었다. 그런 행동을 하는 사람이 있으면 '아, 쟤가 장가를 갔구나' 하고 으레 그렇게 생각을 하곤 했다. 중학교 3학년 정도 되면 다들 장가를 가곤 했으니까.

서항석이 명동 시공관에 있던 국립극장의 극장장이고 내가 기획일을 하고 있었을 때, 한번은 일본에서 그의 큰아들이 찾아온 일이 있었다. 그런데 아들의 나이가 나와 동갑이었다. 나보다 서항석이 열다섯 살 위였으니까 아들을 열다섯살에 낳은 것이다. 게다가 딸 서계영의 약혼식에 참석해서 보니, 서항석이 딸의 시아버지 될 사람에게 자기 아버지를 소개하는데, 자기 아버지와 서항석의 나이차이도 열여섯살 밖에 되지 않았다. 그렇게 조혼의 집안이 많았다.

「춘향전」의 원본을 보면 광한루에서 이도령이 춘향이에게 "몇살이냐"고 물으니, '열여섯살'이라는 말을 "이팔이로소이다"라는 표현으로 대답을 했고, 그에 대한 이도령의 대꾸로 "어쩌면 나와 나이가 같구나"라고 답을 했다는 내용이 있다. 나이가 16세밖에 안되었는데, 그들의 사랑놀음은 대단했다. 「사랑가」 중에서 '이리 오너라 업고 놀자. 사랑 사랑 사랑 내 사랑이야. 사랑이로구나 …(중략)… 저리 가거라, 뒷태를 보자. 이리 오너라, 앞태를 보자' 이러면서 춘향이와 이몽룡이 춤추는 장면이 있는데, 원본은 춘향이를 모두 벗겨놓고 노는 장면이다.

지금의 기준으로 보면 열다섯이면 미성년이다. 예전에 우리 동네에서는 열두살이면 대부분 장가를 갔는데, 처는 열다섯이나 열넷 정도로 연상이었다. 그런 세상이었다. 그러니 지금에 와서 20살이 되면서 성년식을 치르고, 그러면서 성년, 미성년을 가르는 것은 의미없는 것이다.

최승희와 숙명여고를 같이 다녔던 서울예대 이사장 유덕형柳德馨의 어머니 심재순沈載淳의 일이다. 남편인 유치진과 연애를 할 때, 한번은 등산을 하는데 산이 가팔라서 올라가지 못하고 있을 때 유치진이 손을 내밀어 붙잡아 올리지 않고 짚고 있던 스틱(지팡이)을 내밀어서 그것을 잡고 올라갔었다고 한다. 그런데 그게 신사같고 매력이 있어서 좋아졌다고 하는 것을 들은 적이 있다. 그렇게 그때는 손도 덥석 잡지 못하던 시절이었다.

일본은 우리나라보다 개방되어 있었지만 우리나라는 좋아하는 여자가 있으면 다른 것은 엄두도 내지 못하고 눈으로만 봐두곤 했다. 말을 건다거나 하는 것은 상상도 할 수 없었던 시절, 눈이 얘기를 다 하는 때였다. 그러니 열아홉이면 어떻고 스물이면 어떤가 말이다. 도대체 무엇을 기준으로 해서 성년을 따지는지 모르겠다. 20살쯤 돼야 신체가 의학적으로 온전하게 되고 임신할 수도 있다고 하는데, 아무 소용이 없는 소리다. 우리 어머니도 나를 20살 전에 낳으셨는데, 나는 아직까지도 건강하게 잘 살고 있다. 그러니 지금의 성매매, 성추행 같은 사회문제에 미성년이라는 말을 왜 꼭 붙이는지 모르겠다. 사회의 풍조를 정화시키려고 하는 것인지는 모르겠지만 그렇게 막는 지금이 상황은 더 심각하다.

1930~40년대의 남녀간의 사랑에 있어 두 가지 조류가 있었다. 하나는 '플라토닉 러브Platonic Love' 다. '영혼불멸설'을 주창한 그리스 시대 철학자 플라톤의 사상을 바탕으로 한 것으로, 육체는 아무것도 아니며 영혼이 불행하게 인간의 육체에 갇혀있다가 육체가 멸망을 할 때 구원을 받아서 하늘로 되올라가기 때문에 영혼은 불멸이라는 설이다. 플라톤의 이러한 사상은 성에 대해서 아주 금욕적인 경향이 강했다. 두 번째는 플라토닉 러브에 대항한 사조로 볼 수 있는, '사니즘 Sanism' 이다. 이 말은 러시아 근대주의 소설가 아르치바셰프가 성적 표현을 아주 대담하게 쓴 1907년 소설 「사닌」에서 유행된 것이다.

플라토닉 러브와 사니즘은 정신적인 연애와 육체적인 연애로 볼 수 있는데, 내가 20대였을 때에는 플라토닉 러브가 유교사상 때문인지 더 지배적이었다. 성에 대한 용감성을 그때 우리는 타락한 것으로 생각했다. 예를 들어 돈을 주고 기생과 자는 것을 그렇게 안 좋아했다는 것이다.

예술원 국제예술제 심포지엄 연극분과 회의석상에서

명치좌의 아트락숀쇼

·일제 말기 강요된 문화

일본은 만주로 사람들을 이주시키는 것 외에 조선에 자신들이 우월한 민족이라는 것을 주지시키고 과시하기 위해서 "일본은 야마도大和민족이다"라고 주창했다. 그러나 일본 원주민이라는 홋카이도의 아이누는 10만년 전 일본의 홋카이도가 러시아 연해주와 붙어있을 때 이어져 있던 육지를 통해 자연스럽게 건너와 자리잡은 시베리아인인 부리야르족의 후예다. 그리고 지금 교토가 있는 섬쪽으로는 조선과 동남아시아쪽에서 들어가서 아주 혼잡한 민족이 바로 일본인이다.

일본은 조선사람들을 사상적으로 감시하는 기구인 보호관찰소, 조선문인보국회, 조선연극문화협회 등을 만들었다. 우선 보호관찰소인 야마도쥬쿠는 서울, 대구, 부산, 평양, 신의주 등등 곳곳에 있어서 조선인 중에 전과가 있거나 사상범을 '후데이센징('아주 나쁜, 괘씸한 조선놈들'이라는 뜻)' 이라 부르며 관리했다.

나는 이 보호관찰소에 들어가지는 않았지만 그곳의 감시를 당하는 사람이었다. 예를 들어 내가 광주여학교 교사를 할 때 친구들이 하는 극단이 평양에 있어서 무대장치를 봐주러 그곳으로 가면, 평양에서 광주관찰소에 바로 "이원경이 여기에 와 있다"고 연락을 취하곤 했다. 일본으로 유학을 다녀왔다거나 제법 똑똑한 사람들은 이곳 명단에 다 등록되어 있어서 감시의 대상이 되었고, 명단에 올라가지 않은 사람들은 친일파였다.

그리고 야나베矢鍋永三郎가 회장이었던 조선문인보국회는 일본문학을 우리나라에 수립시킬 목적으로 만든 단체로, 이사장은 경성제국대학 교수 가라시마辛島曉였다. 그리고 무용, 연극, 악극 등을 포함하여 관장하는 단체로는 조선연극문화협회가 있었다. 이런 단체들이 사상적으로 일본에 반대하는 조선인이 누군지를 파악하는 역할을 했다.

대동아전쟁 후 일본은 일본어상용常用을 강요하였다. 우리말로 발행되는 월간지로는 1939년 2월에 창간된 「문장文章」과 10월에 창간된 「인문평론人文評論」이 있었다. 문장은 전라도 갑부인 김연만金鍊萬이 발

행한 것으로 소설가 이태준李泰俊이 주관을 했고, 화가 김환기金煥基 등
이 함께 활동했다. 이곳은 민족적인 지식인들이 모여 일종의 살롱 형
식으로 일본에 대한 생각들을 토론하기도 하고 글을 쓰기도 했다. 인
문평론은 영문학자 최재서崔載瑞가 발행인이었다. 최재서는 연세대 영
문학과 교수를 지냈고, 저서로는「문학원론」,「문학과 지성」,「셰익스
피어 예술론」, 번역서에「아메리카의 비극」,「주홍글씨」,「햄릿」등이
있다. 최교수가 사망한 후 그가 번역한「햄릿」으로 연극을 하려고 저
작권 때문에 알아보니까 자식도 없이 쓸쓸하게 죽었다는 것을 알았
다. 일제강점기에 일본인이 운영하는 개조사改造社라는 출판사에서 그
의 영문 번역서를 출판할 정도로 실력이 뛰어났는데 말이다. 우리말
로 발행하는 잡지들을 모두 없애버리고 일본말로 잡지를 내도록 종용
하면서「인문평론」은 자진 폐간하고, 일본말을 사용하는「국민문학國
民文學」이라는 문예지로 바뀌었다.

　　잡지에서뿐만이 아니라 일반 생활에서도 일본어상용을 하도록 했
다. 가게에 들어가서 물건을 살 때도 일본말을 해야 했다. 길거리에서
모르는 사람을 만나서 대화할 일이 생겨도 그 사람이 조선말을 쓴다
고 신고할까봐 할 수 없이 일본말을 사용해야 했다. 일본말을 하지 않
으면 겁도 나고 불안한 마음이 들곤 했다. 나는 일본에서 지낸 일이
있어서 어렵지 않았지만 학교도 제대로 못 다닌 사람들이나 나이 든
사람들은 일본말이 서툴렀기 때문에 아주 어려움이 많았다. 조선총독
부의 말단 공무원으로 있는 자들은 집에서까지 익숙하지 않은 일본말
을 사용해 아들과 아버지, 어머니의 대화가 통하지 않는 상황도 연출
되고, 괴상망측한 말이 많이 생기기도 했다. 그러나 우리집뿐만 아니
라 대부분의 가정 안에서는 그냥 조선말을 사용하는 것이 그 당시의

모습이었다.

또, 옷은 '국민복'을 입었고 전투복모자를 썼다. 일제강점기에는 조선총독부 공무원이나 은행원 같은 직장인은 모두 국민복을 입었다. 직장에 다니지 않을 경우 국민복이 없으니까 외출이라도 하기 위해서는 '세비로('어깨가 넓다'는 뜻으로, 넥타이를 매고 입는 양복을 일컫는다)'가 있는 사람들은 그것을 양복집에 가지고 가서 깃부분을 변형시켜 입었다. 그리고 모자도 집에 있는 중절모의 챙을 앞부분만 놔두고 오려서 쓰고 다녔다. 그러지 않고는 무서워서 길거리를 걸어 다닐 수 없었다. 이것을 그대로 닮은 것이 1961년 5·16군사쿠데타 이후 중앙청 공무원이 입은 '쓰메애리'다. 상하의가 전부 갈색 계열의 코듀로이(속칭 골덴)로 일제 강점기에 입었던 국민복을 박정희가 그대로 모방한 것이다.

그리고 일본은 우리나라 사람들에게 '창씨개명'을 종용했다. 일본에서도 한자가 우리나라를 통해서 들어갔다는 것은 다 인정을 한다. 한자가 들어가면서 별안간 성을 만들려고 하다 보니, 자기가 산 한 가운데에 살고 있었으면 야마나까山中, 밭을 가지고 있으면 다나까田中, 그리고 마을 위에 살면 무라까미村上, 밭도 있고 바다도 있는 곳에 살면 우메다海田, 이런 식으로 별 이유 없이 만들어졌었다.

우리나라에서는 창씨를 하면서 별의별 창씨가 다 나왔다. 우리 이씨 집안에서는 창씨에 대해 회의를 한 후에 어쩔 수 없이 李哥이가니까 李家이가로 창씨를 했다. 이씨성을 쓰는 사람이 말 그대로 '李哥'로 하면 창씨개명으로 인정해 주지 않았기 때문에 한자를 억지로 '家'로 바꾸어 붙인 것이다. 그래서 일본 발음으로는 '리노이에李家'가 되었는데, '리노이에'라 불리는 일은 거의 없었고, 길거리에서 사람들을 만나도 그냥 '리상'이라 불렸다.

남들은 마지못해서 창씨를 하던가, 조선총독부 말단 공무원들은 자기가 자진해서 창씨를 했다면, 공교롭게도 이상한 성을 가지고 있어서 안 해도 되는데, 자기는 해놓고 안 한 것처럼 하는 이들도 있었다. 우리나라 사람이 일본으로 들어가서 만들어진 성인지는 모르겠지만 柳(유), 林(임), 桂(계) 등은 일본에도 야나기柳, 하야시林, 가쓰라桂처럼 존재한다. 이런 성을 가진 우리나라 사람들은 총독부에 가서 창씨를 해 놓고 밖에서는 안 한 척을 했다. 그런 사람들은 정신적으로 더 더러운 사람들이 아닌가! 아주 얄미운 행동이다.

생활에 있어서는 쌀, 고기, 술이 모두 배급제였다. 쌀은 하루치로 1인분에 2홉 3작쯤 줬는데, 하루를 견디기에는 턱없이 모자란 양이라 그냥 쌀밥을 지어먹을 순 없었고, 야채를 잔뜩 넣어서 죽을 쑤어 먹었다. 술은 오후 5시에 문을 여는 술집에서 정종이나 도꾸리 같은 일본술을 파는데, 한 집에서 한 홉 이상을 주지 않았고, 커피잔으로 한 잔 분량의 배급이었다. 그러면 이 집에서 줄을 서서 기다렸다가 한 잔 마시고, 또 저쪽 집에 가서 기다렸다가 한 잔을 마시곤 하는 진풍경이 벌어지기도 했다. 그래서 "술 한 잔이 피 한 방울酒―滴, 血の―適"이라는 말이 생겼다. 육류배급은 고래고기, 어류는 자반고등어나 자반청어였는데, 생선이 썩으려고 할 때에 소금에 절인 것으로 신선한 상태의 것은 일본사람들에게만 돌아갔다.

그렇지만 그 시대에도 돈만 있으면 굶주리지 않았다. 지금의 암거래 같은 것이 그때부터 있었는데, 일본어로 "캄캄한 속에서 돈주고 물건을 받는다" 하여 "야미闇"라 불렀다. 돈이 있는 사람들은 부족한 쌀이나, 고기, 술을 모두 야미로 샀다. 지금 서울시청에서 중앙일보쪽으로 가는 소공동 길의 폭이 그때는 지금의 절반 정도로 작았는데, 그 길

양편으로 전무 중국집이었다. 여기에 가면 없는 것이 없었다. 밤에 안쪽이 보이지 않도록 검은 천막을 쳐놓고 미국산 회중시계며 아편뿐 아니라 모든 것을 다 팔았다. 그리고 고기는 요리를 해서 아는 사람에게만 팔곤 했다. 이렇게 암거래하는 속에 형사 끄나풀도 있어서 범죄가 굉장히 많았다. 술도 약주를 몰래 담아 팔곤 했는데(술을 만들 때 우선 떠내는 것이 약주가 되고 밑에 가라앉는 것이 탁주인데, 지금의 막걸리를 말한다), 그러다 세무소에 걸리면 잡혀 들어갔다. 장사를 하려 해도 일본 사람들에게 배급받은 것 가지고는 양이 별로 없어서 수입이 시원치 않았기 때문에 암거래로 먹고 살았던 것이다. 다 배급 때문에 일어나는 일이었다.

৪৯

문화에 있어서도 일본 것 외는 아무것도 없었다. 음악이든 영화든 일본 것만이 우리나라에 존재했다. 물론 리고랑이 출연했던 「그대와 나」 같은 한국영화가 가끔 만들어지기도 했지만, 그것은 극히 일부였다. 한국영화 감독으로는 이규환李圭煥, 최인규崔寅奎 등이 있었는데, 이 시대에 영화를 만들자면 일본의 혜택을 받아야 할 수 있었기 때문에 어느 정도 친일파였다 할 수 있을 것이다. 그 대신 동양극장이나 부민관 등에서 우리나라 연극을 공연했다. 동양극장에는 전속극단이 둘이 있어서, 가령 한 극단이 서울에서 개성, 평양, 신의주, 만주 등 주로 북쪽으로 공연을 다니면, 다른 하나는 대전, 전주, 광주, 목포 등 남쪽으로 공연을 다녔다. 부민관에는 내가 속해 있던 현대극장, 황철黃撤, 문정복文貞福 등이 있던 아랑阿娘, 심영沈影 등이 있던 고협高協, 이렇게 3대 극단이 주로 지식층이나 젊은 사람들이 좋아하는 공연을 했다. 황철, 문정복, 심영 등은 8·15해방 당시 북한으로 갔다.

　지금 명동 네거리의 산업은행 맞은편에 증권회사가 있는데, 그 건물에 명치좌明治座라는 극장이 있었다. 그 맞은편의 산업은행 자리는 술을 파는 카페인 마루비루가 있었다. '술 한 잔이 피 한 방울'이던 시대에 술집은 떼돈을 버는 장사로 일본 사람들 중에서도 아무나 하지 못하는 장사였다. 이 술집 주인이 돈을 벌어서 맞은편에 명치좌를 만든 것이다.

　흥행위주의 공연만을 하던 명치좌는 모든 공연의 메카였다. 낮이든 저녁이든 공연시간이 되면 이곳으로 모였다. 그러나 일본인들이 공연을 보고 즐겨야 하는데, 조선 연극은 말을 알아들을 수가 없으니까 이곳에서는 연극은 못하게 했고, 연극도 악극도 아닌 유행가를 부르는 가수들이 모여 공연하던 '아트락숀쇼'를 했다. 「목포의 눈물」을 부른 이난영李蘭影과 그의 남편 김해송金海松이 소속되어 있던 OK레코드회사가 주로 이곳에서 공연을 했다. 이 회사는 후에 홍청자洪淸子가 활동하던 조선악극단을 만든다. 홍청자는 꽤 미인으로 그가 무대에 나오면 그것만으로도 관객들은 그의 매력에 빠지곤 했다. 이것이 해방 후 1·4후퇴 후의 악극단의 시조가 되는 것이었다.

　이것 외에 종로 근처의 조선극장이나 단성사에서는 야담野談과 만담漫談을 공연했다. 만담을 하던 사람으로는 지금 KBS에서 「전국노래자랑」 사회를 보는 송해와 좌익계 거물로서 6·25전쟁 전에 북한으로 간 신불출申不出이 있다. 야담은 꼭 극장에서만 한 것이 아니라 사람들이 모여 있는 곳에서 약간의 돈을 받고 공연을 하기도 했는데, 60세쯤 되는 나이든 사람들이 옛날이야기를 하는 것처럼 꾸며 그 안에 은근히 반일정신이 담겨있는 이야기를 했다. 만담은 혼자 하거나 둘이 하는 것으로 웃기고 재미있는 이야기 안에 은근히 뼈를 담아 공연했다.

예를 들어 일본을 몰아내야 한다는 뜻을 담아 "아, 내 이 하나에 충치가 박혀서 아파 죽겠어. 못 견디겠어. 그런데 이것을 놔두면 요놈이 옆의 이까지 먹어 들어가니까 그러기 전에 쏙 빼야 돼"라는 식으로 말하는 것이었다. 이런 내용을 이야기하면 지키고 있던 경찰이 중지를 시키곤 했다. 그 시대에는 이런 것이 오락이고, 일본으로 받는 정신적인 고통의 위안이었다.

집에 들어가면 '빨간 딱지'가
와 있을까봐 겁이 났다

· 징병과 징용

지금 현재의 자기 삶이 행복하다고 생각하는 사람은 인생에 있어 '암흑시대'라는 것이 좀처럼 실감이 나지 않을 것이다. 세계사적으로 본다면 중세 유럽에서 종교의 타락으로 인한 탄압으로 서민이 살기 어려운 때가 있었다. 결국 일상생활이 힘들었을 서민의 입장에서 보면 그때가 "암흑시대"다. 그 때문에 결과적으로 종교전쟁이 일어나기도 했다.

우리나라의 경우에는 3·1독립운동이 있었던 1919년이 유관순과 같은 만세운동 주동자들에게는 암흑시대였을 것이다. 그 이후부터가 내가 겪은 암흑시대인데, 첫 번째는 2차세계대전 말기다. 이것의 돌파구로는 8·15광복이 있었고, 그 다음은 암흑시대의 절정인 6·25전쟁이다. 그것의 돌파구는 1953년의 서울 환도일 것이다. 그리고 이승만李承晩 정권 말기에 무척이나 암울한 시대가 있었는데, 그 돌파구는 4·19혁명이었다. 네 번째는 박정희 때의 10월 유신, 그 돌파구는 김재규金載圭가 박정희를 암살한 사건이었다.

일본이 1941년에 전쟁을 일으켜서 1942년부터 1943년까지 2년에 걸쳐 파죽지세로 동남아를 무혈점령했지만, 일본군 총사령관이 타고 있는 전함이 미국의 공격에 의해서 침몰되는 것을 고비로 패전의 기색이 엿보이기 시작했다. 일본이 점령했던 그 광활한 남태평양 군도 가운데 일본 본사에서 너무나 먼 사이판을 미군이 탈환하니까 일본군은 미군이 그 다음 필리핀을 탈환하려 한다고 생각하고 안 뺏기려고 필리핀에 군수물자와 군대를 총 집결시켜 놓았는데, 미군은 필리핀을 그냥 두고 거길 뛰어 넘어 다른 곳을 쳐서 필리핀을 고립시켰다.

이즈음부터 조선에서도 학생들을 학도병으로 끌어내기 시작했다. 전쟁에서 지니까 병력이 모자라 젊은 사람들을 전쟁터로 몰고 갔을 수도 있겠지만, 나는 일본이 자기 나라의 많은 젊은이들이 전쟁터에 가서 죽으니까 약이 오르고 억울해서 조선 학생들을 학도병으로 집어넣은 것이라고 생각한다. 여기에서부터 답답해지기 시작한 것이다.

나이가 20~21살 정도 되는 대학생은 학도병의 대상이 되었는데, 그때 나는 25살이었기 때문에 해당되지는 않았다. 모집형태가 1942년에는 지원이었던 것이 1943년이 되면서 강제성을 가진 징병徵兵으로 바뀐다. 지금 대한민국 국민이면서 일정한 나이가 되면 의무적으로 군대를 가야 하는 게 여기에서 비롯된 것이다.

동원령 중에서도 가장 강한 것이 20대에 군대에 가야 한다는 징병이고, 적령을 넘어선 사람은 징용徵用을 갔다. 내 생각에는 23세부터 한 50세까지가 대상이 되었던 것 같다. 징용은 일본 내 탄광이나 군수공장, 산업현장에서 일을 하는 것으로 이런 것 중 아주 운이 없으면 일선 전쟁터인 동남아로 가서 군수물자나 탄환을 나르는 위험한 일을 했다. 당시 우리 나이에 제일 겁이 났던 것은 바로 징용이었다. 징병은 갈 나이가 지났기 때문에 언제 징용이라는 것이 나올지가 겁이 났고 징용을 피할 길은 없었다. 지금 재일교포 1세대들이 바로 내 나이또래로, 그때 징용을 간 사람들이다. 사할린에도 한국인이 한 마을을 이루어 살고 있는데, 그 사람들도 다 이때 끌려간 사람들이다.

'아까후다赤札'라 불리는 빨간 딱지를 받으면 징용을 가야 했는데, 밤에 집에 들어가면 이 딱지가 와 있을까봐 그것이 가장 겁났다. 징병이나 징용을 가지 않으려고 도망가는 사람들도 꽤 많았는데, 해방되면서 마치 그 사람들이 독립운동을 한 것처럼 행세하기도 하였다. 학도병으로 끌려가 죽을 고비를 넘긴 사람들이 어떤 때는 억울하게도 친일파라는 소리를 듣고 있다. 그러나 자진해서 일본육군사관학교에 들어가는 사람들도 있었다. 진짜 친일파는 바로 이 사람들이다. 징병으로 끌려가면 졸병으로 따라다니지만 육군사관학교 2년 과정을 졸업하면 소위가 되어 장교로 전쟁터로 가니까 저희가 편하려고 들어간 것이다.

✿

징용을 피할 수 있는 길은 군수물자를 만드는 직공인 산업전사나 총독부에서 인정하는 사람들, 예로 방송국 직원 같은 경우였다. 그렇기 때문에 이런 곳에 취직을 하려고 애를 썼고, 그래서 들어가기가 너무 힘든 '좁은 문'이 되었다. 그렇지 않은 경우는 어쩔 수 없이 징용을 가야만 했다.

나는 2차대전이 시작할 무렵에는 극단에 있었는데, 그것으로는 징용을 면할 수 없어서 시골에 내려가 여학교 선생 노릇을 했다. 그렇지만 그것도 오래가지 못했다. 그곳에서 희곡을 쓰기 시작했고, 그러다 다시 서울에 왔지만 무척 불안했다. 이때가 나의 암흑시대의 시작이었다.

27~28살쯤이었을 것이다. 할 일도 없었다. 그러다가 연극이나 영화쪽에서 일을 하는 몇몇 내 나이 또래 청년들이 종로3가에 사무실을 차렸다. 밤에 공습이 있을 때 전등불빛을 가려 바깥으로 새어나가지 않고 바로 밑으로만 약한 빛을 받을 수 있도록 전등에 씌우는 것을 만들어 파는 사무실이었다. 이 전등광선을 차단하는 차광기 만드는 일을 전쟁시 방공산업이란 자칭 전쟁산업이라는 명분을 붙여 징용을 면해보려는 발상이었지만 그게 글쎄 방공산업이었는지 웃기는 일이다. 그나마 장사도 잘 되지 않았기 때문에 그곳에 할 일 없는 청년 네댓 명이 밤낮 찾아 들었던 것이다.

그리고는 오늘밤에 집에 들어가면 그 빨간딱지가 나와 있지는 않았을까 끙끙거리며 걱정을 하곤 했다. 밤이 되면 그 시름을 잊으려고 어디 가서 술을 먹어야 하는데 술을 먹을 곳도 마땅히 없었다. 그런데 중에 한 녀석이 일본군수산업회사에 취직이 되었다. 어떻게 들어갔는지는 모르겠지만, 이런 사람들은 친일을 했다기보다 그냥 운이 좋아 그렇게 된 것으로 굉장한 일이었다. 취직이 되면 징용을 가지 않아도 됐고 월급도 받았다. 그리고 야미로 여러 가지를 사고 팔 수도 있었다.

전쟁시에 가장 비싼 것은 다이아몬드였다. 다이아몬드는 워낙 단단해서 탄환 같은 것을 제조할 때 재단하는 과정에서 다른 것으로 안 쪼개지는 것에도 사용할 수 있어 꽤 중요한 보석이었다. 그래서 우리가 IMF 때 금을 모두 내놓았듯이 일본에서도 전쟁중에 개인이 가지고 있던 다이아몬드를 전부 나라에 바치기도 했다. 그런 다이아몬드 다루는 회사에 취직을 한 것이었다. 그런 곳에 취직을 하면 짧은 시간에 많은 돈을 벌 수 있었다. 이 녀석이 저녁이면 으스대며 우리 사무실에 와서는 "나머지 돈은 내가 다 낼 터이니, 형들은 조금씩만 내슈"라며 요릿집에 가자고 했고, 그러면 우리는 없는 돈을 간신히 모아서 함께 갔다.

그래서 가는 곳이 지금 종로3가 피카디리 옆쪽에 있던 명월관이었다. 일본이 미국과 싸움을 하기 전에는 김성수 같은 조선의 갑부들만 가는 어마어마한 요릿집이었다. 우리는 근처도 갈 수 없었던 곳이다. 그러다가 우리 같은 사람들도 명월관에 드나들기 시작하자, 일본 군수산업에 가담해서 돈 좀 번답시고 명월관에 드나드는 그런 분위기의 명월관은 이제 갈 곳이 못 된다 하고 김성수 같은 관록있는 명사들은 명월관을 기피하기 시작했었다. 명월관 지배인이나 종업원들도 우리를 대단치 않게 생각하는 걸 느낄 수 있었다. 김성수를 접대하던 기생들도 우리 같은 애송이는 만나주지도 않았다. "일본에게 붙어서 받아온 돈을 우리가 화대로 받고 소리하겠는가"라는 생각을 했던 것 같다. 이것이 기생들의 지조였고 자존심이었다.

　나는 요릿집이라는 것이 일제강점기에 일본에서 들어온 제도로 알고 있는데, 조선시대에 기생집이 있었는지는 분명치 않다. 하지만 춘향전에서 기생이 사또가 있는 관청인 동헌으로 출장을 가는 걸로 봐서도 관기가 있었던 것만은 확실하다. 일제가 명성황후를 시해하고 경복궁을 폐쇄할 때 그 관기들이 바깥으로 나오면서 일부는 명월관 같은 요릿집으로 들어가기도 하면서 다들 흩어졌다.

　김성수 같은 사람이 이런 기생들과 술을 마시며 즐기는 것은 친일적인 일을 해야 하는 상황에서 현실도피하는 것이었다. 그리고 우리들은 징용에 끌려가면 탄광에서 죽을 텐데 어쩌면 좋은가 하는 걱정을 잊으려고, 암흑시대를 순간적인 환각으로 잊어버리기 위함이었다. 실제로 돈도 없고, 아무것도 없는데, 요릿집에 가서 술 마시고 떠들다가 밤에 집으로 들어갈 때에는 빨간 딱지가 와 있지는 않은지 조마조마한 마음으로 들어가는 것이다.

전쟁은 언제 끝납니까?

· 각설이패, 해방 직전 현실의 답답함

품바라는 연극이 있다. '각설이 타령'으로 불리기도 하고, 지금은 연극의 한 장르가 될 정도로 유명해졌다. 요즘도 동숭동 소극장에서는 「품바」공연을 하고 있다. 그것을 보면 각설이패가 깡통을 차고 숟가락으로 그 깡통을 두들기며 타령을 하는데, 사실 깡통이라는 것은 해방 전엔 없었고 해방 후 미군이 보내오는 구호물자 중에 분유통 등이 들어오면서 우리도 깡통이라는 것을 보게 된 것이다. 각설이패가 가지고 다니던 것은 '박'으로 만든 바가지다. 흔히 집에서 쓰다가 버린 깨진 바가지를 주워다 꿰매 가지고 다니면서 밥을 얻어먹곤 했기 때문에 품바가 깡통을 치면서 "작년에 왔던 각설이~" 하고 노래부르는 것은 말도 안 된다. 그리고 그때는 장단을 입으로 맞췄기 때문에 깡통을 칠 리도 없었다.

일제시대 말기에는 '거지'보다는 '구걸한다', '동냥한다'는 말이 더 많이 쓰였는데, 나는 이 거지를 네 가지 종류로 나누어 보았다.

첫 번째, 단순히 밥을 얻어먹으러 다니는 거지가 있다. 이렇게 구걸하는 사람들을 '걸인乞人'이라고 했으며, 그들은 "돈을 달라"고 하지 않고 "밥을 달라"고 했다. '동냥아치'라고 불리기도 했는데 집에 밥이 없을 때 그들이 오면 돈 1전을 준다. 그러면 그들은 싫다고 밥을 달라고 했다. 1전 가지고는 아무것도 못 사먹지만 밥을 얻으면 요기가 됐다. 어렸을 때는 그들이 돈을 싫어하는 것이 이해가 되지 않았지만 돈을 많이 줬더라면 그들이 싫어할 리가 없었을 것이다. 조금 주니까 안 좋아했겠지. 그들과는 달리 길거리에서 동냥하는 거지들은 밥을 달라는 것이 아니라 "한푼 줍쇼"라고 돈을 구걸한다. 옷도 형편없고 세수도 안 해서 얼굴은 시커멓고 더럽기 짝이 없어서 멀리하려고 하는 정도의 거지도 완전한 하나의 직업이었다. 그리고 거지에는 남자거지, 여자거지가 있고, 부부가 함께 다니는 거지도 있었다.

두 번째로는 '깍쟁이'가 있다. 뱀을 잡아서 파는 사람을 깍쟁이라고 불렀는데, 지금은 뱀을 동남아나 중국에서 수입하거나 밀수를 해서 가게에서 팔지만, 그때는 가게가 없었고 이들이 뱀을 잡아 부대에 집어넣고 돌아다니면서 팔았다. 그리고 깍쟁이들은 약탕기도 직접 가지고 다니면서 불을 지펴 뱀을 끓여서 국물을 짜주는 일도 함께 했다. 그런데 뱀을 잡을 수 없는 겨울에는 이들이 밥을 얻어먹고 돌아다녔다.

세 번째는 '각설이패' 다. 바로 오늘날 품바와 각설이타령을 하는 이들이다. TV의 한 프로그램에서 품바에 대해 다루는 것을 본 적이 있다. 품바라는 말뜻을 어떤 국문학과 교수가 풀이를 하고 있었는데, 아나운서가 "교수님, 품바라는 말이 무슨 뜻입니까?" 하니까, 이 사람이 대답을 하는데 나는 다 듣지도 않고 화가 나서 TV를 확 꺼버렸다. 그 사람이 "품바라는 것은 조선시대에…" 그렇게 시작하는 말도 안 되는 소리를 하고 있는 게 아닌가.

각설이패는 항상 딱 두 명이 다녔다. 그래서 한 명은 "작년에 왔던 각설이, 죽지 않고 또 왔네…" 하면서 노래를 부르고, 다른 한 명은 그 노래에 박자를 맞췄다. 입방귀를 뀌는 것처럼 입으로 바람을 내뿜으면서 입술과 입술 사이, 그리고 바람의 강도를 달리하여 "푸뺑뿌웅" 등의 의성어로 장단을 맞춘다. 바로 그 소리에서 품바라는 말이 만들어진 것이다. 무대에서 누군가 노래를 부르면 객석에서 그에 맞춰 손뼉을 치는 것처럼, 둘이 빌어먹고 돌아다니면서 한 명이 노래할 때 한 명은 박자를 맞춰주던 것이 품바다. 그 입술의 "푸" 혹은 "부"가 합쳐진 것 같은 묘한 소리를 냈는데, 아주 근년(1990년 초 정도)에 와서 동숭동 일대에서 품바라는 말이 나오기 시작했다. 품바의 어원을 찾아 조선시대까지 가는 것은 그야말로 어불성설의 궤변이요, 역사를 그르치는 망발이다.

내가 각설이패를 따라다녀 본 것은 아니지만, 우리집에 오는 각설이를 보면 1년에 딱 한 번 왔다. 1년이 365일이니까 선국을 돌아다니면서 365집만 점찍어 놓으면 1년에 한 번만 가게 되고, 남에게 신세도 덜 지게 되는 셈이다. 그래서 각설이타령에는 "작년에 왔던 각설이, 죽지도 않고 또 왔네"라는 구절이 있는 것이다. 그렇게 1년에 한 번만 가게 되면 밥을 주는 사람들도 "그동안 잘 살았니?" 하면서 안부를 궁금해 하기 마련이었다. 그런데 이들은 어느 집에 초상이 났거나 잔치를 하면 어디에서 어떻게 알았는지 꼭 찾아왔다. 잘 먹고 음식도 푸짐하게 받아 가는데, 그 대신 동네 골목 어귀에서부터 다른 거지들은 얼씬도 못하게 막아주는 꽤 번거로운 일을 대신 해줬다.

내가 13~14살에 본 각설이패들은 일제말기인 1940년대에 전쟁이 시작되면서 징용이나 학도병으로 사람들을 잡아갈 때 싹 숨어버렸다. 8·15해방 후에도 각설이패가 다시 등장하는 일은 없었다. 해방 후 각설이패들은 그 일을 그만두고 '슈샤인 보이'로 불리던 구두닦이를 했다. 각설이패가 입으로 "뿡푸" 하는 소리를 냈다면 슈샤인 보이들이 내는 소리는 "구두~딱~세"였다. 이것이 각설이의 품바와 같은 구두닦이들만의 하나의 시그널이다.

프랑스 파리는 지하철역마다 테스트를 거쳐 바이올린을 켜거나 샹송을 부르거나 하는 사람들을 선발해 공연을 하게 한다. 그리고 광장에 모여서 재주를 부리는 모습도 흔히 볼 수 있다. 이러한 모습은 우리나라로 치면 옛날 남사당패일 것이다. 이러한 '거리의 예술'을 일본말로 다이도게이노大道藝能라고 한다. 요즘 우리나라 지하철에서 하는 지하철예술무대 같은 것도 여기에 포함될 것이고, 「길」이라는 이탈리아 영화에서 안소니 퀸이 거리에서 사람들을 모아놓고 자기 몸에 묶여 있는 쇠사슬을 힘을 주어 끊는 것을 보여주고 돈을 받는 것도 다이도게이노다. 품바는 오늘날의 예능은 아니었는데, 일부 젊은 연극인들이 박정희정권이나 전두환정권 시대에 반항정신을 담아 시류에 접목시킨 것을 하나의 마당놀이의 장르로 만들어 놓은 것이라 할 수 있다.

네 번째는 남들이 이론異論을 제기할지 모르지만, 방랑시인 김삿갓과 같은 경우다. 그리스시대 테스피스라는 시인은 거리를 돌아다니면서 시를 읊어주고 술을 얻어먹으며 방랑하였는데, 좋게 얘기하여 "방랑시인"이라고 하는 것이지 사실은 집도 절도 없이 구름처럼 떠돌아다니는 구걸객임이 틀림없다. 동서양 고금을 통해서 유식한 사람, 말하자면 광대도 점잖은 과객이 얼마든지 있다. 이러한 방랑객도 일제말기에는 거의 자취를 감추었다.

그냥 구걸을 하는 거지와도 조금 다르고, 좋게 이야기하면 일종의 보수를 받는 것이지만 정상적이라고는 볼 수 없는 것으로는 '무속인'이 있다. 이것은 종교와는 다르다. 예를 들어 기독교, 천주교, 불교, 이슬람교 등의 종교는 신자들의 수가 많아서 그 교의 세력(교세)을 만들기 때문에 '교敎'라고 하고 '무巫'라는 말을 쓰지 않는다. 영국은 중세기에 엘리자베스 여왕이 로마의 가톨릭을 따르지 않고 영국만의 종교인 성공회를 만들었다. 그런 식으로 파워와 세력이 있는 것은 종교라 하고, 쇠퇴해버린 무속은 미신이라고 한다. 그렇지만 미신을 믿는 사람은 자신이 믿는 것을 미신이라고 생각하지 않는다.

깜깜한 길거리를 가고 있는데 갑자기 어딘가에서 뭔가가 불쑥 나타났을 때 놀란 마음에 손을 싹싹 빌면서 "살려주십시오" 하면서 누군가를 부른다. 그때 누구를 부르는가에 따라서, 즉 "하느님, 살려주십시오"인지 "옥황상제님 살려주십시오"인지에 따라 신앙이 무엇인지가 나타난다. 그런데 무당이라는 것, 무속을 비롯한 비과학적인 신앙은 제각기 자기가 믿는 것이 신이 되는 다신多神이며, 결국은 그 믿음이 문제되는 것이 아니고 믿음을 남에게 전파하여 자기가 먹고 사는 수단방법이 되는 것이다. 이 무당은 신이 내린 여자가 하는데, 지금도 그렇게 신이 내리는 사람이 있다고 한다. 그래서 텔레비전을 보다 보면 무당이 되지 않기를 울면서 바라다가도 신이 내리면 하는 수 없이 무당이 되는 얘기도 종종 나오는 것 같다. 무신은 원래 몽고에서 유래되었다는데, 무당은 쉽게 말해 남의 사주팔자로 점을 치고 그 점에서 액운이 나오면 그것을 물리쳐주는 굿을 한다.

그리고 무당과는 다르지만 내가 어렸을 때는 앞 못 보는 소경이면서 점술을 하는 '판수'가 있다. 내가 보통학교에 다닐 때는 그런 장님을 길거리에서 보면 재수 없다고 침을 탁 뱉는 사람들도 있었다. 그는 무슨 뚜렷한 뜻도 없고 말도 안 되는 "무이리 수에에…" 하면서 지팡이를 짚고 다녔다. "내가 지나가고 있다"는 뜻으로 내는 그 소리를 듣고 누군가 부른다. "우리집 영감이 어디 어디가 아프고…" 하는 이런 저런 이야기를 하면 판수는 허리춤에 나무로 된 가느다란 괘가 들어 있는 통을 차고 다녔는데, 그 통을 꺼내어 흔들다가 속에서 하나를 꺼내보면서 "신이 덮어씌웠군" 이런 말들을 한다. 그리고는 "천하○○○…"라고 한자로 이루어진 듯한 이상한 주술을 외웠다. 각설이패가 "작년에 왔던 각설이…" 하면서 부르는 노래와 마찬가지로 판수들이 그런 소리를 내는 것을 보고 사람이 얼이 빠져서 믿는 것 같았다.

이름은 잊었지만 민속학자 중에 서울대학교 심리학 교수를 했던 사람이 있는데, 그의 설에 의하면 무속의 무가巫歌가 전라도 판소리의 시초라는 것이다. 그리고 무당이 전라도에서 흘러서 무당보다 돈벌이가 잘되는 쪽으로 나아가 술자리에서 가무를 하면서 돈을 벌게 된 것이 기생이라는 것이다. 그러나 이 설을 아주 싫어하는 사람들도 있다. 그들은 기생의 원조가 왜 무당이냐, 기생은 기생대로 하나의 독립된 장르로 나온 것이라고 주장한다. 얼핏 생각해 보면 무당이 굿을 하는 모습이 일종의 '소리'다. 이능화가 이야기한 신라시대의 원화도 가무를 하는 사람으로 그 때문에 신라왕의 애총을 받고 있었던 것이니까 비슷한 이야기다. 무당의 가무歌舞, 즉 소리가 조선시대에 와서 무당과 기생으로 구분되고, 남도창과 판소리가 한량들에 의해 「춘향가」, 「홍보가」, 「심청가」, 「수궁가」, 「적벽가」 이렇게 다섯 마당으로 정립이 된다.

무당과 판수 외에 사주팔자를 보는 사람도 등장했다. 음력 정월이 되면 사주를 보는 토정비결이라는 책이 있는데, 이것의 원류를 살펴보면 주역周易이다. 사주팔자를 보는 것은 서양사람들이 나중에 탁자 위에 수정 구슬을 놓고 보는 점과 같은 것이다. 결국 무식한 사람을 속이고 꼬임에 빠뜨리는 것이 점占이다. 일제말기 관상을 보는 사람으로는 김경운金慶雲과 강씨姜가 꽤 유명했다. 많은 사람들이 이들에게 미래를 물어보곤 했다. 일본에서는 다른 것보다 손금을 보는 것이 성행했다.

선거 때나 시대가 불안하면 점을 많이 보는 것 같다. 신문광고를 봐도 사주팔자를 봐준다는 광고가 많고, 심지어 컴퓨터로도 젊은 사람들이 점을 보곤 한다. 그러나 지금의 불안은 일제말기 암흑시대의 암담함 속에서 느끼던 불안의 요소와는 질이 다르다.

&a

1942년쯤 우리나라 사람들은 너무 답답해서 못 견디어 했다. 전쟁은 안 끝나고 징용으로 계속 잡아가니까 도대체 어디에 가서 숨어 있을 수도 없고 얼마나 답답했겠는가. 그러다보니 살그머니 "이 세상이 앞으로 어떻게 됩니까"하고 물어보려는 사람들이 생겼다. 나도 28~29살쯤 됐을 때 너무 답답해서 연극하는 친구, 영화쪽 일을 하는 친구와 셋이 언제쯤 전쟁이 끝나는지 물어보러 찾아갔었다. 그렇지만 "전쟁은 언제 끝납니까?"라고 대놓고는 못했다. 그렇게 물어봤다가는 관상쟁이가 고발하면 다 잡혀 들어가기 때문이다.

그래서 계속 눈치만 보고 앉아 있었는데, 우리 속을 관상쟁이도 다 알고 있었는지 직접적으로 말은 않고 내년에는 어떨 것이고, 30살이 되면 어떤지, 40대가 되면 어떤지를 쫙 적어주었다. 그러면서도 전쟁 이야기는 하지 않았다. 그리고는 맨 마지막에 "泰山鳴動 鼠一匹태산 명동 서일필"이라고 써줬다. 태산은 중국 산둥성山東省에 있는 유명한 산 으로, 그 태산이 진동을 하고 야단법석을 떨었는데도 결국은 쥐 한 마 리 잡은 것밖에 얻는 게 없다는 말이다. 요란하게 전쟁은 했지만 우리 에게 돌아올 것은 아무것도 없으니 큰 기대를 하지 말라는 뜻인 것 같 기도 하고, 알 것도 같고 모를 것도 같은 이 말 한마디…. 그리고 같이 간 세 명 중 나를 뺀 두 명은 8·15해방 후 아무것도 생긴 것이 없는 데, 나에게는 어마어마한 일이 생기게 된다.

1940년대 초 각설이패도, 거지도 전부 없어지고 세상이 자꾸만 조 용해졌다. 일본인들이 하던 승전기념 등불행렬인 조오칭 행사도 전쟁 에서 이기지 못하니까 자연히 없어졌다. 젊은 사람들도 잡혀갈까 두 려워 함부로 거리를 돌아다니지 못했다. 그러던 어느 날 내가 종로에 있던 친구 사무실에 가려고 길거리로 나왔는데, 모든 사람들이 멈춰 서서 방송에 귀를 기울이고 있었다. 낮 12시, 일본 천황의 특별방송이

었지만 방송내용을 알아듣는 사람은 거의 없었다. 한마디도 알아들을
수 없었다.

그런데 어떻게 해서 누가 알아들었는지, 얼마 있다가 누군가가 "만
세!"하고 소리를 쳤다. 일본 천황이 항복하는 방송이었던 것이다. 도
저히 알아들을 수가 없었다. 얼마 전에도 일본방송에서 그때를 회상
하는 프로그램을 방영하기에 유심히 들었는데, 여전히 알아들을 수
없었다. 항복한다는 말을 일본 군부에서 일부러 잘 들리지 않게 한 것
이다. 그렇게 알아듣기 힘든 말을 누군가 듣고는 "만세!"하고 외쳤고,
종로가 웅성웅성하기 시작했다. 해방이 된 것이다.

1978년 중앙일보 제정 중앙문화대상 시상식장에서(서울프레스센터)

송진우 · 여운형 · 박헌영 트로이카의 부상과 몰락

· 서울의 해방분위기, 좌 · 우익의 대립

8·15해방이 되면서 서울 장안의 분위기는 한마디로 혼란 일색이었다. 덮어놓고 전부 거리로 뛰쳐나왔다. 전차 운전수들 중에는 한국사람도 있고 일본사람도 있었는데, 한국사람들은 해방됐다는 것

에 마냥 홍분이 되어서 그랬는지, 동대문전차 차고에서 서대문으로, 또 서울역으로, 마구 전차를 몰고 다녔다. 사람들도 전차에 발 디딜 틈도 없이 다들 올라타서 바깥에까지 매달려 돌아다녔다. 매일매일 거리가 인산인해人山人海였다. 자동차가 그렇게 많지도 않았는데 어디에 그렇게 트럭이 있었는지 다들 끌고 나와서 그 위에 빽빽하게 올라타고는 만세를 부르며 돌아다녔다. 지금의 을지로, 충무로, 명동에 일본사람들은 다 없어지고 나타나지 않았다.

언제부터인지 몰라도 일본사람들이 살던 집에 조선사람들이 들어가 있었다. 그 집을 점령한 건지, 아니면 그 집을 싸게라도 돈을 주고 샀는지는 정확히 알 수는 없다. 일본에서는 일본은행권이라는 돈을, 우리나라에서는 조선은행권을 사용했는데, 예를 들어 똑같은 1백원이라도 일본은행권은 조선에서 쓸 수 있었지만 조선은행권은 일본에서는 사용할 수 없었다. 해방된 후 일본 사람들에게 집이나 세간, 물건 등을 살 때에는 일본은행권이 있는 사람만 살 수 있었다. 약삭빠른 사람들이 일본사람들에게 접근해서 돈을 주고 사던가 아니면 구두로 약속을 하고 집을 갖곤 했다. 일본인 집에 있던 찬장이나 장롱 등을 계속 사들여서 손수레에 싣고 다니며 조선사람들이 사는 동네에 널어놓고 팔았다. 일본사람들이 일본으로 돌아갈 때는 세간은 고사하고 목숨만 겨우 가져갈 텐데 왜 돈을 주고 샀는지, 정말이지 바보스러운 일이 아닐 수 없다.

일종의 '해방'이라 할 수 있는, 6·25전쟁 후의 9·28 서울환도와 8·15해방 직후의 분위기는 아주 달랐다. 내 기억으로 9·28 후에는 빨갱이에게 아부했다 하여 마구잡이로 죽이고 가두곤 했었는데, 8·15해방 때는 아주 특수한 경우인 악질의 일본형사, 조선사람을 고문하던 일본 경찰관들을 죽였다는 애기를 간혹 들은 것 외에는 없었던 것 같다. 처음 겪는 일이어서 응징이나 보복은 생각하지도 못하고 해방했다는 것 자체에 너무 감격스러워서 그랬는지 퍽 순수하지 않았나 싶다. 그러나 인간은 차츰차츰 더 악질적으로 변해가다가 지금 세상은 아주 잔인하지 않은가.

해방 하루 전인 8월 14일까지만 해도 신문에서마저 어떤 보도도 하지 않았기 때문에 전쟁이 어떻게 되었는지 전혀 알 수 없었다. 나중에 안 사실이지만, 8월 6일에 히로시마, 9일에 나가사키에 미군이 원자폭탄을 터뜨렸는데, 그 일로 너무나 많은 사람이 죽고 대부분의 건물이 폭파되어 일본이 더는 버티지 못하고 항복을 한 것이었다.

미군이 일본에 원자폭탄을 투하했을 때 극동에 있던 소련군은 그 이튿날인가 재빨리 만주로 쳐들어갔다. 스탈린이 시킨 것이다. 일본의 군사령부에서는 자기 나라에 원자폭탄이 떨어진 사실을 알고 있었을 테니까 위축이 되어서 꼼짝도 못한 것이다. 소련은 이 이틀 동안 제대로 싸우지도 않고 나중에 한국에 대해서 미국과 동등한 권리행사를 하게 된다. 영국에는 처칠이라는 수상이 있었고, 미국에는 루즈벨트가 있었다. 처칠은 소련이 그렇게 하는 것에 대해서 문제를 삼지 않았지만 루즈벨트로서는 2~3일 동안 치른 전쟁에 가담한 것을 가지고 한국에 대해서 똑같은 권리행사를 하게 되니까 가만히 있을 일이 아니었다. 결국 미국도 스탈린에게 말려든 것이었다.

내가 지금은 이런 말을 할 수 있지만, 그때는 너무 어려서 세계정세라는 것을 판단할 만한 능력도 없었을 뿐더러 당시에는 단순히 미술이면 미술, 연극이면 연극에 대한 고민만 할 줄 알았지 사회에 대해서 횡적으로 폭넓게 볼 줄도 몰랐고 들을 수 있는 매체도 없었다.

　8월 15일, 미군은 무슨 이유에서였는지 한국에 바로 진주進駐를 하지 않았다. 소련은 재빨리 이북으로 들어왔지만 그것을 우리가 알 길은 없었다. 남한 사람들은 오늘에나 미군이 들어올까, 내일이면 들어올까, 밤낮 기다렸다. 무지無知에서 비롯된 일이지만 사람들은 미군이 서울역으로 들어올 줄 알고 그곳에서 기다렸다. 지금 생각해보면 정말 우스운 일이다. 어떻게 군대가 서울역을 통해 들어오겠는가. 서울역 광장에 우글우글 모여서는 어디에선가 "미군이 들어…" 이런 비슷한 말만 들리면 "와!" 하고 우르르 몰려가곤 했다.

　그 속에서 풍문으로 들리는 것이 "소련이 개성까지 내려왔다"는 말이었다. 개성사람들은 날마다 서울에 와서 개성에서 유명한 개성소주도 팔고 물건도 사서 돌아가곤 했는데, 어느 날 갑자기 개성사람들이 안 보이기 시작한 것이다. 누가 어떻게 해서 막혀버렸는지는 모르겠지만 아마도 소련군이 자기네가 북쪽을 점령했음을 미군에게 과시하려고 했던 것 같다. 그것이 바로 삼팔선이다. 삼팔선이 미국과 소련의 합의하에 그어졌다고 하지만, 개성사람들이 왕래를 하다가 안 오기 시작했다는 점과 미군이 그보다도 훨씬 뒤에 우리나라에 들어왔다는 것을 보면 소련군이 미리 군사경계선을 그어놓은 게 아닌가 싶다.

　그런 상황에서 "이북에 김일성 장군이 들어왔다"는 소문이 들려왔다. 풍문으로 어렴풋이 만주에서 항일운동을 했던 김좌진金佐鎭 장군, 이청전李靑田 장군, 그리고 김일성金日成 장군 등의 이야기를 들은 것 같았는데, 김좌진 장군은 1889년생으로 나보다 27년이나 먼저 태어난 분이다. 그런데 김일성은 1912년생이니 나하고 4년 차이밖에 안 나는데 장군이라니! 이건 말도 안 되는 허무맹랑한 날조극이다.

　이북에 들어왔다는 김일성의 본명은 김성주金成柱로 소련군의 특수

공작대원이었다. 일본이 항복하게 되면서 스탈린이 중국에서 이북까지 그대로 쳐들어온 후 소련 특수공작대원이자 조선사람인 30대의 젊은 조선사람을 북한 괴뢰로 집어넣었고, 이름도 김성주 그대로 두지 않고 독립운동가였던 김일성의 이름을 붙여 준 것이다. 확실한 이 사실을 지금 젊은 사람들은 모르고 있다.

해방을 하면서 이 사람, 저 사람과 이야기를 할 때 등장하곤 하던 사람들로 김성수金性洙, 송진우宋鎭禹, 여운형呂運亨, 박헌영朴憲永 등이 있다. 김성수는 우리가 지금 상상도 할 수 없을 정도로, 집안 대대로 내려오는 전라도 최고의 갑부였다. 1891년에 태어난 사람으로 나보다 24년 연상이니 내게는 아버지세대인 셈이다. 이 사람은 와세다대학 정치경제학부를 졸업해서 우리나라에 와서는 1914년에 중앙고보를 설립하고, 1920년에 동아일보를 창설, 1932년에는 보성전문학교를 인수했다.

그런데 이 사람에게 워낙 돈이 많다 보니 따라다니는 건달들이 몇 있었다(돈을 쓰는 사람은 "한량", 그 사람을 따라다니는 사람을 "건달"이라고 불렀었다). 그 중에 지금 애국지사로 평가받는, 동아일보 사장을 지낸 송진우도 있었다. 같은 전라도 사람인 송진우는 김성수가 중앙고보를 설립했을 때 그곳 교장을 지냈었다. 3·1운동 때 체포되어 1년 반의 옥고를 치르고 출감한 후 1920년 김성수가 동아일보사를 창간하자 사장에 취임했고, 해방 직후 한국민주당을 결성해 수석총무도 지냈다. 송진우가 무슨 돈이 있어 정당을 만들었겠는가. 분명히 뒤에는 김성수가 있었지만 표면으로 등장하지는 않았다고 생각한다. 같이 와세다대학을 다닐 때 학비를 김성수가 다 대주었다는 말도 들은 적이 있다.

이렇게 부유한 집안의 자식과 그렇지 못한 사람이 파트너로 지내는 경우가 예전에는 많이 있었다. 윤심덕과 현해탄에서 같이 죽은 김우진도 김성수만큼은 아니었지만 목포에선 대단한 부잣집의 아들이었다. 김우진이 일본에 유학을 갔을 때 동경에서 대학을 다니던 홍해성 洪海星에게 용돈을 주곤 했는데, 이 사이도 김성수와 송진우 같은 관계였을 것이다. 더욱이 김우진과 홍해성보다도 김성수와 송진우는 고향도 같고 나이도 같으니까, 그 관계는 아마도 더 긴밀했을 것이다.

1945년 우리나라는 좌·우익으로 갈라져 있었는데, 좌익계의 한현우 韓賢宇가 송진우의 집에 가서 송진우를 암살했다. 송진우가 한국민주당 수석총무를 지내던 때는 아직 정부도 수립되지 않아서 미군의 하지 군정시대였기에 암살을 당할 만큼 중요한 정치활동도 하지 않았는데, 왜 죽였는지 나는 지금도 의문이다.

좌익계였던 여운형은 1947년에 암살당했다. 그 시대에 조선사람으로서 자가용을 타고 다니던 사람은 여운형이 눈에 띨 뿐이었다. 검은 포드차를 어디에서 구했는지 그것을 타고 종로를 왔다 갔다 했고, 모두들 고개를 돌려가며 쳐다보곤 했다. 그는 중국 난징 南京 진링대학을 졸업한 후 1919년 상하이임시정부에 가담했고 1920년에는 공산당에 가입하기도 했는데, 그때 공산당에 가입한다는 것은 공산당이 되기 위함이 아니라 일본사람들에 대한 반항정신으로 가입하는 것이었다. 그렇게 활동하면서 그는 레닌의 영향을 받아 러시아에 가서 레닌을 만나기도 했다. 그리고 1933년에 조선으로 돌아와서 누가 창간했는지는 모르겠지만 조선중앙일보의 사장에 취임하기도 했으며, 1944년에는 조선건국연맹을 조직했다.

　여운형은 1945년에 일본이 전쟁에서 질 것이라는 것을 알고 있었나
보다. 그래서였던지 미리 조선건국연맹을 만들고, 1945년에는 조선
건국준비위원회도 만들었는데, 이곳에서 인민공화국을 선포했다. 이
선포를 할 때 송진우쪽은 우익이었다. 이렇게 좌·우익이 갈렸었지
만, 뚜렷한 공산당도 아닌 좌익단체가 마구 생겼다. 몇 명이 "만세!"
를 외치다가 모여 단체를 만들면 되는 식이었다. 29개의 좌익단체가
있었는데, 이것을 여운형이 규합해서 민주주의민족전선으로 결성해
의장단 대표를 맡았었다. 그러다 우익으로부터 암살당한 것이다.

　또 한 사람, 1900년생인 박헌영은 완전히 좌익이었다. 3·1운동 후
에 상하이로 가서 소련의 볼세비키 고려공산당에 가입을 한다. 완전
히 공산당에 침투를 한 것이다. 젊었을 때부터 철두철미하게 의식적
으로 공산당이 된 것이다. 박헌영은 공산당 활동을 했음에도 불구하
고 겉으로는 드러나지 않았는지, 1924년에는 동아일보와 조선일보의
기자생활을 했다. 이 사람은 뭔가 잔재주를 부릴 줄 알았던 게 아닌가
싶다. 1925년 박헌영은 비밀결사조직인 조선공산당을 창단하는 데
주도적 역할을 했고, 해방 후 1946년에는 합법적으로 남조선노동당
이라는 것을 만들어서 부위원장이 되었다.

　그때는 우익에 송진우, 좌익에 여운형, 그리고 실질적인 청년층에
박헌영, 이렇게 셋이서 '트로이카'로 그럴듯하게 드러나고 있었는데,
박헌영과 여운형 사이에서의 헤게모니 때문에 여운형이 죽은 것 같
다. 그 당시 박헌영이 40대였고, 여운형은 60세가 넘었으니까 구세대
로 취급해서 죽이지 않았을까 한다. 박헌영은 이승만정권이 생기면서
북한으로 넘어갔다. 이남에서 공산당까지 만든 공로를 인정받아 김일
성의 인민공화국에서 박헌영을 부수상으로까지 예우를 해준 것이다.

이것은 스탈린과 관련이 있다. 소련은 6·25전쟁이 발발하기 전 이북에 있던 소련군을 우선 철수시킨 후 미군에게 계속해서 우리도 나갔으니까 너희도 빨리 나가라고 했다. 그래서 미군이 일본까지 후퇴를 했었는데, 그때 김일성을 앞세워 6·25전쟁을 일으킨 것이다. 미국도 일본만 가지고 있으면 될 것이라는 생각을 했던 것 같은데, 그러던 미국이 남한을 빼앗기지 않으려고 들어온 것이다. 스탈린은 그렇게 될 줄 모르고 김일성이 밀고 내려가면 되리라고 생각했던 것 같다. 낙동강까지 인민군이 쫙 깔려 있었고, 특히 인민군의 군대 중에서 제일 중요한 부대가 낙동강에 다 모여 있었다.

그때 미군에서 B29를 낙동강으로 보냈다. 이 전투기를 일제시대 전쟁 때 평양에서 본 적이 있는데, 지금 서울 종합운동장 축구장에 한 대밖에 못 들어갈 정도의 크기였다. 그토록 커다란 폭격기 99대가 일본에서 출발하여 낙동강에 폭탄을 퍼부었다. 군대가 후퇴를 할 수 있는 상황도 아니었고 전부 전멸했다. 그러면서 인민공화국에서는 미군이 낙동강부터 그대로 밀고 올라올 줄 알았는데, 미군은 인천으로 상륙작전을 편 것이다. 그렇게 해서 서울과 낙동강 사이가 막혀버렸고, 인민군들은 산으로 도망갔다. 이것이 바로 빨치산이다.

전쟁에서 패하자, 처음엔 이남에서 공산당을 만들며 여러 큰일을 했다고 이북에서 부수상까지 시키더니 1955년 박헌영을 죽여 버렸다. 죽이려면 김일성을 죽였어야 하는데, 김일성은 죽지 않고 박헌영이 죽었다. 우리나라가 분단국으로서 민족적인 비애를 겪고 있는 운명에 처하게 된 원흉은 스탈린이며, 그의 앞잡이는 김일성인 것이다. 이렇게 송진우, 여운형, 박헌영이 죽은 것은 참으로 역사적인 비극이다.

이승만의 실패한 '반일'

· 미군정기의 정치적 소용돌이와 대한민국정부수립

대한민국 정부를 수립하는 즈음 그 당시 우리나라는 하지중장을 중심으로 한 군정軍政상태였고, 그 우두머리인 맥아더는 일본을 점령하고 있었다. 그 시대에 우리나라의 양대 산맥이라 부를 수 있는 인물로 이승만과 김구가 있다. 이들은 1945년 10월과 11월에 각각 미국과 중국에서 한국으로 돌아왔는데, 이승만은 미군 군용비행기를 타고 우리나라에 들어왔지만 김구는 배를 타고 인천을 통해 들어와야 했다. 조선점령군 사령관이던 하지중장은 김구 일파, 즉 일제시대 중국에서 항쟁운동을 하며 대한민국을 대표하던 단체인 상해임시정부를 계획적으로 무시해버렸기 때문이다. 미군정은 김구를 배척하고 이승만에게 대통령을 시켰다.

원래 누구 집이었는지는 모르겠지만, 지금도 동숭동에는 이승만의 양자가 살고 있는 이화장梨花莊이라는 굉장히 큰 집이 있다. 김구의 집은 서대문 동양극장 바로 앞에 있던 경교장京橋莊이었다. 이곳은 일제시대에 광맥을 발견하여 신흥부자가 된 최창학의 집이었는데, 이 사람이 일제시대에 돈을 벌었기 때문에 어쩌면 친일파로 몰리게 될지도 모르니까 김구에게 집을 내어준 것 같다. 김구는 이 집에서 기거하다 암살당했고, 이승만이 대통령이 된 후에는 이승만에게 밀착해 있던, 박마리아의 남편이자 후에 국회의장을 지낸 이기붕李起鵬의 집이었다가 그후 삼성의료원이 되었다.

이승만의 기본 입장은 '절대 반일反日'이었다. 이것은 아주 철저했고, 일본이라면 이를 갈았던 것 같다. 고종의 뒤를 이은 순종과는 이복형제 사이인 이은李垠(영친왕)은 일본에 강제로 끌려가 황족인 나시모도 노미야梨本宮의 딸 방자方子와 정략결혼을 했다. 이은은 그의 특수한 신분 때문에 8·15해방 때 일본에 있을 수밖에 없었는데, 이승만은 그녀가 일본사람이라는 이유로 우리나라에 들어오지 못하게 함으로써 이들은 해방된 후에도 한동안 우리나라 땅을 밟을 수 없었다.

그 외에도 이승만의 배일排日에 대한 흔적은 여러 가지로 말할 수 있다. 일본에서는 '미국'이라는 글을 '阿米利加'라고 쓴다. 우리나라 식으로 발음을 하면 '아미리카' 정도 될 것이고 일본사람들은 '아메리까'로 발음한다. 그리고 한자로는 지금도 '米國'으로 쓴다. 이것을 이승만이 바꾸어 버렸다. 미국이 우리나라를 해방시켜줬는데, '米(쌀 미)'자를 쓴다는 것은 말도 안 된다 하여 우리나라에서는 한자표기를 '美(아름다울 미)'로 바꾸어 버렸다. 또한 차들의 통행에 있어서도 이승만의 반일에 대한 생각은 보인다. 영국이 차가 좌측으로 가니까 일본이 영국 하는 대로 한 것인데, 일본의 차들이 좌측통행을 하니까 우리나라에서는 우측통행을 하도록 했던 것이다.

그러나 이승만은 그토록 철저하게 반일감정이 있으면서도 일본육사 출신들인 친일파를 정리하지는 못했다. 오히려 이승만정권이 생긴 데 제1의 대들보 역할을 한 것이 일본육군사관학교 출신들이라고 할 수 있다. 8·15 해방 후 우리나라 국군의 전신이라 할 수 있는 간부양성을 목표로 한 군사영어학교가 있었는데, 일본육군사관학교에 다니던 사람들이 해방 후 이 군사영어학교로 들어갔다.

1945년 12월 설립한 군사영어학교는 명목상 영어를 알아야 미국하고 통한다 해서 계획적으로 영어를 강조한 학교였다. 군사에 대한 지식은 일본사관학교에서 다 배웠으니 영어만 어떻게든 숙달해 국군을 만들자 그랬던 것 같다. 내가 영어할 줄 안다는 걸 알고 국방부 이전에 국방사령부인가 거기서 날보고 정훈장교를 하라고 했던 웃지 못할 일도 있었다. 그때는 웬만하면 불러다 시키면 되던 시대였다. 그래서 이 사람들이 결국엔 다들 국군이 되었으니, 대한민국 국군 창설 장성들은 전부 친일파라고 할 수 있다.

다시 말해, 미군정은 일제강점기의 통치구조를 부활시키고 친일파를 대거 등용하였는데, 이승만정권 역시 미군정의 통치구조를 그대로 이어받았고, 친일파는 이승만의 정권장악과 유지에 핵심역할을 한 것이다. 이승만정권의 입장에서 보면 김구파의 상해임시정부쪽은 소위 정적이므로, 빨갱이 소탕을 구실로 한 이들의 제거를 정권의 제1목표로 삼았다. 행동대는 일제강점기에 일본의 앞잡이로 형사를 하던 조선사람이 했다. 이에 대표적인 인물로 조선인 사상범을 고문하고 괴롭히던 노덕술盧德述이 있었다. 이 사람은 해방 후 친일파로 잡혀 들어갔지만 이승만정권 때 경찰에서 고문기술이 필요해 석방된 사람이다. 이근안 같은 사람이 이 사람들의 고문기술을 그대로 따라한 것이다.

한마디로 이승만정권은 친일파 소굴이다. 그래서 해방 후 친일파 민족반역자를 처벌하고자 1948년 조직된 반민족행위특별조사위원회反民族行爲特別調査委員會(반민특위)도 빨리 없앤 것이다. 그 결과 친일파 청산에 대한 국민적 지지에도 불구하고 반미특위의 활동은 실패하였다. 이러한 사실은 친일세력이 그 후에도 한국사회의 지배세력으로 군림하는 길을 열어준 것은 물론이고, 한국민족주의의 좌절과 단절을 의미하는 것이기도 하다.

결국 1949년 김구가 안두희安斗熙에 의해 암살당한 것도 이승만이 안두희에게 직접 "네가 가서 죽여라"고 한 것은 아니지만, 김구가 있으면 여러 가지로 불편하다고 생각했기에 국군에서 일을 저질렀던 것 같다. 또 일설에는 당시 국방부 장관이었던 신성모申性模라는 자가 안두희를 시켰다는 말도 있다. 신성모는 일제시대 일본 해군이나 해양 선원이었다는 등 정체불명 인물이었다. 1996년 안두희가 죽을 때까지 배후를 밝히지는 않았지만 안두희의 육군 상사인 중령이나 대령들이 배후일 것인데, 이 사람들이 바로 일본육군사관학교 졸업생들인 것이다.

이승만은 반일을 외치면서도 친일의 결정체인 일본 식민지 때에 한 자리씩 하던 사람들이 하는 짓을 묵인함으로써 김구를 죽게 하고, 그 사람들을 이용해 자기가 대통령이 되려고 한 것이다. 일제의 잔재라는 것, 가해자가 있으면 피해자가 있는 것이다. 해방을 하면서 가해자가 전부 숨어버리는 때에 이승만이 자기 정적을 없애려고 하는 그 틈바구니에서 가해자가 다시 등장한다. 자기 세상을 만난 것이다. 그리고 가해자들에게 피해를 받던 사람들이 다시 이 가해자들을 겁내게 된다. 이 동족상쟁의 시초가 바로 이승만 시대에 나온다.

자기가 가해자니까 자기가 살려고 미리 움직인 것인데, 그것은 지금까지도 계속되고 있다. 가령 김대중이 야당으로 있을 때 군사정권에 반항을 하던 민예총 사람들, 박정희, 전두환 시대에 정권을 비판하고 반항을 하던 운동권 세력이 김대중정권 때 득세를 하여 예술의전당도 맡고, 서울예술단도 맡고, 국립극장도 맡았다. 결국은 끝까지 순수하게 정통성이 있게 민족정기 혹은 정의를 위해서 가는 것이 아니라 자기가 득세를 해서 자기가 그 자리에 올라가 있는 것이다. 그리고 자기가 반대하다가 자기가 힘을 얻어서는 오히려 독재자가 되어서 억눌러 버리고, 다시금 다른 세력의 미움을 받는 악순환이 자꾸만 생긴다. 이런 악순환의 출발이 이승만 시대였다는 것이고, 이러한 것이 우리나라를 그릇되게 만드는 시작이자 추진력이 되어 버렸다.

৪৯

1945년 해방되었는데, 왜 3년이 지난 1948년에 되서야 대한민국정부가 수립되었을까. 1945년 2월 얄타에서 미국의 루즈벨트, 영국의 저질, 소련의 스탈린이 우리나라 국토분단의 세기가 된 38 군사성세선을 처음 결의한 회담을 한 후, 12월 모스크바에서 개최된 미국, 영국, 소련 3국의 외상이 모인 모스크바3상회의에서 신탁통치를 결정했는데, 이러한 소식을 신문에서도 떠들어대곤 했다.

신탁통치에 대해 처음에는 이북에서 김일성이 반대하다가 돌연 찬성했고, 이승만은 끝까지 반대였다. 여기서 보면, 이북이 인민공화국이 수립된 것은 어디까지나 스탈린의 계획에 의해서 작전으로 된 것이지만, 대한민국정부수립은 이승만을 내세워 미국정부에서 세우려고 했던 것은 절대 아니었다. 미국은 이승만이 신탁통치를 반대하자 그를 견제하기 위한 수단으로 1947년 서재필徐載弼을 불러오기도 했다. 처음에 서재필이 우리나라로 들어올 때에는 미국이 정책적으로 이승만 대신 서재필을 내세우려 하지 않았나 하는 생각도 든다. 그러나 1948년 이승만이 초대 대한민국 대통령이 되고 원체 이승만이 발붙이지 못하게 하니까 서재필은 다시 미국으로 가버렸다. 그리고는 돌아오지 않았다. 서재필은 고매하다 할까, 순수하다 할까, 이승만처럼 누구를 해치고 자기 욕심을 채우는 짓은 하지 않았던 것 같아서 나는 그가 진정으로 순수한 애국자였다는 생각이 든다.

서재필은 전라남도 보성 출생으로 1879년 13살 되던 해에 장원급제를 한 영재였고, 1889년에는 워싱턴대학 의과를 다니고, 1896년 이후 이상재, 윤치호, 이승만과 함께 독립협회를 결성하기도 한 사람이다.

그리고 그는 1897년 서대문 근처에 독립문을 세웠다. 내가 어렸을 때 봤던 기억으로는 독립문 앞에 돌기둥이 두 개 있었다. 문이 붙어 있었던 것 같은데, 그때는 앙상하게 기둥만 남아 있었다. 이 기둥에 붙어 있던 문의 이름이 '영은문迎恩門'이다. 내가 어릴 때는 '영주문迎主門'이 통설이었다. 일본이 조선을 합방하기 전까지 조선은 원나라, 명나라, 청나라를 거쳐 계속해서 중국의 속국이었기에 중국의 사신들이 우리나라에 무악재를 통해 들어오면 조정의 관리들이 영은문 앞에 와서 환영을 했다고 한다. 그러니까 영은문이라는 이름은 '은혜를 입은 주인을 환영하는 문'이라는 뜻인 것이다. 그래서 서재필은 "우리나라는 자주적인 국가인데, 어떻게 이 문이 주인을 맞는 문인가" 하면서 그 자리에 프랑스 파리의 개선문과 비슷한 모양의 독립문을 세운 것이라 생각된다. 독립문이 있는 근처에는 중국에서 사신이 올 때 미리 맞을 준비를 하던 모화관慕華館이라는 관사가 있었는데, 이름에서 '화華'자는 중국을 뜻하는 것이고, '모慕'자는 그립다는 뜻으로 '중국을 그리워한다'는 풀이가 된다. 정말 국치國恥스러운 일이 아닐 수 없다.

하여간 내가 봤을 때는 정부가 수립된다는 건 지금 대통령 되려고 기를 쓰는 것과는 달리 이승만은 '대통령은 의당히 나고, 내가 대통령 하기 편하게 주위를 정리해야겠다'고 생각했고, 그런 의도속에 희생당한 것이 김구다. 김구는 이승만처럼 자신이 대통령이 되고자 하는 생각은 없었다. 해방 후 중국에서 돌아올 때까지도 그냥 순수하게 우리 민족이 진정한 독립을 하고 살아야 한다는 골수에 맺힌 민족적인 자주독립만을 생각했지, 이승만이 어떻게 하는지에 대해서는 의식하지 않은 것 같다.

정부수립 전에 제헌국회를 위한 국회의원 선거가 먼저 있었다. 그땐 누가 알아야지, 국회의원이 뭐 대단한 거라고 정말 어중이떠중이 다 되었을 것이다. 그리고 초대 장관들은 대개가 미국에서 유학한 이들이었지만, 독일 예나대학에서 철학박사학위를 받은 안호상 문교부장

관이나 영국 에든버러대학에서 수학한 외무부장관 장택상 등이 포함
되었다.

∴

　일제에서 해방이 되어 주인도 없고 아무것도 없던 당시를 살아가는
데 몇 가지 특징이 있다. 그때는 택시든 자가용 승용차든 아무것도 없
고 오직 전차만 있었다. 그 외에 마차가 있었는데, 동대문에서 서울역
사이를 말馬이 사람을 싣고 다녔다. 짐 싣는 것 위를 판자로 둘러싸서
그 속에 6~7명 정도 앉을 수 있도록 만든 것이다. 이 마차를 끄는 말
들이 어디에서 있다가 마차를 끌게 됐는지는 모르겠지만 일제시대에
도 한강 모래사장, 그 다음 신설동 근처의 경마장에서 경마를 했던 것
으로 보아 그런 곳에서 흘러나온 것이 아닐까 생각해 본다. 동대문에
서 서울역까지 한 마리의 말이 하루에 여러 차례씩 왔다 갔다 했다.
많이 다니면 다닐수록 마주馬主는 돈이 생기니까 말을 잘 먹여서 오래
버티도록 해야 계속해서 돈을 벌 수 있는 것일 텐데, 그런 생각은 못
하고 끌고만 다니면 돈이 된다고 단순하게 생각하여 말을 혹사시켰
다. 그때는 해방하고 얼마 안 돼서 사람 먹을 것도 변변히 없던 때이
고, 말 사료가 따로 있던 것도 아니었기 때문에 말을 제대로 못 먹였
을 것이다. 그러니 어느 날 갑자기 남대문 근처에서 말이 푹 쓰러져
죽기도 했다. 자기가 먹고 살려고 이런 마차를 몰고 있으니 투자는 아
니더라도 장기적으로 생각해서 말을 좀 먹였어야 하는데, 그런 것까
지는 생각하지 못하던 세상이었다.
　한편으론 미군이 "MP엠피"라고 쓰여 있는 모자를 쓰고 지프차를 타
고 길거리를 돌아다니다가 조선사람이 영어를 조금이라도 하는 것처

럼 보이면 통역을 시키기 위해서 데리고 갔다. 통역일을 하게 되면 미군 물자, 초콜릿, 고기가 든 깡통요리를 얻을 수 있고 미군복을 입고 지프차에 타고 돌아다닐 수 있으니까, 미군 통역을 하는 사람이 하나둘 나왔다. 그때 미군 통역이 된다는 것은 굉장한 혜택을 받았다. 나도 한번은 미도파 앞에서 엉터리 영어를 좀 했더니 미군이 같이 가자고 하여 거절했던 적이 있다.

　미군 통역을 하다가 실력이 괜찮은 사람은 지금 롯데호텔 자리에 있던 반도호텔에 들어선 미군사령부에서 근무를 했다. 반도호텔은 일본인 호텔이었는데 해방 후에 없어지고 그 건물에 미군사령부가 들어선 것이다. 그리고 훨씬 후 장면정권 시대에 국무총리 집무실이 되기도 했다. 이 통역의 과정에서 문제가 발생한다. 사람을 감옥에도 넣고, 다치게도 했다. 바로 "Yes"와 "No"의 혼동 때문이었다. 예를 들어 미군 통역이 미군과 같이 사건이 발생한 현장으로 가서 그 사람을 잡았다 치자. 미군 헌병이 통역에게 "어떻게 된 것이냐고 물어봐라" 하면 통역이 자기가 무슨 큰 권한이라도 있는 것처럼 우리나라 말로 큰소리치면서 물어본다. 그러면 그 사람은 "내가 안 그랬어요"라고 대답한다. 그러면 통역을 하는 사람은 윽박지르면서 "똑바로 얘기해!"라고 목청을 높인다. 미군이 "뭐라고 그러냐?" 하고 통역에게 물어보면 "안 했다고 하네요"라고 대답한다. 그러면 "안 했다고 해?" 미군이 되묻는다. 그러면 통역하는 사람은 "네" 하고 한국식으로 대답한다. "안 했다고 해?"라고 물어볼 때 "No"라고 대답해야 하는데 한국식으로 "Yes"라고 대답하면서 억울한 사람이 범인으로 몰려 잡혀가는 일이 생기는 것이다. 이 "Yes"와 "No"가 피해를 입힌 것은 한두 가지가 아니다.

삼일로창고극장에서

3

유행병처럼 번진 민주주의 열풍

· 제국주의, 공산주의 그리고 한국식 민주주의

나는 민주공화국 대한민국 국민으로서 이 땅에서 80이 넘도록 명색이 지식인이라고 봐주는 위치에서 살아왔지만, 사실 민주주의에 대해 전혀 알지 못한다. 민주주의에 관한 책을 읽어보거나 민주주의가 무엇일까 하고 생각해 본 적도 없다. 그런데 신문과 여기저기에서 자꾸만 "민주주의, 민주주의" 하고 말들을 하니까 그렇다면 민주주의라는 것은 이런 것이 아닐까 하고 생각할 뿐이지, 헌법이나 법률의 조항처럼 뚜렷하게 정의를 내리고 있지 못하다.

일제시대에는 민주주의는 빼고 '제국주의' 나 '자본주의', '공산주의' 라는 말은 들어볼 수 있었다. 제국주의라는 말은 20대에 일본으로 유학을 갔을 때 일본이 바로 제국주의 국가이기 때문에 비교적 자주 접할 수 있었다. 그리고 일본사람들이 제국이라고 하니까, 황제의 나라가 제국주의인 줄로 알고 있었다.

일본의 제국주의는 영국과 중국의 모방이라고 볼 수 있다. 일본은 명치유신 이후에 천황을 중심으로 하는 제국주의 국가로 대일본제국 大日本帝國이라 스스로 불렀다. 우리나라도 구한말 잠깐이지만 나라 이름을 대한제국이라 칭하고 왕도 황제라 칭했었는데, 일본의 식민지가 되면서 왕에 대해 '폐하' 라는 말을 사용할 수 없었다. 일본은 자신들의 왕을 '천황폐하' 라고 불렀지만, 우리나라에 대해서는 일본의 속국 屬國이므로 '전하' 라고 부르도록 했다.

일본에 가서 조선인 부락을 형성해 우리나라의 넝마주이처럼 고물 따위를 주워 팔거나 재래식 화장실의 변을 퍼내는 밑바닥의 노동을 하며 살아가는 우리나라 사람들을 본 적이 있는데, 그들 중 젊은 사람들 사이에서 공산주의에 대해 이야기하는 것을 어렴풋이 들은 적이 있다. 그때는 공산주의에 대한 책은 조선사람이 아니라 일본사람이 읽어도 잡아갔고, 일본천황이 가령 어디에서 어디로 잠시 이동을 한다고 하면 가는 길에 있는 모든 동네의 조선유학생들을 모조리 경찰서에 일단 잡아다 넣는, 일명 예비구속이라는 것도 했기 때문에 공산주의, 공산당, ‘공’ 자도 겁이 나서 입 밖으로 꺼내지 못했다. 그러니 조선사람으로서 공산주의에 대한 서적을 읽어 본 사람이 몇이나 될까 하는 의아심을 나는 아직도 가지고 있다.

국내에서는 함경도 사람들이 공산주의까지는 아니더라도 공산주의적인 색채가 농후한 이야기들을 주로 했다. 함경도는 지리적으로 러시아와 가까워서 러시아 서적의 반입이 아무래도 수월했을 것이고, 웬만큼 똑똑한 사람들은 러시아로 넘어가기도 했다. 그렇지만 이들도 이러한 삼엄한 분위기에서 전단 같은 것을 조금 뿌렸을지는 몰라도 공산주의의 내용이 담긴 책을 읽거나 가지고 있지는 못했을 것이고, 일본어로 번역한 것 외에 우리나라말로 번역한 것은 없었던 것 같다. 그 당시는 일본사람이라도 공산주의에 관련된 서적을 갖고 있으면 잡혀갔다.

당시 공산주의에 관련된 책으로 가장 알려진 것은 블라디미르 레닌이 저술한 책이었다. 레닌은 자신의 맏형 알렉산드르가 러시아 황제를 암살하려다 발각되어 처형된 것에 충격을 받고 스스로 러시아 제국주의를 타도하고자 사치스러운 세력을 없애고자 혁명을 시작했는데, 그것이 공산주의의 시작이다. 나는 요즘 많이 등장하고 있는 ‘테러’라는 말은 레닌에서부터 시작된 것이고, 세계 최초의 테러리스트는 레닌이라고 생각한다. 뜻하는 바가 제대로 이루어지지 않을 때에 사용하는 유혈혁명수단을 레닌이 창안을 한 것이다. 이런 것도 그때는 몰랐었다.

제국주의에 대해서 반발을 일으킨 사건은 러시아 외에 프랑스혁명이 있다. 그것도 러시아와 마찬가지로 루이 제왕과 그 측근 지배계급의 지나치게 사치스러운 화려함에 착취당한 사람들이 견디다 못해 혁명을 일으킨 것인데, 혁명을 거쳐 공산주의가 싹텄넌 러시아와 달리 프랑스는 시민의식이 싹텄다. 영국의 경우에는 시민혁명마저 일어나지 않은 점이 특이하다.

1차세계대전 직후 제국주의였던 독일이 패망한 후 마치 이탈리아 중세기에 르네상스가 일어나듯 개화하려는 사조가 별안간 풍미하면서 공산주의 사회를 구현하기 위한 원동력이 되는 프롤레타리아운동이 러시아에서 제일 먼저 모습을 드러냈다. 러시아의 제국주의를 멸망시키려는 혁명이 성공을 하면서 이것이 차츰 번져서 노동자, 돈이 없는 무산계급들이 모여서 힘을 모아 진행된 것이 프롤레타리아운동이 아니었나 싶다. 이 운동의 불을 지핀 사람도 바로 레닌이다. 우리나라에도 이와 비슷한 모습이 있었는데, 8·15해방 후 광화문 근처에서 사람들이 모여 데모를 하다가 이승만의 수족과도 같았던 이기붕의 집에 쳐들어가서 값비싼 세간살이를 다 끌어낸 적이 있었다. 러시아가 2차세계대전 이후 그들의 공산주의 사상이 조금 변질되어 사회주의 인민공화국이란 새 단어가 나왔다.

우리나라에서의 공산주의, 프롤레타리아에 대해 이야기하자면, 1925년 4월에 함경도 사람들로 구성되었던 조선공산당이라는 조직이 있었는데 일본 경찰이 와해시켜버렸고, 그 후 1946년 12월에는 박헌영이 주동이 되어 서울에서 남조선노동당이 조직됐다. 북한에서는 1946년 8월에 북조선노동당이 결성이 됐고 1950년 4월에 들어 남조선노동당과 북조선노동당이 통합하지만, 1950년 6월 25일에 전쟁이 발발하면서 남조선노동당은 결국은 유명무실해지고 나중에 박헌영도 숙청을 당한다. 우리나라에서 좌익계통의 흐름은 정확히는 모르지만, 상식으로 생각해볼 때 내가 10살 때쯤인 1920년대 중반에 공산주의

사상이 나타난 것으로 보인다.

하지만 우리나라에서 그 당시 공산주의가 조금 퍼진다는 것은 러시아에서 공산주의가 시작됐다는 것과는 전혀 다른 이야기다. 우리나라는 일본에 대한 대항의 수단으로 공산주의 운동을 이용한 것이다. 우리나라의 공산주의는 오히려 조선시대에 농민들이 들고일어난 동학당과 맥이 닿아 있다. 그래서 일본사람들이 유독 공산주의자들을 더 탄압했던 것이다. 그러다보니 드러내놓고 프롤레타리아운동을 할 수 없으므로 문화계에서는 암암리에 활동했다. 그 당시로서는 이 그룹이 첨단적인 사상가들이다. 문학에도 프롤레타리아 문학이 있었고, 특히 연극 작품에서 두드러지게 나타났다. 내가 몸담고 있던 일본의 축지소극장築地小劇場도 소위 프롤레타리아운동, 좌익운동을 했었다.

자본주의라는 것은 공산주의의 대조적인 의미로만 생각했었는데, 그와 관련된 책은 그때도 많이 나와 있었지만 한번도 읽어본 적이 없을 뿐더러 내가 경제학을 전공한 것도 아니어서 실은 아직도 잘 모르겠다.

내가 지금까지 지극히 상식적인 선에서 이야기하느라고 했지만 사실 그 상식이 올바른가에 관해서는 확신할 수 없는 부분이기도 하다. 어쨌거나 민주주의라는 말은 그때 들어본 적이 없다. 일본 제국주의의 식민지에서 그 말을 들을 일이 없었을 게다. 혁명이라는 말도 해방 후에나 들을 수 있었다. 책을 뒤져보면, 귀족이나 압박계급에 대항하는 민중, 무산계급이 계급투쟁에서 승리를 하면 혁명이 이루어지는 것이고, 패했을 경우는 혁명이라 칭하지 않는다고 한다. 군중이나 제왕, 독재를 타도하는 것은 어제오늘 일이 아니다. 로마시대에도 폭군 네로에게 민중이 대항하는 일이 있었으니 말이다. 이런 예를 우리나라에서 찾아본다면 조선시대의 동학당이 그 경우일 것이나, 실패했지만 그것도 혁명이었다고 생각한다. 그리고 소설 속에서 찾는다면 「홍길동」이 그 예일 것이다.

ℰℛ

　민주주의라는 말은 해방이 되면서부터 들리기 시작했다. 나는 민주주의의 시초가 르네상스라고 생각한다. 민주주의라는 말이 이제는 기정사실화 되어서 어디든지 민주주의에 대해서 떠들고 있지만, 그것이 왜 번지게 되었는지 생각해보았다. 콜럼버스가 미국 대륙을 발견해서 유럽의 각 나라 사람들이 신대륙으로 이주할 때, 일제가 우리나라를 식민지화하면서 일본의 귀족이나 상류계급이 이주해 오지는 않은 것처럼 유럽에서도 주로 생계유지가 어려운 사람들이 미국으로 이주해 갔다. 그러면서 아메리칸 인디언들을 학살하고 내몰아붙인 일은 일본 사람들이 조선에 와서 조선사람을 강제로 만주로 보내고 저희들이 살았다는 것과 비슷하다.

　하지만 다른 점은 미국에는 유럽의 여러 나라 사람들이 섞여 살았기 때문에 그곳에서 살아가면서 서로 자기의 조국을 최고로 여기면서 나타나는 갈등도 있었을 것이고, 다툼이 일어날 소지가 그 외에도 많았을 것이다. 영화 속에서도 볼 수 있듯이, 커다란 땅을 두고 여러 나라 사람들이 말을 타고 달려가 먼저 말뚝을 박으면 거기까지가 자기 땅 하는 식이라면, 그렇게 해서 A와 B라는 영역이 만들어졌을 때 A영역과 B영역이 모호하게 겹쳐질 수도 있었을 것이고, 그런 상황에서 문제가 발생했을 것이다. 또 신대륙으로 여자들도 갔는데, 그들 대부분은 신대륙에서 금맥을 발견해 큰 부자가 된 사람에게 아양을 떨고 붙으려고 하는 소위 작부 같은 여자들이었다. 남자는 워낙 많은데 비해 여자가 적으니 당연히 쟁탈전이 일어났을 것이고, 이러다가는 안 되겠으니까 '숙녀 먼저Lady First'라는 룰이 생긴 것이 아닐까 한다. 여자가 내가 아닌 다른 남자를 선택했을 경우 깨끗이 물러난다든지, 여자를 마음에서 깊이 진실로 위하는 것이 아니라 '척' 하는 것에서 작부 같은 천한 여자들이 으스대는 가운데 이런 에티켓이 생긴 것이다. 마찬가지로 "우리 여기 신대륙까지 왔으니 싸우지 말고 이렇게 해보자, 저렇게 하자" 하면서 규칙을 만든 것이 민주주의가 아닌가 한다. 만인이 평등하다고 애써 규정지으려 했다.

해방이 되고 신문에서는 민주주의라는 말이 자주 등장했지만 민주주의가 무엇인지도 잘 모르면서 우리나라에 미군이 들어오자, "미국은 데모크라시democracy하는 나라다"라고 떠들어댄 것뿐이다. 그러면서 가령 내가 연극밖에 모른다고 치면, 사회나 정치분야만을 깊이 있게 아는 사람이 있을 터인데, 그들이 신문에서 미국사람들이 이야기하는 데모크라시를 민주주의라고 부르면서 "우리나라도 민주주의 나라"라고 썼다. "일제의 식민지로 있으면서 우리나라의 왕은 사라졌으므로, 미국식으로 우리를 지도할 사람을 우리가 뽑자" 하면서 대통령을 선출하게 되는 것이 대략 우리나라 민주주의의 시초가 된 것이다.

8·15해방 후부터 지금껏 우리나라는 절대 민주주의 국가가 아니다. 그렇다고 독재주의인가 하면 그것도 아니었다. 민주주의라는 미명아래, 그 뒤에는 아주 구태의연한 잠재의식인 봉건사상이 있었다. 한마디로 양복을 입고 머리카락은 깎는 시대에 마음속으로는 상투를 틀고 도포를 입는 것이라 할 수 있다. '수박 겉핥기'가 적절한 비유가 될 것이다.

대한민국 정부가 수립됐을 때 임금 대신 이승만이라는 사람이 대통령으로서 국민의 지도자로서 선출되었다. 그런데 이 선출되는 과정이 정말 한심하기 그지없다. 민주주의가 유행처럼 확 번지면서 "민주주의! 민주주의!" 하면서 다들 얼이 빠져 있을 때 대통령을 뽑아야 한다고 했지만, 사람들은 대통령을 어떤 식으로 뽑는지조차 몰랐다. 서른 몇 살이나 되었던 나도 몰랐다. 투표라는 것을 한번도 못해봤는데 어떻게 알 수 있었겠는가. 더군다나 여자들은 더욱 그랬다.

투표권을 가지고 투표장에 우선 간다. 그러면 예를 들어 투표 용지에는 대통령 후보자 이름이 '李承晩이승만', '申翼熙신익희' 이렇게 쓰여 있었다. 그때는 붓의 뒤쪽에 인주를 찍어서 사람 이름 밑에 찍는 방법으로 했는데, 투표를 어떻게 하는지 모르니까 투표장에 나와 있는 투표소 관계자에게 "어떻게 하면 됩니까?" 하고 물어본다. 그러면 투표소 관계자가 "이렇게 붓 뒤쪽에다 인주를 찍어서요, 여기에다 찍으세요"라고 말을 하면서 '李承晩'이라고 쓰여 있는 글 밑 부분을 손가락으로 가리키는 것이다. 사람들은 대부분 글을 읽을 줄 몰라서 어느 것이 이승만이고, 어느 것이 신익희인지도 모르기 때문에 그렇게 한 것이다. 이것이 우리나라 최초의 대통령 선거다.

그리고 나이 많은 사람들은 이승만이라는 이름에 모두들 주눅이 들어 있었다. "이 사람이 독립운동을 하다가 젊어서 미국으로 가 박사가 되고, 미군정이 시작되면서 하지장군의 초대로 우리나라로 돌아왔다. 그런데 이제는 민주주의 나라이니까 왕이 아닌 대통령을 뽑아야 하는데, 이 사람밖에 더 있겠는가" 하는 정서가 팽배해 있었다. 게다가 이런 식으로 투표를 하면 안될 수가 없다. 그리고 이승만 스스로 "나는 이씨 조선 왕의 몇 대 손에 뭐다, 그러니까 이왕李王의 가족이다"라고 말하면서 그것을 내세웠다. 사실이 그런 것 같긴 하다. 하지만 그렇다면 이것은 실질적으로 대통령이 아니라 왕이다. 주변에서도 왕의 일가이니까 당연히 이 사람이 대통령이 되어야 한다고 했다. 대통령이라는 것에 대해서 잘 모르는 시골 노인들은 당연히 이승만이 왕이 되어야 한다고 생각했고, 이 같은 관념이 이승만 자신도 스스로 국민이 뽑아준 대통령이라기보다 왕처럼 행세를 했고, 일반 서민들도 그를 우러러 보는 모습이 마치 임금을 보는 것 같았다.

그렇다면 지금은 어떤가? 현재 역시 진정으로 제대로 된 민주주의가 실현되고 있다고 할 수 있을까? 돈을 뿌려서 자신의 이름에 도장을 찍게 할 수 있는 것은 도대체 무엇인가. 이승만을 대통령으로 선출하던 때에 무식해서 "어디에다 찍느냐"고 물어보는 것과 돈을 주면서 "이 사람 찍으시오" 하면 또 그 돈을 받고 그 사람을 찍어주는 수준은 어차피 마찬가지가 아닌가.

쿠데타를 일으켜서 박정희가 대통령에 당선되었을 때에도 민주주의로 투표를 한 것은 아니다. 일명 '체육관 투표'라는 것을 했다는 사실도 세상이 뻔히 다 아는 것이다. 그런데 조선시대 윤비의 일가이자 이승만 시대에 내무부장관을 하던 윤치영尹致暎이라는 사람이 박정희가 대통령에 당선된 것을 두고 "단군이래에 성군聖君인 박왕朴王이 나왔다"고 말했었다.

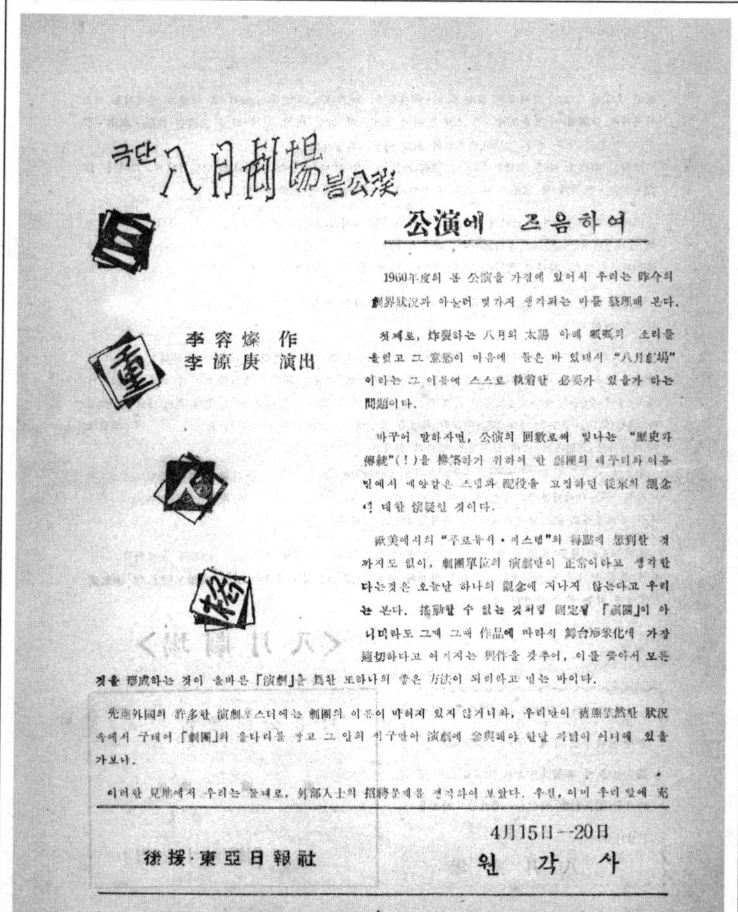

1960년 극단 팔월극장 봄 공연 「삼중인격」 프로그램(이용찬 작, 이원경 연출)

배꽃계집배움터와 번개딸딸이

· 한글전용

해방되면서 전에는 상상조차 할 수 없었던 뜻하지 않은 사태가 자꾸만 벌어졌다. 그때는 신문도 몇 가지 없었고, 분량도 타블로이드판 한 장 정도밖에 안되던 시대였는데, 느닷없이 우리가 흔히 쓰던 말과는 전혀 다른 말이 자수 등장했다. 이화여고梨花女高는 배꽃 계집배움터라 했고, 비행기飛行機는 날틀, 전화電話는 번개딸딸이, 동물動物은 옮살이, 그리고 부사副詞는 어찌씨, 동사動詞는 움직임씨, 그리고 내용內容은 속살, 단체생활團體生活은 모듬살이, 위胃는 밥통, 삼각형三角形은 세모꼴이라고 불렀다. 물론 이보다 더 많았는데, 내 기억에 남는 것은 이 정도다.

바로 한글전용이었다. 세모꼴 같은 말은 지금도 쓰고 있는데, 이런 것이 해방 후 한글전용의 흔적이 아닐까 한다. 아직도 그 흔적이 많이 남아 있는데, 그 중 하나가 '도시락'이다. 도시락은 농부들이 밭에 일을 하러 나가면서 점심을 담아가던 것으로, 싸구려 돗자리를 만들던, 풀밭에 자생하는 갈대 같은 재료를 얽어서 만들었다. 백과사전에서 찾아보니, "옛날에는 고리버들이나 대오리로 엮어 만든 작은 고리짝을 사용하였다"라고 나와 있었다. 그런데 여기에서 '고리'는 일본말이다. 도시락보다는 훨씬 커다란 것으로 나도 일본을 오갈 때 가지고 다녔는데, 책이나 옷까지도 담을 수 있을 만한 것으로 '야나기 고오리柳行李'라고 했다. 이렇게 일본말을 우리나라 말처럼 쓰는 경우가 너무나 많다.

억지스러운 한글전용이 등장했던 이유를 좋게 생각해보면, 해방이 되기 전까지 일본어상용으로 조선어 신문들도 거의 다 폐간되고 집에서도 일본어 사용을 강요했기 때문에, 그렇게 억눌려 살아온 것에 대한 반발로 공연히 일본어와 곁들여서 한자까지도 쓰지 말자고 된 것 같다.

예전에는 'ㆍ아래 아 세대'라는 말이 있었는데, '아래 아'를 쓰던 시대를 살던 사람들을 일컫는 것이다. 바로 그 ㆍ와 예전에는 지금의

‘뼈’를 ‘새뎌’, ‘빠’도 ‘새바’로 썼는데, 이러한 맞춤법을 정리한 사람이 주시경이다. 주시경은 1890년에 이회종李會鍾에게 사사한 후 1892년 한글(훈민정음) 연구에 몰두했으며, 1894년 배재학당에 들어가 신학문을 배우기 시작하면서 서재필의 독립신문에 입사했고, 1910년에는 최남선의 광문회에서 간행되는 고서古書의 교정을 맡아보기도 했다. 주시경은 1922년에는 조선어연구회를 창설했다. 그는 이러한 일련의 행보를 통해 훈민정음에 대한 자기 나름대로의 일가견을 세울 수 있었고, 드디어 1933년 한글맞춤법통일안을 발표하기에 이르렀다. 주시경의 제자로는 김두봉金枓奉, 장지연張志淵, 최현배崔鉉培 등이 있다.

그 중 최현배는 일찍이 주시경의 조선어강습회에서 한글이론을 전수받고, 일본으로 건너가 경도제대京都帝大 철학과를 졸업한 후, 연희전문학교 교수를 지내기도 했고, 정음사라는 출판사도 설립했다. 1938년부터는 이화여전의 교수로 재직했고, 1941년 조선어학회 창립에 참여했다. 그리고 1942년에는 이른바 조선어학회사건으로 구속되었다가 해방 후에 출감했다. 그는 일본인은 일본말 전용을 하면서 한자를 섞어 쓰니까 한민족은 독자적인 말을 쓰자는 뜻으로 한글전용을 하고자 했던 것 같다. 해방 후에 미군정청의 편수국장이었는데, 일종의 힘이 있는 위치로 “한글전용해라” 하고 이야기 할 수 있는 자리다. 그랬기 때문에 번개딸딸이, 날틀 이런 말들이 사용된 것이다. 그 때 이화여고 근처에 있던 배재고보 학생들은 이화여고 앞에 가서 “배꽃계집배움터!”라고 놀리곤 했다. 언어는 자연스럽게 물 흐르듯 사용해야지, 강요하면 안 된다.

한편, 변호사이자 국어학자였던 박승빈은 1931년에 훈민정음을 고수하는 조선어학연구회를 만들었다. 이 단체는 주시경이 만든 조선어

연구회와는 다른 것으로, 말하자면 '훈민정음파' 와, '한글파' 의 대립
이었다. 그리고 그는 오세창, 최남선, 이능화 등과 함께 민족계몽과
학술연구를 목표로 하는 계명구락부啓明俱樂部를 만들었다. 종로에서
인사동쪽으로 가다보면 있었는데, 후에 누군가 인수하여 술집으로 바
꾸어버렸다. 이때 한 여성이 이곳에서 일을 하고 있었는데, 그곳을 오
가던 연극인들이나 영화인들이 같이 작품을 만들어보자고 제안해서
배우가 됐는데, 그가 바로 우리나라 최초의 여배우 복혜숙卜惠淑이다.

　박승빈은 주시경이 훈민정음을 한글로 개정하고 나서는 것을 반대
했다. 어떤 면으로 보면 주시경이 시대를 앞서가는 사람이었다고 할
수 있을 것이고, 박승빈은 보수파라고 생각할 수 있다. 하지만 언어는
그렇게 함부로 고치는 것이 아니라는 것이 박승빈의 주장이었다.

　훈민정음은 조선시대 내내 '언문' 이라고 불리며 천시되어 부녀자만
이 사용했고, 한문을 '진서眞書', 즉 '진짜 글' 이라고 말하면서, 진서
를 써야 유식한 사람으로 인정받았기 때문에 남자들이 언문을 사용한
다는 것은 창피한 일로 여겨졌다. 그런데 언문으로 된 소설 「사씨남정
기」, 「구운몽」 등을 쓴 김만중金萬重은 예외였다. 그는 벼슬이 판서에
까지 이르렀지만, 진서를 모르고 언문만 읽을 수 있는 어머니를 위한
효심으로 언문으로 소설을 쓴, 그 시대로는 특별한 사람이다.

　훈민정음은 신숙주申叔舟가 세종대왕 때 만든 것이다. 신숙주는 세
종 20년에 진사 시험에 합격, 차츰 벼슬이 올라가 집현전 수찬修撰이
라는 벼슬까지 지냈다. 그는 일본 통신사 변효문卜孝文이 일본에 갈 때
기록하는 임무를 담당하는 서장관書狀官이라는 직책으로 수행을 갈 정
도로 '글' 에 있어서는 유능했던 것으로 보인다. 대마도로 가서 주로
일본말을 유심히 듣고 일본에서는 중국의 한문을 어떻게 쓰고 말하는

지 기록하는 작업에 심혈을 기울였다. 그 후에는 요동반도에 귀양을 와 있던 명나라 학자 황찬黃瓚을 찾아가 한자의 발음 '사성四聲'에 대해서 배워왔다.

'사'로 발음되는 한자에는 社, 死, 司, 四 등 너무 많다. 그리고 '명'은 名, 明, 命 등 역시 너무 많다. 한자로 쓰거나, 단어나 문장 속에 있으면 알 수 있지만, 이 한 글자만 발음을 할 때에는 어떤 것인지 모른다. 심지어 중국의 한자는 5만자가 넘는다. 천자문도 다 모르는데 5만자를 어떻게 다 알겠는가. 그런데 발음을 통해서 한자의 뜻을 알게 하는 방식 4가지가 바로 평성平聲, 상성上聲, 거성去聲, 입성入聲을 말하는 사성인 것이다. 우리나라 말에도 아버지와 아들을 가리키는 '父子부자'와 돈 많은 사람을 가리키는 '富者부자'의 소리가 같다. 그냥 '부자'라고 하면 무엇을 뜻하는 것인지 알 수가 없다.

신숙주가 황찬에게 배운 사성을 응용해 훈민정음에 대입시킨 것이 고高, 저低, 장長, 단短이다. 예를 들어 天地천지의 경우 '천'은 '고', '지'는 '저'로 발음된다. 富者에서의 '부'는 길게 발음되고, 父子에서의 '부'는 짧게 발음된다. 이것이 바로 고저장단이며, 여기에서 여러 가지 변화가 만들어진 것이 억양이다.

우리나라가 언제부터 중국의 한문을 썼는지 살펴보면, 꽤 오래 전인 것 같다. 고구려 광개토왕 때부터 한자를 사용한 흔적이 있다. 이 왕은 374년부터 416년까지 살았는데, 그 공적을 기리는 광개토왕비가 중국 길림성에 있다. 이 비문은 414년에 세워진 것으로 한문으로 쓰여 있는 것으로 보아 적어도 서기 3백년대, 최소한 4세기 때 고구려,

신라, 백제에서 한자를 썼다는 이야기다. 지금으로부터 최소 1천6백 년 동안 한문을 써 왔다.

일본은 우리나라를 통해서 한자를 받아들였다. 백제의 임금 근구수왕近仇首王 때 일본의 청에 의해서 백제왕이 학자인 왕인 박사로 하여금 논어 10권과 천자문을 가지고 일본으로 가서 가르쳐 주도록 했다. 일본 역사에서도 왕인 박사가 일본 학문의 시조로 기록되어 있다. 그렇다면 우리나라는 최소한 4세기부터, 일본은 5세기부터 사용했다는 것이다.

지리적으로 중국과 일본의 틈바구니에 있는 것이 우리나라다. 중국도 일본도 한자를 쓰고 있는데, 자연스럽게 한자를 서로 쓰면 좋지 않은가. 또 현재 중국과 일본이라는 나라는 세계의 국가위치에 있어 비중이 얼마나 크며 또 재력이나 발언권에서의 위치는 어떠한가. 이 거대한 두 나라 틈바구니에 끼어있는 한국이 유독 언어에만 독자성을 유지하겠다고 한들 일본이나 중국이 눈 하나 깜빡할까. 그 나라들이 우리하고 교류할 때 한글로 하지는 않을 것 같다. 우리 언문의 근원이 한문으로 1천여 년에 걸쳐 한자를 써 왔던 것을 억지로 사용하지 않으려는 것이 과연 현명한 짓인지 묻지 않을 수 없다. 한자를 모르면 말 따로 글 따로 뜻 따로 된다. 한글로만 쓴다고 그것이 한글전용이 되지는 않는 법이다.

일본은 우리나라가 들여보내준 한자를 가지고 자기들 마음대로 신조어新造語를 마구 만들었다. 가령 물건이나 상품의 유통을 뜻하는 '물류物流'라는 말도 예전에는 듣지 못했던 것으로 일본에서 만들어진 단어다. 또 '특목고'니 '종금사'니 하는 말이 있다. 한자를 알지 못하고서는 특목고가 특수목적고등학교特殊目的高等學校의 줄임말, 종금사가 종합금융사綜合金融社의 줄임말이라는 것을 알 수 없을 것이다. 그리고 한창 유행이었던 '병풍兵風'이라는 말, 바로 이회창의 아들 이정연의 병역비리 문제를 그렇게 불렀다. 왜 이런 행동을 하는가. 일본은 끊임 없이 한자로 된 신조어를 만들어 쓰고 있는데, 한자를 깊이 배워오지 않은 한글세대가 일본의 한자 신조어를 여러 방면으로 사용하고 있으니 시대를 역행하는 처사가 아닐 수 없다.

　신문과 방송사의 기자나 아나운서들은 물론 대다수 시청자들도 소위 한글세대로서 한자를 제대로 배우지 못했는데도 불구하고 기사나 아나운스 멘트는 전부 한자문장이다. 그런데 자신들이 쓰는 용어의 뜻이며 어떻게 한자로 쓰는지도 모른다. 신문에서 한글로 쓰고 방송에서 "낙동강이 범람해서 가옥과 농경지가 침수해 고귀한 인명까지 앗아가는 물난리가 해마다 반복하는 수난을…"이라는 멘트가 있다면 여기에서 낙동강, 범람, 가옥, 농경지, 침수, 고귀, 인명, 난리, 반복, 수난 등이 한자다. 이 예문은 아주 쉬운 한자용어이나 과연 이 정도라도 쓸 줄 아는지 의심스럽고, 이런 평이한 일상생활의 멘트도 그야말로 한글로 풀어쓰지도 못하면서 이것을 한글전용이라 할 수 있는지 의문이다.

　텔레비전에서 명색이 대학교수라고 하면서 나와서는 칠판을 갖다놓고 강의하는 프로그램을 본 적이 있다. 한자가 맞지 않는 것 천지였다. 예를 들면 공연을 하기 위한 분장이라는 단어를 한자로 쓰면서 '粉(가루 분)' 자에 '粧(단장할 장)'으로 썼던데, 그렇게 쓰는 것이 아니라 '扮(꾸밀 분)'에 '裝(꾸미다, 옷차림을 할 장)' 자로 써야 한다. 그러니까 '粉'을 놓고 '분'이라는 것만 알지 뜻에 따라 쓰는 것을 모르는 것이다. 이런 예는 상당히 많다. 이런 속에서 그래도 한글전용을 해야 하는가.

　광복 직후 일각에서 한자를 우리말로 풀어쓰려는 움직임이 있었지만 아무도 따르지 않았다. 말하자면 과도기의 언어혼란만 초래하였던 것인데, 그러는 와중에서 한자공부는 점점 소홀히 하는 풍토가 되어버리면서도 관습대로 정치, 경제, 신문 등에서는 한자 사용을 지속해 오는 기현상이 오늘에도 지속되고 있다. 그런데 그 한자사용법이 한일합방 이후 일본이 한국에 퍼뜨려놓은 사용법을 부지불식간에 써왔다는 게 큰 문제인 것이다.

　한번은 일본에 갔을 때 그곳의 교수나 연극인들에게 "일본에서 앞으로 한문과 한자를 사용하지 않게 되지 않겠느냐"라고 물어보았더니 "결코 그런 일은 일어나지 않을 것"이라고 단호히 말했다. 일본에서도 영어를 어렸을 때부터 배우도록 하면서 한자도 소학교 때부터 학년에 맞도록 배려해 가르치고 있고, 또 중국에서 획수를 줄여 개량한 신한자新漢字 사용에 따라 일본도 나름대로 글자 획수를 줄인 한자를 개발해 나아가고 있다고 알려주었다.

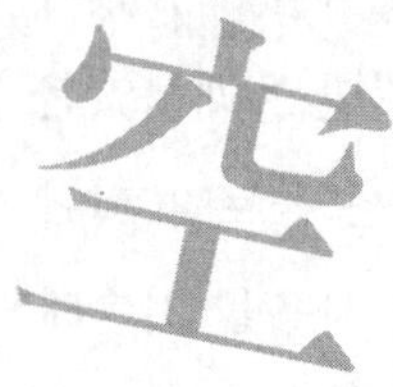

한국연극계의 판도를 바꾼
김두한의 심영 피습사건

· 일제시대 주먹들, 해방직후 연극계 동향

일제시대 소위 주먹을 가지고 세상을 사는 사람들이 몇 있었는데, 조폭(조직폭력배)는 요즘 말이고 예전에는 깡패, 주먹, 어깨(일본말로 가다(かた), '어깨를 으쓱으쓱한다' 는 뜻)라고 불렀다. 그 중에 내가 중학교

무렵에 무슨 친분이 있는 것도 아니고 일부러 알아보려고 한 것도 아닌데 저절로 만나 알게 된 깡패들이 있다.

먼저 일제시대 '칠복七福'이 하면 다 알았다. 그때말로 종로에서 칠복이 하면 싸움 잘하는 것으로 제일 가는 사람이다. 그리고 이 사람하고 맞대결해서 조금도 꿀리지 않았지만 서로는 싸움을 안 하던 사람이 '구마적'이다. 원체 몸도 크고 기운이 세고 하니까 마적이라는 별명이 붙었다. 그런데 이 마적의 이름은 무언지 모르고, 나중에 새로 기운 센 사람이 나왔기에 이이를 구마적이라고 하고, 나중 사람을 '신마적'이라고 했는데, 신마적의 본명은 엄동욱嚴東旭이다.

칠복과 구마적은 당시에 아마 나보다 열 살쯤 많아서 스물너댓 살 되었을 것이다. 일본사람들은 술집을 '카후에'라고 했는데, 사실 카페다. 프랑스말로는 커피지만 일본사람들은 옆에 여자가 앉는 그런 술집을 카페라고 했고, 당시 인사동에 이런 것이 하나 있었다. 주점에서 돈을 뜯었는지, 술먹는 사람한테 싸움을 걸어서 손님들이 겁이 나니까 돈을 주었는지, 그건 모르겠지만 칠복이가 거길 드나드는 것을 보았는데, 소문처럼 그렇게 체격이 크지는 않았다.

구마적은 인사동 조선극장 근처에서 왔다갔다 했는데, 아마 그 극장 주인에게서 돈을 뜯고 그러고 있었던 것 같다. 내가 중학교 때 가방 들고 조선극장 앞을 지나다가 뭘 사먹으면 내게 말을 걸기도 했다. 사람이 호인이었다. 구마적은 옷도 아무렇게나 헙수룩하게 하고 다녔다. 나는 구마적을 소탈한 사람이라고 기억한다.

신마적이 등장할 무렵에는 내가 일본에서 학교를 다니던 때라 구마적과 무슨 식으로 어떻게 대결해서 항복을 받아냈는지는 잘 모르겠다. 어쨌든 구마적은 시대에 뒤떨어진 사람이 되고 엄동욱은 새롭게 신마적이 되었다. 그러니까 그때는 칠복이도 조금 뒤로 처지고 구마적은 완전히 뒤로 처진 시기였다.

요즘에 남북통일축구경기를 하지만, 그것처럼 그때는 경평축구라는 것이 있었다. 경평축구는 사실 평양과 경성(서울)의 싸움 대결이었다. 지금처럼 축구시합을 보는 것이 아니고 또 응원이 "대~한민국 짜자작 짝짝"이 아니고, 들어보면 "깔아!" 하는 말밖에 안 나왔다. 축구화로 확 무릎이나 전갱이를 걷어차서 절뚝거리게 하든지 긁어버리든지 떠밀어가지고 넘어뜨려서 까는 것, 그것이 그때 축구였다. 경성과 평양이 그러한 모든 면에서 일종의 힘겨루기를 하던 무렵이다. '평양박치기'라고 평양에서 제일 싸움 잘하는 건 축구에서 헤딩을 하듯 박치기를 날리는 것이었는데, 하도 박치기를 잘하니까 일본사람이 조선남자하고 싸우게 되면 일본인 아들이 "오돗상, 아다마 주의(아버지, 머리 조심해)"라고 했다는 우스갯 소리도 널리 퍼졌었다.

또 재미있던 얘기가 경성에서 싸움 잘하는 사람이 평양에 싸움원정을 가서 평양의 싸움 잘하는 사람과 대동강 철교 위에서 싸움을 하는데, 평양사람은 물론 박치기였다. 평양사람이 탁 받으니 서울사람이 대동강으로 뚝 떨어져 버렸다. 그러니까 서울사람이 평양사람에게 진 것이 되었다. 그런데 잠시 후 서울사람이 대동강물 위로 얼굴을 내미는데 보니까 입에 빨간 무엇을 물고 있었는데 그것은 박치기한 평양 상대의 코를 물고 물에 빠진 것이었다고 한다. 그래서 이기고 지고가 없었다는 얘기다.

신마적에 관한 일화도 있는데, 신마적은 일제시대에 중국 천진天眞으로 갔다. 식민지 치하에서 살기 힘들어서 갔는지 사상적으로 독립운동을 하러 갔는지 잘 모르겠지만 하여튼 갔는데, 그때 평양에서 대단히 싸움 잘하는 사람이 또 천진에 가 있었다. 이 눌이 카페에서 싸움이 붙었는데, 평양에서 온 놈이 신마적의 옆구리를 찔렀고, 신마적이 칼에 찔린 상태에서 그놈을 번쩍 들어서 커다란 스토브 뚜껑을 열고 그놈을 넣다가 떨어뜨렸다는 소문이 있었다.

조선시대 우리의 벼슬아치, 즉 양반과 상민의 사회가 다른 것처럼 일본에서 사무라이武士가 세력을 가지고 나라를 휘어잡았던 에도시대 일본은 무사와 서민이 구분되어 있었다. 그 무사 가운데 어떤 사유에서 자기가 소속되어 있는 집단에서 밀려나거나 떨어져 나오면 이 무사는 '로닝浪人(낭인)' 신세가 된다. 가령 에도 같은 막부에 속하지 않는 무사들, 즉 당적이 없는 그러한 떠돌이 무사를 로닝이라고 했다. 이들은 적籍은 없고 먹고 살려고 하니 본디 무사라 힘을 써서 남을 골탕먹이고 돈을 뜯고 그랬다. 미국 영화 「대부」에서 허옇게 입은 큼직한 놈이 뉴욕번화가나 상점가에 돌아다니면서 돈 뜯어 가져가는 놈이 있었는데, 그러다 대부 패밀리가 죽였다. 그런 식의 조직 속에 들어가지 못하는 무사들이 로닝이다. 그런데 일본에서 로닝이라고 하면 일종의 깡패고, 우리 식으로 말하면 건달이다.

또 하나는 '닌자忍者'라고 하는 것이 있다. 비밀리에 돌아다니면서 겁을 주어 돈 얻고 술 얻어먹고 다니는 사람으로 우리나라에도 있어서 그런 사람들을 '차력借力한다'고 했는데, 일본에서는 닌자라고 불렀다. 상식으로는 도저히 생각할 수 없이 휙 날아다니기도 하고, 하여튼 비범한 괴인들이었다. 그리고 지금도 쓰고 있는 말로 '야쿠자'가 있는데, 야쿠자는 로닝처럼 무사도 아니고 닌자도 아니면서 서민층에서 힘 좀 쓰는 자들이다.

그런데 지금은 공사장에서 일하는 사람들을 '노가다'라고 하는데,

사실 불나면 운전하는 이 소방차 바로 옆에 앉은, 불끄러 가는 사람 중의 우두머리로서, 제일 힘이 있고 물불가리지 않고 불끄는 데 들어가는 제1인자 그게 노가다였다. 그리고 '겐가도리(쌈닭)'가 있다. 이것은 '샤모'라는 멕시코 닭의 일종인데, 일본사람들은 싸움하는 자들을 겐가도리라고 했다.

일제시대 조선에 요시모도흥행吉本興行이 있었는데, 요시모도는 당시 일본 서열 5위의 깡패두목으로 요시모도구미組를 이끌었다. 조폭의 조組가 이 '구미'를 말한다. 일본에서 명치유신을 통해 무사정치에서 천왕제로 개혁하고자 할 때 무사정치를 없애려는 측과 무사정치를 받들려는 세력간의 충돌이 있을 당시 도쿠가와 막부를 지키려는 세력이 신셍구미의 사카모도 료마를 영웅시했었다. 이 사람은 천황을 받드는 일파에게 암살당했는데, 이 신셍구미가 바로 조폭의 시조다.

어쨌거나 순 쌈패가 조선에 오면 조선사람에게 인상이 좋지 않으니 쇼도 하고 영화도 만드는 사업체인양 이 요시모도흥행을 설립했고, 배구자와 홍순원이 이 요시모도에게서 돈을 얻어서 동양극장을 만들기도 했다. 그런데 요시모도 밑에 일본깡패가 쫙 붙어서 혼마찌, 즉 지금의 충무로, 명동, 을지로 등을 장악하고 있었다. 그러니까 종로 이쪽은 칠복, 구마적, 신마적 같은 이가 있었는데 이들은 조직적인 것은 아니었다. 그런 것을 조선사람들은 잘 몰랐을 때니까.

해방직후 다른 분야에서는 어떤지 모르겠지만, 연극은 95%가 연극동맹, 좌익으로 죄다 몰렸다. 친일하던 몇 부류를 제외하고는 거의 전부였는데, 왜 그렇게 되었는가 설명해야겠다.

남들은 가방들고 학교에 가는데 월사금을 못내 학교도 제대로 못 다
닐 정도로 어려운 사람들이 우연히 혼마찌에 있는 일본극장에서 일본
삼류극단이 흥행하러 온 것을 보고 우리도 저런 연극을 해서 울분을
풀어보자 한 것이 1910년경에 일기 시작했던 우리의 연극이었다.

외국의 경우도 초창기의 양상은 대개 우리와 같다. 명색이 예술을,
그것도 남에게 보여주기 위해 몸으로 하는 사람들은 다 천한 사람들
이었다. 귀한 사람들이 어떻게 광대가 되어 남 앞에서 훌떡 뛰고 우는
시늉하고 그럴 수 있었겠는가. 서양의 발레라는 것도 사람을 잔인스
럽게 막 휘두르고 못살게 구는 것을 보고 좋아하는 것이다. 남을 죽을
고생 시켜놓고 좋다하니 누가 하겠는가 말이다. 이처럼 뭔가 맺힌 한
을 풀듯 돌파구를 찾듯 분풀이하듯 한 것이 연극이다.

양주산대놀이춤의 경우에도, 시작은 양반집 종들이 1년에 한번 음
식해가지고 막걸리도 가지고 서울서 떨어져 양주에 가서 떠들어대고
노는 것이었다. 술김에 주인욕도 했을 것이다. "정판서 그놈, 지가 판
서라고…. 그런 나쁜 놈!" 술김에 폭로하니, 속이 시원했을 것이다. 들
은 놈들도 "맞았어, 니가 옳았어" 하고. 그런데 그 중에 스파이가 있어
서 다음날 "김첨지 그놈이 대감욕을 이렇게 이렇게 했습니다"라고 일
러바친다. 그래서 혼이 난 후, 그 다음부터는 탈바가지 뒤집어쓰고 한
것이 가면극이 되었다. 따로 계획해서 가면극이 된 것이 아닌 것이다.
별신굿이니 뭐니 다 양반, 중놈 욕하는 것밖에 더 있는가. 출발은 그
렇게 시작되었지만 지금은 탈춤을 대단한 예술인 것처럼 받들고 있
다. 연극도 마찬가지다. 그런 울분을 터뜨리려고 저들끼리 모여서 한
것이 연극이었다.

그런 와중에 1930년대 일본에 리얼리즘연극 소위 근대극사조인 헨

릭 입센의 「인형의 집」 같은 연극이 수입되었다. 연극은 연극인데 그 안에 뭔가 메시지가 들어있는 것이다. 로라는 의사의 부인인데 가정이 재미가 없다. 남편은 밤낮 병원일로 바빠서 여성으로서 가정을 가지고 있는 행복을 느낄 수가 없어서 우울한 것이다. 로라는 인형이지 사람이 아니었고, 이에 대해 입센은 뛰쳐나가라고 했던 것이다. 그러니까 그 시대에 연극을 본 여성들이 "와~" 하고 일어나서 해방론이 일어났다.

우리가 일본에 가서 번역한 서양연극을 보고 깜짝 놀라서 한국에 돌아와 영문학한다, 독문학한다, 미술한다 끼리끼리 모여서 신극新劇을 벌이게 되었다. 여태까지 한맺힌 사람들이 하는 것을 신파라고 했고, 우리가 한 것은 신극이 되었다. 이처럼 신파와 신극은 세대가 바뀐 것이 아니고, 동일 세대 안에서 정신세계가 바뀌어진 것이다.

그러니까 조선 속에서 저희끼리 이렇게 저렇게 연극을 하며 뭉치던 사람들이 1930년대 일본에서 유학갔다온 사람끼리 연극한다고 하니까 주눅이 든 것이다. 나도 그 속에 끼어서 알지만 그 사람들을 무시했었다. 멸시를 했다. 내가 종로를 걸어가면 동양극장서 신파하던 이들이 슬그머니 저리로 피해갔다. 무서워서가 아니고 주눅이 들어서 그랬다. 그러면서 가다가 뒤돌아보고 했다. 나 역시 좋은 짓이 아닌 줄 알았지만 으스대기도 했다. 이게 해방이 되면서 신파하던 이들이 확 모인 것이 연극동맹이었다. 좌익을 알아서가 아니었다.

김두한은 김좌진金佐鎭 장군의 아들인데, 김좌진이 누구인지 우리는 그때 몰랐기 때문에 김두한을 그저 만주에서 독립운동하는 사람의 아들이다 정도로만 알고 있었을 뿐이다. 내가 1916년생이고 김두한이 1918년생이니 나보다 두 살 아래로, 교동학교를 같이 다녔지만 김두한은 다 못 마치고 말았다. 그때는 보통학교도 다 월사금내고 다닐 때였기 때문이다. 일본과 미국이 전쟁을 벌이던 무렵 내 나이 27~28살 때 나는 종로3가 한 사무실에 몇몇 친구와 모여서 소일을 하고 있었다. 하루는 집에 가려고 저녁때 사무실을 나서는데 울퉁불퉁하게 생긴, 몸이 어마어마하게 큰 사람이 쑥 지나가는데 같이 가던 친구가 얼른 "저게 김두한이야"라고 해서 본 적이 있다.

김두한이 별안간 해방직후에 극우가 되어 버렸다. 지금 말로는 극우지만 그때는 보통 다 무슨 무슨 동맹들에 모였다. 문학, 연극, 신문기자 할 것 없이 깡패들도 다 그쪽으로 모일 땐데, 유독 김두한은 한독당(한국독립당)원이 되었다. 김두한은 주먹을 쓰는 사람이다 그렇게만 알고들 있었는데, 별안간 이승만의 노선을 따라 반탁으로 돌았다. 미국, 소련, 영국의 모스크바3상회의에서 2년인가 얼마동안 조선을 신탁통치하자고 결정했는데, 그것을 처음에는 김일성쪽에서 반대했고 이승만도 반탁을 했다. 그러니까 저쪽은 홀딱 바뀌었다. 그 틈바구니에서 김두한이가 어떻게 된 건지는 모르겠지만 어쨌든 아주 극우가 되었다. 극우가 되면서 깡패기질과 조직이 세력을 갖게 된 것이다. 대한민주청년연맹 부위원장 자리도 꿰찼다. 해방 후에는 김두한이 칠복, 구마적, 신마적 다 없애고 김두한 하나가 되었다.

당시 여운형呂運亨의 건준(조선건국준비위원회)은 일종의 괴뢰로서, 미군들이 한국사람에게 치안유지하라고 시킨 것이었지 자기 힘으로 무언가 한 것이 아니었다. 미군정을 업고 했으면서 은근히 좌경한 사람들을 끼워주었는데, 이 여운형이 좌익이었는지는 잘 모르겠지만 어쨌든 여운형은 좌익이라고 총에 맞아 암살당했다. 여운형을 암살하는 이 뒤의 조직 속에 김두한이 있었지 않나 생각하지만 나는 잘 모르겠다.

일제시대부터 장안의 인기를 독차지하다시피 한 배우 두 명이 있었다. 심영沈影과 황철黃徹이 그들인데, 이 두 사람 따라 갈 한국배우가 아직 없다. KBS 드라마 「동양극장」에 황철이 나오는데, 이 황철이 무대에만 올라서면 관객이 사로잡혀버리는 것이다. 연기라는 것은 선천적인 것이다. 최승희가 살짝 웃는 것에 일본관객들이 뇌쇄됐듯이 심영이 무대에 서면 박수가 쫙 퍼졌다. 황철은 「사랑에 속고, 돈에 울고 (홍도야 우지마라)」 주인공이었다. 한 기생이 남자한테 배반당해 남자를 죽였고, 살인자로 검사 앞에 섰는데 검사가 보니까 누이동생이다. 조서를 보니 동생이 기생일을 해서 자기를 대학공부시켰다는 것까지 알게 된다. 그러니까 "홍도야 우지마라, 오빠가 여기 있다" 하면 관객이 모두 울음바다가 됐다.

해방하고 얼마 안 된 얘기인데, 배우 심영의 부인이 어떤 의사를 좋아했다. 서대문 북아현동가는 길에서 병원을 하고 있어서 나도 병 때문에 어쩌다 가고 그래서 아는데, 심영의 부인이 병을 고치러 갔다가 사이가 좋아진 것이다. 의사지만 좌익사상으로 일제시대 형무소에도 간 적이 있던 사람인데, 어쩐 일인지 일본검찰에서 병원을 차려줬다. 그러니까 내가 생각하기에 거물이 아니었을까 싶다. 나이는 나랑 비슷하거나 약간 많은 정도였을 것이다.

지금 명동에 있는 증권회사를 2005년부터 국립극장으로 만든다고 하고 있는데, 그게 바로 시공관이다. 거기서 심영이 연극을 하고 집으로 돌아가는 길이었다. 지금의 조흥은행 옆에 큰 개천이 흘렀다. 이명박 서울시장이 복원하겠다고 하는 그 개천 위에 있었던 다리, 광교에 이르렀는데, 김두한의 부하가 권총으로 "이놈 자식 빨갱이" 하고 권총을 쏘았다. 그러니까 심영이 얼떨결에 다리에서 뚝 떨어져 버렸다. 심영은 총은 안 맞았지만 그 서슬에 다리가 부러졌다. 심영은 그 날 간신히 집에 가서 부인에게 얘기하고 이북으로 몰래 넘어가 버렸다.

사실 심영은 빨갱이가 아니다. 6·25때 내가 심영을 만나서 이야기해본 적도 있는데 부인이 빨갱이하고 만나니까 김두한은 심영까지도 빨갱이인 줄로 알아버린 것이다. 한독당을 끼고 반탁하고 그러면서 기운은 많고 욱하는 생각으로 빨갱이는 다 처단한다 이 관념 하나밖에 없었던 것이다.

당시 연극하던 이들의 95%가 해방 후 연극동맹으로 가버린 것은 일본유학패들에 대한 반항의식의 일종이었을 것이다. 그런데 "김두한에게 심영이 죽을 뻔했다, 그리고 이북으로 갔다" 하니까 그게 영향을 주어서 다들 이북으로 가버렸다. 그냥 있으면 죽을까봐 그랬던 것이다. 이처럼 연극동맹사람들이 차츰차츰 그렇게 이북으로 간 것은 좌익이라든가, 정치적 사상적인 이념때문이 아니다. 어쩌다 한두 놈 있을지 몰라도 나머지는 덩달아서 이북으로 가게 된 것이다. 직접적인 원인은 김두한이 심영을 죽이려던 그 사건이다. 그러니까 오늘날 연극의 판도가 이렇게 바뀌게 된 시발점이 '김두한의 심영 습격'인 것이다.

한편, 연극동맹사람 중에 그 핑계로 가기는 했지만 진짜 이유는 다른 데 있는 경우도 있었다. 심영이 먼저 간 후에 황철도 갔는데, 황철은 좌익하고는 상관이 없는 사람이다. 황철은 당시 낙랑극회라는 극단을 가지고 있었는데 그 극단의 문정복文貞福이라는 여배우와 밀회중이었다. 황철도 결혼했고, 문정복의 남편도 낙랑극회에 있었다. 두 사람은 각자 남편과 부인을 두고 북으로 도피했다. 사상적인 것으로 위장해서 갔지만 사실은 개인적인 애정관계였다. 문정복의 아들이 지금도 활동하고 있는 탤런트 양택조다. 그의 아버지도 배우였는데, 이름은 양백명으로 1·4후퇴 때도 극단을 했다. 연출가 이서향李曙鄕은 김양춘金陽春이라는 유명한 배우와 가고, 문예봉文藝峰이라는 스타는 극작가 임선규林仙奎와 같이, 박영신朴永信, 서일성徐一星, 극작가 송영末影, 박영호朴英鎬, 연출가 나웅羅雄 등 전부 갔다. 끼리끼리 전부 다 간 것이다. 유독 안영일安英一, 김일영金一影 이 두 사람은 빨갱이로 공개적으로 갔다. 이 둘과는 일본서 같이 있었는데 좌익으로 나하고 신문서 논쟁도 벌이는 등 지독스럽게 싸웠다. 연극계에서 몰라서 그러는데 가지 않은 사람이 이해랑李海浪, 이진순李眞淳, 김동원金東園 등 동경학생예술좌단원 출신과 나, 이 정도다. 이 중에서 배우가 아닌 건 나 하나다.

결론은 대다수 연극인이 월북한 이유가 사상적 이념이 아닌, 심영의 피습에 겁이 난 것이고, 신극하는 사람들 우리 같은 사람들에 대한 적개심에서 신천지에 가서 하자 그래서 간 것이다. 그러니까 우리나라 예술의 한 분야, 즉 연극분야가 거의 다 월북을 하는 계기이자 맨 처음 동기가 김두한이 심영을 쏜 사건인 것이다. 김두한이 지금말로 깡패인데 깡패기질이 한 나라의 문화계를 뒤집어 놓은 것이라고 볼 수 있다. 어처구니없는 큰 변동을 일으키게 된 것이 사실은 그런 것이었다.

✢

우리나라 마지막 황제인 순종은 고종과 명성황후의 둘째아들이다. 순종의 비가 민비(순명효황후)고 계비가 윤비(순정효황후)였다. 윤비 일가는 일제시대에 많이 퍼졌는데, 그 일가 중에 윤치호가 있다. 윤치호의 막내아들이 내 중학교 3년 후배인 피아니스트 윤기선이다. 해방 후 윤기선이 미국에 있을 때, 조택원이 그 당시의 부인인 영화배우 김소영과 함께 미국에 갔다가 그에게 마누라를 빼앗기고 혼자 돌아온 일화가 있다. 어쨌거나 윤치호는 퍽 선각자여서 고종 때 신사유람단의 수행원으로 일본을 다녀온 후 미국유학까지 하고 나중에 갑신정변에 가담하고 미국에 쫓겨갔다. 후에 미국에서 돌아와 민영환, 서재필, 이상재와 독립협회를 조직하고 독립신문 사장도 하고 1910년 한일합방 이후 기독교청년회관YMCA을 설립하는 등 일을 많이 했다.

민영환은 1910년 한일합방이 되자 자살을 했다. 그 자살한 자리 피가 뚝뚝 떨어진 곳에서 대나무가 났다고 했다. 그런데 민영환의 아들이 나와 같이 보통학교에 다녔다. 단성사 위쪽 견지동에 그의 집이 있었는데 나와 같은 반이니까 그 아들에게 그 대나무 난 곳이 어디냐고 물어도 안 가르쳐 주었다. 내가 지금 가만히 생각하니까 소문은 났어도 대나무는 안 났을 것이다. 그러니까 안 보여준 게 아닌가 싶다.

그런데 해방 전에 일본사람들이 이런 사람들을 그냥 놔두지 않고 일을 자꾸 시켰다. 시키니까 할 수 없이 했는지, 묵인한 건지, 아니면 하지도 않았는데 총독부에서 그렇게 한 건지 잘 모르겠지만, 윤치호는 1943년 일본제국의회의 귀족원 의원을 지냈다. 오늘날 미국에 상원과 하원이 있듯이 일본에 귀족원과 중의원이 있었다. 당시 일본 귀족원은 외국식으로 남작, 후작, 백작 등 다섯 가지 작위가 있었다. 친일파적인 행위를 했다는 증거라고 반민특위에 걸렸는데, 다른 이들은 변명하고 별짓 다 했지만 윤치호는 자살했다. 한국에서 이 사람 딱 하나다. 일본에서도 2차세계대전 후 전범재판을 위해 맥아더 미군사령부가 스가모형무소에서 집어넣던 시절 고노에 후미마로近衛文麿는 소복을 입고 자살했다. 다들 추악하게 살려고들 하는데 이 사람 혼자 자살했다. 이것은 아주 고귀한 일이다.

해방 후 신마적은 중국에서 돌아왔다. 일제시대 때 보성전문학교 출신의 축구선수 중 한 사람이 엄○○란 이가 있었는데, 나하고 안면이 있었다. 그 사람을 통해 신마적을 알게 되었는데, 몸도 크고 얼굴도 잘생겼다. 그렇게만 알고 있었는데, 아마 해방하고 2~3년쯤 지난 어느 해였던 것 같다. 하루는 명동을 지나가다가 우연히 신마적을 만나게 되었다. 명동 시공관에서 걸어 올라가면 충무로가 나오는데 그때는 지금처럼 길이 넓지 않고 좁았다. 내가 인사하자 그가 어름어름 인사를 받았다. 그리고도 그곳에서 자주 마주쳤다. 나중에 처하고 둘이 같이 명동을 가다가 처의 동덕여고 동창생의 언니를 만났다. 처는 동덕여고를 나와 일본여자미술대학을 마쳤는데, 동덕여고 동창 중에 일본에서 음악학교를 나온 친구가 한 명 있었다. 이이는 윤비 집안 사람이었다.

그런데 이 동창의 언니 역시 일본서 양재학교를 나왔는데 이 동창과 언니 둘 다 미인이었다. 그 언니는 명동에서 양장점을 하고 있었다. 남편은 월북을 하고 혼자 사는데 당시 나이가 기껏 많아야 서른너댓이었다. 그런데 내가 명동에 가면 으레 신마적을 만났는데, 나중에 알고 보니 그 언니와 신마적이 그 양장점을 같이 하며 살고 있었다.

왕비의 친척인 여자하고 세상이 다 아는 깡패하고 같이 산다는 것은 그 당시 도저히 말이 안 되는 일이었다. 얼마 안 가 윤씨 집안에서 들고일어났지만 워낙 주먹이 세니까 아무도 말을 못했다. 신문에는 어떻게 안 났는지 모르지만 윤씨네 집안 망쳐놨다고 소문이 쫙 퍼질 정도로 사회적으로 큰 파문을 일으켰다. 그러던 어느 날 나의 처가 양장점에 갔다오더니 그 신마적이 말도 없이 사라져 버렸다고 했다. 그리고는 몇 달인가 후에 신마적이 어디서 죽었다는 기사가 신문에 났다.

이제부터는 연극하는 사람의 상상이다. 외국의 연극 두 가지가 생각난다.

하나는 중국의 「쾌걸 웡」이라는 연극인데, 중국 상하이의 유곽에 어여쁜 유녀가 있는데 이를 좋아하는 깡패가 있었다. 여자는 이 남자를 무서워해서 가까이 하지 않았다. 그런데 보아하니 이 여자가 좋아하는 남자가 있었고, 둘이 서로 좋아하는 것이 아닌가. 그래서 쓱 젊은 놈을 불러 유녀가 알지 못하는 곳으로 데려가 "너, 그 여자 불행하게 하면 안 돼" 그러고는 뒤를 봐주는 것이다. 그러나 놈이 여자를 배반하자 처단하고 홀로 쓸쓸히 남는다는 연극이다.

프랑스 연극에 에드몽 로스탕의 「시라노 드 베르주라크」라는 연극이 있다. 검객 시라노는 사랑하는 록산느가 자기를 안 좋아하니까 그녀가 좋아하는 잘 생긴 사내를 발코니 아래 세워놓고 자기가 목소리를 바꿔서 대신 시를 읊어준다. 시라노는 검객이었지만 그게 깡패다. 마지막에 죽을 때가 되어 그녀를 한 번 보고 죽으려고 수녀원을 찾는다. 록산느는 사랑하는 그 사내가 전쟁에서 죽자 수녀원에 몸을 의탁한 터였다. 그런데 죽을 때가 되어 무의식중에 발코니에서 시를 읊던 그 목소리를 내자 록산느가 수를 놓다가 깜짝 놀라 "그 사람이 바로 당신이냐"고 묻지만 끝내 침묵하며 죽는 것이다.

그것을 신마적에게 비추어 봤을 때 하도 그녀에게 비난의 소리가 들어오니까 신마적이 슬그머니 물러나 준 것 같다. 물러났지만 상사병이 들어서 죽은 것 같다. 그건 아무도 모르니까 그렇게밖에는 이야기가 안 된다. 그렇지 않고는 별안간에 왜 사라지고 왜 죽었겠는가? 혹시 자살했는지? 그것도 알 수 없는 일이다. 기운 세고 그런 사람인데 자살했을까? 몸이 확 쇠약해져서 병사했을지도 모른다.

인생에서 운이란

· 미신과 신앙, 이중섭과 추송웅

나는 종교라는 게 없다. 아버지쪽은 옛날 말로 벼슬하던 집안이라 공자 맹자 따지는 유교집안이었기 때문에 어려서부터 유교적인 선악에 대한 이야기를 들어왔을 뿐 종교라고는 할 수 없고, 어머니쪽이 으레 불교를 믿는 집안이 많아 내 경우도 절에 따라 다녀보기는 했지만 외가쪽 역시 완전히 신자는 아니었다. 그래서 20대 초반 일본에 있을 때도 "종교는 나와 무관한 것이다"라고 생각할 정도로 신앙이나 종교 같은 것은 내게 없었다.

내가 스물하나둘 정도였을 때, 일본에서 한번은 우연히 손금을 보게 되었다. 심심하기도 해서 밤에 시장거리를 지나가는데, 가로등 밑에 웬 사람이 하나 섰고 서너 사람이 그를 둘러싸고 있는 것을 보게 되었다. 가로등 밑에 서서 손금을 설명하던 그 사람은 나와 또 한사람의 손을 잡아끌고 어떤 집 2층으로 올려 보냈다. 마흔댓 살 정도 되어 보이는 사내가 커다란 상을 놓고 앉아 상 위 산통에서 대나무 젓가락 같은 것들을 집어 확 뿌렸다. 그러더니 지금 얼마 갖고 있는지를 물었다. 당시 커피 한 잔에 5전할 땐데 주머니 속에 70전쯤 들어 있었다. 70전이 있다고 했더니 상 밑에 달린 무엇을 누르자 아까 그 사람이 나타났고, 그에게 주라는 돈을 건네자 내 운수를 말해주는 것이었다.

그는 내 운수가 동굴처럼 산이 옆으로 움푹 패인 곳에서 자라는 초목과 같다고 했다. 더 뻗으려고 해도 위로 산이 가로막고 있어서 뻗지 못한다는 것이다. 그런데 그게 다가 아니고, 나는 끈질기게 장애물을 헤치고 나갈 것이라고 말을 이었다. 즉 옆으로 구부러져 자라서 산이 패인 곳을 벗어나 마침내 위로 뻗을 것이라는 말이었다. 그러면서 "너는 남의 장長이 될 사람이다"라고 덧붙였다. 초목이 옆으로 자라려면 얼마나 힘이 들 것인가. 그런가 보다 하고 그리고는 잊었다.

이것은 소위 미신이라고 하겠다. 우리 어렸을 적에는 동대문에 동묘가 있었다. 동묘는 중국 관운장을 모신 곳으로, 관운장을 신처럼 모셨던 사람들이 동묘를 거점으로 해서 모였었다. 이것도 결국은 미신이다. 우리나라의 무당은 제각기 모시는 신이 있다. 해방 후 삼청동 어디쯤인가 북한산 올라가는 길가에 맥아더 장군 사진을 걸어놓고 그걸 신이라고 모시는 무당이 있었다. 만일 많은 사람이 맥아더를 믿었다면 '맥아더신'이 되었겠지만 그렇지 못해서 미신이 된 것이다. 기독교나 불교 혹은 이슬람교 등은 다 세력이 있다. 믿는 사람이 많으니까 세력을 얻게 되어 신앙이 되고, 믿는 사람의 세력이 얼마 안 될 때 세력이 강한 신앙의 편에서는 그것을 미신이라고 경멸한다.

미신이든 신앙이든 믿는다는 것에 담긴 그 근본마음은 다 같은 것일 것이다. 즉, 죽지 않는 것(영생)과 안 죽는다는 것을 전제로 행복을 바라는 마음일 것이다. 이것이 어떤 과학적인 방법으로 탁 얻어진다면 신앙 같은 것은 소용이 없을 것이다. 그런데 그게 안 되니까 이렇게 하면 오래 살고, 이렇게 하면 행복을 얻을 수가 있다고 정신적인 위안을 주고 안심을 시키는 것이 바로 신앙인 셈이다.

이처럼 신앙이라는 단어를 사용하는 소위 종교라는 것은 과학적으로 성립이 되느냐 하면 그것도 의심스럽고, 미신이라면 완전히 생각지도 말아야 될 성격의 것이냐 하면 그것도 잘 모르겠다. 나로서는 믿는다는 것을 부정하는 것은 아니지만 좀 소홀한 편이다.

그런데 우스운 얘기지만 내가 믿는 것이 딱 한 가지 있다. 구세대니까 그런 걸 믿는다 할지 모르겠지만, 젊었을 적에는 믿지 않았으나 나이 먹어 믿게 된 것이 있다. 믿게 된 동기는 젊어서 당한 것이지만, 그걸 믿는다는 신념을 갖게 된 것은 그것을 두 번째로 목격하고부터다. 바로 '운運'이라는 것이다. 남들이 안 믿는 것을 믿으니까 미신이라고 할 것이다. 그러나 운은 그런 것이 아니다. 운을 믿는다는 것 자체가 신앙이나 종교를 믿는 것과는 다르다. 믿는다고 해서 운이 나에게 와 닿는 것도 아니기 때문이다.

운이라는 것은 누구에게나 오는 것인데 모르고 지나는 것이 대부분이다. 내가 고보시절 서대문 영천에 살았을 때 정주영鄭周永은 싸전에서 쌀 배달을 했었다. 그는 나보다 한두 살 위인데 자전거 뒤에 쌀 한 가마니와 잡곡을 자루에 싣고도 그 가파른 무악제 고개를 오를 정도로 힘이 센 사람이었다. 그 힘으로 일제시대 때 자동차수리공장에서 일을 했는데, 나중에 포드사가 한국에 진출할 때 그때 익힌 자동차부품 얘기로 포드사 사람들의 호감을 사서 현대자동차가 생길 수 있었다는 말을 털어놓은 적이 있다. 이것이 운이다. 일상생활에서는 "운이 닿았다"라는 말도 쓴다. 놓치는 수도 있지만 운은 분명히 있는 것이다. 이제부터 내가 믿는 운이란 것을 설명하겠다. 어쨌거나 비과학적인 주관이다.

나는 1943년부터는 연극을 하지 않았다. 1945년에 해방될 것을 알고 안 한 것이 아니고, 이때부터 일본이 전쟁에서 자꾸 지기 시작했다. 당시 스물여덟이던 나보다 나이가 어린 사람은 징병, 윗사람은 징용을 갔다. 일본놈이 발악을 해서 국어상용해라, 창씨개명해라, 일본이 전쟁에서 이기도록 해야 한다는 요지의 연극을 하도록 자꾸 강요를 하고, 게다가 언제 징용에 끌려갈지 모르니까 피해 다니다가 연극을 안 하게 된 것이다. 이것이 운 이야기의 시초다. 만약 내가 그런 것을 생각지 않고 기를 쓰고 연극을 계속했더라면 해방 이후 친일파로 몰렸을 것이고, 그래서 도망다녔다면 내 인생은 또 달라졌을 것이다.

자세히 설명하면 이렇다. 해방이 되어 당시 전부 연극동맹으로 쏠리고 있었다. 내가 일제시대에 하던 연극은 연극동맹에 들어간 신파하는 이들과는 대조적인, 그 시대의 말로 신극이라 하는 유럽의 리얼리즘 연극이었기에 그들과 맞지 않았다. 그래서 연극동맹에 끼어들기가 싫어서 혼자 있었다. 그러면서 해방 전후에 먹을 것이 부족하니까 서울 근교 뚝섬이나 왕십리에 야채 사러 다니는 데도 쓸 겸 자전거를 하나 샀다. 한동안은 자전거를 타고 서울 시내를 어슬렁거리며 돌아다니는 것이 하루 일과였다.

그러다가 어느 날 을지로 네거리에서 삼각동 쪽으로 가다 보면 하동관 곰탕집이 있는 거리가 예전에는 주교보통학교가 있었는데, 자전거 타고 그 학교 모퉁이를 막 돌아 들어서는 순간 맞은편에서 오던 자전거하고 딱 부딪쳤다. 서로 싸움이라도 크게 났을 텐데 저쪽에서 "어어" 그러는 것이다. 그래 가만히 보니 나도 아는 사람으로 나와 보통학교 동기동창이었다. 그렇지 않아도 나를 찾아서 종로로 나서던 길인데 나와 부딪쳤다는 것이다. 이걸 우연이라고 해야 할까?

동창 친구는 나보고 두말할 것 없이 따라오라고 했다. 별달리 할 일도 없으니까 따라나섰는데, 지금의 명동과 충무로 근처의 사보이호텔 쪽에 있는, 일제시대엔 유명했던 양품점쪽으로 끌고 가는 것이었다. 동창이 일본놈에게 집을 싸게 샀는지 어쨌는지 자기 것이라고 집을 보여주는 것이다. 일제시대 내가 연극에서 무대장치했다는 건 다 아는 사실이었다. 지금 말하기엔 우습지만, 인구 150만 정도 되던 당시 서울에서 누구 하면 다 아는 그런 시절이기에 가능했을 것이다.

이 친구가 그 집을 카바레 겸 댄스홀로 만들겠다고 실내장식을 부탁해온 것이다. 나는 생각할 것도 없이 못하겠다고 딱 잘라 거절을 했다. "일본놈 망하고 간 적산집에 가서 술집 만드는 장식을 내가 한다고'? 안해, 못해." 자전거를 날고 놀아서는데 붙잡고 놓아주실 않았다. "그러면 방 안에서 설계도만 그려서 내보내. 목수, 전기일 내가 다 시킬게" 하고 사정을 하는데, 낮에 잡혀가서 저녁이 다되어 컴컴한데도 보내주질 않는 것이다. 그의 처는 화류계 여자 같은데 애교를 떨면서 음식 시키고 술 한 잔 주고…. 밤 11시가 넘어서 결국 나는 "그럼 조건이 있다. 내가 했다는 말은 절대 하지 말아라. 난 이 구석에서 안 나갈 테니까 도화지하고 물감만 사서 넣어주면…" 할 수 없이 하게 된 것이 첫출발이다.

내가 연극에서 무대장치할 때를 생각하면서 서울에서 처음으로 만들어 놓은 이 카바레는 개점하자마자 미군들이 몰려드는 등 엄청나게 성황을 이루었다. 사례비조로 얼마를 받았는데, 일제시대 연극하던 내가 해방 후 적산집에 가서 장식해주고 돈을 벌었다는 것이 내 양심상 도저히 용납이 안 되었다. 덮어놓고 돈을 썼다. 처한테 다이아몬드 반지를 하나 사주니 처가 깜짝 놀랐다. 그때는 다이아몬드반지 갖고 있는 한국여자는 별로 없을 때였다. 돈을 안 붙여 놓으려고 그랬다. 지금 생각해도 우습기 짝이 없다. 그렇다고 후회하는 것은 아니지만.

그러던 어느 날, 그날 역시 그 카바레에서 술을 먹고 있는데 누가 만나자는 전갈이 왔다. 만나자는 그 사람은 내게 종로에 있는 큰 건물의 장식을 의뢰해왔다. 종로회관이었던 이곳은 웬만한 농구장만큼이나 컸다. 나는 또 "못하겠다"고 했다. 그런데 진짜 못했으면 되는데, 슬그머니 돈 생각이 나는 것이었다. 그래서 "하겠다"고 했다. 당시 목수며, 전기공사하는 사람이며 공사장에 내 밑으로 한 60~70명이 딸려 있었다. 아마 그대로 계속했다면 나는 ○○건설 같은 곳의 우두머리가 되었을 것이다. 당시 아무도 하는 사람이 없었으니까. 우두머리가 됐을지 너무 유명해져서 6·25때 끌려갔을지 그건 잘 모르겠다.

하여간 돈이 그냥 꾸역꾸역 생겼다. 그래서 가방에다 돈을 넣고 다니면서 요릿집에 친구와 술마시고 돌아다녔다. 기생에게 가방째로 주면서 꺼내 갈 만큼 알아서 가져가라고 호기를 부렸다. 그러면 다들 깜짝 놀라고, 기생이 되려 못 꺼내갔다. 벌벌 떨면서 "요것만요" 그런 식이었다.

종로회관을 보고 이번에는 조지야백화점(미도파백화점) 건물의 지하를 꾸며달라는 의뢰가 들어왔다. 지금의 그 면적 그대로이니 무척 컸다. 점점 기업적으로 돼갔다. 심지어 어느 날은 미군정청의 상공부계통일을 하는 사람이 지프차를 타고 찾아왔다. 지금 같으면 "말도 안 돼, 거짓말!"이라고 할 것이다. 내가 조지야백화점 지하일을 맡은 것을 알고는 당시 미쯔꼬시백화점(신세계백화점)이 비어 있으니 나보고 운영을 해보라고 제안을 한 것이다. 내가 그때 승낙했더라면 지금 신세계백화점 회장이 되었을지도 모른다.

당시 연극동맹에 들어간 이들은 연극을 해 봤자 돈 생기는 것도 없고, 소설도 원고료 얼마 안 생기고, 게다가 해방 직후에 무슨 돈이 있어 잡지가 나왔겠는가. 신문에 조금 글쓰고 그러는 것 외에는 수입이 없었으니 자연히 "누가 일을 많이 해 돈이 있다더라" 그런 소문이 나니까 슬그머니 주변에 사람들이 모였다. 사람들이 얼마가 모이든 으레 내가 술을 사곤 했다.

하루는 화가 이중섭李仲燮, 시인 오장환吳章煥, 그리고 영문학 하는 이 두 명, 이렇게 네 명이 나를 찾아와 다섯이 명동에서 술을 마신 적이 있다. 오장환은 당시 유명한 시인이었는데 좌익으로 나중에 월북했다. 당시 시공관 옆 지금 외환은행에서 명동 올라가는 좁은 길에 다방 하나를 내부 장식을 해주었는데, 그 공사비를 지불하지 못해 내 마음내로 그 다방을 들락거릴 수 있었다. 그리고 지금 명동칼국수집 위에 또한 곳도 내가 맡아 공사를 하던 때였다. 그러니까 미도파 지하실까지해서 세 군데서 일을 하고 있었기 때문에 밤낮 명동에서 살았다.

밤 9시쯤 해서 그 다방에 가서 손님들 다 내보내고 우리끼리 위스키를 갖다 놓고 마시는데, 미군 두 명이 들어왔다. 해방 직후에 우리나라 사람 중에 영어로 말할 수 있는 사람이 퍽 드물었는데, 영문학 하는 친구가 술김에, 그리고 좌익사상이 있어서 미군에게 반감이 있었던지 그 미군을 향해 영어로 "니가 뭔데 여기에 들어와"라는 식의 욕을 영어로 하는 거였다. 그러니까 미군 두 명이 얼이 빠져서 사과하고 나가버리는 것이다. 우리는 "와, 우리 약소민족이 세계를 제패한 미군을 쫓아 보냈다"하면서 술김에 좋기도 하고….

그런데 가만히 생각해보니까 예감이 이상했다. "그냥 나갈 놈들이 아닌데…" 뭐가 있지 싶어서 다른 데로 가자며 사람들을 끌고 나왔는데, 멀리서 미군 헌병하고 아까 그 미군 두 명이 이리로 오고 있었다. 눈치가 이상해서 내가 "야, 숨자"고 하였다. 다들 숨었는데, 이중섭은 미처 그 소리를 듣지 못하고 걸어가다가 그 미군들한테 잡혀서 죽도록 맞아 피를 마구 흘렸다. 미군이 가고 골목에서 나와 보니까 혼자서 피를 죽죽 흘리고 있었다. 그때가 밤 11시 30분쯤인가 됐었는데, 우리는 바로 명동에 있는 성모병원으로 갔다. 그런데 성모병원에서 안 받아주는 게 아닌가. 같이 간 친구들이 "우리나라 민족이 미군한테 맞아서 이렇게 병원에 왔는데, 명색이 카톨릭 병원이라는 곳에서 안 받아 줄 수가 있느냐"고 막 떠들고 외쳐댔다. 그래서 그곳의 수녀님들이 이중섭을 백병원으로 옮겼다.

퇴원 후에 명동에서 다시 이중섭을 만났다. 얻어맞을 때 같이 있었어야 했는데 나는 피했으니, 그것이 도의적으로 미안한 생각이 들어서 당시 미도파 지하의 한 벽면을 이중섭에게 맡기고는 벽화를 그리라며 돈을 쥐어줬다. 지금 한옥 가옥 한 채를 살만한 큰돈이었다. 이중섭의 생활이 곤란할 것이라는 생각에서였다. 당시로서는 좀 황당무계한 만용이랄까?

그런데 묘한 것이 미도파백화점으로 바뀔 때 그 지하식당인지 카바레인지를 없애면서 그 벽화를 다 버렸을 것으로 생각된다. 지금 이중섭의 그림은 작은 것도 1억을 호가하니까 그냥 있었다면 수십억짜리다. 그렇지만 그때는 이중섭이 그렇게 유명해질 줄도 몰랐고 그런 걸 놔둘 줄도 몰랐다. 그때는 그런 시대였다.

이중섭은 일본에서 같이 있어서 잘 아는 사이인데, 그는 1935년 일본 유학을 갔다가 우리나라가 해방된 1945년 귀국했다. 그때가 우리 나이 30세였다. 6·25전쟁이 일어난 후 이중섭은 제주도에서 부산으로 와 제대로 먹고 살기도 힘들었는데, 갖은 고생을 다했다. 돈이 없어서 재료를 살 수 없으니까 담배갑 속 은박지에다가 그림을 그린 것이다. 그러다 41세에 사망했다. 그러니까 그림을 제대로 그린 시기는 1935년부터 1945년까지 일본에 있었던 10년밖에 없다.

그가 6·25 이후에 정신이상이 되어서 죽었다는 소식을 들었다. 나는 죽은 원인이 그때 두드려 맞은 것 때문이면 어쩌나 하는 걱정이 언제나 마음을 떠나지 않는다. 그 얘기를 구상具常 시인에게 한 적이 있는데, "아, 그 얘기 한번 들은 적이 있습니다. 이중섭이 명동에서 미군에게 두들겨 맞았다는…"이라는 대답을 들었다. 의학적으로는 모르지만 내 마음속에는 항상 "그때 안 맞았더라면 그가 안 죽었겠지" 하는 회한이 사라지지 않는다. 그리고 희한하게도 이중섭의 정신병을 치료하던 의사가 1970년대에 명동 삼일로창고극장을 마련해준 유석진兪碩鎭 박사였다는 것은 퍽 기이한 인연이라고나 할까.

지금까지 얘기한 이 모든 것이 그때 자전거 부딪친 일이 원인이 된 것이다. 그 일이 있었기에 내 인생의 한 토막에 에피소드 같은 해프닝이 벌어졌던 것인데, 이것은 앞으로 다가올 6·25 민족상란때 막을 내리게 된다. 그건 우연일까 필연일까? 운명론자 같으면 그런 이유가 있었기에 그 사람을 만나게 되었다고 하겠지만 내가 생각하기에 그것은 '운' 이다. 하지만 그때 벌써 그것이 운이라고 생각한 것은 아니다. 운이라는 것을 믿게 된 것은 그 다음 일을 겪으면서다. 그때까지도 운이라는 것을 몰랐다.

1976년 나는 삼일로창고극장을 열었다. 극장은 8월이면 관객이 많이 들었다. 왜냐하면 집에서 돈을 가져다가 2학기 등록금을 내고도 아직 호주머니에 돈이 들어 있는 대학생들이 극장을 찾는 때였기 때문이었다. 매년 3월초하고 8월, 이렇게 두 번이 피크였다. 그래서 누구든지 이때 공연날짜를 잡으려고 쟁탈전이 벌어지곤 했다.

추송웅秋松雄이 1977년 정월에 극장으로 날 찾아와서 "선생님, 이번 8월은 저를 주세요" 하길래 그러라고 했다. 그리고는 5월인가 사무실에서 만났는데, 레퍼토리를 물었더니 아직 정하지 못했다고 대답을 했다. 그때 마침 독일에서 박사학위를 받고 돌아온 최영일이 내게 인사하러 와 있다가 이 얘기를 듣고는 카프카의 단편인 「어느 학술원에 제출된 보고서(빨간 피터의 고백)」가 독일에서 센세이션을 일으켰다고 알려주었다. 추송웅이 그를 데리고 나가고, 그리고는 나는 그 일을 잊고 있었다.

공연날짜가 다 돼서 추송웅은 「빨간 피터의 고백」을 무대에 올리겠다며 찾아와서 21~31일 열흘 동안만 공연하겠다고 했다. 그런데 날마다 만원이었다. 나는 연장 공연을 해보라고 말했다. 추송웅은 "그러다 손님 안 들면 어떡합니까?" 걱정을 했다. 나는 "관객이 안 오면 그날로 그만두면 되지 않느냐"고 말하면서 해방 직후 자전거 타고 간 그 얘기를 들려주며 "내가 너를 보니까 이게 너한테 운이 닿는 것 같다"고 권유했다. 그러니까 추송웅은 "그럼 선생님 말씀대로 손님 안 들면 그날부터 그만두기로 하고 계속하겠습니다" 하고 연장 공연을 시작했는데, 웬걸, 공연은 제주도는 물론이고 강원도를 포함해 전국 방방곡곡을 다 돌아다니면서 계속되었다. 물론 추송웅은 어마어마하게 돈을 벌었다. 다 쓰러져 가는 와우아파트에 살다가 집도 사고, 지금 탤런트하는 딸 상미가 어릴 땐데 피아노도 사주고 그랬다.

추송웅은 내게 "명동에 나가 양복을 한 벌 맞춰드리고 싶다"며 인사를 했다. 나는 "니가 하겠다고 해서 내가 날짜를 준 것도 아니고, 내가 "네게 운이 닿은 것 같다" 그래서 하라고 한 거니까 순수한 마음 그대로 딱 끊어야지, 요거 단 한 푼이라도 받으면 정신적으로 용납이 안 된다"고 딱 거절을 했다. 그리고는 차 한 잔 안 얻어 마셨다.

1946년 그때 운이라는 걸 어렴풋이 알았지만, 운이라는 걸 확실히 믿은 것은 1977년 추송웅의 「빨간 피터의 고백」에서였다. 내가 확신을 갖고 그에게 운이라는 얘기를 한 것이다. 운이라는 것은 이렇다는 것이 너무나 구체적으로 느껴졌던 것이다.

1950.6.25 이른아침 三八線 全線에 걸쳐서 南北軍 戰鬪가 始作. 이는 全혀 豫想치못하엿든 突發事件이엿다. 萬一 이를 豫期할수잇는 唯一한 前非로 미루어 볼수 잇다면 數十余日前부터 此朝鮮側으로부터 提議한 南北協商이다. 그래서 祖國統一民主主義戰線에서 南鮮에 各 政黨社會團體에 呼訴文을 傳達하려고 6月20日(?)고八以此 어느 驛에 此鮮側에서 表다라 新聞記者 한사람이 와서 停留하고 잇엇다. 南鮮側에서는 아모도 가지 않코 못가고 다만 U.N 代表가 通譯을 다리고 가서 U.N에 보내는 呼訴文만 受取하여 왓다. 그 이튿날 此鮮代表는 그 呼訴文을 傳達하려고 三八線을 넘어 왓다. 그러나 通過로 當三人은 南鮮軍에게 逮捕되엿슬것이다. 그래서 그 三人은 서울放送을 通하야 太韓民國으로 投向한다는 放送을 하엿는데 이는 疑心없는 南鮮軍의 命令이엇슬것이다. 이와 同時에 南鮮에 抑留되엿든 李舟夏 金三龍이라 此鮮에 拘留된 曺晩植다의 交換을 此鮮側이 提議. 南鮮側도 이에 贊同하엿고 但. 어느 驛에서 交換하자는 此此例 要求를 南鮮側은 曺晩植을 三八線으로 넘겨주면 이쪽에서도 兩人을 돌녀보내겟다고 하엿다. 이것으로 爲日그後 三八線上에서 交換하자는 데까지 此例에 提議. 南例은 曺氏의 週康狀況을 判斷合交換을 其例으로 U.N 監視團立會下云々中에 6月25日 戰端이 버러젓다. 이는 南北協商을 標示하야 平和的으로 統一하자. 그럴라앉으면 하는것과. 李舟夏 金三龍 兩人

첫 단추를 잘 꿰어야

· 국립극장 개관, 6 · 25 전쟁

대한민국정부가 수립되고 1년 반 만에 1950년 5월 8일 국회의
의결을 거친 국립극장설치법이 이승만대통령에 의해 공포되어
우리나라에 국립극장이 생겼다. 1946년 1월부터 국립극장 설립문제

를 논의했으나 실현되지 못하다가 1950년 4월 29일 국립극장을 부민관 자리에 창설하고 전속 단체와 국립극단을 창단했다. 이때 전속단체는 국립극단, 국립국극단, 국립오페라단, 국립무용단, 국립교향악단이 있었다.

서양에서 처음 국립극장을 만든 나라는 독일이다. 1791년에 41살의 괴테가 재상으로 있던 바이마르공화국에서였다. 1600년대 영국의 셰익스피어가 쓴 희곡 「햄릿」에도 나오지만, 당시에는 궁정극장이 없고 떠돌이극단들이 유랑하다가 찾아 들어 연극을 공연하면 임금에서 신하까지 다 모여 즐겼다. 「한여름밤의 꿈」에서 아테네 군주의 결혼식 행사에서도 아테네 시민들이 연극을 꾸며서 하는 것처럼, 그렇게 연극을 공연하는 전통이 유럽에는 있었지만 국립극장이 있었던 것은 아니다. 그리스의 아테네에 있는 원형야외극장을 극장으로 생각할 수 있지만 그건 집회를 위한 장소이고, 이를테면 로마의 그것처럼 하나의 종합적인 집회장소였다. 게다가 연극이란 것이 독립된 하나의 형태를 갖추고 있지도 못했다.

우리나라에도 1950년 국립극장이 탄생한 것이다. 1950년 4월 30일에 창단공연으로 연극 「원술랑」과 「뇌우」를 무대에 올렸다. 이때 주도적 역할을 한 사람은 초대 문교부장관 안호상과 극예술연구회의 서항석이다. 서항석은 일본 동경제국대학 독문학과를 졸업했다. 1931년 극예술연구회 창립동인의 한 사람이었고, 동아일보사 학예부장으로 언론계에 종사했다.

일제시대 결성된 극예술연구회는 식민지말기 연구 말고 직업극단을 하라는 탄압을 받았다. 그래서 이름을 극연좌 劇硏座로 바꾸었는데, 다시 1941년 일본은 미국과 전쟁 직전, 조선연극문화협회를 만들고 전부 그 산하에 들어가도록 종용을 했다. 극예술연구회는 극단현대극장이라는 이름의 직업극단이 되었고, 김두한에게 총맞고 이북에 간 심영의 고협高協, 황철黃徹의 아랑阿娘 등 신파연극단하고 합해서 조선연극문화협회를 구성해 일제의 국민의 전의앙양戰意昻揚을 위한 국민연극을 계획, 상연하게 되었다.

조선에는 일본사람들이 와서 살게 하고, 조선사람들은 만주로 보내는 것이 당시 식민지정책이었다. 그래서 국민연극을 통해 만주가 이상적인 곳으로 땅도 넓으니 그런 데 가서 자유스럽게 더 편히 농사짓고 낙원에서 살아라…, 이런 식으로 사람들을 부추겼다. 그러면서 또 전쟁에 너희 조선인들을 위해 일본 젊은이들이 왜 죽어야 하는가, 조선인도 전쟁터에 나가야 된다고 주장을 했다. 징병과 징용, 만주로 가자 이런 식으로 식민지정책 속에 연극이 들어가 버렸다. 그렇게 해서 해방이 되니까 신파연극하던 사람들은 빨갱이로 변해서 연극동맹이라는 것을 만들었고, 현대극장이니 일본인들 정책적 슬로건을 테마로 한 연극하던 이들은 친일파로 몰리는 등 양쪽으로 갈라지는 것이 대한민국수립전의 일이다. 대한민국수립 후 연극동맹사람들은 전부 이북으로 가거나 서대문형무소에 잡혀 들어갔고, 연극의 진공상태가 되어 사람도 일도 없었다.

국립극장 탄생 그 전 해인 1949년 10월 21일 문교부 산하 국립극장의 운영위원회가 7명의 운영위원으로 구성되었는데, 문교부차관이 당연직으로 들어가고, 이외 연극, 무용하는 이들이 포함되었었고, 초대극장장은 이들 운영위원 중에서 무기명투표로 선출되었다.

이때의 일이다. 지금 프레스센터 맞은 편 조선일보쪽에서 서울시의사당 쪽으로 들어가는 돌층계가 지금도 있는데, 부민관 국립극장에 조그만 문이 있어 드나들게 되어 있었다. 물론 정식으로 극장으로 들어가는 현관은 지금도 앞쪽에 있다. 운영위원인 서항석이 누구하고 이 돌계단을 올라가는데 그 사람이 "국립극장을 처음 만들게 되었는데, 주동이 된 사람이 선생님이니 초대 국립극장장은 서선생님이 하셔야 합니다"해서 서항석은 그렇게 듣고 투표장인 극장으로 들어갔다는 것이다. 그래서 쭉 회의절차를 밟은 후에 예고대로 무기명투표를 했는데, 개표를 해보니 그 누군가가 7표였다. 서항석의 표는 하나도 없었다. 그런데 그 사람이 그 말을 한 바로 그 사람이었다. 자기가 자기 이름을 쓰고 서항석은 이 사람에게 투표한 것이다. 이것은 서항석과 내가 벌써 50년 전 미아리에 서라벌대학이 처음 만들어져서 그곳으로 둘이 연극과 강의를 나가던 시절에 무슨 얘기 끝엔가 슬그머니 먼 산을 바라보면서 옛날이야기라며 내게 들려준 이야기다. 첫 단추 꿰는 것의 중요성이 여기서 비롯되는 것이다.

✤

1950년 4월 30일에 국립극장 창립공연을 하고 2달여 만에 6·25가 터졌다. 북한은 1945년부터 이미 침공을 계획하고 있었다. 일제시대에 "전쟁, 전쟁" 하는 소리를 들어가며 살았지만 막상 조선반도에서 전쟁은 없었다. 그런데 6·25는 실제 우리가 생명의 위협을 받는 전쟁이었다. 그때 내 일기가 있다 .

6月 25日

이른 아침 삼팔선 전선에 걸쳐서 南北남북군 전투가 시작. 이는 전혀 예상치 못하였든 돌발사건이었다. 만일 이를 예기할 수 있는 유일한 전

조로 미루어 볼 수 있다면 약 십여 일 전부터 北朝鮮側북조선측으로부터
제의한 남북협상이다. 그래서 祖國統一民主主義戰線조국통일민주주의전선
에서 南鮮남선 각 정당 사회단체에 호소문을 전달하려고 6월 10일(?) 삼
팔이북 여현역에 북한측대표 2인과 신문기자 한 사람이 와서 대기하고
있었다. 남선측에서는 아무도 가지 않고 다만 UN대표가 통역을 데리고
가서 UN에 보내는 호소문만 手交수교하여 왔다. 그 이튿날 북선대표는
그 호소문을 전달하려고 삼팔선을 넘어왔다. 그러나 즉시로 당삼인은
남선군에게 체포되었던 것이다. 그래서 그 3인은 서울방송을 통하여 대
한민국으로 전향한다는 방송을 하였는데 이는 의심없는 남선군의 명령
이었을 것이다. 이와 동시에 남선에 억류된 李舟夏이주하 · 金三龍김삼룡
과 북선에 억류된 曹晩植조만식과의 교환을 북선측이 제의, 남선측도 이
를 수락하고 단, 여현역에서 교환하자는 이북측 요구를 남선측은 조만
식을 삼팔선으로 넘겨주면 이쪽에서도 양인을 돌려보내겠다고 하였다.
이것으로 삼팔선상에서 교환하자는 데까지 북측에 제의, 남측은 曹氏조
씨의 건강 여부를 판단 후 교환을 조건으로 UN監視團入會下云云감시단입
회하운운 중에 6월 25일 전쟁이 벌어졌다. 이는 남과 협상을 제시하여 평
화적으로 통일하자, 그렇지 않으면 하는 것과, 李舟夏이주하 · 金三龍김삼
룡 양인이 사형당할 것을 방지하기 위하여 曹晩植조만식과 교환하자고 하
여 사형을 지연시킨 것, 호소문 전달을 구실로 의례히 체포할 것을 예지
하면서 월남시키는 의도 등이 전조로 볼 수 있었을 것이다.

6月 26, 27日

서울시내는 긴장하였다. 군인을 실은 자동차가 연달아 홍제동, 청량
리 쪽으로 이동, 은행에 예금 찾으러 간 사람이 殺살. 신문은 南鮮軍남조

군(국군이라 칭)이 유리함을 과시. 27日에는 각처에서 개성, 의정부가 점령 당하였다고 수근거린다. 긴장과 무의미한 공기속에서 밤이 닥쳐왔다. 거리는 民保團민보단과 大韓靑年團대한청년단이란 日帝일제 時시 警防團경 방단 같은 무리들이 삼엄하게 경비하고 있는 속에 비는 부실부실 오기 시 작하였다. 불안한 밤이었다. 정부와 국회가 수원으로 이전하였다는 26 日 신문벽보를 27日에는 국회는 끝까지 서울 사수와 백두산 밑까지 공 격해나갈 것을 결의하였다는 NEWS. 그러나 그것을 신용할 사람은 극히 소수였을 것이다. 왜냐하면 이미 6월 25일 이전에 민심은 이승만정권과 는 멀어졌기 때문이다. 27일 밤 방송은 전혀 보통 때와 같지 않고 군악 취주뿐이었다. 10시 경 이승만의 요령부득의 연설이 있었다. 아직도 서 울에 있어 자기보다도 더 執집히 군원조를 미국 본국에 요구하고 있다는 것이다. 27日 낮에는 미군투기 10대가 일본서 와서 군투에 참가하고 있 다고 하였다. 밤중에 고요한 거리를 돌연 확성기로 떠들고 가는 소리가 난다.

「여기는 치안국입니다. 지금 미국 B29가 평양을 공격하고 있습니다」

거리에서 二三人이삼인의 박수소리. 포성이 자주 들려온다. 불안한 밤 을 어찌할 수 없어 소주를 실컷 먹고 잠이 들어버렸다.

6月 28日

이른 새벽에 잠이 깨었다. 하늘은 구름이 오락가락하였다. 어제밤까 지 의기양양하든 民保團員민보단원들의 자취는 없어졌다. 거리에서 수군 거리는 소리는 지금 광화문통에서 시가전을 하고 있다는 것이다. 총성 이 과연 가까워졌다. 산에 올라가 보았다. 인왕산에 올라서 모든 사람들 이 다름질쳐서 내려가는 것이 탄환이 날라오는 것이 분명하여 그냥 내

려왔다. 집에 돌아와서 있으라니까 아내가 밖에서 뛰어 들어온다. 이북
군 탱크가 들어왔다는 것이다. 방금 광화문서 시가전을 한다는데 벌써
여기를 하고 내다보니 과연 탱크 석 대가 형무소로 향하고 있었다.

거리에 나와 있는 사람들이 박수를 하였다. 마지못하야 하는 박수였
다.(중략) 형무소 문까지 올라간 탱크가 탱크꽁무니로 철문을 뚫고 안으
로 들어간다. 이 탱크 세 대가 여기까지 왔을 땐 필연코 서울은 떨어지고
말았나보다. 세상이 바뀌어졌다. 조용하다. 막막하다. 희로애락이 다 말
살당한 순간. 진공의 상태.

이윽고 죄수들이 터져나온다. 희고 퉁퉁 부은 얼굴들. 우는 것인지, 좋
아서 웃는 것인지 알 수 없는 표정들. 여인들만은 울었다. 그러나 눈물은
보이지 않았다. 서로 어깨동무를 하고 비틀거리며 — 아 — 여기서는 마
음속에서 튀어나오는 만세 소리가 쏟아져나온다. 이 속에서 演劇同盟연
극동맹 金二極김이극을 만났다. 웃는 얼굴. 김군은 무표정하고 무뚝뚝한
성격이었다. 이 사람이기 때문에 웃고 좋아할 정도로 끝이지 다른 사람
같으면 웃고 좋아할 정도가 넘어서 위에 쓴 것 같이 괴이한 표정이 되고
말 것이다.

이를 가는 죄수, 원수를 찾는 죄인, 걷지를 못하고 앉아있는 죄인, 벌
써 ××당, ××지부니 하는 프랑카드를 들고 삼삼오열 독립문으로 들
어간다. 동리청년들이 완장을 달고 찝을 타고 드나든다. 출옥동지휘게
소 등등이 생긴다. 朝鮮民主主義人民共和國조선민주주의인민공화국 만세 金
日成김일성 장군 만세의 프랑카드, 벽보가 붙고, 이승만정권 욕하는 벽보
가 붙었다.

시간이 자꾸 흐른다. 그럴수록 세상이 바뀐 현실감은 절실해진다. 앞
으로 어떻게 사는 것일까. 이제는 공산주의 속에서 살아야지. 공산주의

는 어떠어떠 하다는데…. 시간이 갈수록 불안과 공포가 커가는 모양. 이 중에 벌써 유포되는 말은 이 사람에서 저 사람으로, 저 사람은 또 다른 사람에게로 흐른다. 경찰, 군인, 청년단, 민보단, 부자 모조리 인민재판에 걸친다는 것, 개성서는 어떻게 죽였다는 둥….

탱크에 탄 인민군, 과연 저 사람이 같은 조선사람인가? 불안과 공포속에서도 동족이기 때문에 저윽이 안심되는 믿음직한 마음도 없지야 않았을 것이다. 설마 무조건 학살은 안 하리 하는 안도감도 있었을 것이다.

종로 근무처에 나가보고 싶었다. 광화문에 시가전을 했으면 필연 불바다가 되었을 것이다.

두 번이나 서대문 근처까지 가다가 총성 때문에 도로 돌아섰다. 그러나 오후에는 기어이 종로까지 나섰다. 거리는 전부 문이 닫혀있고 길가는 사람도 헤아릴 정도였다. 광화문통. 이 무슨 말이냐? 시가전이라 ─ 무엇이냐? 시내는 말짱하지 않은가? 다 헛소문이었다. 다만 전차길 아스팔트위에 어마어마한 탱크의 움푹움푹 파진 발자국이 무시무시하게 보일 뿐이다. 과연 거리는 삼엄하였다. 지금 곧 나를 죽이러올 것 같고, 탄환이 날아올 것도 같았다. 근무처에 갔더니 수위가 '이 집은 이젠 내집이 됐습니다' 하고 벌써 세상 바뀐 냄새를 풍긴다. (후략)

파랑새

· 연극동맹의 귀환, 납치와 부역, 민극 창단

6월 28일 인민군이 서울로 들어왔고, 곧바로 국립극장은 이북에서 온 연극동맹에게 점령되었다. 서울에 들어온 북한군은 계속해서 남쪽을 따라 내려갔다. 정부는 수원으로 피난하고 한강다리는 국군이 폭파해버렸다. 그래서 그때 피난가지 못하고 남았던 사람늘은 6월 25일부터 서울을 수복한 9월 28일까지 석 달 남짓한 기간을 서울에서 보내야 했다.

내가 서대문형무소 바로 앞 현저동에 살아서 아는데, 6월 28일 인민군 탱크 한 대가 서대문형무소 정문을 뚫고 진입해서 안에 갇혀 있던 사람들을 다 나오도록 했다. 그런데 6·25 전에 빨갱이로 몰려서 잡혀 들어가 있던 사람들뿐 아니라 좀도둑, 강도 등 별 잡종들까지 다 나왔다. 빨갱이로 들어가 있던 사람이야 당연히 득세할 것이지만 그 밑에 있는 사람들까지 서대문형무소에서 나왔다고 뽐내고 돌아다니면서 나쁜 짓은 다 했다. 한편으로 기현상은 인민군은 거의 열여섯, 열일곱쯤 되어 보이는 어린애들 일색이었다. 왜 그런고 하니 나이 좀 든 놈들은 남쪽 전선으로 내려가고, 서울은 군인이고 경찰이고 아무도 없으니까 어린애들만 놔두고 간혹 몇 명 나이 좀 있는 이들이 있는 정도였다.

이때 부역附逆과 납치拉致라는 말이 나왔다. 시기상으로는 납치가 먼저다. 납치는 춘원 이광수 같은 저명인사에게만 행해진 것이 아니라 동네마다 좀 괜찮게 산다 싶으면 초등학교 교장하던 사람마저 이북으로 끌고 갔다. 지금으로 치면 동회, 동사무소에 한 놈쯤 서대문형무소에서 나온 놈이 있고, 그 밑에는 아부하는 동네놈들 중에 지가 마음에 안 드는 사람 찔러서 이북으로 데려가고 그러던 시절이었다. 평상시에 잘 못살았던가 불만 있던 놈들이 어떤 집은 누가 뭐했고 어땠고 그런 식으로 끄나풀 일을 했기에 나 같은 사람은 꼼짝을 못했다. 나는 1943년 이후 일본에 징용 갈까봐 도망다닌 것과 마찬가지로 이번에는 납치를 피해 또 도망을 다녀야 했다.

6·25 직후, 월북했던 사람들이 이북에서 왔다. 각 분야별로 연극이니, 영화니, 문학이니 해당 영역에서 활동하던 이들이 일종의 금의환향을 한 것이다. 김두한에게 총맞고 이북에 갔던 심영도 다시 왔는데, 명동에 있는 국립극장 시공관 앞에 감개무량해서 서 있는 것을 내가 본 적이 있다. 그건 빨갱이가 아니다. 과거에 자기가 연극하던 자리에 다시 와서 감동을 한다는 것 자체가 빨갱이하고는 거리가 먼 얘기다. 내가 "극작가로서 정말 재주가 있다", "참 희곡을 재미있게 쓴다"고 인정한 이가 둘 있었는데, 그 중 한 명이 함세덕咸世德이고, 한 명이 「사랑에 속고 돈에 울고」를 쓴 임선규였다. 이 함세덕 역시 서울에 들어왔다가 신촌에서 한강을 바라보며 "오 서울이여!" 하며 감탄해 부르짖다가 "이놈들아!" 하고 서울을 향해서 수류탄을 던졌는데, 어이없게도 그 파편에 맞아 절명했다.

인간관계랄까 남녀관계 등 사사로운 일로 도피한 것이지, 솔직히 빨갱이로 이북에 간 이는 얼마 없었다. 더군다나 일제시대에 공산주의에 관한 책은 구하기조차 힘들어 숨어서 몰래 몇 놈이 돌려보는데 골수분자가 아닌 이상 어려운 일이었다. 나조차도 공산주의에 관한 책 한 권 읽어본 적이 없다. 그러니 무슨 빨갱이가 있었겠는가. 심영이 시공관 앞에서 감개무량해한다거나, 함세덕이 자신의 수류탄에 죽는다는 식인데, 그러나 안영일安英一만은 일본서 축지소극장에 있을 때부터 좌익골수분자였다.

당시 이북에서 온 연극동맹에서는 어떻게 날 취급했는고 하니 "이승만정권에 붙어서 연극 안했다. 그러니 순수한 사람이다" 하는 식으로 터무니없이 나를 자기들 편으로 끌어 붙였다. 그러면서 8·15 경축연극을 하는데 "소련 작가의 작품을 골라서 안영일이 이북을 대표해서 연출을 하고, 이남을 대표해서 이승만정권에 아부하지 않은 이원경이 무대장치를 한다"고 이렇게 프로그램을 짰다. 미리 말하지만 만일 그걸 했다면 나는 9 · 28 이후에 부역자로 죽었을 것이다.

그런데 어쨌거나 연극동맹에서 오라고 하면 안 갈 수가 없었다. 그리고 거기를 왔다갔다 하는 척을 하면 동네에서도 그냥 놔두었다. 그렇지 않으면 소부르조아, 즉 큰 부자는 아니지만 돈 좀 있고 밉게 보이는 놈 중 하나가 돼서 이북으로 싹 데리고 가는 데 낄 수밖에 없었다. 그러나 "연극동맹 나간다" 그러면 그냥 통과가 됐다.

이 연극동맹에서 7월 어느 날 하루 불러서는 "잠깐 있어라, 신분증을 만들어준다"고 했다. 신분증을 만들면 동회에도 안 끌려갈 것 같아서 다들 신분증 만들려고 기다리고 있었다. 그런데 그게 아니었다. 그런 식으로 전부 모아가지고 이북으로 출발한 것이다. 나도 그 속에 끼어 있었다. 이 인원이 한 1천여 명은 되었다. 연극동맹뿐 아니라 문학가동맹, 대학교수연합 등 자기들 말로 소위 인텔리겐차들이 쫙 가는데, 줄이 어마어마하게 길었다.

밤 1시쯤 되어 퇴계로에 있는 한 국민학교에서 출발을 해서 창경원을 지날 때였다. 창경원 우측은 서울대학병원이고 지금도 그렇지만 당시 거리쪽으로 문이 나서 시체 치우는 영안실이 있었다. 그 앞을 지나는데 위로 다다다닥 하는 소리가 나면서 창경원으로 총을 막 쏘아대는 것이다. 아마 창경원 속에 미군이 있었을 것이다. 미아리를 넘어서 의정부에 다다르는데 해가 동쪽에 훤해왔다.

이때 도망가야겠다는 생각이 들었다. 그래서 앞으로만 자꾸 갔다. 도망갈 놈은 뒤로 처지지 앞으로 가지는 않을 것이니 의심을 안 받을 것 같았다. 한 소대마다 인민군 하나가 따발총을 메고서 따라오지만 앞으로 자꾸만 가니까 "이 사람 아주 충성이 대단한 모양이다" 생각했는지 제지하지 않고 가만 내버려두는 것이다. 그래서 앞으로 가는데 골목쟁이에서 농부들이 칠월이라 더우니까 바지를 걷고 웃통도 벗어부치고 담뱃대를 물고 우리가 가는 걸 바라보며 밖에 나와 앉아 있는 것이 보였다. 나는 얼른 다가가서 사람이 안 나와 있는 골목쟁이 하나에 슬쩍 걸터앉았다. 그리고는 행렬을 구경하는 척하며 저놈들이 나를 아나 모르나 살피는데 아니나 다를까 나를 몰라보는 것이다.

그래서 하품을 하면서 집으로 가는 척하고 골목쟁이에 들어가, 지리도 모르면서 하여간 산으로 들어가서는 산을 넘고 넘어서 날이 훤하게 밝은 7시쯤 되었는데 보니까 정릉이었다. 의정부에서부터 산을 몇 개를 넘었는지 모른다. 그때 서른다섯이었으니 기운이 있었던 모양이다. 미아리에 오니까 전차가 다니기에 잡아타고 서대문 영천 형무소 앞에 내려서 집으로 들어갔다. 그 이후 숨어 살았기 때문에 나는 부역을 안 할 수 있었다. 연극동맹에서는 내가 끌려간 걸로 알았을 것이고.

지금 쉰 살 된 아들이 하나 있는데 그때 갓난애였다. 처가 애를 업고서 내가 끌려갔다는 걸 알고 나섰다가 기운 없이 집으로 왔는데, 보니까 송장 같은 게 하나 누워 있는 것이었다. 얼마나 좋았겠는가! 자기 남편이 끌려가지 않고 살아왔으니 그냥 엉엉 소리를 내어 우는 것이었다. 엉엉 우는 소리를 들으면서도 나는 일어나질 못했다. 밤새도록 자지도 못하고 산을 몇 개나 넘느라 녹아 떨어졌던 것이다.

해방 후 운이 좋아선지 돈을 좀 벌었다고 얘기했듯이, 그 덕분에 당시 아무나 못사는 어마어마하게 비싼 라디오를 하나 살 수 있었다.

R100이라는 미군용 라디오인데, 난파가 돼서 일본방송도 바로 옆에서 나하고 얘기하는 듯이 잘 들렸다. 6·25가 나자 마루를 뜯고 밑바닥에다 이 라디오를 감춰놓고는, 밤이 되면 귀를 마루 밑에 대고 일본방송을 들으면서 일기를 적어나갔다. 밤에는 아무도 안 다녔다. 공습 때문에 불도 다 끄고 컴컴하고 그럴 적이다. 이 R100 라디오덕분에 나는 일본방송을 들으면서 전쟁상황을 알 수 있었고 미리미리 예측도 할 수 있었다.

내가 사는 서대문 영천은 전차종점이었는데, 하루는 이 전차에 승객은 없고 전차운전수와 인민군 한 명 그리고는 쌀이 가득이었다. 거기서 트럭으로 옮겨 녹번동쪽으로 해서 이북으로 자꾸 쌀을 나르는 것을 보면서 나는 "아하, 미군이 틀림없이 가을 추수 전에 서울탈환을 할 것이다"라는 생각을 했다. 왜 그런고 하니 이북놈들이 다 가져간 다음에 환도하면 어떻게 다 먹여 살리겠나 해서인데, 내 추측이 맞았다. 서울이 수복된 것은 9월 28일로 추수 전이었다.

이북놈들은 부산까지 쫙 밀고 나가려고 했고, 또 될 것같이 생각을 했지만 낙동강에서 막혔다. 낙동강만 넘어갔다면 돈 좀 있고 권력있는 놈들은 일본으로 가고 다른 놈들은 처리되어서 인민군 수중에 떨어지는 기로였다. 그런데 맥아더 장군은 이들이 낙동강까지 내려오기를 기다리고 있었다. 인민군이 낙동강에 진을 치고 며칠날 어떻게 확 밀고 내려가자 그런 작전이 있었던 모양인데, 여기를 B29폭격기, 100대도 아니고 꼭 99대를 보내서 폭격을 시켰다. 지금도 낙동강 근방에 이 폭탄자국이 있을 정도다. 인민군은 여기서 몰살을 했다.

한편 여기서 죽지 않은 인민군들, 그야말로 패잔병들은 갈 곳이 없었다. 미군이 낙동강에서부터 밀고 올라올 것이라고 생각하고 있었는데, 맥아더는 이미 인천을 통해 서울로 들어갔기 때문이다. 할 수 없이 이들은 지리산으로 들어갔다. '지리산 빨치산'이라는 말이 여기서 나온 것이다. 빨치산이라는 것은 특수부대다. 산악을 잘 타는 놈들, 소련식 전투방법의 하나가 빨치산인가 본데, 함경도 말투에 노란색 군복을 입은 이들은 나도 직접 본 적이 있지만 아주 무서웠다.

이들이 지리산에 숨어 공비가 되었다. 밤에는 내려와서 식량을 가지고 가고 낮에는 다 들어가 버렸다. 들어가면서 그때말로 양민을 포로로 끌고 갔다. 그러면 이들을 죽이지 않으려고 저희들 공격을 안 할 것이라고 수를 쓴 것이다. 게다가 양민이 끌려가면 그 집안사람들이 밤낮 식량 같은 걸 가지고 저희 아버지나 삼촌 등을 만나러 갈 수밖에 없었다. 그러면서 근거를 잡아나갔다. '낮에는 양민, 밤에는 공비' 그 말이 여기서 나온 것이다. 이때에 국군이 이 '낮에는 양민 밤에는 공비'인 사람들 때문에 골머리를 앓았다. 내가 종군작가로서 군인 장교들을 자주 만나서 그 분위기를 잘 아는데 하여간 싫어했다. 지긋지긋해 했다. 당시 국군은 전라도를 "하와이"라고 불렀는데, 왜 그랬는지 이유는 모르겠다. 아마 이중적이라고 해서 그랬을 것이다.

6·25 이후 서울의 중심번화가로 그 우글우글하던 명동에 사람이 없었다. 특히 남자는 아무도 없었다. 이북에 끌고 갈까봐 겁이 나서 잘 안 나왔다. 그리고 7월 넘어서 8월쯤 돼서는 청계천에 어마어마하게 많은 죽은 사람들이 내다버려졌다. 아마 동사무소 그치들 탓일 것이다.

이때 나타난 새로운 현상이 몇 가지 있다. 하나는 거리를 지나는 사람들은 누구나 할 것 없이 빨간 헝겊을 삼각형으로 잘라서 핀으로 가슴에다 꽂고 다녔다. "나도 빨갱이다, 공산당이다" 그 의미였는데, 실

상 아무것도 아니었다. 그것을 달았다고 그놈들이 그냥 놔두는 것도
아니고 안 끌고가는 것도 아닌데 허전하니까 달고 다닌 것이다. 나도
그랬다.

　그리고 말이 바뀌었다. 탱크 옆에는 인민군이 서서 지키고 있었는
데, 사람들이 "저 전차 소련 거요? 이북에서 만든 거요?"라고 물으면
인민군은 "저 땅꾸 우리가 만들었소" 하고 대답을 했다. 저희가 만들
기는 소련건데…. 탱크를 인민군이 "땅꾸"라고 발음하듯 된발음, 강한
발음이 우리말에 끼어들었다. 또한 일제시대 우리가 욕할 적에 가장
나쁜 것이 "자식"이었다. 자식은 내 자식이니까 그렇게 비하시켜서 본
다 해서 그게 욕이 되었다. 좀 점잖게 욕하면 "나쁜 자식", 좀더 심하
면 "개자식", 아주 심하면 "네 에미 자식" 그러면 싸움이 붙는 식으로
기본이 "자식"이었다. 한편으로는 "새끼"는 "아이 귀여운 내 새끼" 하
는 식으로 애칭이었다. 욕이 아니었다. 그런데 인민군들은 자식이라
는 말은 모르고 욕이 "이 쌔끼야"였다. 탱크를 "땅꾸"라고 하듯이 새
끼가 아니고 쌔끼였다. 그런데 이걸 즐겨 쓴 것이 우리 국군이다. 처
음에는 농담 비슷하게 인민군들을 놀리는 기분으로 "쌔끼" 하다가 자
식이라는 말은 사라진 것이다. 지금은 누가 "자식"이라고 해도 욕한다
고 생각하지 않는다. 소주가 "쏘주"가 되었고, 다른이 "따른"이 되었
다. 이것도 모르고 TV에 국문학박사라는 이가 나와서 "따른, 따른"
하고 있는 것이 우리 현실이다.

　그리고 노이로제가 된 것이 있다. '빨갛다'는 말은 전연 쓰지 못했
다. 영국영화에 「레드 슈즈Red Shoes」가 있다. 아름다운 발레영화인데
이것도 '분홍신'이라고 번역했다. 그때에 비교하면 격세지감이 있는
것이 월드컵 때의 '붉은 악마Be the Reds'다.

서울을 수복한 9월 28일부터 다음해 1월 4일까지 한 석 달 사이에 맥아더와 이승만은 내친 김에 대동강을 건너 신의주까지 그냥 올라갔다. 그냥 두었더라면 맥아더는 만주까지 갔을지도 모르는데, 미국 대통령 루즈벨트가 죽고 부통령 트루먼이 대통령이 되면서 맥아더를 해임했다. 그때 맥아더가 신의주를 넘어가게 내버려두지 않고 왜 막았는지, 결과적으로 그게 잘 된 건지 안 된 건지 나는 지금도 모르겠다. 이승만이 아주 억울해 했다. 모택동의 중공군은 인해전술로 내려왔다. 할 수 없이 서울에 있던 사람들은 그 겨울에 피난길에 나서야 했다.

9월 28일에서 1월 4일 후퇴하는 그 사이에는 서울에 있던 부역자들이 많이 죽었다. 쉽게 말해서 동사무소에 있던 놈들 다 잡혀서 죽고, 조금이라도 이를테면 연극동맹이다 뭐다 가담해 있던 사람들은 또 잡혀갔다. 남편이 빨갱이로 이북으로 넘어간 화가 천경자千鏡子도 잡혀들어갔는데 전남일보 사장하던 김남중이 꺼내주기도 했다. 1·4후퇴 때 중공군이 왔지만 서울에서 그치고 더 남쪽으로 내려가지 않은 것을 보면 그쪽은 그쪽대로 전쟁을 더 깊이 하고 싶지 않았던 것이다. 그렇게 완충지대가 되어서 3년을 부산서 지내고, 조금씩 조금씩 서울로 왔다갔다하다가 1953년에 정식으로 환도를 했다.

৪৯

1·4후퇴 이후 극장에는 외국영화 한 편 걸리지 않았다. 필름들이 6·25 때 다 어디로 숨었는지 아무것도 없어서, 하여간 대구, 마산, 부산에 사람들은 와글와글했고 밤에 갈 데는 없었으니, 연극, 창극인 여성국극단, 악극이 어마어마하게 잘 되었다.

당시 대구의 적산극장인 문화극장이 빈 채로 있자 문교부에서 국립극장으로 쓰자는 말이 나왔다. 이런 사실이 신문에 나니까 서울에서 초대 국립극장장을 하던 이가 다시 극장장을 하겠다고 문교부차관을 찾아갔다. 당시 국립극장설치법에 따라 국립극장을 관장하는 것은 문교부차관이었기 때문이다. 그러나 김선기 문교부차관은 "당신이 그만두겠다고 하지 않았느냐"면서 서랍 속에서 사표를 꺼내 확인을 했는데, 사실 이 사람은 6·25 때 무척 혼이 난 터라 중공군이 온다고 하니까 극장장 책상서랍에다 사표를 써넣고는 제일 먼저 부산으로 가버린 것이었다. 그리고 이 사표가 1·4후퇴 때 서울서 맨 마지막으로 후퇴하며 국립극장 총무과에서 모든 짐을 꾸렸을 때 그 짐 속에 들어갔다가 피난지에서 문교부에 제출되었던 것이다. 국립극장 총무과장이던 박동근朴東根은 동경학생예술좌 시절부터 나와 잘 알아서 1·4후퇴 때 내게 임시로 국립극장 직원증을 만들어주어 내 피난길을 도와주기도 했다.

신임 극장장이 된 서항석은 함경도 북청인가 회령사람인데, 나보다 다섯살 위다. 하루는 서항석과 광복동에서 만났는데 "이원경 씨, 내가 국립극장장 하는데 내 밑에 와서 날 좀 거들어 줄 수 있겠소?"하는 것이었다. 사실 나는 의정부까지 끌려가다 도망쳐오는 등 아슬아슬하게 서울서 지내다가 9·28수복이 돼서 대한민국이 환도하고 이북놈들이 물러났다가 이제 또 다시 부산으로 피난오자 돈이고 뭐고 다 집어치우고 연극 다시 해야겠다는 일념뿐이었다. 그래서 연극을 시작하게 되었다.

그런데 문교부에서 거절당한 이는 마음에 안 맞았는지, 되도록 방해를 놓으려고 했다. 하루는 나를 만나서는 통영이 자기 고향인데, 통영에서 연극제가 있으니 가서 연출을 해주라고도 했다. 서항석 밑에 젊은 사람들이 일하지 못하도록 하려는 시도 중의 하나였다고 생각된다.

그런데 또 문제가 생겼다. 서울 국립극장 때 전속극단이던 신협은 1·4후퇴 후 공군전속극단으로 있으면서 활동 중이었고, 새로 시작된 대구 국립극장은 사람들만 있을 뿐 전속극단이 없었다. 대구에서 문교부는 조건부 국립극장 재개관을 실행했는데, 그것은 당시 전시체제로서 국가긴축정책으로 인해 국립극장운영을 일반회계가 아니고, 특별회계, 즉 지출을 줄이고 수입으로 자급자족하는 조건이었다. 그래서 배우들의 봉급을 지급하는 전속극단은 환도 후로 미루고 일단 극장운영만 하도록 한 것이다. 그래서 전속극단이 없었는데, 서항석의 반대파는 이것을 약점 삼아 "전속극단이 없는 국립극장이 무슨 의미가 있느냐"고 언론을 꼬시어 국립극장을 격하시키려 했던 것이다.

결국 1954년 내가 극단 민극民劇을 내 개인의 극단으로 문교부에 등록하고 국립극장준 전속극단으로 창단을 했다. 그 당시는 전속배우의 생활비와 거주(집이 아닌 다른 곳에 있는 단원의 숙식은 극단이 책임짐)를 단장인 내가 책임을 지고, 국립극장이 작품(공연)을 의뢰하면 그때는 극장이 공연비를 지출하는 시스템으로 운영을 했다.

어쨌거나 전속극단도 없는데 무슨 국립극장이냐고 떠들어대니 내가 유치한 말로 오기를 부려 개인극단 민극을 만든 것이다. 그런데 이게 나한테 너무 무리가 갔다. 돈은 많이 들고 내가 버는 돈은 없으니, 처가 여러 군데 돌아다니면서 그때 돈 몇 십만 원을 빚을 얻어주어 서울 시공관에서 연극을 했다. 그런데 그때 나는 그 사람이 병에 걸린 걸 몰랐다. 저는 내가 기를 쓰고 연극을 만들고 있으니까 다른 신경쓰지 않도록 하려고 병에 걸려 병원에 왔다갔다하면서도 나한테 얘기를 안

해준 것이다. 그리고 무심한 나는 그저 연극에만 정신이 팔렸던 거고.

1954년 민극을 창단하고, 창립공연으로 메테르니의 「파랑새」라는 연극을 만들었는데, 그때가 12월로 별안간에 날씨가 추워졌다. 그래서 손님이 딱 끊겼다. 처가 단원들에게 손님이 얼마나 들어왔느냐고 물었다고 한다. "별안간에 추워져서 몇 명 없었어요"라는 말을 듣고는 충격을 받아 나흘 만에 세상을 떠났다. 그 사람 나이 서른여섯이었다.

메테르니의 「파랑새」는 "행복이 무엇이냐? 멀리 있는 것이 아니고 가까이 있는 것이다"라고 행복을 파랑새에 상징해서 아동극처럼 만든 건데, "행복은 이런 것이다. 행복을 추구하시오" 하는 연극을 하면서 나는 세상에 다시없는 불행한 이가 되었다. 이 무슨 짓이란 말인가. 나중에 증세를 듣고 가톨릭의과대학 교수가 뇌종양이라고 알려주었다. 50년 전 당시 나는 그 사람이 왜 죽었는지조차 몰랐다.

'대추나무' 하나 가지고
'왜 싸워?'

· 서항석과 유치진의 헤게모니, 팔월극장

지금 지역감정이라고 말하는 영남과 호남의 대립은 적어도 1960
년대 이후에는 정치적인 면이 컸다. 1960년 박정희 정권서부
터 전두환, 노태우, 김영삼 정권에 이르는 30여 년을 경상도 사람들이

대통령을 하면서 선거 때마다 지역감정을 노골적으로 들추어냈었다. 그러니 밤낮 쫓기는 입장이랄까 타격을 받아왔던 호남에서 반감을 가지게 되면서 자연히 지역감정의 대립이 있었던 것이다.

이렇게 정치적으로 영·호남이 대립한 것과는 다른 이야기로 1950년대 문단에서는 영남과 함경도 사이에 일종의 대립이 있었다. 즉, 1955년 전후 부산피난시절부터 1960년 4·19혁명이 나기까지 한 5~6년 동안의 일이었는데, 예술 전체라기보다는 문단에 한정된 현상이었다. 나 역시 어느 부분 깊숙이 관련되어 있는 당사자이긴 하지만, 왜 그렇게 되었는지 확실히는 모르겠다.

당시 국내 분위기는 1·4후퇴, 즉 미군과 국군이 신의주까지 쳐들어갔다가 중공군이 밀고 들어와 후퇴를 할 때 이들과 함께 이북사람들이 어마어마하게 많이 내려왔다. 평양의 대동강 철교 부서진 위로 새까맣게 개미떼처럼 몰려 내려오고들 했었다. 그런데 이 사람들이 1·4후퇴한 대구, 부산 그 좁은 영역 속에 자리 잡다 보니 가뜩이나 복잡한 현지사정상 은연중에 경상도 사람들이 이북사람들에게 좋은 감정을 가지지 못했을 것이다. 더군다나 당시 물자가 궁핍해서 쩔쩔매고 있을 때 미군물자 등을 거래하는 부산국제시장 같은 상권이랄까 헤게모니를 거의 이북사람들이 쥐다시피 했다. 살려고 노력한 결과겠지만, 거기서 이남과 이북사람 간의 이상한 조류가 흘렀던 시기였다.

그 틈바구니에서 문단에서는 경상도 문인들이 클로즈업되어 나왔다. 문학평론하는 조연현趙演鉉을 편집주간으로 소설가 김동리金東里 등이 1955년 「현대문학」이라는 잡지를 창간했다. 실질적인 영남권의 실세가 모여 하나의 파워를 일으켜나가는 즈음이었다.

한편, 이승만 대통령의 공보비서관이자 시인인 김광섭金珖燮은 일본

와세다대 영문학과 출신으로 극예술연구회 동인의 한 사람이었다. 그런데 공보비서다 보니까 자연히 권세부리는 짓을 하는 것같이 「현대문학」에 반감을 샀다. 가령 이어령李御寧이 문공부장관일 때처럼 지금도 문단이나 문화예술계에 정치적인 사람이 있듯이. 김광섭은 함경도 사람이었고, 여기 모인 이대 불문과 교수 이헌구李軒求와 국립극장장 하던 서항석도 극예술연구회 동인이자 함경도 사람이었다.「렌의 애가哀歌」를 쓴 모윤숙毛允淑은 강원도 원산이 고향으로, 1949년 유엔총회 한국대표로 참석하기도 했다. 이헌구, 모윤숙이 1954년 대표최고위원, 최고위원을 역임하는 등 당시 문총(문학인총연합)을 관장하고 있었던 이들이 1956년 「자유문학」이라는 잡지를 창간했다.

꽃

극예술연구회 창립(1931년) 후 얼마 안 돼서 5년 후인가, 일본이 차차 미국과 전쟁을 생각하고, 중국전쟁이 시작될 즈음 일본의 강압으로 연구가 금지되고, 직업적으로 연극을 하는 극연좌로 이름을 바꾼다. 당시 일본사람들은 극단 이름에 '~좌座'라고 했다. 이때부터 유치진이 헤게모니를 잡기 시작한다.

극연좌가 「춘향전」을 가지고 전라도와 경상도를 돌며 순회공연을 떠날 당시 내가 동경에서 서울로 왔었는데, 유치진이 나를 반기면서 이번 지방공연 가는데 날보고 책임자로 갔다오라는 말을 했다. 그런데 종로에서 서항석을 만났더니 그는 극연좌가 지방 공연 가는데 날보고 따라가서 잘 좀 이끌고 와서 자신에게 인수해달라는 것이었다. 그러니까 극연좌 쟁탈전을 하면서 거기에 서로 나를 자기들 편으로 잡아당기려는 것이다. 부산에서 국립극장을 다시 할 적에도 그런 식이었다. 그때부터 내가 당사자 중의 하나가 된 것이다. 결국 서항석과 유치진이 극연좌라는 직업극단을 잡으려 했을 때 극단의 젊은 단원들은 16대 대통령 선거에서 이회창을 안 찍고 젊은 노무현을 찍듯 유치진을 붙잡았던 것이다.

그 후 1941년 조선연극문화협회가 생기고, 전쟁을 위한 임시전시체제로서 조선의 무용, 연극단체 등을 전부 등록을 시켰다. 결국은 감시하려는 것이었다. '조선총독부 공연등취체령'이라는 법적 근거를 갖고 강제하여, 심영의 고협, 황철의 아랑, 그밖에 열 몇 단체가 등록을 마쳤을 때 극연좌는 현대극장으로 이름이 바뀌었다.

당시 주영섭은 평양사람으로 동경학생예술좌의 대표를 했었다. 종로경찰서에서 학생예술좌 사람들을 다 잡아넣은 일이 있었는데, 주영섭 역시 이때 들어갔다 나와서는 영화하려던 것을 그만두고, 비로도 옷감을 다루는 등 돈이 많던 평양 친구들 다섯이 모아준 돈 2만원을 들고 극단을 하려고 현대극장을 찾았다. 집 한 채가 3천원 할 때였다. 조선사람의 보통 집 한 채 값이 24원쯤 할 때, 유치진은 주영섭이 2만원을 가져온 후 대표가 되어 경제적 헤게모니를 장악해나갔고, 서항석은 2선으로 물러났다.

당시 나를 데리고 들어갔던 주영섭은 나와 콤비로 자신은 예술적인 것들을 맡고, 기획 등 실질적인 일들은 나에게 하도록 했었다. 나는 유치진과 이론 다툼 끝에 3회 공연인 「조춘」 동양극장공연을 마치고 그만두었고, 도와준 친구들에 대한 면목 때문에 이듬해까지 남아 있던 주영섭이 그만둔 후 함께 평양에서 청명극단을 만들기도 했다. 이미 극연좌에서부터 현대극장에 이르기까지 "과거의 공룡은 저리 가라"는 식으로 유치진에게 헤게모니가 넘어가는 결과가 되었다.

대구에 있던 국립극장은 환도 후 서울시와 문교부가 타협하여 시공관 반 국립극장 반 나눠 쓰기로 하고 시공관으로 들어갔다. 동란 이후 겨우 환도해서 전시와 마찬가지인 그때 미국의 록펠러재단은 한국의 연극발전을 위해 '항구적인' 원조를 할 것을 결정하고, 당시 미국에서 연극유학을 하고 있던 L씨에게 한국의 누구에게 말하면 좋겠는가, 한국에 누가 있는가 하는 의뢰를 냈다. L씨는 이것을 한국일보의 문화부장인 임영林英에게 알렸고, 임영은 유치진을 추천하는 동시에 유치진에게도 이 사실을 알렸다. 이것이 오늘 서울예술대학의 전신 드라마센터다. 유치진은 록펠러재단과 이야기가 되어 국립극장에 대한 반발을 접어둔 채 외국으로 떠났고, 재단이 보내준 세계일주를 한 후 귀국했다.

귀국한 유치진은 극예술연구회 동인이자 자신과 동배인 김광섭을 찾았다. 유치진은 1949년 10월 제1회 전국대학극경연대회를 주관했었다. 해방 전의 일로 친일파로 몰리고 있을 적에 그때의 일을 희석해 보려는 의미에서 이번에 외국에 가서 돌아다니면서 희곡을 하나 썼는데 1957년의 전국대학극경연대회 참가작품으로 그걸 시키고 싶으니 이걸 「자유문학」에 좀 실어달라는 취지였다. 그 작품의 제목이 「왜 싸워?」였다.

김광섭은 물론 승낙했다. 더군다나 유치진이 외국에서 써 가지고 왔다니까 자유문학에 실리면 이슈가 되고 화제가 될 것이 틀림없었는데, 그것에 대해 누군가 자유문학에 밀고를 했다. 밀고의 내용은 1942년 9~11월 조선총독부 조선연극문화협회 주최 제1회 연극경연

대회에서 현대극장이 유치진 작, 서항석 연출 「대추나무」로 작품상을
받은 적이 있는데, 외국을 돌아다니면서 새로 썼다는 「왜 싸워?」는
「대추나무」를 이름만 바꾼 것이라는 것. 자유문학측에서는 사실여부
를 확인해보고는 게재를 취소해버렸다.

　하지만 유치진은 이것이 서항석의 방해공작이라고 생각했다. 부산
피난시절에 하려던 걸 못하게 했던 이유로 "전속극단도 없는데 무슨
국립극장이냐" 하면서 떠들었던 것 등 감정이 남아 있었는데 그간 록
펠러 일로 잠깐 잊어버렸던 것이다. 당시 내가 국립극장에서 전화오
가는 것을 들어서 아는데, 외국에 돌아다닌 후 재출발하는 계기로 대
학극경연대회에 내 작품을 가지고 시작하겠다는 뜻에서 「자유문학」과
접촉한 것인데, 느닷없이 신작이 아니고 조선총독부상 받은 「대추나
무」인 것이 알려진 것에 대해 서항석에게 분노를 터뜨렸다. 국립극장
을 뺏겼고, 극단도 없는 상태에서 유치진에게는 자기를 나타낼 수 있
는 일이자, 또 이걸 하면 각 대학에서 참가금도 내고 작품료도 내고
무대장치도 하는 등 돈이 생기는 일이었던 것이다.

　그렇지만 자유문학에 희곡 「왜 싸워?」를 내놓으려고 할 때 서항석
은 나쁘다 좋다 단 한마디도 안 했다. 오히려 내게도 "아무 말도 마시
오" 하고 주의를 주었다. 그 이유는 1942년 당시 현대극장에서 과연
조선총독부의 연극경연대회에 참가를 할 것인가, 한다면 어떤 작품을
할 것인가 하는 논의를 벌일 때로 거슬러간다. 서항석은 유치진에게
독일 단편소설에 「마을의 로메오와 율리야」가 있다고 알려주었다. 이
것은 셰익스피어의 「로미오와 줄리엣」을 압축시켜서 독일식 단편소설
을 만든 것으로, 로메오의 집과 율리야의 집 사이에 묘한 삼각땅이 있
어 대대로 내려오면서 누구 것인지 몰라 밤낮 두 집이 싸우고 있는데,

그 아들딸은 서로 연애를 하고 있는 것이 내용이라고 하니까 유치진이 그걸 「대추나무」로 만들었다.

「대추나무」의 줄거리는 이렇다. 양쪽 집이 있고 한가운데 대추나무가 있었다. 이것이 누구네 거냐고 밤낮 옥신각신 싸웠다. 그래 이쪽 집에서 팔을 떡 내밀고는 "내 팔이 너희 땅에 들어갔는데 이것이 니거냐 내거냐" 하는 식의 대사도 나오고 했다. 그러나 젊은애 둘은 연인 사이. 아버지들은 싸움을 하는데 둘이 암호를 정해 뻐꾹뻐꾹 하면 여자애가 쪼르르 쫓아나가서 뒤에 가서 소곤거리는 것이다. 결론은 만주로 가자, 이 좁은 데서 대추나무 하나 가지고 싸울 게 무어냐, 낙원을 우리가 세우러 가자는 내용의 국민연극이었다. 조선인은 전부 만주로 보내고 조선에 일본놈이 살려 한 일본놈의 정책으로 살짝 바꾸어 놓은 것이었다.

이렇게 서항석이 얘기한 「로메오와 율리아」의 이야기를 각색해서 현대극장이 상을 탔다. 그러니까 유치진이 신작이라고 해서 「왜 싸워?」를 내놓았어도 서항석은 그때 그런 말을 해서 그 공로랄까 대가로서 연출을 했으니 자신도 공범이라고 생각했던 것이다. 그래서 자신은 물론 내게도 침묵을 부탁했던 것이다. 그러니 두 사람 사이가 점점 더 꼬이기 시작하는 것이었다.

국립극장에 연출가로 이해랑, 이진순 등이 있었는데, 국립극장 역사 자료를 봐도 알지만 이해랑, 이진순은 자꾸 연출을 했는데 나는 1958년 들어서야 처음으로 「가족」을 연출했을 뿐이다. 그들이 더 잘해서가 아니라 내가 안 한 것이다. 「왜 싸워?」 문제같이 조금만 해도 야단법석이 나는데, 내가 연출하면 서항석 밑에 있는 이원경만 시킨다는 얘기가 또 나올 것이 분명했다. 내가 먼저 서항석에게 "나는 한참동안

안 해도 되니까 이해랑 자네 시켜서 말썽만 없게 해주세요" 말할 정도
였다. 그러니 서항석이 무척 고마워했다. 「가족」은 국립극장 현상공모
에서 하유상河有祥의 「딸들은 연애자유를 구가했다」와 함께 가작으로
입선된 작품인데, 이 공연에 대해서 국립극장 반대파는 또 신문에 형
편없다고 깠다. 한편에서는 대단한 실험적인 연출을 했다고 평했다.

　당시 국립극장에 있던 이해랑, 김동원, 신파배우 김승호金勝鎬 등이
유치진을 회장으로 한 신협新協 재출발을 위해 나가버렸다. 국회에서
는 서항석을 불러서 "국립극장은 수지가 안 맞는 극장이다, 국립극단
은 없애버려라, 배우들도 없다, 쉽게 얘기해서 찌꺼기 같은 사람들만
있지 않느냐" 그런 식이었다. 국립극장을 고갈시키기 위해 국립극장
운영에 대해 국회의원 공작에 나선 것이다.

　서항석은 "원경씨 다방에 갑시다" 하고 잡아끌더니 "내가 오늘 국회
에 불려갔는데 국립극장을 축소하고, 국립극단도 없애라고 해" 하며
말문을 열었다. "선생님 뭐라고 대답하셨어요?" 내가 물었더니 아무
말도 않고 가만있었다고 했다. 나는 벌떡 일어나서 나왔다. 그 길로
명동에 신문기자들을 모아놓고는 "이원경이 극단 만든다"고 선언을
해버렸다. 그때가 8월이었다. 8월이니까 팔월극장이라고 이름 짓겠다
고 했다. 약자 편을 드는 것이 당시 신문이었으니 전부 내 편을 들어
주어 신문에서 막 떠들어대었다. 급기야 국립극장 축소와 국립극단
해체에 대한 반발로 내가 팔월극장을 만든다는 것을 국회의원들이 알
게 되면서 신문에서 국회를 악평을 마구 해대니까 한 달 만에 다시 국
립극단을 만드는 것으로 사태가 반전되었다.

　서항석은 명동 한 다방에 이해랑과 국립극장 기획위원인 박진, 그리
고 나와 함께 이야기를 나누면서 국립극장을 재건하라는 것에 기분이

좋아서 차제에 극단을 두 개 만들겠다면서, 하나는 이해랑이 하던 신
협과 이원경이 하던 민극 둘을 전속으로 하겠다고 말했다. 그러면서
"민극의 대표는 누가 하는가" 하고 물었다. 내가 대구서 '국립극단 없
는 국립극장' 이라는 말에 대한 반발로 사재를 털어 만든 민극이었지
만, 나는 "박진 선생이 하세요, 나는 팔월극장 하겠어요"라고 대답했
다. 그랬더니 서항석이 얼마나 좋아하던지. 박진을 자기가 포용할 수
있으니까 그랬을 것이다. 박진은 극단 만들어 놓은 사람 것을 뺏는다
며 내게 미안해했다.

얼마 후 팔월극장은 창립공연을 가졌고, 민극은 박진을 대표로 국립
극장 전속극단이 되었다. 창립공연은 국립극장이 지원해주어 시공관
에서 가졌는데, 공연작품은 미국 작가의 「오 마이 마마」를 오화섭吳華
燮이 번역한 「엄마의 모습」이었다. 이두현 저 「한국연극사」에도 이 시
기 "제작극회, 원방각, 팔월극장, 실험극장, 동인극장, 횃불극장, 신무
대, 실험극회 등이 활동을 했다"는 기록이 나온다.

1961년 5·16이 나면서 국립극장장이 해임되었고, 또 정부기구 안
에는 지금 문화관광부인 공보부가 처음 생겼다. 공보부 장관은 오재
경吳在璟으로, 이 사람은 유치진의 일본 릿교대 후배가 된다. 한편 국
립극장 현상공모작 「가족」의 작가로 동아일보 문화부 기자였던 이용
찬은 오재경의 비서로 들어갔다. 두 사람은 그전부터 가까웠던 모양
이었다. 극장장 자리가 공석중이니 오재경은 선배이자 극작가인 유치
진을 포함해 주변에 누가 적임자인지 묻는 한편 이용찬에게서 나를
추천받기에 이른다. 그러자 내가 극장장이 된다는 말이 명동에 쫙 퍼
졌다. 나는 정말 관심이 없는 사람임에도 불구하고 서항석보다 젊은
데다가 반발적으로 자기들을 더 억누를 것 같으니까 야단이 났다.

그때 남산에서 KBS TV 개국행사가 있었다. 당시 유치진은 록펠러 재단의 5만 달러에 달하는 원조금으로 드라마센터를 만들고 있었다. 드라마센터의 대표로서 축사를 하게 된 유치진은 개국을 축하하는 말은 하나도 없이 첫마디로 "국립극장장은 L씨가 될 것입니다"라고 말해 버렸다. 지난번 자신을 미국의 록펠러재단과 연결시켜준 L을 언급한 것이다. 사실 록펠러재단과 먼저 이야기가 된 사람인만큼 드라마센터에 발언권이 있다는 것을 감안한 유치진이 이 사람을 밀어 보고 싶은 속셈에 추천을 한 것이고, 장관이 대학후배니까 자기 말을 다 들어줄 것으로 생각했던 것이다. 그러나 비서인 이용찬과 함께 축사를 듣던 오재경은 "장관은 난데, 저이가 왜 그래?" 하고 화를 내더니 옆에 앉아 있던 문화과장 김창구金昌九에게 "너 해" 해서 별안간에 그가 국립극장장 서리가 되었다.

옹헤야

· 임화수와 반공예술인단, 예그린악단

1957년 「왜 싸워?」 시비가 일어나 「자유문학」에 실리지도 못하고 대학극경연대회도 좌절된 유치진이 노발대발했을 당시 이해랑이 이끄는 극단 신협에 있던 배우들인 김승호金勝鎬, 주선태朱善泰,

최남현崔南鉉 세 사람은 문총인지 자유문학사인지 어느 한 곳을 습격했다. 김승호는 「마부」의 주인공으로 외국에서 상을 받기도 한 유명한 배우다. 이들은 그때 마침 그 자리에 있었던 소설가이자 전 동아일보 학예부장이던 이무영李無影에게 난폭한 행동을 해서 그의 손가락을 상하게 하는 불상사를 일으켰다. 누가 시킨 것인지는 단언할 수 없지만 이들이 자발적으로 그런 일을 벌인 것이 아니라는 점은 확실하다. 누군가가 명령했고 이들이 욱하는 마음에 소설가쯤이야 그러고는 술 먹고 가서 행패를 부린 것이다.

그런데 며칠 후 이 세 사람을 임화수林和秀가 자기 사무실로 데려다가 혼쭐을 냈다. 임화수는 종로4가 동대문시장 앞에서 데모를 하고 돌아가는 고대생들을 자기 부하들을 시켜서 막 두들겨 팬 것으로 사실상 4·19가 터지는 도화선이 된 인물 중의 하나다. 그러한 임화수가 「왜 싸워?」를 「자유문학」에 게재 안 한 것이 김광섭패들이라며 문인들을 공갈협박한 자들을 자기 사무실에 데려가서 반쯤 죽여 놨다. 임화수와 「자유문학」의 함경도 문인들이 무슨 관계가 있었는지는 모르겠다. 추측되는 것은 김광섭이 이승만 대통령의 공보비서였고, 모윤숙이 유엔 한국대표로 갔던 점 등으로 볼 때 정치적인 일로 이 사람과 관련되었을 것이다.

지금 많은 약국이 몰려 있는 종로4가 보령약국 자리가 예전 권상전勸商塵이 있던 곳이다. 권상전의 '전塵' 은 가게·점포를 말하는 '전' 으로, 일종의 한국식 백화점이다. 이 권상전이 오늘날 동대문일대 상권의 바탕이 되는 셈이다. 이후 광장시장이라고도 하고 평화시장이라고도 불렸는데, 시대의 변천에 따라 남대문시장과의 대비로 동대문시장이 된 것으로 생각된다.

　　남대문시장은 일본사람들의 상권에 조선사람들이 하게 된 것이고, 종로4가 아래의 동대문 시장은 확실히 동대문 근처 서울변두리의 조선 서민층을 대상으로 상품도 고객도 별로 화려하지 못했다. 지금처럼 패션 그런 것은 아무 것도 없었고, 장작, 숯 등을 팔기도 했다.

　　반면 종각 인경전 주위의 상권은 확실히 상류계급을 상대로 했는데, 특히 종각 바로 옆 오방재가五房在家는 한 집 속에 다섯 개의 가게가 있는 한국식백화점으로 해방 후에도 있었다. 그렇지만 장사는 안하고 음식점으로 바뀌었었다. 외국의 백화점이 한 사람이 주인이라면 권상전이나 오방재가는 여러 사람이 주인이었다. 권상전은 2층으로 몇 개의 가게가 들어있다. 고무신, 바느질하는 물건들도 파는 곳도 있었고, 한 구석에 긴의자처럼 만든 널빤지 몇 개 놓은 소위 극장도 있었는데, 어떤 때는 한쪽에 광목포장을 쳐놓고 활동사진을 돌리기도 했다.

　　그리고 그 뒷길에 허름한 삼류극장이 하나 자리하고 있었다. 처음엔 일본인이 지었는데 돈이 없는 사람이었던지 당시 제대로 하는 부민관, 명치좌, 중앙극장, 을지로4가 국도극장자리의 무슨 키네마 등과는 달리 아주 형편없는 것으로, 해방 후 여러 사람의 손을 거쳐 평화극장이라고 임화수가 맡아서 하고 있었다. 그리고 동대문시장에는 이정재李丁載라는 사람이 힘을 쥐고 있었는데, 경기도 이천사람으로 소위 깡패였다. 씨름꾼이었다는 말도 있었다. 임화수는 평화극장, 이정재는 동대문시장을 주름잡았다.

　　일제시대 나운규가 처음에 「아리랑」을 만들어서 꽤 잘 팔리기는 했지만, 지금에야 아리랑을 만든 사람이다 해서 유명한 것과 달리 그 당시에는 전혀 알려진 사람이 아니었다. 나운규는 1902년에 나서 1937년에 죽었는데 죽을 때쯤 폐결핵을 앓고 있었다. 회령출신으로 간도의 명동중학을 다니던 중에 3·1운동에 참가했고, 서울에서 중동중학 다닐 때 독립운동 혐의로 체포되기도 했다. 1926년에 아리랑의 감독·주연을 했고, 1927년 나운규프로덕숀을 창립했지만, 새로운 영화인들이 일본에서 오고 일본의 큰 재벌들이 영화를 만들고 하니까 수공업 같은 나운규의 영화가 될 리 없었다. 차츰 영화할 능력은 없고, 나운규는 이 권상전에 와서 연극도 하며 기생한테 얹혀살다가 병들어 30대에 죽었다.

이상도 기생과 같이 살고 기생의 도움으로 카페, 다방도 하고 일본에 가서 병치료도 하고 그랬는데 같은 해인 1937년 폐결핵으로 죽었다. 1910년생으로 나운규보다 8살 아래였다. 똑같이 기생에게 얹혀살았지만 나운규는 가난하고 절망의 구렁텅이 같은 생활을 한데 비해 이상은 화려한 사람이 되었다. 그의 「날개」라는 소설은 기생하고 자기가 사는 그런 생활을 쓴 건데 지금 천재작가의 소설이 되었고, 나운규는 「아리랑」 이름밖에 없다.

나운규의 처량한 죽음이 바로 이 권상전에서 이루어진 것이다. 자신의 생을 마감할 때였지만 그런데 누가 거기 손님으로 오겠는가. 명동에 가면 일본인 백화점이 천지고, 종로만 해도 동아부인상회 같은 좋은 데가 많은데 시골 변두리나 동대문근처에 사는 사람들이 와서 양말 사고 고무신이나 사는 그런 데서 연극을 한다고 제대로 된 연극이 될 수 있었을까. 권상전에 와서 명색이 연극을 한다는 것은 무명의 전혀 보잘것없는 잡동사니들이었는데, 나운규가 여기 와서 무대에 섰다는 것은 참 슬픈 일이었다.

평화극장의 임화수는 언제부터인지 몰라도 반공예술인단의 단장을 맡고 있었다. 이 반공예술인단의 규모가 어마어마하게 커지면서 이해랑이 부단장으로 들어갔다. 임화수가 이해랑을 불러서 "내 밑에서 부단장하시오" 했던 건 아닌 것 같다. 당시 반공예술인단에서 이승만에게 아부하느라고 「청년 이승만」이라는 영화를 만들 때 유치진은 이 시나리오를 맡아 쓰려고 이해랑을 시켰던 적이 있다. 4·19 후 이승만이 하야하고 이듬해 5·16 후 임화수와 이정재는 사형선고를 받아 죽었다. 사형을 시킬 구실이 없어서 아무거나 덮어씌웠다고 한다.

이 상황에서 영화, 악극, 창하는 사람 등 소위 자칭 예술인들은 새로운 4·19 세력에 아부를 했다. 어떻게 아부하는가 하면 4·19 혁명을 찬양하는 행사를 하자는 의견을 모으게 된 것이다. 그러면서 당시 반공예술인단에 참가 않고 이승만 정권에서도 일을 안 했다고 내가 뽑혀서 사월혁명을 찬양하는 「영광의 언파레이드」를 구성하게 되었다. 다들 반공예술인단에 있었으니 겁이 나서 모두들 자진해서 무료출연이었다. 주요 출연자는 조항趙恒, 장민호張民虎, 허장강許長江, 윤일봉尹一峰, 김동원金東園, 도금봉, 이예춘李藝春, 황정순黃貞順, 김진규金振奎, 최은희崔銀姬, 남궁원南宮遠, 김지미金芝美, 문정숙文貞淑, 양훈楊薰, 김희갑金喜甲, 구봉서具鳳書, 이민자李民子, 주선태朱善泰, 정애란鄭愛蘭, 가수 남인수南仁樹, 전옥全玉, 최무룡崔戊龍, 백성희白星姬 등이었다.

4·19혁명을 일으킨 3·15 부정선거에서 대통령후보는 이승만 일인 후보였고, 부통령 이기붕을 사실상 억지로 당선시키려 했던 것이다. 대통령 후보 조병옥趙炳玉이 미국에 건강체크 하러 갔다가 돌연사한 때문이다. 마산에서 부정선거반대시위 때 경찰이 무차별 총격을 가하고, 4월 11일 고등학생 김주열金朱烈의 눈에 수류탄이 박힌 채 바다에 떠 있는 것이 발견되면서 전국적으로 봉기하였다.

4월 18일 고려대 학생 데모대가 종로4가에서 안암동 학교로 돌아갈 때 평화극장의 임화수와 동대문시장의 이정재가 주동이 되어 학생들을 급습했다. 다음날인 4월 19일 서울의 전체 학생이 거리로 뛰쳐나와 데모대는 경무대까지 밀고 갔고, 서울시내 전체 경관은 무차별 발포를 했다. 이기붕이 서대문 집에 있다가 학생들을 피해 경무대로 들어가 있을 때, 한 방에 있던 육군소위인 아들 이강석李康石(이승만의 양자이기도 했다)은 권총을 꺼내 자기 아버지, 어머니와 동생을 쏘고 자신도 죽어버렸다. 그 해 7월 29일 총선거를 통해 장면내각이 구성되었다. 대통령은 형식상으로 윤보선尹潽善이 되었으나 이듬해 1961년 5·16 군사쿠데타가 일어났다.

♨

5·16 후 창설된 초대 중앙정보부장 김종필은 중공군이 문화혁명을 했듯, 그와 마찬가지로 우리들도 정치를 개혁하는 혁명뿐 아니라 문화도 혁명해야 한다고 주장을 했다. 그리고는 이 문화혁명을 기치로 예그린악단이 탄생되었다.

"옛을 그린다"고 하여 예그린이 되었듯이, 외국 것은 말고 우리 것을 하라고 했다. 음악, 문학, 연예, 영화, 즉 악극, 연극, 창극 하여간 무대전반을 포함해 영화 등을 총 개혁했는데, 중앙정보부측에서 장태화張太和라는 이가 총괄을 하고, 오화섭吳華燮과 시인 박두진朴斗鎭 연대 교수 등이 참가했다. 음악은 김생려金生麗로 우리나라 지휘자를 처음 시작한 사람이고, 내가 기획실장이 되었다. 작·편곡은 김희조金熙祚, 연출은 이기하李基夏가 맡았고, 무용부장 권여성權麗星은 김백봉金白峰과 함께 이북에서 넘어온 사람이고, 합창부장에 오페라연출을 한 홍연택洪燕澤이 있었다.

1961년 가을에 모이기 시작했는데 12월에 별안간에 중앙정보부에서 지시가 와서 당시 주한유엔군을 초대해서 뭔가 보여주라는 것이었다. 나중에 알고 보니까 미국이 5·16에 아주 반대를 하니까 우선 여기 있는 미군부터 구워삶아보자 해서 초대를 한 것이다. 광화문 세종문화회관에서 이 사람들을 위해 쇼를 만들라고 했는데, 합창을 하고 무용을 하고 무대적 시각적인 연희 등을 전부 하는데, 단 외국 것은 절대 안 된다는 것이었다. 그래서 제1경은 무대가 어떻게 되고, 논에는 허수아비가 두 개 있는데 허수아비인줄 알았더니 춤을 추고, 또 가령 모심기, 남도판소리 태평가가 나온다 이렇게 진행되는 것인데, 문제는 이런 모심기, 태평가 등의 곡 선정을 해야 하는 점이었다. 그것도 한번 공연하는 데 1시간 50분이니 무용 등을 빼고 음악이 사이사이 들어가는데 1곡당 3분 잡아서 적어도 20곡 정도가 필요했다. 이듬해 12월까지 일곱 번 공연을 했으니 적어도 120곡은 골랐을 것이다.

당시 테이프가 있나 레코드가 있나, 어떻게 골랐느냐 하면 거기서 월급을 주면 그걸 가지고 요릿집에 갔다. 그래서 기생들 소리하는 걸 듣고, "아 저거 요런 때 쓰면 되겠구나" 해서는 그 곡이름을 적어오고…. 한번에 대여섯 곡 겨우 메모해 가지고 오는 형편이었다. 지금 TV나 라디오 혹은 어디서든지 우리 것을 양악으로 하고 있는 것은 전부 내가 선정해서 김희조가 편곡한 것이라고 봐도 무방하다. 덕분에 우리나라 서도창 배따라기나 수심가, 경기잡가 양산도, 남도 옹헤야 등 백스물 몇 개를 살려낼 수 있었다. 그 중에서 「옹헤야」는 특히 무엇에 치우치지 않는 것이, 한이 맺혀 길게 뻗는 소리도 아니고 그렇다고 까불지도 않으면서 퍽 명랑했다. 그래서 할 적마다 넣었더니 지금도 많이들 알고 있을 정도로 퍽 유명해졌다.

그때 미美 8군사령관 C. B. 맥그부더 육군대상이 초대를 하니까 세 면상 안 올 수 없어서 왔다가는 굉장히 칭찬을 했다. 특히 오고무五鼓 舞를 보고 매직 드럼Magic Drum이라면서 홀딱 반했다. 군사정권측에 서는 큰 성과를 얻었다고 생각해서 흡족해했다. 그래서 다음에는 김 대중대통령이 김정일에게 줬다는 식으로 많은 돈을 주어서 초청한 밴 플리트(6·25 때 미사령관)를 위한 공연을 가졌다. 이 공연은 시민회관이 아니고 청와대 안에서 이루어졌는데, 공연이 끝나자 밴플리트가 일어 나서는 음악지휘자 김생려에게 악수를 청했다. 예술가를 대접하는 서 양식 예의로 그렇게 한 것이다. 이후로는 무뚝뚝하게 앉아 있다가 쑥 들어가곤 하던 박정희도 공연이 끝나면 내려와서 악수를 하곤 했다.

예그린악단은 그 이듬해에는 경회루, 청와대, 비원, 일선부대, 덕수 궁, 외국귀빈·국내외국공관 대사 등 돌아다니며 공연을 했다. 이때 부채춤이 추어졌다. 부채춤은 맨 처음 최승희가 부채를 들고 춘 것에 서 시작되었다고들 하고, 해방 후에 김백봉이 평양서 오면서 추기 시 작했다고 한다. 김백봉은 최승희와 관계가 있는데, 최승희의 남편이 안막安漠이고 그 동생 안제승安濟承이 김백봉의 남편이 된다. 그전에는 부채춤을 안 추었다. 해방 후 장추화張秋華라고, 나이많은 여자무용가 로 꽤 유명한 사람이 있었는데, 그이도 부채춤을 안 추었다. 그런데 예그린악단의 무용부장 권려성은 함경도사람으로 이북에서 왔는데, 이이가 부채춤을 추었다. 최승희하고는 전혀 상관이 없지만 이북에서 그의 부채춤을 본 모양이었다.

그리고 김백봉의 부채춤은 지금처럼 부채를 쫙 펴서 여러 명이 원을 돌리면서 추는 것이 아니라 그냥 부채만 들고 추고 다녔다. 권여성도 처음엔 그랬는데 예그린악단에서 한 프랑스 사람이 그 부채춤 군무로

하는 게 어떠냐는 아이디어를 줘서 권여성이 동그랗게 원을 그리고 가운데 팔락팔락하게 하는 부채춤을 만들어냈다. 자연발생적으로 군무가 나왔다고도 하고 김백봉에게서 나왔다고도 하는데 내가 듣고 본 바로는 프랑스 사람의 안무다. 하여간 뭔가 하긴 했는데 뭐가 뭔지 모르는 걸 한 것은 분명했다. 노래가 자꾸 연결시켜나가는 것을 놓고, 음악평론가인 김형주가 예그린악단의 공연은 조각보 모아서 만든 밥상보 격이라고 평했다가 중앙정보부에 불려가 야단도 맞고 그러던 시대였다.

　임화수는 그때 이승만을 아버님이라고 불렀고, 나중에 4·19 때 들리는 소문은 문교부장관까지 하려 했단다. 어쨌든 자유당에 아부한달까 명색이 예술단인 반공예술인단을 이끌었는데, 5·16 후 예그린악단이 또 그런 식으로 만들어졌다. 그러나 임화수가 주먹의 힘으로 무료로 출연시키고 돈도 자기가 먹고 하는 식이었다면, 예그린악단은 중앙정보부 돈을 쓰면서 하되 우연하게 맥그루더가 좋다고 하는 바람에 군사정권이 생기는 때 어용단체로 있었다. 이후 김종필이 같은 군사혁명세력들의 라이벌의식으로 자의반 타의반 외국으로 나가면서 막을 내렸다. 1963년 박용구朴容九를 단장으로 다시 시작될 때는 김종필이 아니라 표면상으론 공화당 국회의원이 나섰다가 관두었고, 한참 후 세 번째 다시 시작될 때는 민주당 국회의원이 앞에 나섰고, 단장은 지금 미국에 가 있는 김경옥金京鈺이 맡았다. 후에 「살짜기 옵서예」를 작곡한 최창권이 감각적으로 뮤지컬을 지향했고, 이들이 세종문화회관에 소속된 서울시립가무단이라는 이름으로 활동하면서 예그린악단의 전통을 이은 것으로 신문에 보도되기도 했다.

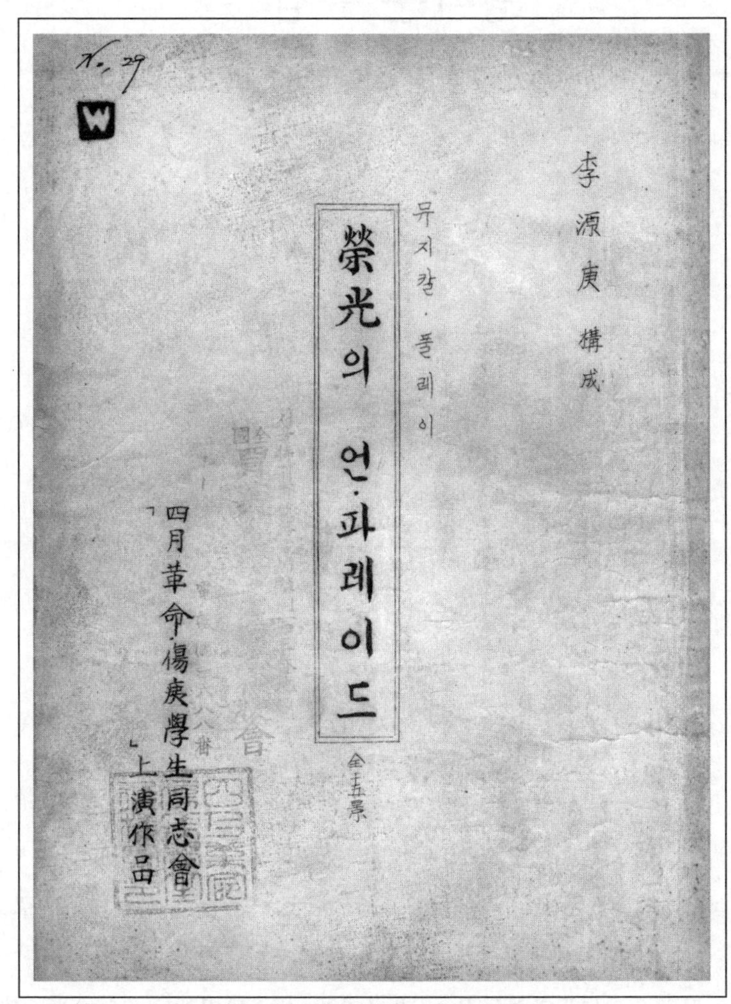

4·19혁명을 찬양하는 공연작품 「영광의 언파레이드」 대본 (이원경 구성)

광화문 유감

· 광화문 현판과 이순신동상

몇해 전 KBS에서 한 다큐멘터리를 방영했다. 그 프로그램을 보고 있자니, 어떤 일본사람이 정부종합청사 맞은편인 미대사관 근처에 서서 광화문을 바라보면서 감개무량하게 "우리 아버지 때문에

저 광화문이 지금까지 남아 있다"라고 이야기를 하는 섯이었나.

이 일본인은 야나기 무네요시柳宗悅의 아들이며 교토대학京都大學의 교수로 정년퇴직을 한 후 아버지가 관계했던 한국에 대한 것을 알아보고자 서울에 온 것이었다. 야나기 무네요시는 일본인 중에는 거의 독보적으로 일본 정치에 대해서 냉철하게 비판을 한 사람이다. 그는 동경제대東京帝大 미학과를 1913년에 졸업하고, 일본에서 그 시대로는 첨단적인 문학동인인 시라카바白樺의 창간동인이다. 그리고 1920년 이후 일본의 전국 각지와 해외를 돌아다니며 민속민예의 자료를 수집했는데, 그의 저서 중에는 「조선을 생각한다」라는 것이 있다.

서울 청량리에 있는 임업연구소는 일제시대에는 임업시험장으로 불렸는데, 이곳으로 조선총독부에서 촉탁囑託해서 일본에서 불러온 산림에 대한 전문가인 아사까와 다꾸미淺川巧라는 사람이 있었다. 이 사람과 야나기 무네요시가 조선총독부에 있는 일본인들 중에서는 직업정신 때문이었을 수 있지만 조선을 생각하는 사람들이었다.

조선총독부는 1910년에 한일합방을 한 후 해방이 되던 1945년까지 36년간 우리나라를 압살했던 자들의 소굴이다. 이것이 처음에는 남산에 있었는데 경복궁으로 옮긴 것은 왕조의 궁궐에 조선총독부를 지어 조선사람을 정신적으로 강압하겠다는 것이었다. 그래서 근정전勤政殿을 막아 바깥에서는 보지 못하도록 그 커다란 화강암 총독부를 그곳에다 지었던 것이다. 김영삼 대통령 시절에 허물어버린 그 청사는 1918년 7월에 착공을 해서 1926년 10월 낙성落成을 한 건물이다. 공사를 시작하면서 백두산에서 한라산까지 사이에 쇠막대기를 박아가면서 조선 정기를 누르려 한 것처럼 광화문도 아예 없애버리고, 정문은 현대식으로 돌기둥을 양쪽에 세우고 가운데에는 자동차가 드나들 수 있도록 철문을 만들고 그 양옆으로 사람이 드나들 수 있는 조그만 문을 만들었다.

그런데 야나기 무네요시는 민속민예를 연구하며 세계를 돌아다니는 사람이기 때문에 광화문을 없애는 것만은 막으려 했던 것 같다. 야나기는 광화문을 허물면 안 된다는 이유를 강력하게 설득해서 광화문을 허물지 못하게 했다. 그래서 조선총독부에서도 광화문을 삼청동 가는 길쪽, 경회루 들어가는 곳으로 옮겨 놓았다. 6·25전쟁 때도 그곳에 광화문이 있었다. 5·16군사쿠데타가 있던 1961년도에 문화재건을 한다며 만든 예그린악단에 내가 기획실장으로 1년간 있으면서 그쪽 경회루에서 외국사절을 초대해서 음악과 무용을 보여주는 리셉션을 많이 했었다. 그래서 그 쪽으로 다닐 일이 많았는데 그때도 그 광화문이 거기에 있었다.

그 후 경복궁 안에 박물관을 만들면서 옮겨 놓았던 광화문을 어디론가 없애버리고 지금 있는 것을 그 자리에 새로 만들어 놓은 것이다. 박물관을 만들 당시에는 "괴물이 하나 경복궁 내에 생겼다"고 무슨 신문에서 비꼬기도 했었다. 원래 광화문은 동대문이나 남대문처럼 돌을 쌓아서 만든 것이었고, 현판懸板도 한자로 오른쪽에서 왼쪽으로 "門化光"이라고 쓰여 있었다. 그런데 그 현판은 지금 어디에 있는지 모르겠다.

내가 명색이 예술원 회원이고, 또 예술원은 문화관광부에 소속되어 있는 것이기 때문에 "광화문의 그 돌문은 왜 흐트러뜨려서 없애버렸느냐, 아니면 없애지는 않고 다 모아두었느냐, 또 현판은 어디로 간 것이냐"라고 노태우 대통령 시대 문화관광부 국장급 공무원에게 무심코 물어보았었다. 왜냐하면 지금 있는 광화문은 시멘트를 가지고 겉모양만

화강암 놀덩이처럼 만들어 놓은 섯이기 때문이다. 본래 심청동 가는 쪽으로 옮겨놓았던 그 돌들이 아니다. 그래놓고 현판은 박정희가 굉장히 가는 획으로 왼쪽부터 오른쪽으로 한글로 "광화문"이라고 썼다.

그리고 곁들여 말하고 싶은 것은 동대문의 현판 흥인지문興仁之門, 남대문 숭례문崇禮門, 창덕궁의 돈화문敦化門, 서울시청 맞은편 덕수궁 정문의 덕수궁德壽宮, 이것들 속에 광화문이라는 현판은 어느 의미로든 어울리지 않는다.

세종로 네거리 정중앙에 이순신李舜臣 장군 동상이 있는데, 이순신 장군 동상과 광화문이 모두 박정희의 작품이다. 이순신 장군 동상은 서울대 미대 교수를 지낸 김세중金世中이 조각을 했다. 그리고 이 사람의 미대 스승인 김경승金景承이라는 조각가는 덕수궁에 가면 한 쪽에 비스듬히 놓여 있는 세종대왕 동상을 조각을 했다. 이것은 박정희의 취향에 따라 세종대왕은 덕수궁 마당에 팽개쳐 놓고, 사람들이 많이 볼 수 있는 세종로 한복판에 이순신 장군 동상을 세워 놓은 것이다. 박정희는 군인출신이기 때문에 신라시대부터 역사적으로 군인만 골라서 숭상을 하게 했다.

우스운 것은 칼을 오른손에 쥐고 있는 것은 싸움에 패해서 항복해서 하는 뜻인데, 이순신 장군이 왼손잡인가? 북을 눕혀 두면 가죽이 썩기 마련인데, 또 그 북은 판소리할 때 장단치는 북이 아닌가? 예술원에 나와 있는 문화관광부 과장이 이런 식의 쑥덕거리는 소리가 세간에서 한참 있었다고 내게 말한 적이 있다.

예전에는 김포공항에서 여의도 쪽으로 가다 보면 칼을 들고 서 있는 을지문덕乙支文德 장군 동상이 있었다. 그래서 그 길을 오가는 우리나라 사람뿐만이 아니라 공항에서 들어오는 외국사람들도 그 칼 밑을 지나가게 되어 살벌하다는 말이 많았다. 그런 말들이 나와서인지 그 동상을 언젠가 없앴다.

이순신 장군 동상과 시멘트로 만들어져 있는 광화문은 우리나라 정서에도 맞지 않는다. 역사 속의 인물이 그 후대에 지배자에 따라서 다르게 평가되는 것처럼 위정자에 따라서 세종대왕의 조각은 아무데나 팽개쳐놓고, 이순신 장군 동상은 세종로에 놓는 그 풍조가 옳은 것인가 말이다.

소위 문화를 많이 떠드는 우리지만, 진정 문화적인, 정신적인 지주가 없다. 일본사람인 야나기 무네요시의 아들이 광화문을 보면서 "우리 아버지가 아니었던들 저 광화문은 저기에 존재할 수가 없다"라는 말을 했는데, 어처구니없게도 그 사람이 바라본 문은 자기 아버지가 지키려고 했던 그 광화문이 아니라는 것이다. 우리나라 사람도 아닌 우리나라를 식민지로 삼았던 일본인도 지키려 한 문화재를 우리나라 사람인 박정희가 없애버렸다. "門化光"이라고 한자로 쓰여 있던 현판이 어디 있을 법도 한데, 왜 그것을 안 갖다 거는지 알 수가 없다. 요즘은 박정희 동상을 쓰러뜨리고 박정희 박물관 건립에 반대운동을 펼치고 있다고 한다. 광화문도 지금의 시멘트로 만든 것을 허물고 돌로 다시 쌓아 올려야 한다.

런던에 있는 오른쪽 팔이 부러진 넬슨 제독의 동상이나 독일의 여러 음악가의 동상, 로댕의 발자크 동상 등 프랑스의 여러 동상을 보거나 세계 각국을 돌아다녀봐도 우리나라의 이순신 장군의 동상처럼 그렇게 무미건조한 조각은 보지 못했다. 이것도 일제의 잔재다. 일본 군인의 정신으로 자기가 그 동상의 주인공인양 성웅으로 자처하는 하나의 상징이다. 그런 것을 왜 아직도 그대로 남겨놓는지 답답하다.

삼일로창고극장 사무실에서

장소가 바뀌면 예술도 바뀐다

· 서양의 오페라와 일본의 소녀가극단,
조선성악연구회와 여성국극단, 국립창극단

일본 속담에 "處かわれば 品かわる(도고로 가와레바 시나가와루)"라는 말이 있다. 이 말은 "장소가 변하면 거기에 따라가는 물건도 바뀐다"는 뜻으로, "문화나 예술이 그 나라와 그 시대에 따라 질이 달라진다"라는 의미와 통한다.

일본이 개화되면서 서양의 문물이 일본으로 흘러갔는데, 오페라도 그 중 하나다. 1894년에 주재원이나 어학교수로 일본에 살고 있는 외국인들이 사교행사의 하나로 괴테의 「파우스트」를 공연한 적이 있었다. 오페라를 직업으로 하는 사람들이 아닌 애호가 수준의 공연이었기에 지극히 서툰 것이었지만, 일본에서 오페라라는 장르가 처음으로 소개되는 순간이었다.

그 후 일본 사람들 스스로가 오페라를 공연한 것은 1903년 동경음악학교에서였다. 지금까지 살아있는 우리나라 사람으로는 바이올리니스트 박민종朴敏鍾이 그 학교를 졸업했다. 예술원 회원이나 70~80세 정도 된 사람들의 대부분은 무사시노음악학교나 제국음악학교는 많이 다녔지만, 동경음악학교를 다닌 사람은 별로 없을 정도로 들어가기 무척이나 어려운 학교였다. 그토록 실력이 뛰어난 학교에서 한 공연이었지만, 그 공연도 성공적이지 못했다. 무대 위에서 노래는 잘했을지 모르지만 1903년은 일본에 연극도 없던 시절이기 때문에 연기는 틀림없이 못했을 것이다. 그 후 음악가 고마쓰 고오스게小松耕輔가 자기의 창작 오페라 「하고로모羽衣」를 시도했는데, 작곡, 연출 그 밖의 무대 위의 모든 기술이 너무나 미숙해서 오페라로서 실패했다.

서양에서 근대극을 보고 온 사람들이 한일합방을 하던 해인 1910년 전후에 겨우 연극을 하기 시작했고, 오페라 분야에서도 실패를 거듭하면서도 작곡은 작곡대로, 연주는 연주대로, 노래는 노래대로 계속해서 노력을 기울여 갔다. 그 바탕 아래 천왕이 있는 궁성 맞은편에 자리해 있으며 지금도 현존해 있는 제국극장과 환락가인 아사쿠사에서 변형된 형태인 통속 오페라를 시연했지만, 유치하기 그지없었던 것 같다.

그 후 1934년에 후지와라 요시에藤原義江의 가극단이 처음으로 일본 오페라를 공연했다. 후지와라의 아버지는 영국인 실업가로 일본 나가사키에 무역을 하기 위해 온 사람이었고, 어머니는 그곳의 기생이었다. 나가사키 지방은 일본열도의 가장 왼쪽 끝에 위치하고 있어서 동남아시아의 문물을 받아들이는 데 지리적으로 수월하여 빵 종류의 하나인 카스테라도 이 지역에서 시작되었다. 그리고 짬뽕도 이 지역에서 시작되었는데, 짬뽕을 바탕으로 오늘날 일본의 라면을 만든 것이다. 또한 이곳은 외국사람들이 많이 오가는 지역으로 화류계가 형성이 되어 있었다. 후지와라는 이리저리 떠돌아다니다가 1917년에 연극을 시작했고, 1920년 이탈리아로 유학을 다녀온 후 1934년 일본에서 가극단을 창단한 것이다. 내가 생각할 때에는 오페라가 너무 어려우니까 '오페라'라는 말을 쓰지 않고 '가극'이라고 한 것 같다. 오페라에 대해서 일본 사람들은 미리 질려버린 것이 아닌가 생각된다.

앞에서 말한 속담과 같은 현상이 오페라에서 일어난 것이다. 이것은 "예술이 변질됐다" 또는 "문화의 흐름이 바뀌어졌다"고 말할 수 있을 것이다. 오페라는 원래 이탈리아에서 출현한 것인데, 일본의 번역서를 보면 독일의 작곡가인 바그너의 작품에는 오페라라는 말을 쓰지 않고 '악극'이라고 칭했다. 바그너는 논리적으로 이탈리아 오페라의 아주 기교적이고 감상적인 부분을 배척하고 '극Drama'이 중심인 고대 그리스로 돌아가자고 했다. 그 이유는 악극은 종합예술이며 이것의 중심은 극이고, 바로 극 안에 음악이 들어가 있기 때문이라고 했다. 오페라는 이탈리아, 프랑스에서 주로 행해지고 있으며, 영국으로 번져갔고 미국은 돈으로 메트로폴리탄오페라하우스를 만들었지만,

그 무대에 오르는 이들은 미국인이 아니라 유럽에서 초청된 예술가들 일색이다.

일본은 본래 홍행주라는 시스템이 있다. 명치유신 이전 무사정치를 하던 에도시대부터 이 같은 시스템이 존재했다. 당시 가부끼에도 홍행주가 있고 유곽에도 홍행주가 있었는데, 유곽에서도 유곽의 유녀들을 시켜 가무를 했었다. 우리나라식으로 말하면 이것이 바로 '포주'다. 아사쿠사에서 변형된 오페라가 가극으로 자리잡기 시작하면서 홍행주는 돈벌이를 위해 스케일이 큰 가극을 만들려는 시도를 하게 되었고, 이 과정에서 여자가 많다는 지역적인 아사쿠사의 특성상 여성을 중심으로 한 단체가 출범하게 되었다.

이들은 정규 음악과정을 밟은 사람들보다는 이곳의 사람들을 데리고 하는 것이 더 쉬웠으므로 어릴 때부터 여자아이들을 길러냈다. 그것이 바로 소녀가극단이고, 일본에서 1914년 최초로 시연했다. 그러나 지금은 이 소녀가극단에 들어가는 것조차도 무척 어렵다. 현재 동보東寶라는 큰 홍행기획사에 다까라스까寶塚라는 소녀가극단이 있고 송죽松竹 홍행기획사에도 소녀가극단을 가지고 있지만, 그것의 출발은 이렇게 오페라에서 비롯된 것이다. 동보와 송죽 모두 처음엔 홍행사로 시작했지만 지금은 영화제작사다.

그런데 일본에서는 오페라라는 장르가 유명한 것이 아니고, 이탈리아 푸치니의 「나비부인」이 훨씬 더 유명했다. 이탈리아에 가서 성악을 공부하는 이유도 「어떤 개인 날」이라는 그 오페라 속의 아리아 때문일 정도며, 거기에 오페라가 덩달아 유명해진 것이다. 그 곡 때문에 세계적으로 유명해진 미우라 다마끼三浦環라는 소프라노가 있지만, 그 여자도 이 곡 하나밖에 못 부른다. 결과적으로 지금 일본의 소녀가극단이라는 것은 1900년 초에 오페라를 하려고 한 것이 세월이 흐르면서 변형된 형태로 나타난 현상인 것이다.

프랑스 파리의 물랑루즈에 레뷰가 있는데, 바로 소녀가극단이 이 레뷰를 모방한 것이다. 출발은 오페라를 하려고 하다가 소녀가극이 되었지만 표현 방식은 레뷰다. 그러나 지금은 음악보다는 극적인 요소가 더 많이 포함되어 있다. 일본은 가부끼에서는 여자가 안 나오고 소녀가극에서는 남자가 안 나오는 형식으로 결정이 되어 있는데, 동보나 송죽 영화제작사에서 기획을 할 때 가부끼에서는 여자가 나오지 않으니까 여기에서는 남자가 등장하지 않도록 하자고 했을지도 모른다. 그런데 문제는 이 소녀가극단이 우리나라에 미친 영향이 어마어마하다는 것이다.

우리나라에서는 세브란스의학전문학교를 졸업하고, 1931년 이탈리아 유학을 다녀온 이인선李寅善이 해방 후인 1948년에 자신이 번역하고 주역을 했던 「춘희」 공연이 한국 최초의 오페라 공연이었다. 미국사람들이 세브란스의학전문학교나 배재고보 등을 세웠던 것은 학문적인 부분 때문이 아니라 선교 때문이었고, 선교사들이 오면 거기에는 반드시 음악이 함께 있었다. 어쩌면 1894년에 일본에서 외국사람들이 엉터리 오페라를 한 후 1903년에 고마쓰 고오스게가 오페라 공연을 한 것처럼 이인선이 이 학교를 다니면서 서양음악을 쉽게 접한 것 때문에 1948년 오페라를 공연할 수 있었던 것이 아닌가 한다. 우리나라에서 공연하는 오페라의 번역은 거의 다 이인선이 한 것이다.

나는 국립극장에서 그가 번역했던 「토스카」를 연출한 적이 있는데 일하면서 느낀 것은 번역에 있어서의 문제였다. 가령, "I like You" 일 때, 영어로 발음을 한다면 "아이 라이크 유"로 우리나라 글자로는 발음상 6자가 된다. 발음을 길게 끈다 해도 7자가 될 것이다. 그러나 번역을 해서 발음하면 "나는 당신을 좋아합니다"라고 10자가 되는 것 이다. 그렇다면 음표의 숫자상 발음은 "나는 당신을 좋아"까지 밖에 되지 않는 것이다. 그러한 문제를 해소하기 위하여 최대한 발음을 줄 여서 "나는 당신을 좋아하오"라는 식으로 번역을 했다. "사랑합니다" 도 "사랑하오"로 번역했던 것이다. 그 시대의 번역은 다 그랬다. 이인 선의 「춘희」 공연 후 이인범李仁範이 1958년에 명동 시공관에서 고려 교향악단과 함께 오페라 「카르멘」을 공연한 적이 있다.

오페라가 아닌 우리나라 성악, 즉 창唱을 하는 사람들로는 협률사에 있던 이동백李東伯, 송만갑宋萬甲, 김창열金昌烈, 정정열丁貞烈, 한성준韓 成俊, 오태석吳太石, 박녹주朴綠珠, 김소희金素姬, 박초월朴初月 등이 있는 데, 이들이 후에 조선성악연구회朝鮮聲樂研究會를 만들었다.

당시 서항석이 주관을 맡은, 지금으로 말하면 공연기획사인 조선예 흥사朝鮮藝興社도 있었는데, 1937년에 조선성악연구회가 부민관에서 발표회를 할 때 이들도 공연을 함께 했다. 내가 일본에 있다가 잠깐 서울에 왔더니, 서항석이 내가 조선에 온 것을 알고 나를 불러서 그 공연의 무대장치를 해달라고 했었다.

오페라에서 각자 역할에 맞추어 노래하는 것은 배역에 따라 분창分 唱을 한 것이다. 예를 들어 「카르멘」이라면, 카르멘 역할을 맡은 사람 은 카르멘 노래를 부르고 돈 호세 역할을 맡은 사람은 돈 호세의 노래 를 부른다. 그러나 판소리에서의 분창은 다르다. 당시 부민관에서 공 연했던 레퍼토리를 지금 기억하고 있지는 않지만, 예컨대 「춘향가」라고 하면 같은 이도령 역을 여러 사람이 나누어, 예를 들어 광한루 장면에서는 정정열이 하고, 사랑가는 송만갑이 하고, 옥중 장면은 이동백이 하는 식으로 잘 부르는 장면을 나누어서 다른 사람이 부르는 것이었다. 일제시대에 임방울林芳蔚이라는 명창이 있었는데, 이 사람은 다른 것은 아무것도 못해도 「적벽가」만은 그 사람을 따라갈 만큼 잘하는 사람이 없었다. 그렇게 하는 것을 분창이라고 했다.

당시 동양극장은 현대극과 시대극이 있었다. 현대극은 청춘좌가, 시대극은 호화선이 맡아서 끌어가고 있었는데, 호화선은 조선시대나 신라시대를 배경으로 하는 역사극만 하고 있었다. 조선성악연구회원 중의 한 명인 조상선趙相鮮이 그것을 보고 송만갑 등의 선배들에게 동양극장의 호화선처럼 그런 사극을 '창극' 으로 하자고 했지만, 이들은 하지 않았다. 노래는 장단을 쳐가며 해야지 왜 해보지도 않은 연기를 해야 하느냐고 싫다고 했기 때문이다. 그랬으니까 이 사람들이 창극을 했다고 볼 수는 없다. 다만 창극이 없던 그때에 동양극장의 역사극을 보고 소리로 해보고자 했던 조상선의 그 창의성은 매우 높이 살만하다. 해방 후 그는 이북으로 넘어갔다.

조선성악연구회에 소리를 잘하는 김소희와 박귀희朴貴姬가 있었다. 박귀희는 한때 일본에 살면서 우리 소리를 한 적이 있다. 그곳에서 지내면서 일본의 소녀가극단을 보고 힌트를 얻어 김소희에게 함께 우리도 그런 것을 만들자고 해서 탄생된 것이 햇님달님여성국극단이다. 이것은 순전히 박귀희의 아이디어다. 햇님달님국극단을 하면서 수익이 많이 생겨 만든 학교가 1960년에 설립한 서울국악예술고등학교다. 학교가 인사동에 있었는데, 5·16군사쿠데타 이후에 그 학교를 중앙정보부에서 후원을 했다. 그때 나는 이 학교의 연출을 맡아 세종문화회관에서 공연을 하기도 했다.

일본에서는 오페라를 시도하다 여러 가지 경험을 하면서 비로소 생긴 것이 소녀가극단인데, 박귀희가 바로 그것을 보고 여성국극단을 만든 것이 우리나라의 창극의 시초가 되어버렸다. 그 후 6·25전쟁이 나고 부산으로 피난을 가면서 볼 것도 먹을 것도 없던 시절에 몇 사람이 판소리하는 여자들을 모아서 국극단을 만드는 것이 성행했다. 그때 임춘앵林春鶯국극단, 새한국극단 등이 아주 유명했다.

그때 후에 연극협회 이사장도 지냈던 이진순李眞淳과 이유진李有鎭이라는 두 사람이 주로 연출을 했다. 피난시절 밤이 되면 갈 곳도 없고 무료하기 때문에(영화는 일체 없었다) 극장에서 여성국극하는 것을 보러 가는 것이 유일한 위안이었다. 또 여성국극이 마구 생길 때 남도창을 조금 하는 요정에 나가는 젊은 여자들이 국극단에 마구 몰려들어 한동안 여성국극단이 번창했었다. 그런데 이진순이 일본예술대학 연극학과를 나와 창에 대해 하나도 모르니까 일본에서 봤던 일본연극을 그대로 꾸며 극을 만들었다. 일본의 소녀가극단이 파리 물랑루즈의 레뷰를 모방했다면 우리나라 창극의 시초인 여성국극단의 연극은 일본연극의 모방인 것이다.

지금의 국립창극단도 마찬가지다. 1950년 국립극장이 창립되고 6·25전쟁이 나면서 1951년 1·4후퇴를 하고 대구에서 국립극장을 재개관했다가 전쟁이 끝나고 1955년 환도하면서 시공관을 같이 썼다. 그때 극장장인 서항석이 연극만 하는 국립극단 말고 일본의 가부끼와 견줄 수 있는 우리나라 창극을 하는 국립창극단도 만들어야 한다며 그때 기획위원인 나와 박진朴珍, 이광래李光來, 김정환金貞桓, 이진순李眞淳에게 상의를 했었다. 그래서 악사석도 가부끼는 무대 한가운데 뒤에 쫙 펼쳐져 있었는데, 우리는 무대 오른쪽 앞쪽으로 한쪽에 놓고 소리 잘하는 사람은 연기를 시킬 수가 없으니까 그런 사람은 도창導唱을 시키자고 했다. 도창이란, 창극 속의 난해한 이야기를 관객들이 이해하기 쉽게 돕는 역할로, 예를 들면 "숙종대왕 즉위 초에 성덕이 널부시사, 성자, 성손이 대대 영광스럽고…" 하는 말을 일컫는다.

그런데 거기에 있는 사람들이 모두 서항석과 같은 정신으로 함께 하지 못했다. 나도 연출을 하면 연극적인 지식을 가지고 심리적인 표현을 어떻게 해야 한다는 것만 알았지, 창극을 어떻게 표현해야 하는지조차도 모르고 있었기 때문이었다. 일본의 경우는 마음상태가 어떨 때에는 어떻게 몸으로 표현을 해야 하는지 정리된 것들이 있었는데, 우리나라는 그런 것은 없고 어디까지나 리얼리즘 연극을 했던 것이었다. 우리나라 연극의 토대가 너무나 서양연극적인 것이었다. 내가 가부끼를 알고는 있지만 그것처럼 할 수도 없고 어떻게 창조를 해서 가부끼와 대립되게 만들 것인지 나로서는 알 수가 없었다. 다만 창단할 때에 여자들만 하는 것은 안 된다고 해서 남녀가 같이 한 것이 국립창극단의 시초다.

오늘날의 국립창극단은 본래 취지인 '창을 가지고 우리만의 방식을 표현하는' 창극이 아니고, 우리 같은 사람들이 과거부터 내려오던 것을, 또 지금은 우리처럼 경험이 있는 사람들이 하는 것도 아니고 그냥 이름 있는 사람들에게 연출을 맡기고 있다. 국립창극단의 스타일이 정립이 되어 나가는 것이 아니라 그냥 이 사람 저 사람들이 자기 스타일에 맞춰 만들고 있다. 어떤 사람은 명색이 판소리를 가지고 무대를 형상화하는 뮤지컬이라고 말하는 사람도 있다. 창극의 전통을 이어가지 못하고 있는 것이다.

예그린악단 제4회 정기공연 작 「여름밤의 꿈」 대본 (이원경 연출)

4

영화에 담긴 인생, 인생이 담긴 영화

· 초창기 한국영화계

우리나라에 영화가 처음 들어온 것은 여러 이견들이 있지만 상식적으로 1905년, 그러니까 미국에 서부활극이 생기기 조금 전으로 거슬러 올라간다. 미국이 조선에서 담배장사를 했는데 지금도 양담배를 사면 선물로 라이터 능 별난 것 다 수늦이 미국담배, 가령 켄트 빈 담배갑 다섯 개를 모아오면 선물로 활동사진을 보여준 것이다. 담배창고에 포장을 두르고 비춰주었는데, 뭘 했는지도 모르지만 그때가 맨처음인 것이다.

내가 예닐곱살 때 지금 신세계, 제일은행 근처가 허허벌판이었고, 일본에서 온 사람들이 포장마차처럼 조그맣게 여러 가지를 팔았는데, 활동사진을 하기도 했다. 5전을 내고 들어가면 낮에도 까만 포장을 사방에 쳐서 캄캄한 속에서 광목에 영사기를 비춰서 한 5분 정도 보여주었다. 영화가 없으니까 더 길게 할 수도 없었다. 그거 보고 가면서 "하, 신통하다!" 그랬는데, 이러다가 불이 난 적도 있다. 영화 돌리는 사람이 담배를 피우면서 일하다가 담뱃불이 필름에 똑 떨어진 것이 화근이었다. 그래서 사람들이 다치기도 했다. 나도 여기서 활동사진을 보았다.

보통학교 다닐 무렵에는 단성사에서 미국영화를 상영했다. 그런데 내가 보통학교 2~3학년 때부터 단성사에서 활동사진을 보고 연극을 보았다고 하면 지금 사람들은 미성년자 관람불가인 세상 탓에 어떻게 보통학교 다니는 아이가 영화를 보았느냐고 의아해한다. 나는 보통학교 때부터 기를 쓰고 영화를 보러 다녔다. 어떻게 안 걸렸느냐고? 그 당시를 잘 생각해보길 바란다. 미성년자가 봐선 안 될 것은 만들지도 보여주지도 않았다. 배우 구하기도 힘든 시절이었다. 미국도 초창기엔 마찬가지였고. 지금처럼 영화 시작하자마자 마구 비비고 하는 걸 미성년자가 봐서는 안 되는 거지, 그때 배우들이 어디 그런 것을 하려고 했겠나. 집에서도 정상적인 집안이라면 불 꺼놓고 같이 잤지 환하게 불 켜놓고 하는 것은 말도 안됐다. 그러니 미성년자 관람불가라는 것이 아예 없었던 것이다.

토키영화가 나오기 전인 1920년까지 우리나라 영화는 변사辯士의 영화다. 초창기 일본영화가 상영될 때다. 분명한 것은 일본영화의 상영은 조선사람들을 위한 것이 아니었다. 서울에 와 있는 일본인들을 위안하려는 것이었다. 이 일본영화에서 변사가 한국영화에 들어왔다. 당시 조선사람들의 극장인 단성사, 조선극장, 우미관 등에서 무성영화 미국영화 등을 상영할 적에 변사는 일본사람들이 하던 것을 고대로 흉내내어 말만 우리말로 바꾸어 설명했다. 목소리도 쉰 목소리를 냈다. 영화가 재미있는 것도 중요하지만 변사에 따라, 즉 단성사에 누구, 조선극장에 누구, 우미관의 누구 하는 식으로 그 극장에 사람들이 몰리곤 했다.

조선극장에 잘 하는 변사가 한 명 있었는데, 그 사람의 부인이 MBC「전원일기」에 나오던 정애란이다. 그 딸이 예수진이라고 독일 갔다와서 연극하고 있고, 또 다른 딸의 남편이 키 크고 멀쑥하게 생긴 탤런트 한진희다.

배우와 마찬가지로 변사도 잘하는 이가 있고 못하는 이가 있다 보니, 못하는 변사가 나오면 "들어가라, 누구 나오너라" 하면서 막 떠들어댔다. 그러면 이 변사가 가만히 "이 자슥들아, 잔소리 말고 보고 앉았거라"하면, 관객들은 자기들한테 욕하는 줄도 모르고 활동사진 내용인줄 알고 넘어가고 그랬다. 이 변사들의 억양을 초창기 우리나라 연극배우들이 대사를 할 때 그대로 따르기도 했다.

일본영화에서 힌트를 얻어 우리나라에서 영화를 만들기 시작할 무렵, 당시 영화자재도 부족하고 촬영기도, 기술도 모자랐다. 당연히 영화로서 독립된 장르로 시작된 것이 아니고 무대위에서 연극하다가,

가령 들판을 간다 하면 그것만 스크린이 내려오면서 영상을 비추는 식으로 공연을 했다. 이걸 연쇄극Kino Drama이라고 하는데, 서양사람들도 그렇게 하곤 했다.

우리나라 최초의 활동사진기사는 이필우李弼雨라는 사람이다. 또 연쇄극을 처음으로 감독한 이는 윤백남尹白南이다. 윤백남은 일본에서 배워와서 처음에는 연극을 하다가 영화로 돌아갔는데, 윤백남의 「월하의 맹세」가 최초의 연쇄극이다. 이 윤백남 밑에서 엑스트라로 출연한 것이 나운규다. 윤백남은 1953년 후암동에 있던 서라벌예술학교 초대학장을 지냈는데, 당시 연극과 교수는 나와 이광래李光來, 문학은 김동리와 서정주, 음악은 이승학 등이 맡았었다.

그 외에 단성사에서 출자해서 박정현朴晶鉉 감독이 「장화홍련전」을 만들었고, 단성사의 변사였던 김영환이 시나리오를 쓴 「낙화유수落花流水」도 제작되었다. 「낙화유수」의 촬영장면은 내가 보통학교 3~4학년 무렵 하교길에 본 적이 있다. 주제가도 있었는데, 물론 영화에서는 이 주제가가 안 나온다. 무성영화이니 당연한 것이다. 당시 단성사에서 공연을 한다면 극 30분, 노래 30분, 춤 30분, 이렇게 90분쯤 되었다. 단성사에서 노래부르던 이 중 지금까지 살아있는 유일한 사람이 바로 신카나리아다. 어른이 된 후로는 그렇게까지 좋다고 생각이 안 들지만 나 어릴적엔 그 목소리가 얼마나 아름다웠는지…. 이렇게 단성사에서 연극하고 음악하고 무용하고 삼부작으로 공연할 때 신카나리아 같은 이가 주제가로 「낙화유수」 같은 것을 불렀던 것이지 활동사진에서 들려준 것이 아니다.

그때 감독하던 이로 이경손李慶孫, 이규설李圭卨이 있고, 배우로는 이월화李月華, 복혜숙卜惠淑, 안종화安鐘和, 주삼손朱三孫, 나운규羅雲奎 등이 있다. 이 중 안종화는 신파배우로 극단에 있다가 영화도 했고 나중에 예술원 회원이 되었고, 주삼손은 나운규 영화에는 꼭 출연했는데 잘생겼고 일설에 일본사람이라고도 했다.

조선 초기 연쇄극 시기 작품으로는 나운규의 「아리랑」이 획기적인 작품으로 꼽히고, 심훈沈薰의 「먼동이 틀 때」, 김유영金幽影의 「애련송愛戀頌」, 이구영李龜永의 「승방비곡僧房悲曲」, 홍개명洪開明의 「심청沈淸」, 방한준方漢駿의 「한강漢江」 등이 있다. 이 중 김유영은 여류소설가 최정희崔貞熙의 남편으로 「애련송」은 1939년 동아일보 현상공모에 당선된 시나리오이기도 하다. 나운규 시대 윤봉춘尹逢春이 있는데, 윤봉춘의 딸이 윤소정이고 연세대출신 연극배우 오현경이 사위가 된다.

앞

초창기 이후 극영화가 나오면서 당시 손꼽을 만한 감독으로 이규환李圭煥, 최인규崔寅奎, 전창근全昌根이 있다. 이규환은 대구출신으로 극예술연구회 홍해성洪海星의 영향으로 1923년 일본에 가 경도京都 신교新興키네마에서 조감독 수업을 받다가 1932년 귀국해 「임자 없는 나룻배」라는 서정적인 작품을 만들었다. 조선적인 시골풍경을 인상깊게 그려 그 시대로서는 획기적인 작품이라 할 만하다. 1935년 「바다여 말하라」를 감독했고, 1941년 조선총독부정책에 비협조적이라 해서 징용에 끌려가기도 했다. 예술원 회원을 지냈고, 사후에 훈장을 받았다.

6·25전쟁으로 인한 부산피난시절에는 연극, 여성국극, 악극이 전부였었다. 환도 무렵 동경학생예술좌 출신으로 해방 후 전선에서 연극을 하기도 했던 이철혁李喆爀이 영화제작시스템(프로듀서시스템)을 도입

했다. 지금은 으레 제작자가 있지만 당시는 수공업에 다름없던 시대라 따로 제작이 없었다. 이철혁의 기획으로 당시 대법원장하던 김병로金炳魯의 아들이 돈을 대고 이철혁의 부인 조미령趙美鈴과 이민李民을 주연으로 한「춘향전」이 1953년 서울 국도극장에서 개봉됐는데, 이게 대박이 터났다. 사람들이 막 밀려들었다.

한 가지 재미있는 것은 광한루 옆 오작교에서 비행기가 날아가는 것이 화면에 잡힌 것이다. 이조시대에 비행기가 어디 있다고. 이 춘향전이 어마어마하게 돈을 버는데, 그 돈을 명색이 대법원장이라는 이가 전부 압수해버렸다. 처음엔 아들이 영화한다니까 집안망할 놈이라고 하다가 돈이 생기니까 다 가져간 것이다. 하여간 이 춘향전으로 급기야 한국영화가 붐을 일으키게 된 반면 연극, 악극, 여성국극이 망해버렸다. 배우들이 전부 영화로 돌았으니까.

최인규는「국경」,「수업료」,「집 없는 천사」등을 감독하며, 고려영화사 밑에서 영화를 만들었다.「수업료」에 일본 축지소극장의 배우 스즈기타 겐지가 출연했는데, 당시 나는 신축지극단에 있어서 스즈기타와 가까이 지냈다. 8·15 해방하면서 최인규는 명동에서 촬영기 등 영화관계 기재상을 하다가 납치되었다.

전창근은 함경도 회령 사람이다. 나운규가 윤백남 밑에서 가마를 메고 가는 엑스트라 역할로 시작했듯, 이이도 윤백남 밑에서 영화수업을 했다. 1926년 중국으로 가서 김구의 영향을 받아, 거기서 이경손李慶孫, 한창섭韓昌燮과 영화를 제작하면서 한편으로 독립운동에도 관계해 1932년 윤봉길尹逢吉 폭격사건 때는 중국인을 가장해 위기를 모면하기도 했다. 상해시대에 먹고 살기 힘드니까 이이가 잘 하지도 못하면서 프로권투선수로 나가서 KO를 당하면서 파이트머니를 받아 주위에 나눠주었을 정도로 의협심이 많은 사람이었다. 1938년 귀국해서 「단종애사端宗哀史」 등 고려영화사에서 작품, 감독 등 활약을 했다. 민극의 단원 유계선劉桂仙이 그의 처다. 영화를 했지만 국립극장 기획위원을 지내기도 했다.

전창근이 쓴 작품으로 「내가 낳은 검둥이」가 있다. 6·25 이후 검둥이가 많이 태어났고, 이처럼 검둥이를 낳아서 거기서 빚어지는 가정불화에 관한 작품이었는데, 내가 연출해서 백조가극단의 눈물의 여왕 전옥全玉, 그의 딸 강효실姜孝實, 사위 최무룡崔戊龍 출연으로 을지로4가 국도극장에서 공연한 적이 있다.

세상인심이 그렇듯 연극이든 영화든 쇠퇴해가고 새 사람이 자꾸 나오자 어느 날부턴가 이들을 써주려는 데가 없었다. 이규환도 윤봉춘도 어떻게든 해보려고 충무로 근처를 돌아다녔지만, 불현듯 전창근은 사라졌다. 처 유계선은 서울에 남겨둔 채로 슬그머니 어디로 사라져버렸고 아무도 행방을 몰랐다가 나중에 죽어서야 신문에 알려졌다. 영화판에서는 "왜 우리가 여생을 모시지 못했느냐"는 반성의 소리가 나왔지만 다 쓸데없는 소리다.

이 일과 관련해서 생각나는 프랑스 영화가 있다. 미국의 상업영화에 대조되어 프랑스에서는 예술영화를 지향했다. 내가 20대에 일본서 유학할 때 프랑스영화만을 상영하는 영화관이 따로 있었다. 그곳은 일본사람 중에서도 특수한 계층에서만 찾았다. 미국영화처럼 미남미녀가 나와서 사랑하고, 춤추는 탭댄스 등에 비해 우중충하고 기복이 없는 것이 프랑스영화의 주류를 차지한다. 그 중 루이 주베 주연의 「인생유전人生流轉」(가칭)이 있다. 내가 스물두셋 때 본 것으로 영화자료관에도 가봤지만 정확한 이름을 찾지 못하겠다. 루이 주베는 원래 연극인으로 얼굴도 못생겼나. 상 꼭또와 불이 비유뷰우골롬비에극단을 하다가 장이 파리 교외로 배우들을 데리고 가서 따로 연극을 하자 루이 주베는 연극도 하고 영화에도 출연했다.

영화의 내용은 이렇다. 70~80년 전 프랑스에서는 벌써 배우들이 노후 안 팔릴 때를 생각해서 양로원을 만들어서 노인이 되어 배우활동을 하지 않는 배우들을 양로원에 수용했다. 영화 「인생유전」의 도입부 화면은 파리 교외 한적한 곳에 허술한 넓은 집이 보이는데, 늙은 배우들이 웅성웅성댄다. "내가 젊어서 몰리에르극장에서 뭘 할 적에 손님이 이렇게 많고…" 하면, "너만 그러니, 나도 왕년에…" 하는 식으로 서로 제가 잘했다는 자랑을 하는 것이다. 그런데 이 사람들이 문 쪽으로 전부 가서는 눈이 둥그래진다. 키가 껑충하게 큰 사람이 한 명 대문을 통해 양로원으로 들어오고 있는데, 이것을 보고 놀란 것이다. "저 유명하고 대단한 배우도 늙으면 여기 오나?" 하고.

이 사람이 루이 주베다. 루이 주베가 방에 들어와서는 혼자 멍하니 의자에 앉아서 창밖을 내다보고 있고 다른 사람들은 한 쪽에 모여 있다. 딱 떨어져있는 것이다. "옳지, 너 이제 죽을 때까지 우리에게 당해봐라", "니가 햄릿을 할 때 우리는 시종으로 니 뒤를 따라다녔는데 너는 거들떠보지도 않고 거만스럽게…" 하면서 벼르는데 정말 구박하는 것이 악랄하다. 그렇지만 루이 주베는 가만히 먼 산을 바라보는 것이다.

그런데 하루는 우체부가 자전거를 타고 그 대문으로 들어선다. 루이 주베에게 배달되는 자그마한 상자를 들고서. 어떤 백작부인이 그에게 남긴 것인데, 뜯어보니까 어마어마한 다이아몬드 반지가 나왔다. 이 배우가 인기가 대단했을 때 백작부인이 반해서 스캔들도 일으키고 하던 것을 화면에서 쓱 비춰주고…, 돈도 많을 때니 백작부인에게 선물했던 그 반지가 백작부인의 유언으로 루이 주베에게 돌아온 것이다.

화면이 싹 바뀌면서 몬테카를로의 카지노, 구슬이 왱 도는 게임테이블에 루이 주베가 앉아 있다. 그런데 옆자리는 비어 있다. 자리가 빈 것에 대해 영화는 아무런 설명이 없다. 나중에서야 그 옆자리는 백작부인과 그전에 젊었을 때 같이 앉았던 곳으로 루이 주베가 백작부인이 거기 있는 것처럼 생각하고 두 자리를 샀다는 것을 알게 된다. 루이 주베는 반지 판 돈으로 게임을 한다. 돈을 모두 잃고, 영화의 마지막 장면은 다시 양로원으로 돌아와 그 의자에 앉고, 다른 노인들은 다시 떠들어댄다.

그 영화를 봤을 때 나는 "저놈들한테 구박받지 말고 반지 판 돈으로 포장마차라도 하고 여자도 하나 얻을 것이지" 하는 안타까운 생각이 들었다. 그 구박 맞을 생각을 하니까. 그런데 차차 나이가 들면서 "이렇게 사는 인생도 있구나" 하는 생각이 들 때가 있다. 또 한편으로 "인생의 멋"이라는 것도 알게 되었다. 추억에서 한번 되돌려서 정신적으로 여유를 가져보는 것이다. 나중에 죽을 때까지 마음고생을 하더라도 얼마나 멋있느냐 하는 생각이 들기도 했다.

전창근도 저 혼자 없어져버렸다. 인생유전, 인생이 뒤집어진 것이다. 인생의 멋에 대해 한번쯤 생각이 머문다면 다들 지금처럼 살지는 않으리라.

영화인 최금동(작고), 영화감독 유현목, 작곡가 김동진과

空
手來空手去

개혁과 국익

· 일본식 한자용어의 문제점

혁改革이다 국익國益이다 해서 시끄럽다. 노무현 대통령은 정치 개혁, 경제개혁, 군軍개혁, 정당개혁 등 무슨무슨 개혁을 한다고 야단이다. 또 툭하면 '국익'을 내세워 뭐든 막으려 든다. 노대통령

취임 전 언론에서는 "노 당선자의 철학을 이해하는 젊은 세대로 측근을 만들 것"이라고 했다. 그리고 지금, 노 대통령의 정치철학, 경제철학이니 하는 말을 매일 듣고 있다. 개혁이나 국익이나 철학이나 모두 한자용어인데, 그것도 일본식 한자용어다.

오늘날 우리가 쓰고 있는 한자용어라는 것은 대개가 일본식 한자용어라고 할 수 있다. 원래 일본에 한자와 한문이 들어간 것은 백제시대 때 왕인王仁박사가 일본에 논어와 천자문을 가지고 간 것이 처음이다. 그런데 지금은 거꾸로 일본에서 쓰는 한자를 우리가 받아들여 그대로 쓰고 있다. 나처럼 늙은 사람이 일본식 한자를 쓴다면 구세대이니까 그렇다고 쳐도 지금 젊은 사람들까지도 무의식중에 그리고 당연하게 일본식 한자용어를 본래 중국의 한자용어인 줄 알고 무비판적으로 그냥 답습해서 쓰는 것이 큰 문제가 아닐 수 없다.

현재 우리가 자주 쓰고 있는 일본식 한자용어, 예컨대 개혁이니 철학이니 하는 용어들은 모두 일본 명치유신때 급히 서둘러 만들어진 말들이다. 1800년대 일본은 봉건주의 국가로 그 지주의 위치에 있던 계급이 무사였다. 문무文武, 즉 문반과 무반 이렇게 양반兩班이었던 우리나라와 달리 일본은 문반이 없고 무반만 있었는데, 이 무반을 일본에서는 무사라고 했다. 즉, 무사의 막부幕府가 정권을 잡고 그 막부를 장악한 이를 쇼군(將軍. 장군)이라 했다. 조선을 침략했던 도요토미 히데요시가 바로 초대 국가원수이고, 그 후 히데요시가 죽고 1600년에 도꾸가와 이에야쓰가 대장군이 되어 19세기까지 일본을 군림했다. 그들은 쇄국정책을 써서 외부와 교역을 차단해 오다가 1800년대 와서 미국과 프랑스의 끈질긴 문호개방 압력으로 일본은 문호를 개방하게 된다.

그 시대 일본의 무사정권에 불만을 가지고 반항하는 일부 그룹이 프랑스나 미국의 선진세력과 결탁을 하면서 조금씩 외국의 정신적인 영향을 받아 일본 막부에 반대하는 세력으로 성장했다. 여기저기 정권에 반대하는 그룹들이 점점 힘을 합쳐서 막부에 반항하고 내란을 일으켜 어지럽고 혼탁한 세상을 만들었다. 그렇게 해서 무사정권이 무너지게 된다. 이로써 장군정치가 막을 내리고 이른바 천황정치로 국가체제가 바뀐다. 이 일대변혁이 소위 명치유신인데, 이 때가 1868년이다. 이를 기점으로 일본이 급속히 근대화했던 것이다. 천황제도는 일본이 선진국인 영국제국의 왕정정치를 모방한 것이다. 일본은 유신을 통해 세상을 뒤집어 개혁을 한 것인데, 그때 천황의 이름이 명치천황이어서 명치유신이라고 한 것이다.

일본은 이를 혁명이라고 하지 않고 유신이라고 했는데, 그것은 일본이 혁명이라는 용어를 몰랐기 때문인 것 같다. 일본은 쇄국주의 속에 있었으니까 밖에서 혁명을 한지 무엇을 한지 몰랐을 것이다. 그러니까 서양 사람들이 한 혁명을 일본 사람들이 본따서 한 게 아니라 일본 나름대로 세상을 뒤집었고 거기서 유신이라는 말을 썼던 것 같다. 이에 반해 서양에서는 로마시대부터 혁명이라는 용어가 전통적으로 있어 왔고.

일본이 급격하게 개방을 하면서 외국, 소위 선진국의 체제를 따라 모든 것을 받아들이면서 아주 다급하게 서양으로 유학생들을 국비로 내보내 여러 가지를 배워 오게 했는데, 모든 게 다 '새로운' 것이었다. 이렇게 유럽의 새로운 지식을 받아들이면서 그것을 일본 내에 퍼뜨리는 수단으로 가장 으뜸이었던 것이 바로 언어다. 가르쳐주는 것도 글이고, 또 글을 보고 알게 되니 자연히 외국에서 들여온 새로운 지식을 언어로 표현해야만 했다. 예컨대, civilization이라면 왜, 어떻게 해서 그랬는지 모르지만 그것을 文明(문명)이라고, 또 culture는 文化(문화)라는 등 일본식으로 만들어냈다. 필요성에 의해 그 시대에 급하게 번역한 그 용어들을 현재 우리들이 쓰고 있는 것이다.

일본에서는 외래용어를 급하게 번역하는 데 몇 가지 방법이 있었는데, 가령 아데지當て子는 원어原語를 들리는 음音대로 한자의 본뜻과 상관없이 일본 가나로 글자를 쓰는 나쁜 버릇이다. 낭만浪漫과 불弗이 그 예다. 일본사람들은 Roman로망을 한자 '浪漫'으로 썼다. 이것을 일본말로 발음하면 '로망ㅁㅜㄴ'이 된다. 그런데, 우리는 이것을 로망이라고 하지 않고 낭만이라고 발음한다. 路로자와 萬만자를 써도 '로만'으로 발음되는데, 왜 굳이 '浪漫'이라는 한자를 썼는지는 모르겠다. 오늘날 우리의 젊은 세대가 쓰고 있는 낭만은 유럽 문예사조에서 쓰던 로맨티시즘(Roman+ticism)의 그 로망과 아무 관련도 없는 말이 되어 버렸다. 또, dollar달러는 미국돈 명칭인데, 이것을 활자화하여 신문이나 문장에 집어넣을 때 문자 그대로 쓰기 힘드니까 기호를 썼다. 그 기호가 $(요즘에는 $)였다. 일본에서 달러 표시 $를 한자 弗로 적으면서 달러 비슷하게 '도루ㄷㄹ'라고 읽는다. 그런데 우리는 한자 발음 그대로 '불'이라고 읽고 있으니 한심하기 짝이 없다.

가장 큰 문제는 일본식조어日本式造語라고 할 수 있다. Radio가 어떻게 放送방송이 되고, culture가 文化문화, philosophy가 哲學철학이 될 수 있나?

한문사전을 보니까 哲철자는 '밝다'는 뜻의 明명자와 '슬기롭다'는 뜻의 智지의 뜻을 가지고 있다. 그러니까 아주 밝은, 슬기로운 哲의 학문이라는 것인데, 도저히 이해가 안 간다. 서양 사람들의 필로소피

philosophy라는 학문 자체가 이해가 안가는 학문, 애매모호하기 짝이 없는 것이다. 그러니 그 당시 그것을 뭘로 번역해야 할지 일본 사람들은 몰랐을 것이다.

그럼 '철학자'라는 사람들은 뭐하는 사람들이냐. 독일의 철학자 쇼펜하우어와 니체는 둘 다 우리 생각으로 보면 정상적인 사람이 아니다. 쇼펜하우어는 염세적이고 니체는 허무적이다.

쇼펜하우어는 염세적 사상가라고 한다. 왜 염세적이 되었을까. 내 나름의 해석인데, 어렸을 때부터 여류작가였던 엄마를 싫어했다. 엄마를 싫어하던 것이 나이를 먹어가면서 여성을 멸시하는 쪽으로 기울어졌다고 한다. 이 사람이 염세적인 것은 여성을 싫어했다는 것에서 시작한 것 같다. 그 근본은 어머니를 미워했다는 것이고. 연애와 사랑을 완전히 무시해버리니 정신세계가 얼마나 피폐해졌겠나. 편협해지고 비뚤어지다 보니 주위를 보는 눈이 염세적이고 그러니까 세상을 싫어하고 그 사회가 자기 마음에 안 들었을 것이다. 나아가 자기가 살고 있는 세상, 즉 유럽 사회가 맘에 안 들었을 것이다.

그러니 관심이 동양세계로 옮겨가 쇼펜하우어는 동양사상을 신봉하게 되었다. 물질문명의 서양의 사고보다는 동양의 정신세계를 더 중요시하는 일종의 정靜의 사유思惟에 빠졌다. 동양사상 특히 인도의 불교철학에 심취해 생生에 대한 인식 내지는 회의, 즉 삶의 고통에 대해 여러 각도로 추구한 끝에 범아일여(梵我一如: 범(불교)과 나는 하나다)의 이론에 심취한다. 자꾸만 깊이 염세해서 생각하다보니까 무아의 경지, 자기가 자기를 잃어버리는 지경에 들어간다. 일종의 정신착란이지 싶다(우리는 불교를 철학이라기보다 신앙이라고 한다. 기독교도 신앙이다. 맹자나 공자가 이야기하는 것은 깊이가 있는 심오한 철학인데도 그것은 철학이라 하지 않고 유교라고 하니 이상하다).

니체도 보면 바그너를 좋아해 바그너 음악에 심취했다. 바그너 음악은 멋대가리 없다. 바그너는 이탈리아의 아기자기하고 감칠맛나는 멜로디 대신 심오한 그리스의 장엄한 것으로 돌아가자고 주장했다. 바그너의 악극이라는 것은 극을 음악 속에 집어넣은 것이다. 니체가 그것을 좋아했다. 니체는 쇼펜하우어도 좋아했는데 쇼펜하우어는 니체를 안 좋아했다. 니체가 그 때문에 상처를 받고 퍽이나 괴로워했다. 쇼펜하우어의 영향을 받아 니체도 유럽문화에 회의를 느끼고 형이상학적 정신세계에 몰두한다. 쇼펜하우어가 그랬던 것처럼 어쩌면 니체가 허무적이고 고독한 것으로 빠지게 된 것도 5세 때 아버지를 일찍 여의고 할머니 손에서 자란 것에서 시작된 것이 아닐런지. 나는 그 사람의 철학의 첫걸음이라고 생각하고 있다.

결국 철학이란 말 자체는 일본이 명치유신때 급하게 만들어낸 말 중 하나다. 영어, 프랑스어, 이탈리아어 같은 외래어를 번역할 때 '학學' 자와 '술術' 자를 썼는데, 학은 높게 생각했고 술은 낮게 생각했다. 그래서 문학, 과학, 의학, 법학 이런 식으로 학을 쓰는 게 있었고 기술, 미술, 예술처럼 술을 쓰는 게 있었는데, 그림 그리고 노래부르고 춤추는 것을 낮게 가치판단한 것 같다(물론 지금은 안 그런다). 그래서 명치유신 때 일본의 지식인들이 가장 난해하고 심각한 것으로 여기어 지극히 추상적이고 애매한 철哲자 하나를 쓰고 이것에 학學자를 붙여 철학이란 용어가 생겨났나 보다.

요즘은 또 음주문화, 장례문화 등 '문화' 빼고는 아무 말도 못하는 시대다. 1989년 일본대학 예술학부에 가서 특강을 한 적이 있다. 그때 잠시 교수실에 앉아 그 대학 교지를 훑어보고 있었는데, 거기서 그

학교 어떤 교수가 "요즘 일본에서는 문화라는 말을 넣고서 글을 쓰는 일이 많다. 예술문화藝術文化라니, 왜 예술에다 문화라는 말을 쓰느냐" 고 회의를 가지고 짤막하게 쓴 글을 읽었다. 그때 틀림없이 한국에서 도 이제 무슨문화 무슨문화 하겠다 생각했는데 불과 얼마 후 '문화' 라 는 말이 안 쓰이는 곳이 없다. 전부 문화라는 말을 집어넣는다. 가령 문화관광부에서 2003년은 '건축문화의 해' 라고 하는데, 예전에 '연 극의 해' 는 그냥 연극이라고 하고 '춤의 해' 는 그냥 춤이라고 해놓고, 왜 갑자기 '문화' 라는 말을 써서 '건축문화의 해' 라고 하는지.

서양에서는 특히 인간의 정신세계에 관계되는 것을 문화라고 하고 있다. 문명은 인간의 생활수준이 향상되고 도시가 발달되고, 문화라 는 정신적 소산인 종교, 도덕, 학예 같은 좁은 의미의 것보다 더 넓은 인간의 기술적이고 물질적인 형상이다. 문화는 정신적인 것이고 문명 은 물질적 현상이다. 문명은 보이는 것이다. 문화라는 것은 눈에 보이 는 구체적인 것이 아니라 정신적으로 은은하게 향상되어 가는 것, 질 이 높아지는 것, 세련되어지는 것이라고 기재되어 있다. 그런데 우리 의 현실에서 장래문화, 음주문화 따위의 문화는 무엇을 뜻하는 것일 까.

한편, 우리가 자주 쓰고 있는 말 중에는 서양 단어를 번역한 말이 아 닌 진짜 일본말들이 있다. 예컨대 우리가 쓰는 말 중 '대단원大團圓' 이 라는 용어가 있다. 일본 전통극 가부끼 용어에 '다이단엔大團圓' 이라 는 말이 있는데, 막이 내리기 전에 전全 배우들이 모두 무대에 나오는 것을 대단원이라고 한다. 그런데 우리는 무엇이 끝났을 때 대단원의 막이 내렸다고 한다. 텔레비전을 보다 보면 뮤지컬이나 드라마 광고 에서 "○월 ○일부터 그 대단원의 막이 올라갑니다"라는 어처구니없

는 말까지 흔히 들을 수 있으니. 본래 끝났다는 뜻이 아닌데 어떻게 그렇게 쓰는지 한심하기 짝이 없다. 일본사람들은 "끝났다"는 "오오즈매大詰ぬ"라고 하지 절대 대단원으로 쓰는 법이 없다.

또 "벗어나기 어려운 절망적 상황에 빠졌다"는 뜻으로 "나락奈落에 빠졌다"는 말이 있다. 이 말은 본래 가부끼 무대 어딘가에 관객 모르게 구멍을 뚫어 등장인물 한 사람이 무대 밑으로 쑥 들어가 관객을 깜빡 속이는 장치다. 일본말로 나라꾸ナラク라고 하는데 한자로 쓰면 奈落내락이다. 내락도 아니고 나락이라고 쓰면서 본래의 뜻과 전혀 상관없이 쓰고 있는 꼴이다.

또 다른 예로, 우리가 흔히 사용하는 말 중 "급하면 돌아가라"라는 말이 있다. 5~6세기에 일본 왕의 한 형제가 서로 정권을 잡기 위해 싸움을 했다. 동생이 오사카에서부터 정권을 잡고 있는 형이 있는 교토로 쳐들어가려 했다. 형을 없애고 자기가 정권을 잡으려 했는데, 교토 주변에는 세다라는 강이 흐르고 있었고 그 위에 가라바시라는 다리가 하나 있었다. 오사카나 나고야의 장사치들은 이 다리를 이용해서 교토로 들어가 물건을 팔곤 했다. 그런데 그 다리를 사이에 두고 형과 동생의 전투는 계속 됐다. 오사카의 상인들이 강 너머에서 싸움이 끝나기를 기다리고 있는 것을 본 교토 사람이 딱하게 생각했던지 "이 싸움은 금방 끝날 것 같지 않으니 급하면 저쪽으로 돌아서 장 안에 들어가라"라고 말했다고 한다. 이런 유래도 모르고 급하면 더 똑바로 가야 하는 것이 상식인데, 왜 돌아가라는 말을 쓰고 있단 말인가.

어쨌든 대단원, 나락, 문화 등 이런 용어를 어떻게 듣고 보았는지, 소위 새로운 개혁세대라 부르는 사람들이 무비판적으로 오용하고 남용하고 있다는 것은 그야말로 한 나라의 문화를 그르치는 것이 된다.

이러한 모습은 그대로 유지하고 있으면서 일본에서 교과서 왜곡한 부분에는 강경하게 대처하고 있다. 일제 잔재에서 벗어나려면 이러한 부분부터 깨어나야 한다. 개혁한다면서 왜 이런 것들은 그대로 쓰는지 모르겠다.

❧

일본의 명치유신이나 서양의 혁명이나 다 똑같은 말이다. 프랑스의 경우 봉건사회 국가에서 근세 통일국가가 성립된 것은 15세기 후반(루이11세)이고 절대왕정이 붕괴되기 시작한 것이 18세기 말이다. 1789년 지방에서 농민들이 폭동을 일으켜 봉건제가 폐지된다. 이것이 프랑스혁명의 시작이다. 그 후 파리 민중봉기 및 9·21 공화제 선언, 나폴레옹 황제 즉위, 나폴레옹 퇴위, 파리 민중봉기 및 7월혁명, 2월혁명, 파리에서 공화제 혁명, 제3공화정부 헌법 성립을 거치면서 왕당파와 대통령파의 혼란이 시작된다. 1914년 1차세계대전이 일어날 때까지 왕정과 공화제가 반복되면서 현대로 오게 된다. 그것이 오늘날의 프랑스다. 19세기에 혁명이 3번, 쿠데타가 1번 일어났는데, 이러한 변혁은 프랑스 근대화 사상의 특징이 되었고 현재의 프랑스 공화국이 있게 된 것이다.

그런데 프랑스에서는 이것을 혁명, 즉 리볼루션Revolution이라고 했다. 기성세대가 무너지고 새로운 질서가 나라를 장악하는 것을 혁명이라고 한 것이다. 프랑스혁명의 의의라는 것은 그것이 프랑스를 근대로 이끌어낸 힘이었다는 것이다.

혁명과 달리 개혁이라는 말이 있다. 서양에서 개혁이라는 말은 마틴 루터의 종교개혁Reformation이라는 말에서 나왔다. 종교개혁은

Reformation이지 Revolution이 아니다. 종교개혁은 16세기 전반 유럽의 그리스도교 특히 로마 가톨릭 교회 내부에서 일어난 교회 체제 전반에 걸친 개혁운동이다. 중세 그리스도교는 유럽의 사회, 정치, 문화, 사상 등 여러 분야에 걸쳐 간섭하고 탄압하는 위치에 있었는데 여기에 반항하는 민중봉기, 즉 종교개혁이 일어난다.

독일 수도사이며 신학교수였던 루터가 1517년 10월 31일 속죄贖罪의 효력에 관한 「95개조 논제」라는 논문을 발표한 것이 종교개혁의 도화선이 되었다고 역사에서는 말하고 있다. 종교계의 군림에 대한 정면 대립인 셈이었다. 루터는 그 당시의 교권敎權을 가지고 있는 로마 교황의 비리를 파헤쳤다. 그런 의미에서 보면 개혁이란 기존의 세력에 대항하는 굳은 의지를 뜻하기도 한다.

문제는 노무현 정권에서 말하는 개혁이라는 것과 실제 유럽 종교개혁에서 나온 개혁이라는 말과 뜻이 다르다는 것이다. 일본 명치유신도 여러 사람이 함께 한 것이고 프랑스 혁명도 혼자 한 혁명이 아니다. 군중이 몇 번 일어나 봉기를 해서 혁명을 한 것인데 지금 노무현은 혼자서 개혁을 하겠다 그런다. 그것은 마틴 루터가 혼자서 종교개혁을 주창한 것과 맥이 닿느냐, 나는 안 닿는다고 생각한다.

가령 1960년 박정희가 군사 쿠데타를 일으켜 대통령이 되었다. 그리고 대통령에 재선되고(1967), 3선 반대 조항을 묵살하며(1969), 야당 김대중을 누르고 3대 대통령이 된 후 국내 여론을 완화하려고 남북대화를 추진하며(1971), 남북한 공동성명을 발표한다(1972). 그리고 어쩌고저쩌고 하면서 나라가 어수선하자 국내 동요를 막기 위해 10월에 계엄령을 내린다. 국회를 해산하고 헌법을 개정해서 대통령의 권한을 강화하고 영구집권을 위한 틀을 만드는데 그게 바로 10월유신이다.

일본의 명치유신에서 유신이란 용어만 본따서 그렇게 불렀다. 하지만 10월유신과 일본의 명치유신과는 본질적으로 다른 말이다. 일본의 명치유신은 세상을 바꾸는 것인데 박정희 10월유신은 자기가 독재를 하겠다는 유신이다.

그때 중앙정보부(현 국정원)라는 게 생겨 반공법反共法을 만들었는데 그 당시 이것 때문에 많이들 골탕 먹었다. 툭하면 반공이라 하면서 공산당 혹은 빨갱이로 몰았고 무고한 사람들이 잡혀 들어가 고문치사 당했다. 나도 중앙대학교 강의하고 있을 적에 누구랑 친분이 있다고 중앙정보부에 1년이나 전화도청을 당했다. 내 사적인 전화속에서 빨갱이에 가까운 발언이나 학생을 선동하는 말이 있었다면 중앙정보부에 끌려가서 두들겨 맞았을 것이다.

그런데 그 반공법이 현 정권의 국익이라는 것과 상통하는 것 같다. 그 때 툭하면 반공법에 걸려 빨갱이 하는 것처럼 지금 '국익' 하면서 국익을 내세워서 여러 가지 것들을 전부 못하게 막아버리는 증후가 보이기 시작한다. 좀 거북하고 입장이 곤란한 것은 그냥 국익 생각해서 그거 하지 말자고 이야기하는데, 이것은 1961년 박정희 정권이 반공법을 앞세워 뭐든지 막아버리려고 했던 것과 다른 게 없는 인상을 풍긴다.

불교에서 자비라는 말이 있다. 중생에게 복을 주어서 괴로움을 없앤다는 것과 크게 사랑하고 가엾게 여긴다는 뜻이다. 자비심이란 중생에게 자비를 베푸는 마음이다. 개혁을 하고 국익을 생각한다는 노무현 대통령에게 이 말을 꼭 하고 싶다.

改革 이전에 慈悲를 / 國益을 앞세우지 말고 順理를

개혁보다는 자비를 베풀어라. 서양의 철학자 쇼펜하우어가 인도의
범사상을 좋아했듯이 노무현 대통령도 불교의 자비 철학을 가지는 게
어떨까 싶다.

후라이보이, "40대는 물러나라"

· 세대교체론

개혁과 관련해 나오는 이야기 중에 '3김시대의 청산'이라는 말이 있다. 3김, 즉 김영삼, 김종필, 김대중의 시대는 끝났으니 이제 물러나야 한다는 소리다. 50대의 노무현이 대통령이 된 데에는 386

세대의 힘이 컸다고 해서 더욱 젊은 세대가 이 시대에 중추적이어야 한다고 강조한다. 이 말은 나이 든 사람이 듣기에는 '나이 많은 사람들, 즉 늙은 사람들은 뒷전으로 물러나라'는 뜻인 것 같다.

그런데 현실 세계에서 보면 세계 최고의 장수나라인 일본을 비롯해 점점 인간들이 오래 사는 세상이 되고 있다. 인간이 백 몇 살까지 살 수 있다는 것을 실현하려고 의학이 계속 발달하고 있는 시대에 늙은 사람들 물러나라고, 아무 대책도 없이 무조건 내보내고 젊은 세대가 사회의 주류가 되겠다고 한다. 그렇다고 늙은 사람들이 젊은 사람들과 대항해 싸울 수도 없는 노릇 아닌가. 언제부턴가 늙으면 먹고사는 것 걱정하지 말라고 연금제도를 만들어 돈을 내게 한다. 그런 정책은 누가 만들었으며 늙은 사람들 물러나라고 하는 사람들은 누구인가.

과연 세대교체란 풍조가 옳은 것인지, 그렇게 되면 늙은 사람들은 모두 어떻게 되는지, 그것이 문제다. 정확히 말해 '세대교체'라는 말은 개혁을 부르짖는, 소위 386세대가 만들어낸 것이 아니라 그 이전부터 있던 말이다.

৪ৎ

1950년 6·25전쟁이 일어나고 1951년 1·4후퇴로 부산으로 피난을 떠났었다. 그리고 1953년 맥아더 장군의 인천상륙작전으로 인민군들을 모두 북으로 보내고 부산으로 피난갔던 사람들과 문화예술인들 그리고 정부 등이 환도還都한다.

1953년에는 국립극장이 서울 명동에 있던 시공관을 같이 썼는데, 내 나이 서른일곱으로 아직 마흔이 안 되었던 때다. 외국영화 수입도 안 되고 국내영화도 없고 하니까 시공관에서는 할 것이 없어 악극, 창극, 연극 같은 '쇼'를 했었는데, 그러는 중 시쳇말로 히트친 획기적인 쇼가 하나 선보였다. 어떻게 시작되었는지는 잘 모르나 시공관에서 한 젊은이가 무대위에서 "슈~웅~" 하고 제트기가 날아가는 소리나 "따따따——" 하는 따발총 쏘는 소리를 진짜 같이 기가 막히게 잘 흉내낸 것이다. 후라이보이Fly-Boy라고 유명했던 그 사람은 어떤 재주가 있었는지 전투기 소리, 기관총 소리, 또 간간이 웃기는 소리, 미군을 흉내내며 살짝살짝 영어로 노래부르고 춤도 추며 사람들을 웃기고 즐겁게 했는데 그 당시 감각적으로 신선해 사람들이 그를 보러 시공관에 모여들었다.

나는 그 당시 국립극장의 기획위원으로 있어 매일 시공관을 드나들었다. 어느 날 2층 국립극장 사무실로 들어가려다 "와~~!" 하고 객석에서 웃는 소리가 나서 극장 안을 들여다보았더니 이 후라이보이라는 사람이 그 쇼를 하고 있었다. "거, 잘한다, 재밌다" 생각하며 보고 있는데, 후라이보이가 하는 우스운 이야기 가운데 갑자기 내 귀에 쏙 들어온 한마디가 있었다. 그게 바로 "나이 40 넘거든 물러나라"는 것이었다. 그때 그가 30도 안된 20대였고 나는 40을 바라보고 있던 때라, 그 말이 충격이 아닐 수 없었다. 나는 나대로 젊다고 생각했는데 40세부터는 물러나라고 하니까 "무슨 저런 괘씸한 녀석이 다 있나" 하고 생각했다. 이것이 지금 말로 구세대는 물러가라는 것이 아니었는지.

아직 코미디쇼, 코미디언 같은 말이 없던 시대니 후라이보이가 했던 것이 무엇인지 규정할 수는 없다. 그런데 1953년 후라이보이가 시공관에서 '원맨쇼'를 하던 것은 1941~1943년 일본과 미국간의 전쟁때문에 외국영화가 한국에 들어올 수 없었던 때도 볼 수 있다. 당시 시공관의 이름이 명치좌였는데, 조선사람의 회사였던 OK레코드사가 이난영李蘭影, 남인수 같은 대중가요를 부르는 가수들을 데리고 명치좌에서 악극을 했다. 스토리가 있는 극이 아니라 오케스트라 같은 악단이 연주를 하고 노래를 부르는 식이었다. 그런데 가수들이 노래하는 막간에 어떤 사람이 나와 막간쇼를 하고 들어가는데, 그것이 답답한 세상에 심리적으로 신선하기도 하고 매력적으로 보였는지 사람들이 박수치며 좋아했다.

그 사람이 이복본李福本인데, 그가 한 것이 이탈리아 오페라도 아니고 미국 재즈송도 아닌 프랑스 샹송 비슷한 것을 아주 잘 부른 유명한 프랑스 배우 모리스 슈발리에 흉내를 내는 것이었다. 물론 그가 모리스 슈발리에를 직접 본 게 아니라 일본이 미국과 전쟁하기 전 1930년대 미국영화가 들어왔을 때 봤던 것이다. 모리스 슈발리에는 스트로햇straw hat, 그 당시에는 맥고모자(여름에 쓰는 딱딱한 밀짚모자)라고 그랬는데, 그것을 쓰고 노래를 부르다 한 손으로 벗어 빙그르르 돌렸다가 탁 잡기도 하고 참 멋있게 잘했다. 이복본이 모리스 슈발리에의 모자 흉내를 잘 내 인기가 좋았는데, 아마 이것이 오늘날 코미디언들의 원맨쇼의 원조가 아닌가 싶다.

이렇게 일제시대 때 우리나라에 일본이나 외국 영화가 없는 동안에 쇼 같은 것을 사람들에게 돈 받고 보여주는 것을 흥행興行이라고 했다. 이 흥행의 종류에는 연극이나 악극 말고 재담, 야담, 만담이라는 것이 있다. 재담이란 우리나라의 남사당이 줄타기를 할 때 숨이 차고 그러면 줄 위에 앉아 잠깐 쉬면서 넉살좋게 농담을 하며 관중을 웃기는 것이고, 야담은 옛날이야기를 구성지게 하는 것이고 만담은 남녀가 주거니 받거니 우스운 이야기를 하는 것이다. 이것들이 일제 말기

극장에서 할 것이 없었을 때 하던 것으로 1934년에는 윤백남尹白南이 「야담」이란 월간 잡지를 발행하기도 했다. 이 책을 읽고 야담을 했는지, 야담을 한 것으로 이 책을 만들었는지는 알 수 없지만 여하튼 노인들에게 인기 있는 읽을거리였다.

따지고 보면 이것들도 모두 일본에서 수입한 것이다. 일본에는 만자이漫才라는 것이 있는데, 두 명이 한 조가 되어 익살스러운 말을 주고받는데 부부가 한 조로 나오는 경우가 많다. 만자이 말고 라쿠고落語라는 것도 있는데 이것은 일본 전통의상을 입고 방석 위에 점잖게 앉아 부채를 들고 접힌 부채를 쫙 펴든가 부채를 손바닥으로 탁 치든가 하여 효과음을 내면서 우리의 야담 같은 옛날이야기도 하고 아주 웃기는 이야기의 줄거리를 노래와 곁들여 재미있게 펼치는 것이다.

또, 일본에서는 1924년경 활동사진이 무성영화인 시절 변사가 있었다. 그런데 상영 중에 변사가 말이 막힐 때나 영사기사가 필름을 돌리다가 다른 일을 하느라 영화가 끊기는 등 사고로 상영이 중단되는 위기에 처했을 때 관객이 야유하지 않도록 변사가 순간적인 기지를 발휘해 관객을 웃기고 즐겁게 해주었는데 반응이 좋아 변사들이 자꾸 써먹기 시작한다. 그러다가 발성영화가 나오고 변사의 일이 없어지니까 이 변사들이 아예 이 길로 나섰는데, 이것이 만담의 시초가 된다.

결국 우리나라에서는 일본의 만자이와 만담이 섞여서 만담이라고 하며, 몇 해 전 작고作故한 장소팔張笑八이 해방 후에 나온 만담가이고, 일제시대 때 우리나라 극장에서 처음으로 만담을 한 신불출申不出은 다소 반일反日적인 내용의 만담을 했는데 8·15 해방 후 월북했다. 그리고 해방 전에는 이복본보다 조금 먼저인 이종철李鍾哲, 이 사람은 희극배우라 하였다.

후라이보이가 40세 넘으면 물러나라고 한 것은 사실 젊은 자기가 자신이 있었기 때문에 한 소리일 것이다. 나도 20대 그런 걸 느꼈는데, 일본유학 하는 사람이 드물었던 시절 간혹 방학 때 서울에 오면 인구가 많지 않았던 때라 종로에 왔다갔다하면 아무래도 복장도 틀리고 하니까 사람들이 뒤돌아보곤 했다. 그러면 나도 모르게 우쭐하곤 했는데, 나는 일본유학생이니까 하고 서울에 있는 사람들을 낮게 보는 마음이 들기도 했다. 후라이보이도 사람들이 잘한다고 추켜세우고 여기저기 극장에서 찾고 돈도 많이 벌고 하니까 자기의 인기가 영원할 줄 알고 자만심에 가득 차서 40대는 늙어 매력없이 보였을 것이다. 아무튼 1953년 명동 시공관에서 후라이보이가 40대는 물러나라고 했던 소리가 나에겐 첫번째 충격으로, 어쩌면 그것이 나도 모르게 내 마음속 깊이 박혀서 어느 정도 내 행동에 영향을 끼쳤는지도 모른다.

우리나라에서 후라이보이가 40대 물러나라고 거만한 발언을 할 때 미국에서는 스웨덴 태생의 그레타 가르보라는 세계 최고의 미국 여배우가 은퇴를 한 사건이 있었다. 나는 그를 20대 초반에 일본에서 미국 영화를 보고 알았는데 그를 따라갈 배우가 한 명도 없을 정도로 신비스러운 매력이 있어 '은막의 여왕'으로 불렸던 사람이다. 그런 그가 한창 인기 절정일 때 무슨 이유인지는 모르지만 은퇴를 하고선 그 후로 절대 모습을 내보이지 않았다. 어떻게 그렇게 일순간에 끊을 수 있을까 참 대단하다. 가르보는 여자 나이 40이 넘으면 얼굴에 쭈글쭈글 주름이 생겨 젊을 때 모습과 달라 추한 모습을 보이지 말아야겠다고 결심해서 은퇴했는지 모르겠지만 어쨌든 그래서 더 신비롭기 짝이 없었다.

그리고 나서 세월은 덧없이 흘러 내 나이 73세 때 하루는 서울 동숭동 극장 근처 한 다방에서 연극하는 사람들과 평론가들과 차를 마시고 이런 저런 이야기를 하고 있었는데, 그 자리에서 마치 내가 1953년 후라이보이의 "40대는 물러나라"는 이야기를 우연히 들었던 것처럼 한 연극평론가가 '노추(老醜, 늙고 추하다)'라는 말을 한 것을 듣게 되었다. 나한테 직접 한 이야기는 아니었겠지만 70이 넘은 나로서는 "늙은 사람은 추하다"는 말에 충격을 받지 않을 수 없었다. 그로써 나는 용인으로 와서 은둔하게 되었다. 내가 그렇게 한 데에는 40대 은퇴하고 사진 한 장 안 찍은 가르보의 영향도 있었을 것이다. 직접적이지는 않았겠지만 그런 것들이 내 뇌리에 잠재되어 있어 나를 그렇게 이끌었던 것 같다.

용인으로 이사와 시골생활을 하고 있던 어느 날 일본 NHK 방송에서 「내 마음의 여정」이라는 프로그램을 보게 되었다. 일본의 학자나 예술가 등 명사名士라는 사람들이 나이들어서 젊은 시절과 관련 있던 곳을 찾아 돌아보는 프로그램이었다. 그 날은 50대의 한 일본 바이올리니스트가 30여 년 전 유학했던 이탈리아로 떠나는 내용이었다. 그는 맹인盲人이어서 맹인이 아닌 피아니스트 가이드와 함께 동행했다. 30년 만에 이탈리아 베네치아에 있는 음악학교의 지도교수를 찾아갔는데 선생은 이미 죽고 없었다. 그래서 고인의 묘라도 가서 인사를 하겠다고 해서 미망인이 데리고 간다.

묘에 이르자 동행한 피아니스트가 깜짝 놀란다. 묘비에는 보통 이름과 탄생과 사망일이 새겨지는 등 비문碑文이 있기 마련이고, 다른 묘비에는 다 그렇게 쓰여 있는데, 이 선생의 비碑에만 글씨가 한 자도 없다. 미망인은 자신의 묘비에는 아무 것도 쓰지 말라고 남편이 유언을 했다고 담담하게 말했다. TV에서 그 광경을 보는데 그것은 충격 그 이상이었다. 그것은 단 한번도 생각해보지 못했던 일이었다. 나는 살면서 고인의 이름이 새겨지지 않은 묘비는 한 번도 본 적이 없었고 그렇게 한 사람은 그 음악교수뿐이었다. 어안이 벙벙하면서 만감이 교차했다.

비碑라는 것에는 묘비 말고도 칭송하여 덕을 기리는 송덕비나 시인의 시를 새긴 시비 같은 것이 있다. 조선왕조 말기 벼슬아치들이 군수로 발령받아 갔다가 임기가 끝나 고향으로 돌아갈 때 나귀와 달구지에 재물을 잔뜩 싣고 돌아갔다. 그 행렬이 길면 길수록 재물이 많다는 것이고 이는 그만큼 착취가 심했던 탐관오리였다는 것을 뜻했다. 청렴결백한 공직자는 그런 줄이 없었다. 예컨대, 평안감사로 가서 재물을 착취해 돌아가면 평안도 사람들은 그를 원망하고 미워했다. 그러나 그 미움을 받은 평안감사는 석공들을 시켜 자신의 선정을 칭송하는 글을 비석에 새겨 넣게 하였는데, 이것이 이른바 송덕비다(물론 송덕비가 모두 탐관오리만의 거짓 칭송의 비만은 아니다). 악랄했던 착취자들이 자신들의 비리를 감추기 위해 그것을 만든 것이다. 죄가 크면 클수록 비도 많고 컸다.

한편, 훌륭한 시인을 기리기 위해 시인의 시를 새겨 비를 만들기도 하는데, 서정주 시인의 고향인 전라북도 고창에는 마을 어귀에 고창 유지들이 서정주 시비를 세웠었다. 그런데 서정주가 전두환 편에 서서 대통령 선거운동을 한 적이 있는데, 하루는 고창에서 서정주의 시비가 논두렁에 넘어져 있다고 연락이 왔다. 그러자 서정주는 인부를 시켜서 그 시비를 제자리에 옮겨놨다고 한다. 전두환을 돕는다 해서 고창 주민들이 그의 시비를 내동댕이쳤는데 자기 돈을 들여 그 시비를 바로 세워놨다는 것이나 조선 말기 자기 잘못을 덮기 위해 송덕비를 세운 평안감사나 다 같이 씁쓸한 느낌이 든다.

후라이보이의 그 뒷이야기를 신문에서 알게 되었다. 후라이보이는 인기가 대단해 돈을 많이 벌자 활개를 치고 다니며 사업을 크게 벌이면서 자신의 인기가, 젊음이 영원할 줄 알았는데 결국은 부도나서 미국으로 도망갔다. 그때가 40대다. 미국에서 고생고생하며 살다 60대에 한국에 돌아왔다. 그런데 이 사람이 20대처럼 사람들이 자기를 반길 줄 알았는지 이제 극장이 아닌 TV 코미디 프로그램 같은 데에 나가서 쇼를 하는데, 팔팔한 젊은 사람들이 판을 치는 거기서 늙은 그가 무슨 매력이 있겠는가. "40대는 다 물러나라"고 하고선 60이 넘어 TV에 나오는 것이 퍽 측은해 보였다. 그는 다시 미국에 건너가 죽었다. 동숭동에서 노추를 이야기하던 그 연극평론가도 지금 70이 되었는데 검버섯 난 얼굴로 아직도 동숭동을 왔다 갔다 한다. 자기가 추醜하다고 말한 그대로의 모습인데, 그거야말로 노추가 자신의 현실로 나타났다.

어느 해 한 예술심포지엄 자리에서 발표를 하는데, 우리나라 연극은 으레 리얼리즘은 늙은 사람들이 하는 것이고 젊은 사람들은 컨템포러리나 실험적인 것을 하는 사람이라고 한다. 그런데 그 젊은 사람들이 나이 들면 어떤 것을 할지 그것이 궁금하다. 자기들은 안 늙을 줄 알다니.

숙으면서 자신의 이름을 남기지 말라고 유언한 이탈리아 음악가나 한창일 때 은퇴한 그레타 가르보의 인생이 가슴 깊숙한 곳에서 울린다. 지금 우리 사회에서 세속적 명예에 사로잡혀 목소리 높여 가며 어떻게든 자신의 이름을 알리고 남기려는 사람들과 너무나 대조적이다.

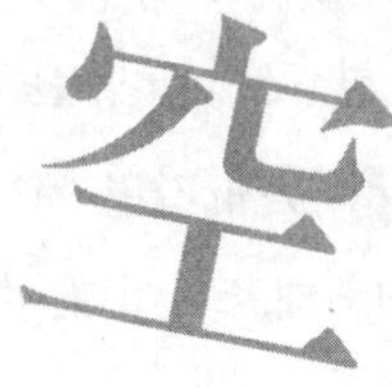

空
手
來
空
手
去

들에 핀 이름모를 꽃

· 송병준과 돈키호테형 인간

용인龍仁에서 산 지 십여 년이 흘렀다. 용인에 가서 살려고 서울을 떠난 것은 아니었다. 지금이야 여가를 즐기려는 전원생활 붐이 일어 안성, 평택 등지에 집을 장만하는 풍토가 낯설지 않지만,

그 때만 해도 서울을 떠나 시골로 간다는 것은 깜짝 놀랄 만한 일이었다. 그러니 요즘 사람들이 그런 것처럼 전원생활을 즐기려고 용인으로 온 것도 아니었다. 깨달은 바가 있어 서울생활을 청산淸算하고 서울을 완전히 벗어난 시골로 가서 혼자 살려고 집을 알아보던 중 우연히 신문에 난 신축 주택 분양 광고를 보고 떠나 온 곳이 지금 사는 추계의 벧엘빌라다.

내가 살고 있는 곳의 정확한 지명은 용인에서 이천利川 쪽으로 12km 떨어진 양지면 추계리다. 여기 와서 안 사실인데, 이 곳은 누구든지 용인에 오면 찾아올 수 있을 정도로 참 유명한 곳이다. 바로 아흔아홉 칸 집 때문인데, 아흔아홉 칸 집이란 조선시대 상류층의 전형적인 가옥으로 사대부가士大夫家에서 임금과 격차를 두기 위해 백 칸은 못 짓고 아흔아홉 칸을 지은 것이다. 창덕궁昌德宮 비원秘苑 후원에 있는 연경당演慶堂이 이런 집 형태를 잘 보여주고 있는데, 순조28년(1828) 임금이 백성들이 어떻게 사나 경험해보려고 지어놓은 목조건물이다. 그런데 이 곳에 그런 아흔아홉 칸 집이 있었다. 만약 그것이 잘 보존되어 있었다면 문화재로 지정되어 우리의 문화유산이 되었을 것이다. 그런데 현재는 아흔아홉 칸 집의 흔적을 거의 찾아볼 수 없고 겨우 줄행랑채만 남아있다. 들리는 바로는 8·15 해방 직후 이 집은 적산가옥敵産家屋이라 해서 누가 점령(?)하고 그것이 다른 사람에게 팔려가고 또 팔려가고 하는 동안 집 안채는 다 헐어버리고 콘도미니엄을 짓는다, 전원주택을 지어 분양한다 해서 그 주위의 64만평의 산야山野가 볼썽사납게 되어버렸다.

용인의 이 아흔아홉 칸 집은 왜 보존되지 못하고 방치되어 그 모습이 남아있지 않으며 이 집에 무슨 역사가 있기에 이토록 마구잡이로 다루어졌단 말인가. 이 집은 언제, 어떻게, 왜 지어졌으며 누구의 것이기에 역사속에서 사라졌을까.

얼마 전 텔레비전에서 국회대정부질의 하는 것을 보는데 한나라당 소속의 어떤 국회의원이 "현 시국이 구한말 정세와 어쩌면 그렇게 흡사하냐"라고 말하는 소리를 들었다. 구한말 정세와 비슷하다니, 도대체 그 당시 상황이 어떠했기에….

우리나라의 지형은 대륙에서 비쭉 튀어나온 조그마한 반도로 북쪽은 압록강과 두만강을 건너 중국의 만주와 러시아의 연해주에 접하고, 동쪽과 남쪽은 동해와 남해를 건너 일본에 면하며, 서쪽은 황해를 사이에 두고 중국 본토에 면한다. 우리나라와 면하고 있는 3국, 즉 러시아, 중국, 일본은 항상 우리나라를 자기 나라로 만들고 싶은 야심으로 끊임없이 넘보았다. 중국은 늘 이 작은 땅을 마저 자기네 것으로 하고 싶어하고 섬나라인 일본도 넓은 대륙으로 뻗어나가려면 우리나라를 발판 삼아야 하니 빼앗으려 했으며, 러시아는 얼지 않은 항구가 필요해 중국과 일본 틈바구니에서 호시탐탐 기회를 엿보고 있었다. 본래 두만강 위쪽으로 고구려의 땅이었고 신라에게 멸망한 백제인들은 일본으로 건너가 일본 왕족이 되었다. 그러던 것이 중세로 오면서 몽고에게 고구려땅도 빼앗기고, 고려시대 몽고는 왕실의 딸 노국대장공주를 공민왕과 혼인시켜 고려를 완전히 삼켜버리려고 했으며 몽고가 원元, 명明나라로 변천하는 동안에도 줄기차게 고려를 침략했다. 이어 조선시대에는 일본 전국을 통일한 도요토미 히데요시가 대륙 침공의 뜻을 품고 선조25년(1529) 조선을 침략하여 임진왜란을 일으켰

다. 이렇듯 한반도의 역사는 외침의 연속이라고 할 수 있으며 그 역사
가 무려 5천년이다. 이렇듯 각축전이 벌어지는 역사속에서 개화하고
명치유신을 거친 일본이 프랑스나 영국을 모방해 대륙으로 뻗어나가
려는 야심을 펼치는데, 그 1단계가 조선을 점령하는 것이었다.

한편, 조선 말 흥선대원군은 어린 고종을 대신해 정권을 잡고 민비
를 며느리로 데려왔는데, 대원군을 싫어하는 안동 김씨 세력은 영리
한 민비를 앞세워 대원군과 대립했다. 민비가 청나라의 세력을 등에
업고 대원군과 대치해 있을 때 일본은 약삭빠르게 대원군과 가까이
하고 민비를 없애려는 계략을 세웠다. 일본이 대륙으로 뻗어나가려는
데 걸림돌이 된 민비를 죽인 「민비시해사건」은 청일전쟁 · 러일전쟁의
도화선이 되었다.

일본과 청나라가 팽배하게 대립하고 있는 사이 영국이 우리나라의
거문도를 장악한 사건이 일어난다. 남하하는 러시아의 세력을 견제하
기 위해 전초기지를 형성하려 한 것인데, 이에 일본과 분쟁이 발생하
게 되었다. 이때 이 사건을 해결하며 간섭을 한 것이 바로 러시아고,
민비는 일본과 청이라는 강대국 대결 사이에서 자국의 안전을 유지하
기 위해 친러파를 형성하게 되었다. 그러자 일본이 친러세력인 민비
를 시해하기에 이른다. 이에 청나라도 가만있을 수 없어 조선을 집어
삼키려고 맞붙는데 그리하여 청일전쟁이 일어났다.

청일전쟁에서 일본이 승리하고 청나라가 패하자, 러시아는 패전한
청나라편을 드는 척하면서 슬그머니 조선 반도로 손을 뻗쳐 일본을
쫓아내고 조선을 가지려 했으나, 러일전쟁에서 또다시 일본이 승리해
바야흐로 일본이 조선의 지배권을 획득하게 되었다. 청일전쟁과 러일
전쟁을 승리로 이끈 일본은 동아시아 강국이 되어 식민지 정책을 펴

나가기 시작한다. 조선의 식민지화는 영국 엘리자베스1세가 당시 강국인 에스파냐를 물리치고 인도 등을 식민지화하는 과정을 일본이 흉내낸 것이다.

한일합방이 되기 전 국내는 그야말로 대혼란의 시기였다. 신구新舊가 대립하고 개화와 수구 세력이 갈등을 빚고 있었다. 1896년 서재필을 중심으로 이상재, 이승만, 윤치호, 남궁억 등이 적극 참여해 정부의 외세의존정책에 반대하고 진보적 자유주의자들의 신진 모임인 독립협회를 설립하여 개화운동을 벌였다. 독립협회가 개화를 외쳐 국민의 신망을 얻자 개화세력을 탄압하기 위해 1898년 황국협회가 설립되었는데, 이 조직은 홍종우洪鍾宇, 길영수吉泳洙 등이 중심이 된 수구세력의 어용단체로서 보부상, 일명 보따리 장사꾼들을 선동하여 주로 테러행위를 자행하였다. 황국협회는 전국의 보부상 수천 명을 서울에 불러들여 독립협회 회원들에게 테러를 가하게 하여 유혈사태를 빚고 이에 흥분한 민중들이 고관高官들의 집을 습격해 물건을 부수고 집기를 꺼내오는 등 소란을 일으켰는데, 이는 마치 1960년 4·19혁명 때의 혼란상과 매우 흡사하다.

1905년 일본은 이토 히로부미를 파견하여 조선의 외교권을 박탈하기 위해 을사조약을 체결한다. 이 때 이 조약의 체결을 지지, 솔선하여 서명한 대역적大逆賊 다섯 명이 있는데, 이들을 을사오적乙巳五賊이라 칭한다. 학부대신 이완용李完用을 비롯하여 군부대신 이근택李根澤, 내부대신 이지용李址鎔, 외부대신 박제순朴齊純, 농상공부대신 권중현權重顯이 바로 그들이다. 이완용은 1907년 이토 히로부미의 추천으로 내각총리대신이 되고, 1909년 이재명李在明으로부터 총격을 받았으나 죽지 않고 상처만 입었다.

이렇게 한국의 실질적인 통치권을 모두 빼앗은 일본은 이토 히로부미가 1909년 만주 하얼빈에서 안중근에게 총격을 받고 죽자, 국호마저 박탈하려던 획책을 표면화하였다. 그리하여 1910년 이완용과 조선통감으로 임명된 데라우치 마사타케寺內正毅가 한국과 일본이 합병한다는 전문8조로 된 조약에 조인調印을 하였다. 조약의 조인 사실은 1주일간 비밀에 부쳐졌다가 8월 29일 이완용이 윤덕영尹德榮을 시켜 황제의 어새를 날인하여 이른바 칙유와 함께 병합조약을 반포하였다. 이완용은 그 공을 인정받아 일본 정부에 의해 백작의 작위를 받았다가 1920년 조선총독부중추원 고문이 되고 후작에 올라 죽을 때까지 일본에 충성을 다했다. 이로써 조선왕조는 멸망하고 한국은 일본의 식민지가 되었다.

그런데 일본에게 나라를 팔아먹어 식민지국가가 되게 한 역사 속에 송병준宋秉畯이라는 자가 있다. 송병준은 민영환의 식객으로 있다가 무과에 급제하여 훈련원판관 등을 역임하였다. 민영환은 명성황후의 조카로서, 을사조약이 체결되었을 때 이를 결사반대하였으나 일본 헌병들의 강제 해산으로 실패하였다. 재차 상소를 올렸으나 이미 대세가 기울어져 뜻을 이루지 못하자 유서를 남기고 자결한 충신이다. 이러한 충신의 집에서 기거하던 송병준은 갑신정변의 주동자 김옥균金玉均을 살해하라는 명을 받고 일본에 건너갔으나 도리어 감화되어 일본에 붙어살면서 일본 앞잡이가 된다. 귀국하여서는 김옥균과 통모한 혐의로 투옥되었으나 민영환의 주선으로 석방되어 흥해군수와 양지현감 등을 역임하다가 정부가 체포령을 내리자 다시 일본으로 피신했다. 일본에서는 노다헤이지로野田平治郎라는 이름으로 개명, 일본인 행세를 하다가 러일전쟁이 일어나자 일본군의 통역으로 귀국하였다. 이

때부터 완전히 역적이 되어 일본의 주구 노릇을 하기 시작했는데, 고
종황제한테 권총을 들이대며 물러나라고 협박한 황제양위운동을 벌
여 나라를 팔아먹는데 앞장선 자다. 국권피탈 후 일본으로부터 자작
을 수여받았고 1920년 다시 백작의 반열에 올랐다.

송병준의 역적 행위에는 일진회라는 단체가 그 핵심적인 역할을 담
당하고 있었다. 송병준은 구舊독립협회의 윤시병尹始炳, 유학주俞鶴柱
등과 함께 유신회라는 친일조직을 조직했다가 일진회로 고친 후 동학
당의 친일세력인 이용구李容九와 합했다. 일진회는 일본군의 막대한
지원금을 받으며 나라를 일본에 넘겨주기 위한 전초작업을 맡아 이를
수행하고 을사조약에 대해서도 적극적인 지지를 표명하면서 한일합
방에 주동적인 역할을 한, 이른바 나라를 팔아먹기 위한 목적하나를
위해 결성된 단체였다. 이렇게 볼 때 송병준이나 일진회나 모두 이것
저것 따지지 않고 하나의 목적만을 위해 돌진했다고 할 수 있겠다.

19세기 러시아 문학가 투르게네프는 인간의 유형을 두 가지로 분류
했는데, 셰익스피어의 '햄릿' 형과 세르반테스의 '돈키호테(원 발음은 동
끼호떼)' 형이 그것이다. 햄릿형이란 번민하고 회의하고 사색적인 인간
형인 반면, 돈키호테형은 일단 이거다 싶으면 좌우를 둘러보지 않고
돌진하는 저돌적이고 단순한 인간형이다. 햄릿형이 이것저것 생각하
고 고민하느라 쉽게 실천에 옮기지 못하는, 결단력과 실행력이 약한
타입이라고 한다면, 돈키호테형은 비판정신이 결여되고 독선적인 목
적에 사로잡혀 저돌적으로 밀어붙이는 행동주의자 타입이다.

이렇게 비유하는 게 적절할지 모르겠으나 송병준의 인생행로는 저
돌적인 면이 다분히 돈키호테와 흡사하다. 김옥균 처치하라니까 일본
에 가고 일본가서는 거기가 좋으니까 일본에 붙고, 조선이 일본의 속

국이 되는 것이 더 좋다고 생각해 자기의 생각대로 확확 밀어붙이는 단순무식한 행동이 돈키호테를 생각나게 한다. 옳은지 그른지 비판하고 생각이 있는 사람이었다면 그렇게 하지 않았을 것이다. 일진회도 그렇다. 어떻게 하든지 조선을 팔아 넘기려는 데 온 힘을 쏟은, 합리적이고 이념적이고 구체적인 모든 것을 총 동원해 그것에만 사로잡힌 망상적인 집단이었다는 생각이 든다.

✑

내가 용인에 처음 왔을 때 이 동네 사람들은 내가 누구인지 몰랐었다. 그러다 어느 날 아흔아홉 칸 집터에 신축된 콘도미니엄의 관리직원 한 명이 나를 알아보았다. 중앙대 졸업생인 그는 재학 당시 학교에서 나를 봤던 기억이 있다고 했다. 그렇게 해서 내 이름이 알려졌는지, 하루는 67~68세 가량 되어 보이는, 이 콘도의 정원사로 일하던 사람이 나에게 인사를 했다. 기독교 장로이며 독실한 신자인 그는 내 이름 중 가운데 자 '원源'의 항렬行列이 자기와 같다고 나를 형님으로 대우하고, 고급 성서를 선물하는 등 친절하고 인사성도 밝았다. 이 동네 사람들은 그를 '천사'라고 불렀는데, 그만큼 성실하고 매우 착한 사람이었다.

이 정원사가 어느 날 콘도미니엄에서 남은 음식을 싸 가지고 이른 아침에 퇴근하는데, 자전거 뒤에 음식물을 싣고 자기 집에 가는 도중 버스에 치여 사망했다. 캄캄한 새벽이라 버스가 이 사람을 못 봤던 것이다. 정원사가 그렇게 죽고 나중에 사람들이 그의 집에 가보니 여자가 한 명 살고 있었단다. 사람들은 천사라는 독실한 기독교인도 늙어서 쓸쓸하니까 여자를 한 명 얻었나 보다 그렇게 생각했다. 음식을 얻

어 새벽에 기를 쓰고 간 것은 그 여자에게 먹이려고 한 것이다, 그러
니까 그 여자에게 먹을 것을 빨리 갖다주려다 차에 치여 죽은 것이다
라고. 여기서 이야기가 끝나면 그냥 그런 평범한 한 늙은이 이야기라
고 그랬을 텐데, 이야기를 더 들어보면 그 여자는 정신이 온전하지 않
은, 즉 망령이 들어 집을 뛰쳐나와 헤매고 돌아다니는 사람이었던 것
이다. 정원사가 하루는 그 여자를 발견하고 차에 치어 죽을까봐 그 노
파의 집에 데려다주려고 했으나 정신이 오락가락하고 말도 제대로 못
하니까 일단 안전하게 자기 집에 데려다 재워준 것인데, 일하고 돌아
오면 또 나가고 없어 찾아다 데려놓고 또 나가면 데려다 놓고…. 남이
보면 늙은 남자가 여자를 데려다 놓고 같이 사는 것인 줄 오해할 법도
한데, 이 천사 정원사는 그 여자를 그대로 내버려두면 행로병자가 되
거나 교통사고로 죽을 것 같으니까 자기 집에 데려다놓고 먹여주고
재워주고…, 순전히 휴머니즘, 즉 인도주의 정신 내지는 그리스도교
정신의 발로에서 그런 것이다.

　박애정신을 생각하면 프랑스의 대문호 빅토르 위고의 불후의 명작
「노트르담 드 파리(노트르담의 꼽추로 번역)」가 생각난다. 노트르담 성당에
카지모도라고 꼽추인 종지기가 있는데 그는 광장에서 춤추고 돈을 버
는 에스메랄다라는 집시여인을 좋아한다. 하지만 이 집시여인은 한
젊은 군인과 눈이 맞아 사랑에 빠지고, 에스메랄다에게 연정을 품고
있던 성당의 부주교 클로드 프로로는 질투심에 불타 그녀가 보는 데
서 그 젊은 군인을 칼로 찌른 후 그녀에게 살인미수죄를 뒤집어씌운
다. 그리하여 에스메랄다는 교수형을 선고받는데, 형 집행 직전에 꼽
추 카지모도가 종탑에서 로프를 타고 내려와서 그녀를 구출해 성당
안으로 도망친다. 그는 성당 꼭대기 종치는 방에 여인을 데려다놓고

자기 몫의 음식을 몰래 갖다 준다. 하지만 집시여인은 꼽추를 무서워해 카지모도가 오면 구석에 가서 숨어버린다. 그러자 카지모도는 호각號角을 주면서 "위험하거나 내가 꼭 필요할 때 호각을 불어라, 그렇지 않으면 나는 여기 오지 않겠다"는 말을 남기고 힘없이 돌아서서 문을 나선다. 가련한 꼽추는 문을 나서다 문가의 벽에 새겨져 있는 조각상을 바라보며 "네가 부럽다"고 말한다. 즉, 자기를 무서워하니까 자신은 그 여자에게 가까이 갈 수 없는데 그 조각상은 항상 그 여자를 볼 수 있으니, 그 부조상浮彫像이 부럽다는 것이다. 생긴 모습은 흉측해도 이 꼽추의 마음이 얼마나 아름다운가. 내가 봤을 땐 천사 정원사나 카지모도나 모두 순수한 영혼의 소유자들인 것 같다.

결론을 말하자면, 용인에 있는 아흔아홉 칸 집은 우리나라와 일본의 한일합방이 있은 1910년 이후 얼마 되지 않아 지어진 것이며 우리나라가 일본의 식민지가 되는 데에 앞장선 합방의 원흉, 이는 친일파나 반역자보다 더 지독한 역적이라는 송병준에게 일본이 지어준 것이다. 그런데 이 건물이 송병준의 별장이라고 해서 역사적·문화재적 건축물을 송병준과 함께 싹 쓸어내 버렸다.

지금은 처음 이사왔을 때보다 경관이 훨씬 흉측하게 변해 있다. 본래 큰 도로에서 이 아흔아홉 칸 집으로 가는 길을 따라 양쪽으로 전부 가로수가 심어져 있었다. 지금은 일부만 남아있을 뿐이다. 이 가로수가 바로 1910년대 어느 해, 아흔아홉 칸짜리 집을 지을 때 조경하면서 심은 나무들이다. 그러니 이 나무들과 이 별장과 내 나이가 거의 비슷한 것 같다. 그렇게 오래된 유적을 없애버리다니…. 나라를 팔아먹은 송병준의 아흔아홉 칸 집을 역적의 집이라고 허물어버리는 대신 누구의 집이든 간에 백년 전 집이니까 유적으로 남겨 문화유산으로 보존할 만한 그런 아량이 이 나라 정책자들에게는 없다는 말인가. 문화재, 유적으로 남을 수 있는 실제 있는 건물을 역적의 건물이라 해서 함부로 방치해 고적을 폐허로 만들었다는 것은 정책적으로 잘못한 일이다. 프랑스 베르사이유궁은 혁명을 몇 번이나 거치면서도 그대로 남아 문화유산이 되었는데, 그것을 우리는 왜 못하는가.

천하의 대역적 송병준은 일국一國을 팔아먹은 자신의 소행이 천인이 공노共怒할 엄청난 죄라는 것을 알았을까. 알았든 몰랐든 간에 하여튼 송병준이 한 가지 목적만을 가지고 물불 안 가리고 돌진한 구한말의 돈키호테형 인간이었다면, 오늘날에도 앞뒤 분간 못하고 냉철한 사리 판단이 결여된 채 말하고 행동하는 돈키호테형 인간들이 꽤 있는 것 같다. 그리고 수단방법 가리지 않고 하나의 목적을 달성하는 데만 열을 올린 구한말 일진회처럼 지금 이 시대에도 그 같은 단체들이 도처에서 태동하고 있다. 반면, 풍요롭지 않은 삶을 살면서도 남을 돌볼 줄 알고 거의 무의식적으로 인간을 아끼는, 그야말로 아름답고 순수한 천사같은 사람도 있다. 들에 핀 이름 모를 꽃처럼 어느 시골구석에 이름도 알려지지 않은 채….

경기도 용인 자택에서

예술, 현실, 예술가 1

· 예술의 기원과 서구의 극작가들

즘은 낙향落鄕해 혼자 있는 시간이 많으니까 자연스레 음악을 들으면서 소일할 때가 많다. 젊었을 때는 서양의 클래식음악만을 주로 들었었다. 마치 그렇게 해야만 하는 것처럼 그 당시에는 그랬는데, 지금은 그때그때 기분에 따라 듣는 음악이 다양하다. 서양음악, 한국의 가요나 남도창, 또는 일본의 유행가 등 가리지 않고 기분에 따라 듣고 싶은 것을 듣는다. 그런데, 속칭 예술로 불리는 음악이든 예술이 아닌 대중가요든 간에 그 때의 내 기분에 딱 들어맞는 음악을 들을 때 감명을 받는 것이 참 신기하다. 그 순간의 내 마음에 절묘하게 들어맞는 음악이 딱히 예술작품이라고 해서 더 감동을 주는 것도 아니요, 대중가요라고 해서 덜 감동을 주는 것도 아니니 말이다.

　서양에서는 예술의 기원을 고대 그리스시대 디오니소스신神의 제례의식에서 찾고 있다. 이는 후대 학자들이 예술의 시초를 신에 대한 제례의식에서 찾는다는 뜻이지, 당시 그리스 아테네인들이 그것을 예술행위로서 시작했다는 말은 아니다. 다시 말해 디오니소스라는 신에게 제사를 지내는 의식으로서 소리를 내고 몸을 움직인 행위가 역사가 흐르면서 오늘날 우리가 연극·무용이라고 부르는, 이른바 예술이라는 것의 시초가 되었다는 것. 결국 고대부터 예술이 있었던 것이 아니라 무엇을 시작했는데, 거기서 예술이라고 부를 만한 것이 파생되었고, 그 무엇이라는 것이 바로 디오니소스신의 제례의식이며, 그것이 오늘날 연극·무용·음악의 원형으로 간주된다는 것이지, 그 의식 자체가 예술이나 예술행위는 아니었다.

⁂

　인간이 이 지구상에 등장한 것은 지금으로부터 약 6백만년 전, 그리고 인류가 언어를 사용하기 시작한 것은 지금으로부터 40만년 전, 또 문자를 쓰기 시작한 것은 지금으로부터 약 6천년 전부터라고 한다. 6백만년 전에 생긴 인류가 5백6십만년을 언어 없이 살았고, 39만4천년 동안은 글자 없이 살았다는 말인데, 그렇다면 언어와 문자를 사용하기 전에 사람들은 어떻게 의사소통을 하였을까.

여기서 말하는 의사소통이란 "나는 너를 사랑해" 등과 같은 고차원적인 의사전달이 아니라 "춥다", "배고프다" 등과 같은 지극히 원초적인 것을 말한다. 말이 없으니 몸을 움직여 무언가를 표현했을 텐데, 가령 갓 태어난 아기가 엄마에게 의사를 전달하는 행동을 떠올려보면 쉽게 이해할 수 있다. 배가 고플 때 갓난아기가 할 수 있는 행위는 우는 것뿐이고, 젖을 먹다 배가 부르면 고개를 획 돌려버린다. 이러한 신체의 움직임을 마임mime이라고 하는데, 언어가 없었던 원시시대의 의사소통 방법으로서 이용된 이 마임이 무용으로 발전하고, 언어가 생긴 후 여기에 말이 들어가면서 연극이라는 형식이 발생하였다고 한다. 언어를 사용하며 살게 되기까지의 560만년은 연극적으로 생각해보면 마임이 아니었을까 싶다.

예술의 기원에 관해 그리스 철학자 아리스토텔레스는 문예, 음악, 무용, 연극 등 예술행위의 본질을 인간의 모방능력에 두고 있다. 인간이 서로 의사소통을 하는 행위가 동물이나 사물 같은 대상을 흉내내는 데서 시작되었다고 보았다. 즉, 모방의 본능이 예술의 기원이라는 것인데, 아리스토텔레스의 모방설은 2천여 년 동안 지속되다가 20세기에 와서 "예술은 모방이 아니라 창조"라며 예술의 본질을 바꾸려는 움직임에 도전받기도 했다. 여하튼 말이 있기 전에는 흉내내는 행위를 몸으로밖에 할 수 없었는데, 이러한 몸의 움직임, 즉 마임이 원시인들에게 있어서는 하나의 언어인 셈이다.

그런데 이 마임이라는 것은 인간의 심리현상인 희로애락喜怒哀樂을 표현하는 데서 나온 것으로 희로애락 가운데 인간이 가장 못 견디는 것은 바로 누려움(공포)이었다. 원시시대 무서움이란 천둥, 번개, 벼락 등과 같은 자연현상에 대한 것이었고, 또 먹고 사는 것, 즉 굶어 고생하는 것에 대한 두려움이었다. 그래서 풍년이 되게 해달라 등과 같이 비는, 기원祈願하는 행동이 디오니소스신에 대한 제사로 등장하였다.

그리스신화에 등장하는 디오니소스는 대지의 풍요를 주재하는 신으로서 포도재배와 관련하여 술의 신이기도 하여 일명 박카스다. 풍작을 바라는 그리스인들은 땅에서 곡식을 만들어내고 술의 원료인 포도를 만들어내는 신이 필요했을 것이다. 그래서 풍요와 수확을 상징하는 디오니소스에게 제사를 지내는 의식이 탄생했고 서양에서는 여기서 연극의 기원을 찾는다. 그리스에 가면 원형극장이 많은데, 이곳은 고대에 연극을 보러 가는 극장이 아니라 제사를 지내려고 가는 제단이었다. 제단에서 제사를 지내기 위해 모여 있는 군중들에게 제사 시작을 알리려고 소리를 내는데, 이것이 코러스다. 또, 코러스가 잘 들리게 하기 위해 제단에 벽을 만들었는데, 이것을 스케네Scene라고 했다. 오늘날 영화·연극의 한 장면을 신scene이라고 하는 게 이 스케네에서 유래한 말이다.

언젠가 일본 NHK에서 「디오니소스 축제」라는 제목의 방송을 본 적이 있다. 우리는 대학에서 연극사를 공부할 때 디오니소스 제례의식이 우리의 종묘제례처럼 매우 엄숙한 의식이라고 배워서 그렇게 알고 있는데, 시대가 변함에 따라 그 형식도 바뀌었는지, NHK에서 본 현재 그리스에서 행해지고 있는 연극축제 디오니소스제는 우리가 알고 있는 엄숙한 의식이 아니고 다분히 즉흥적인, 흡사 현재 우리가 볼 수 있는 양주산대놀이나 하회탈춤 같은 그저 즐겁게 한 판 노는 그런 가벼운 것이었다. 이러한 제례의식은 비단 서양에만 있었던 것은 아니고, 우리나라 조선시대에도 있었다. 사직공원에 가면 나라의 안전과 풍년을 기원하며 땅의 신과 곡식의 신에게 제사를 올렸던 사직단이 있는데, 이것이 아테네의 제단과 비슷한 기능을 했던 곳이다.

중세 15세기로 들어와 서양 르네상스시대에 살았던 대표적인 예술가로 레오나르도 다 빈치와 미켈란젤로가 있다. 이 두 사람은 현재 그 누구도 부인할 수 없는 위대한 예술가들이다. 로마의 바티칸에 있는 산피에트로대성당이나 시스티나성당에 가보면 미켈란젤로의 수많은 작품을 볼 수 있는데, 누구도 흉내낼 수 없을 정도로 예술성이 뛰어나고 규모가 엄청난 업적이다.

미켈란젤로는 「다비드」, 「최후의 심판」, 「천지창조」 등 위대한 예술작품을 남긴 예술가로 알려져 있지만, 실제 미켈란젤로의 생애는 조금 측은하게 보인다. 미켈란젤로는 르네상스시대의 이탈리아를 대표하는 명가名家로서 당시 유럽 굴지의 금융업자이면서 또 피렌체공화국과 토스카나공국公國의 지배자였던 메디치가Medici Family에 고용되어 있는 상태였다. 메디치가와 교황이 바뀔 때마다 매번 끊임없이 봉사를 강요받았던 사실을 보면, 그가 예술작품을 만들겠다는 신념을 가지고 일을 했다기보다는 자신이 예속되어 있는 지배자의 요구에 복종하기 위해 죽기살기로 매달릴 수밖에 없었던 것 같다. 죽을 때까지 작업을 해야만 했던 그는 부모에게 쓴 편지에서 그 고충을 털어놓기도 했던 걸로 안다.

한편 「모나리자」, 「최후의 만찬」 등으로 잘 알려진 레오나르도 다 빈치는 미켈란젤로보다 먼저 태어나 동시대를 살았으나 군주에 소속되어 일한 것은 아니고 자유롭게 활동을 했는데, 그가 다룬 분야는 회화나 조각뿐만 아니라 과학, 의학 등 다방면에 걸쳐 있어 천재적인 재능을 타고난 짓으로 너무나 유명하다. 파리 루브르박물관에 「모나리자」 그림이 전시되어 있는데, 마음을 확 사로잡을 만한 작품이어서라기보다는 하도 유명해서 도대체 그게 뭔지 꼭 한 번 봐야겠다는 심정으로 그 작품을 찾는 것 같다. 아무튼 다 빈치가 남다른 재주꾼이었던 것만은 맞는 것 같다.

강요에 의해서 했든 자발적으로 했든 간에 이 두 사람 모두 자신의 재주를 발휘하는 데 평생을 보낸 사람들로서 좋은 작품을 만들려는 생각은 가졌을지 모르나 자신들 스스로가 예술가로서 예술작품을 남기고 인정받기를 바라고 일에 몰두한 것은 아닐 것이다. 그 무엇보다 교회의 힘이 막강했던 르네상스시대 교회에 복종하도록 평민들의 종교적인 신앙심을 고취시키는 데 남다른 재주를 가졌던 그들이 이용당한 것인지도 모르지만, 그들이 이름을 날리기 위해 애쓴 사람들이 아닌 것만은 분명하다.

ℰℬ

그로부터 약 1세기 후 영국에서는 엘리자베스 시대 셰익스피어라는 극작가가 활동을 했다. 셰익스피어는 영국뿐만 아니라 전 세계최고의 작가로 숭상받고 있는데, 영국인들은 "인도를 내줄망정 셰익스피어는 못 내준다"고 할 정도로 대단한 보물로 생각하고 있다. 1564년 잉글랜드 중부의 스트랫포드 어폰 에이본에서 출생한 셰익스피어는 「로미오와 줄리엣」, 「베니스의 상인」, 「햄릿」 등을 비롯해 37편의 희곡을 남겼는데, 모두 다른 나라의 전설이나 옛날이야기에서 따온 것으로 실제 셰익스피어의 창작품은 하나 정도라고 한다.

1963년 셰익스피어 탄생 4백주년을 기념해 전 세계적으로 행사가 개최되었는데, 그때 셰익스피어를 연구하는, 옥스퍼드대학의 학자 한 사람이 동경에 왔다가 우리나라에 잠깐 들러 명동 시공관에서 약 20여 분간 강연을 한 적이 있었다. 강연 맨 마지막에 한 말이 "셰익스피어가 실제 인물이건 아니건 간에 그것은 영국에서나 세계에서나 별 문제가 되지 않는다. 셰익스피어의 희곡은 있지 않느냐"는 것이었다. 즉, 셰익스피어가 있건 없건 간에 셰익스피어의 작품은 엄연히 존재한다는 말이었다.

그렇다면, 과연 셰익스피어는 실존 인물일까? 내가 그런 의심을 하게 된 것은 영국정부 초청으로 그의 고향을 방문했을 때다. 그의 고향에는 로열셰익스피어극장이 있는데, 극장 옆 사원에 셰익스피어의 관이 보관되어 있다. 이 관 뚜껑에는 "이 관 뚜껑을 연 사람은 천벌을 받는다"는 글귀가 쓰여 있는데, 이것이 셰익스피어의 유언이라고 한다. 하지만 왜 관 뚜껑에 그런 말을 써 놨을까. 뜯어봐서 아무것도 없으면 셰익스피어가 허구의 인물이라는 사실이 드러나기 때문에 그런 것은 아닐까. 또, 셰익스피어의 생가에 가보면 방 한쪽 벽에 셰익스피어의 가계도가 붙어있는데, 부모와 아내, 딸까지만 있고 손자대는 없다. 실제 인물이라면 대대손손 이어져야 할 족보가 거기서 끝난 게 말이 되나, 즉 그 가계도는 셰익스피어가 실존 인물인 것처럼 보이려고 억지로 꾸민 흔적 같았다.

실제로 몇 년 전 이 진위眞僞여부에 대해 격렬한 토론이 있었다고 한다. 이것을 일본 NHK 방송이 직접 영국에 가서 취재해 방영한 적이 있는데, 보니까 셰익스피어가 아니라 옥스퍼드라는 가문의 어떤 사람이 셰익스피어라는 가명假名을 가지고 쓴 것이라는 주장이 나왔다고 한다. 우리나라 한 TV방송에서도 「셰익스피어 미스테리」라고 영국에서 제작한 비니오를 보니 그 적이 있는데, 거기에서는 관뚜껑을 열어 봤더니 아무것도 없어서 그 후에 관뚜껑을 열면 벌받는다고 썼다고 한다.

　이런 일은 얼마든지 있을 수 있는 일로서 예컨대 우리나라의 「춘향전」에서도 찾아볼 수 있다. 「춘향전」은 작자미상으로 알려져 있는데, 책 첫 부분에 "숙종대왕 즉위 초에 성덕이 넓으시사 성자성손은 계계 승승하고…"라고 되어 있는 걸로 봐서 대단히 유식한 사람의 글이라고 볼 수 있다. 어떤 국문학자인 대학교수는 그걸 보고 「춘향전」이 숙종대왕 시대에 쓰여진 작품이라고 하는데, 그것은 틀린 말이다. 이는 숙종 후대에 쓴 것으로 작가가 가상적으로 숙종시대로 시기를 올려 설정함으로써 춘향전의 신빙성이나 작가가 앞선 시대를 알고 있다는 식으로 자신의 유식함을 과시하려고 한 것으로 추측된다.

　그리고 한 가지 우스운 것은 남원 광한루 장면에서 성춘향과 이도령이 첫 대면했을 때 대사가 "성현도 성이 같으면 장가가지 않는다 하였으니, 네 성은 무엇이며 나이는 몇 살이뇨." "성은 성씨옵고 나이는 열여섯이로소이다." "허허, 그 말 반갑구나. 네 나이 들어보니 나와 동갑 이팔이요…"라고 되어 있다는 점이다. 여기서 이팔은 2 곱하기 8 해서 16세를 뜻하는 것인데, 그런 계산법이 숙종시대에 있었을까.

　이렇듯 내가 생각하기에도 세익스피어는 실존 인물이 아닌 것 같다. 어쨌든 실존 인물이라 해도 세익스피어는 아주 교양없는 천한 사람이었을 것 같다. 그 당시 세익스피어의 희곡이 상연된 극장을 생각하면 그것을 추측해 볼 수 있다.

　런던 템즈강변에 글로브극장은 천장이 없이 판자로 빙 둘러친 형태였고, 그 당시에는 연극을 밤에 하지도 않았다. 약간 상류층에 속하는 사람은 무대에 의자를 놓고 앉았지만 관람석이라는 데가 대부분 서서 보게 되어 있었다. 그런데 여기 관객이라고 하는 사람들의 신분이 대부분 직공이나 하녀들로 수준이 낮고 무식한 사람들이었다. 우리나라에서도 나 어렸을 적에는 중류 이상의 가정에서는 여성들이 극장출입을 하지 않았듯이 셰익스피어 극장에 오는 젊은 남녀는 연극 관람보다는 극장에서 같이 있으면서 수작부리는 데 더 열을 올렸다고 한다. 그리고 그 당시에는 조명시설도 없으니 연극은 대낮에 하고 천장도 없으니까 비 오면 흩어지고, 그렇게 산만한 분위기에서 연극을 시작해야만 했다.

가령 「햄릿」을 공연한다고 하자. 작품 첫 장면에 햄릿 아버지가 유령이 되어 나타난다. 지금은 조명으로 컴컴하게 해서 유령의 등장을 쉽게 알 수 있지만 그 때는 사람들이 마구 떠들어대는 대낮이었다. 시작 장면에서 병사가 나와 왔다 갔다 하는데 관객들은 여전히 시끄럽게 떠들며 연극에 집중을 하지 않고 있으니 너무 시끄러워서 연극을 어떻게 시작해야 하나. 그래서 첫 대사가 병사가 "거 누구요?"라고 소리지르는데, 이렇게 외치는 것은 일종의 테크닉이었다. 유령이 나오니까 무서워서 그렇게 소리지른 것인데, 실은 그렇게 함으로써 관객들은 누군가 하고 쳐다보게 되고 그렇게 해서 관객들의 주의를 무대로 집중시키는 기능을 한 것이다. 「오셀로」에서도 이아고가 데스데모나의 집에 가서 그 아버지를 불러내기 위해 "불이야!"하고 소리지르자, 그 아버지가 나와 "어디서 불이 났나" 하고 시작하는 것도 다 같은 기능으로, 하층민들이 모여 시끌벅적한 난장판에서는 도저히 예술이라고 할 만한 연극을 시작할 수 없었기 때문이다.

한편, 셰익스피어와 함께 그 시대에 활동한 극작가 중에 벤 존슨이

라는 사람이 있다. 벽돌공으로 일하다 연극계로 들어선 존슨은 동료
배우와 논쟁을 벌이다 결투 끝에 그를 죽여 감옥에 투옥된 적도 있었
다. 그는 라틴어로 희곡을 썼는데, 그 당시 사람으로서는 유식한 사람
편에 속했다. 셰익스피어는 라틴어는 고사하고 영어도 제대로 못해
문법도 제대로 지키지 못했는데, 오죽했으면 셰익스피어의 희곡을 알
려면 셰익스피어의 영어를 알아야 하고 셰익스피어의 문법이 따로 있
다고까지 하겠는가. 아무튼 셰익스피어가 영어를 사용했기 때문에 존
슨보다 영국에서 더 우위에 있게 된 것이다.

어쨌든 셰익스피어가 실존 인물이 아니라는 것을 증명하는 증거들
이 하나 둘 나오기 시작한 모양이다. 아마 셰익스피어의 희곡은 스페
인 연극이 영국으로 가서 변형된 것 같다. 덴마크의 햄릿이나 이탈리
아 베로나의 로미오와 줄리엣, 베니스의 베니스상인 이야기 등이 전
부 스페인이 강국으로 유럽에서 힘을 떨치고 있을 때 스페인의 연극
이 영국으로 들어가서 영국이 그것을 모방하는 과정에서 셰익스피어
라는 인물이 허구적으로 탄생한 것이 아닐까.

$\wp$

영국 셰익스피어가 예술 행위와 하등의 상관도 없는 것처럼 프랑스
와 독일에서도 그런 예를 찾아볼 수 있다. 17세기 프랑스의 몰리에르
는 현재 세계에서 손꼽히는 희극작가로 군림하고 있다. 꼬르네유, 라
신느와 함께 3대 고전극 작가의 한 사람으로, 꼬르네유와 라신느가 비
극작가인데 반해 몰리에르는 희극작가로 알려져 있다. 몰리에르는 시
골에서 아마추어로 극장을 운영하면서 마들렌느 베자르라는 여배우
를 알게 되는데, 극단을 조직하고 지방 순회 공연을 시작하였으나 실

패만을 되풀이했다. 그러다가 파리 근교 어느 공연에서 루이14세의 동생의 눈에 띄어 몰리에르 극단은 베르사이유궁에서 연극을 하게 되었다.

그때 공연한 희극이 「따르뛰프Le Tartuffe」로서 당시 교회의 고위 교직자들의 부패하고 타락한 생활을 폭로한 대담한 희극으로 알려져 있다. 그 내용을 보면, 성직자를 가장假裝한 따르뛰프라는 사람이 파리의 귀족 오르공의 집에서 호의호식하며 오르공 부인과 딸에게 치근덕거리는데, 오르공은 그 사실을 전혀 눈치채지 못하고 따르뛰프를 신앙심 깊은 성인聖人으로 생각하며 대접한다. 결국은 아들에게 걸려 그 실체가 드러나는데, 당대 최고의 사기꾼이자 바람둥이며 위선자인 따르뛰프가 졸부 귀족 오르공을 골려준다는 내용의 이 극을 보고 루이14세가 크게 웃었다. 이것이 루이14세가 몰리에르의 독특한 희극적 요소를 좋아했다고 알려져 있으나, 실은 그 연극이 웃기고 기가 막히게 재미있어서 웃은 것이 아니었다. 당시 고관대작들과 고위성직자들이 루이14세와 함께 보았는데, 오르공과 따르뛰프가 마치 이들을 대변하고 있는 것 같은 상황이 연출되자 "혹시 저 사람이…" 하며 실제로도 그렇지 않나 하는 견제와 의심의 눈길이 루이14세를 몹시 웃기게 했던 것이다. 같이 공연을 보면서 속으로는 그런 심정인데 겉으로는 표현을 못하고 얼굴만 붉으락푸르락 노여워하는 모습이 얼마나 웃겼을까 상상이 간다.

몰리에르는 예술을 하려고 극을 쓴 것도 아니고 루이14세도 공직자의 위선을 폭로하려는 마음에서 그렇게 시킨 것도 아니었다. 왕이 그런 귀족들과 성직자들의 태도가 웃겨서 몰리에르를 붙잡아놓고 계속해서 그런 극을 쓰게 한 것이 희극작품으로 평가받고 있다. 실제 몰리에르의 희곡을 읽어보면 그 내용이 희극적이지 않은데도.

한편, 비극작가인 라신느는 어려서 고아가 되어 조부모 아래에서 자랐으나 14세 때 조부가 사망하자 수도원으로 들어갔다. 수도원에서 엄격한 교육을 받고 라틴어를 습득하였는데 몰리에르가 프랑스어를 사용한 반면 라신느는 라틴어를 사용하였다. 그는 몰리에르의 호의로 「알렉산드르 대왕」을 몰리에르의 극장에서 상연하게 되면서 성공하는데 나중에는 마들렌느와 눈이 맞아 몰리에르를 괴롭히고 그로 인해 몰리에르는 정신이 쇠약해져 결국 죽게 된다. 라신느의 업적 중 하나는 극작법에 있어서 3일치 법칙, 즉 행동의 일치, 시간의 일치, 장소의 일치가 준수되었다는 점이다. 한 사건이 한 장소에서 시작해서 끝나야 한다는 것인데, 셰익스피어는 이것을 몰랐다. 가령 「베니스의 상인」을 보면, 안토니오는 고리대금업자 샤일록에게 돈을 빌리고 돈을 갚을 수 없을 때에는 자기의 살 1파운드를 제공한다는 증서를 써 준다. 3일치법에 따르면 누가 그 돈을 갖다줘서 해결을 봐야 끝나는 것인데 안토니오는 자기 애인한테 하소연하려고 베니스까지 간다. 장소를 확 뛰어넘은 것인데, 셰익스피어는 3일치를 몰랐기 때문에 그의 희곡에서는 인물들이 막 돌아다닌다.

아무튼 프랑스의 극작가 몰리에르나 라신느의 경우를 보아도, 그리고 1세기가 흐른 18세기 독일에서도 극작가들이 그들 스스로 예술을 전제로 희곡을 쓰거나 작가 생활을 했던 흔적은 찾아보기 힘들다.

৪৯

독일의 괴테는 독일 고전주의의 대표자로서 세계적인 문학가이며 바이마르공국公國의 재상으로도 활약하였다. 하지만 그의 일생을 보면 15세 때 그레트헨과의 첫사랑(그레트헨은 후에 「파우스트」에 나오는 여주인공의 모델이 된다) 후 평생 짝사랑으로 얼룩져 있다. 예컨대, 샤를로테 부프와의 비련을 겪고 쓴 「젊은 베르테르의 슬픔」으로 그는 일약 문단에서 이름을 떨치며 독일 문학운동인 슈투름운트드랑의 중심인물이 되기도 했다.

괴테는 후에 쉴러를 만나 우정을 맺으면서 희곡에 몰두하기도 한다. 만년에 완성한 「파우스트」는 23세 때부터 쓰기 시작하여 83세로 죽기 1년 전에야 비로소 완성된 세계문학의 최대 걸작 중 하나로 유명하다. 하지만 일생동안 썼다는 뜻이 아니라 처음 쓴 이후 평생 접어뒀다가 죽기 몇 년 전 다시 쓰기 시작해 완성했다는 말이므로 엄연히 따지면 그가 하나의 작품을 완성하기 위해 평생을 바친 것처럼 보이는 것은 옳지 않다.

부유한 집 태생인 괴테와 달리 가난한 평민으로 태어난 쉴러는 사관학교를 졸업한 후 군의관으로 복무하면서 「군도群盜」를 1781년 만하임 극장에서 상연함으로써 커다란 반향을 일으켰으나 이 작품으로 영주의 분노를 사게 되어 그는 만하임을 탈출하였는데, 괴테의 도움을 받아 바이마르에 머물면서 극작활동을 계속하며 작품을 발전시킬 수 있게 된다. 예컨대 쉴러는 「빌헬름 텔」에서 스위스를 무대로 소박한 사냥꾼인 텔이 악덕무도한 지방관에 대항하여 조국을 해방시켜 가는 모습을 묘사하고 있는데, 당시 영국이나 프랑스, 이탈리아 등에 비해 상대적으로 열등했던 독일의 문학작품을 그리스 비극이나 셰익스피어에 못지않은 수준으로 정립시키려는 의욕을 가지고 정진했던 것으로 보인다.

괴테가 시, 소설, 수필 같은 문필은 대가인지 모르지만 희곡에 있어서는 「파우스트」가 너무 유명해서 그렇지, 그 나머지는 그다지 두드러지는 작품도 없고, 또 바이마르 궁정극장을 맡아서 하기에는 벅찼을 것이다. 그래서 젊은 쉴러를 붙잡고 놓지 않으려고 했을 것이다. 이렇게 보면, 괴테는 세속적인 재상의 위치에 있으면서 인간성에 있어 예술가적인 면보다는 현실적인 처세에 관해서 더 우세했다고 할 수 있을지 모른다. 한 일화에 따르면, 괴테가 재상으로 있는 바이마르공국에 나폴레옹이 방문했을 때 마차에서 내리려고 하니 발에 흙탕물이 묻지 않게 하기 위해서 괴테가 자신의 망토를 벗어 깔아주자 옆에서 이를 본 베토벤이 슬며시 자리를 비켜주었다고 하니….

다 빈치와 미켈란젤로, 셰익스피어와 존슨, 몰리에르와 라신느, 괴테와 쉴러 등 모두 결과적으로 훌륭한 예술가로 인정받고 있지만, 그 당시 사회에서 그들이 가졌던 시대적 정신이나 활동이 지금 우리가 규정하고 있는 예술행위와 무슨 상관이 있는지, 그리고 가치가 높고 낮음을 떠나서 그것은 엄연히 다른 문제가 아닌가 생각한다.

이들이 활동했던 유럽사회는 20세기 들어 예술을 지향하는 풍조가 형성되면서 역사적으로 저명한 인물들을 예술가로서 대우하고 예술과 예술가를 관념적으로 규정하는 시대가 도래하게 된다.

예술, 현실, 예술가 2

· 예술의 본질과 현대예술

내가 처음 '예술'이란 말을 들었을 때가 15세경이었던 것 같다. "예술이 뭐다"라고 구체적으로 개념을 안 것이 아니라 일본 문학전집 같은 데서 어렴풋하게 예술이라는 단어를 접하게 된 것인데,

그때가 대략 1930~35년이니까 아마 다른 사람들노 예술이라는 섯을 잘 몰랐을 시대다. 일본책에나 나오는 말이기 때문에 일본어를 모르거나 책을 접해보지 못한 사람들은 그런 말을 몰랐을 것이고, 그래서 내 윗세대 중 소위 예술을 하고 있었던 사람들도 예술이란 말을 사용하지 않았다.

가령 전라도 진도 출신의 유명한 화가 의재 허백련許百鍊은 집안 대대로 동양화(요즘에는 한국화라고 부른다)를 그렸던 분으로 후에 대한민국예술원 회원이 되기도 했는데, 그 당시에는 예술가라는 말을 몰랐으니까 그를 예술가라고 부르지 않았다. 또, 소설가 이광수나 김동인도 자신들을 민족적 사상가 내지 선구자나 계몽가로 생각했지, 자신이 하는 일(문학)을 예술이라 생각하지 못했다.

그 때는 사실 예술이라 하면 '그림繪畫'을 뜻했다. 눈에 보이는 것은 그림밖에 없으니 '예술=회화'로 알았던 때다. 영어로 문학은 literature, 시는 poem, 음악은 music이라고 하는데, 회화는 fine art로 유독 회화에만 예술art이란 말을 쓴다는 것은 나중에 와서야 알게 된 사실이다. 그러니까 예술이라 함은 시각적으로 눈에 보이는 그림을 뜻했고 그 다음에 가서 음악, 그리고 훨씬 뒤에 무용을 포함하는데, 현재에는 그 범위가 굉장히 포괄적이다.

1975년 명동 에저또창고극장(삼일로극장의 전신)에서 미국에서 온, 그 당시에는 아무도 몰랐던 (그러나 지금은 누구나 다 아는) 홍신자洪信子가 발표회를 가졌던 적이 있다. 국립극장의 합창단과 무용단 사람들이 공연을 보러왔는데, 공연이 끝난 후 대화를 나누는 자리에서 국립합창단의 나영수羅永秀 단장이 "방금 한 게 무용이냐, 아니면 뭐라고 부르느냐"며 모르겠다고 질문하자 홍신자가 "그럼, 제가 한 것을 무엇이라고 이름 붙였으면 좋겠습니까" 하고 반문했다. 당시 그 작품은 춤계에서 무용이다, 아니다를 놓고 논란이 있었다는데, 그 전부터 사람들이 무용이 뭐다라고 관념적으로 생각하고 있었던 것과 전혀 다른 새로운 형식의 것을 하니까 저게 뭔지, 저것도 무용이라고 할 수 있는 것인지 일종의 회의를 갖게 된 때도 있었다.

내가 예술을 처음 알았을 때의 예술을 '고전예술'이라고 하고 지금보다 조금 전의 것은 '현대예술'이라고 하고, 현재는 현대예술과 다른 무슨 예술인데 나는 그것을 뭐라고 부르는지 잘 모르겠다. 내가 15살 때 알았던 그 고전예술에서 시간이 흐르면서 현실에 따라 변화를 해 온 무엇일 텐데, 현재 현실에서 예술이라고 하는 것이 내가 알고 있었고 또 알고 있는 예술과 너무나 동떨어져 있기 때문이다.

그때는 '예술가'라 하면 그 인상이 풍겨졌었다. 예컨대, 음악가가 바이올린 들고 지나가면 근사하게 보였다. 첼로 들고 다니면 더 멋있게 보였다. 얼마나 바이올린을 잘 하는지, 첼로를 잘 연주하는지는 모를 일이었지만, 사람들은 "아, 저 사람 예술가구나" 하고 다들 쳐다봤다. 옷에 페인트 묻히고 그림도구상자 들고 가면 예술가로 봤던 시대다. 그 당시 들었던 명언 중에 "예술은 길고 인생은 짧다"는 말이 있는데, 그때 그 소리가 어찌나 근사하게 들렸는지 모른다. 15살이면 죽음이 뭔지 별 생각이 없었을 때인데도 나이가 들면 죽는다는 것은 알고 있었고, 그에 반해 중세기에 살았던 미켈란젤로의 작품이 아직까지도 남아 있는 걸 보면 "아, 예술은 길구나" 하는 것을 느낄 수 있었다.

분명한 것은 예술이라는 것은 눈에 보이는 것, 즉 미술이었고, 그 다음에 음악, 특히 기악과 성악을 함께 이용해 공간을 꽉 채우는 스케일이 큰 오페라를 가리켰고, 그리고 무용에서는 한국무용, 민속무용 이

턴 것이 아니라 발레를 말했나. 회화, 오페라, 발레 이 세 가지는 누구
도 부인할 수 없는 예술의 장르였다. 하지만 이 세 장르는 모두 예술
의 형식을 갖추고 있지만 그것들이 예술의 자리에 오는 과정은 예술
과 관계없다는 사실을 알 수 있다.

♨

발레는 스토리를 말로 하는 대신 여러 사람이 각자 역役을 맡아 몸
짓으로 하는 것이므로 예술의 형식을 갖추었다고 볼 수 있다. 발레의
기원은 그리스시대 '발톱으로 걷는다'에서 유래한 아크로바토스
akrobatos로 거슬러 올라가는데, 고도의 훈련으로 육체의 유연성이나
기민성 등을 응용하여 보통사람은 불가능한 동작을 취하는 것, 즉 곡
예曲藝를 뜻한다. 왕·귀족들이 놀이감으로 노예 등을 사자와 같은 맹
수와 싸움을 붙여 구경하곤 했던 로마시대에는 향연장에서 춤추고 놀
면서 보통 사람들이 할 수 없었던 아크로바토스를 보며 좋아하고 즐
겼던 것이다.

'발레'라는 용어는 이탈리아어 ballare(춤추다는 뜻)에서 유래되었다
고 한다. 르네상스시대 이탈리아의 궁정 연회에서 탄생한 것인데, 프
랑스에 발레가 처음 알려진 것은 이탈리아 피렌체의 명가名家 메디치
가의 공주 까떼리나가 프랑스 국왕 앙리2세와 결혼하면서 혼수품과
함께 발레를 프랑스 궁정으로 가져가면서다. 여기서 전 유럽으로 퍼
져 나가는데, 유럽의 여러 나라에서는 귀족들의 기호에 맞춰 점점 더
화려하게 앞다투어 경쟁적으로 발레를 귀족들이 전유하는 궁정연예,
이른바 향락물로 발전시켰다.

그러다가 18세기 러시아가 서유럽의 문화를 접하게 되면서 발레를

받아들이는데, 1738년 안나여왕은 상트페테르부르크에 황실발레학
교를 설립해서 발레를 체계적으로 가르치기 시작했다고 한다. 이렇게
궁정발레로서 크게 발전한 러시아 발레는 그 후 제정러시아가 붕괴되
면서 민중의 발레, 독립된 예술로 성립되는데, 이는 그 당시 러시아를
방문했던 이사도라 덩컨에게서 큰 계시를 받은 것이다.

　셰익스피어시대 천민을 제외하고는 여자들이 극장에 구경가지도 못
하고 배우가 될 수도 없었듯이 옛날에는 서양이든 동양이든 여자들은
예술을 할 수가 없었다. 우리나라에서도 일제시대까지 판소리는 기생
들이 했고, 일본의 가부끼라는 것도 매춘 여성들을 내세워 노래하고
춤추게 해 그걸 보고 여자를 택할 수 있게 한 것이었다.

　서양에서는 일찍이 음악(성악)을 듣는 사람, 즉 왕·귀족들이 사람의
목소리를 세 레벨로 구별하여 여성女聲은 소프라노·메조소프라노·
알토로, 남성男聲은 테너·바리톤·베이스로 나누었다. 16세기 이탈
리아에는 카스트라토castrato라는 거세去勢 가수가 있었는데, 노래를
잘하고 목소리가 맑은 소년들을 변성기 전에 거세시켜 그 목소리를
유지하게끔 만든 것이다. 두 가지 목적에서 그랬는데, 하나는 여자가
없으니까 여성女聲 음역音域을 대신하게 한 것이고, 또 하나는 목소리
좋은 이 남자들을 오랫동안 연회장 등에서 부려먹기 위해서였다.

　카스트라토는 16세기 이후 가톨릭성당에서 많이 쓰였으며 17~18
세기의 이탈리아 오페라에서도 많이 쓰였다. 오페라에서 여성주역은
프리마 돈나prima donna라 하는데, 이런 여성역을 하는 거세 남자가
수는 프리모 우오모primo uomo라고 했다. 카스트라토는 예술가가 아
니었다. 그들은 예술을 위해 노래를 불렀던 것은 아니고 단지 귀족들
의 노리개에 불과했는데, 19세기 이후 이와 같은 비인간적인 행위는

늠시뇌어 서의 찾아볼 수 없게 뇌었다.

마찬가지로 우리나라의 남도창, 즉 판소리라는 것도 그렇다. 서양 사람들은 맑고 깨끗한 고음을 참 좋아해서 카스트라토를 했는데, 그것은 연회가 펼쳐지는 귀족들의 저택이나 궁정의 건축구조에서 그 원인을 찾을 수 있다. 연회장에서 춤추고 술마시고 연주하는데 고음의 노래를 불러도 워낙 집이 크니까 귀에 따갑도록 불쾌하게 들리지 않았던 것이다. 반면, 우리나라 양반집의 구조는 사랑방 – 대청 – 건넌방으로 이어지는 공간을 모두 터서 이어봐도 그 크기가 서양의 연회장과는 비교가 안될 정도로 좁은 편이다. 그래서 그런 고음으로 소리를 내지르면 귀가 따가워 못 들을 정도였다. 감정은 고조되어도 그 표현에 있어 너무 높은 고음은 듣기 거북했으므로 그것을 억압하기 위해 소리하는 사람의 음성을 변성시키는, 이른바 비인간적인 행위를 자행한 것이 폭포수 아래 가서 소리를 지르는데 폭포수 소리가 너무 커 자기 목소리가 안 들리니까 들릴 때까지 몇 달이고 소리를 질러 어느 때에 피를 확 토해내면 "아, 됐다. 득음했다, 소리를 얻었다"고 기뻐하며 내려오는 것이었다.

우리 몸에는 기도와 식도가 있는데 공기가 기도로 들어가 폐에 들어가면 횡경막에 힘을 줘 폐를 압축하게 한다. 그리고 다시 기관지를 통해 도로 나오는데 성대를 울려 진동시키면 소리가 되고 안 그러면 그냥 숨쉬기가 된다. 서양 사람들의 소리가 맑은 것은 기도 속이 굉장히 깨끗하기 때문이다. 한 군데만 작은 부스럼이 나도 병원에 가서 수술해 꺼낸다. 판소리하는 사람들이 득음한다는 것은 부스럼 같은 혹이 기도 여기저기에 너무 많이 생겨 피가 나 이를 토해내는 것을 말하는 것으로 결국에는 고치지도 못한다. 그래서 목소리가 쉰소리, 허스키가 되는데 아무리 소리를 높여도 귀가 따갑지 않게 되는 것이다. 결국 득음이란 양반집 대청에서 소리할 때 듣는 사람이 귀가 아프니까 소리 못 지르게 하려고 노래하는 광대나 기생을 병신 만드는 횡포, 이탈리아의 카스트라토와 같은 야만적인 행위나 다름없었다.

르네상스 이전 레오나르도 다 빈치나 미켈란젤로의 조각과 그림은 종교화 성격을 띠고 있다. 그 후 미술은 점점 귀족의 전유물이 되어 공주나 군주의 초상화가 대부분이었고, 가령 메디치가 군주 누가 사냥하러 말 타고 가면 요즘에는 비디오로 찍을 것을 그때는 전부 그림으로 그려줘야만 했다. 조각도 마찬가지였다.

무용, 음악과 마찬가지로 이탈리아에서 프랑스로 유입된 미술은 19세기 후반 프랑스에서 완전히 새롭게 변하는 사건이 발생한다. 바로 인상주의 미술이 탄생한 것인데, 그 이전의 사실주의 그림들은 빛을 받은 쪽은 밝고 그 반대편은 어둡게 그렸던 것이 전부인, 한마디로 입체적이지 못했다. 그에 반해, 빛의 변화에 따라 시시각각 변하는 풍경을 발견한 인상파는 예전에 실내 화실에서만 그리던 초상화 등의 작화를 버리고 야외로 나와 태양에 의한 순간적인 색채의 변화를 포착해서 밝고 선명한 순간적 인상을 묘사하려 했다.

이러한 인상파의 탄생에 결정적인 영향을 준 계기가 있으니, 바로 일본의 우끼요에浮世繪라는 그림이라고 할 수 있다. 우끼요에는 어떤 예술적 목적을 가지고 예술을 위해 그려진 것은 아니고 프랑스 궁정에서 그랬듯이 당시 무사 계급의 욕구를 만족시키기 위해 탄생한 것이었다.

우끼요에가 어떻게 해서 프랑스로 들어갔는지는 알 수 없으나 어쨌든 이 그림은 프랑스 화가들에게 영향을 주어 결과적으로 인상파라는, 미술계에 새바람을 일으켜 세상을 뒤바꾼 사건을 만든 것이다. 인상파 화가 중 대표적인 예술가가 르누아르인데, 나부裸婦와 소녀들의 풍만한 매력을 그린 작품으로 널리 알려져 있다. 이탈리아 등지를 여행하고 돌아온 1890년 전후부터는 우끼요에의 영향을 받은 것 같은 작풍으로 「잠자는 욕녀浴女」와 같은 부드럽고 미묘한 대상의 뉘앙스를 관능적으로 묘사하기도 했다.

또, 당시 프랑스의 로트렉라는 화가에게서도 우끼요에의 영향을 받은 흔적을 찾을 수 있는데, 그의 그림은 대단히 섹슈얼sexual했다. 그는 15세에 사고로 다리를 골절한 뒤 하반신 성장이 마비되어 키가 148cm에 그쳤다. 이를 비관해 술로 하루하루를 보내던 그는 파리로 가서 환락가 몽마르트르에 아틀리에를 차려 「물랑루즈」라는 쇼(캉캉춤으로 유명)하는 곳을 놀러 다니며 13년 동안 그 주변의 술집과 매음굴을 소재로 그림을 그렸다. 돈이 많은 부자였던 그는 돈을 주고 여자들을 사서 모델로 삼아 그림을 그리고 취미로 포스터를 그렸다. 그의 포스터는 현재 예술작품으로 인정받아 책 같은 데서 소개되고 있는데, 로트렉이 비록 돈을 받고 만든 건 아니었지만 원래 포스터는 돈받고 선전용으로 만든 것이지 예술이라고 보기는 어렵다. 로트렉의 그러한 취미는 자신이 불구라는 점에서 비롯된 욕구불만을 토로한 것인 듯싶다.

ᖇᑫ

서울 상암월드컵경기장에서 중국의 유명한 장 이머우張藝謀라는 연출가의 오페라 「투란도트」가 공연된 적이 있었다. 수십억을 들여 제작한 방대한 세트와 스펙터클한 연출로 유명했는데, 오히려 티켓값 때문에 더 유명했던 공연이기도 했다. 그 공연을 '왜' 했을까. 어떤 사람을 데려와 어떤 작품을 하면 돈을 많이 벌게 될 것이다 하는 것이 이른바 기획인데, 이 공연을 기획한 주최자 측에서는 표를 비싼 값에 팔았다. 그래서 결국 돈 많은 사람들만 보러 갔을 텐데, 그럼 돈 많은 그 사람들은 예술을 즐기기 위해 갔을까, 그리고 중국의 그 연출가는 왜 서울에서 그 공연을 했을까.

요즘은 관객을 잡는 방법이 예술성이 아니라 감각적인 스펙터클이라고 한다. 예술성에 압도당한 게 아니라 그 세트장에 압도당한다는 것인데, 오페라라는 장르가 축구경기장에서 할 수 있는 그런 것인지…. 아마 푸치니가 살아있다면 노발대발했을지도 모를 일이다. 결국 투란도트쇼는 순수예술이라고 하지 않고 흥행이라고 하는 것인데, 즉 푸치니의 예술작품을 재현한 것이 아니라 푸치니의 예술작품을 가지고 흥행을 하겠다는 것이 주목적이기 때문에 이것은 예술의 행위에서 벗어난 것이다.

한번은 일본 NHK 방송에서 「서울 동숭동 연극」이라는 프로그램을 방영하는데, 독일 유학다녀온 40대 연출가가 딸 두 명을 데리고 서울 동숭동 소극장에서 연극을 하는 모습을 취재해 보여주었다. 관객이 3명이었는데, 연출가는 관객이 한 명도 없어 연극을 못할 때도 있었다고 인터뷰했다. 그 사람은 도대체 현실적으로 어떤 이익이 돌아와서 연극을 하고 있는가 하는 생각이 들었다. 예술을 하려고 그 고생을 하고 있다고 말할 수 있을지, 고생하는 것과 예술하는 것은 별도의 문제가 아닐는지.

한편, KBS TV에서 「파리, 재즈 그리고 나윤선」이란 제목으로 방영한 「한민족 리포트」라는 프로그램을 본 적이 있는데, 나영수(元 국립합창단장)의 딸로서 프랑스에 유학가 음대를 졸업한 후 다시 재즈를 시작한 나윤선이 파리를 주무대로 유럽 재즈계에 새 바람을 불어넣고 있다는 이야기였다. 본래 재즈는 미국문화다. 그런데 미국문화를 싫어하는 프랑스 사람들이 앉아 있는 가운데 나윤선이 재즈를 부르는데, 관객들이 모두 그 노래에 빨려 들어가는 것이었다. 뭐라 설명할 수 없는데 어찌나 좋은지 나도 모르게 그냥 빠져들었다. 프랑스 관객들은 열광하고 환호했다.

서양에서도 전통 클래식 음악은 예술이라 하지만 재즈는 예술이라고 하지 않는다. 그런데 나윤선은 왜 예술로 간주하는 그런 음악을 버리고, 예술이라고 쳐주지도 않는 재즈를 했으며, 또 사람들은 왜 그가 하는 노래에 그토록 감동을 받는 것일까. 푸치니의 오페라「라보엠」 중 그 유명한 아리아「나의 이름은 미미」는 푸치니가 작곡한 음악이니까 예술이라고 할 수 있다. 그런데도 노래를 엉망진창으로 부르면 영 듣기가 싫어진다. 그래도 예술인가?

무엇이 어떻게 영향을 끼쳐 무엇이 탄생하고, 또 그것이 어떻게 발전하는 등 그 예술의 탄생과 발전과정을 보면 우리가 예술이라는 것을 관념적으로 잘못 생각하고 있는지도 모르겠다. 예술사를 살펴보면, 그림이 됐든 음악이 됐든 무용이 됐든 간에 그러한 것들이 예술을 위해 출발하지 않고, 당시 지배계급의 오락물이나 향락물로 시작된 사실을 알게 된다.

그러던 것이 20세기 후 봉건주의 사회가 민주주의 사회로 바뀌면서 더 이상 귀족이나 양반이 존재하지 않게 되자, 비로소 예술로서 성립이 가능하게 된다. 즉, 더 이상 누가(지배계급) 시켜서 그림을 그리고 노래를 부르고 춤을 추는 것이 아니라 이제는 인격을 갖춘 인간으로서 자신이 어떻게 해야겠다는 의지를 가지고 결정해서 자기가 하고 싶은 대로 할 수 있게 되었다.

처음 예술이 출발해 성장하고 발전하는 과정이 비록 예술을 위해서가 아니라 타의에 의해서였다 하더라도 현대에 와서는 개인이 지배계급에 예속되지 않고 자기 의지대로 하게 되면서 '창조'라는 것을 하게 되어 예술이 성립된 것이다. 따라서 예술성립의 전제 조건은 단적으로 말하면 예술하는 사람의 의지며 창작이라고 할 수 있다. 결국 창작을 하려면 의지가 있어야 하고 이 의지라는 것은 '왜', '무엇을', '어떻게'라는 세 가지 요인을 확고하게 결정하는 것을 말한다. 그것이 바로 주제라는 것인데, 이것이 없으면 예술이 성립되지 않는다. 가령 형태는 모두 그림이라고 해도 주제가 있는 것은 예술이고 주제가 없는 것은 비非예술이 되는 것이다. 왜 하느냐, 무엇을 하느냐, 어떻게 하느냐를 잘 생각해 남이 안 하는 것을 창조해내야지 예술이 성립되는 것인데, 이것이 안 될 경우 극단적인 경우에는 표절이 된다.

요즘 우리가 보고 있는 연극도 창조된 것은 거의 없고 대부분 외국것을 흉내내고 있는 실정이다. "내가 외국에서 본 것이기 때문에 다른 사람은 모르겠지" 하고 무대에 올리는 것은 이른바 사이비라고 말할 수 있다. 어떤 연극이 연극 같기도 하고 아닌 것 같기도 하게 느껴졌다면 그것은 다른 말로 하면 현실성reality이 없다는 말로, 즉 형식은 예술일지 모르나 진정 예술성은 결여되어 있기 때문이다. 오페라가 됐든 재즈가 됐든 듣는 순간 나도 모르게 끌려 들어가게 만드는 힘은 그 음악이 가지고 있는 예술성 때문이라고 할 수 있다.

예술가는 주제(무엇을, 왜, 어떻게)를 확고하게 해서 소재(연극이나 음악, 무용 등)를 예술로서 만들어 냈을 때 그 결과물로 말해야 한다. 지금 무용이

든 연극이든 음악이든 발표할 때 자신이 생각한 바를 겉으로 내놓은
그 결과물로 예술을 따지지 않고 연출의도만을 말이나 글로 앞세우는
풍조가 만연해 있다. 그리고 무엇보다 예술가는 자신을 속여서는 안
된다. 돈을 벌기 위해서 작품을 만들었다고 솔직하게 말하는 것은 나
쁘지 않다. 그래도 예술성을 인정받으면 예술품이 될 수도 있는 것이
니까. 그런데 돈 벌기 위해 만들면서 그 속내는 감추고 겉으로는 예술
을 위한 것이라고 말하며 속이는 행위는 절대 해서는 안 될 것 같다.

　사람이 살아 움직이는 현실에서는 정치, 경제, 학문, 예술 등이 모두
횡적으로 진행하고 있다. 모두 같이 나란히 나아가고 있는 상태에서
한 나라가 형성되고 문화권이 형성된다. 백화점에서 어떤 명품 하나
가 유독 잘 팔린다고 해서 그것이 우리나라를 움직이는 중요한 사건
이 되지는 않는다. 전체 덩어리의 한 부분으로 그 범위를 조금 넓혀도
전체의 일부분인 경제에 속할 뿐. 나라를 형성하고 있는 다른 부분들,
예컨대 정치, 경제 등이 구렁텅이에 빠져 있으면 그 대열에 끼여 있는
예술 같은 다른 부분들도 그럴 텐데, 다른 것은 견실치 않거나 덜 발
전하고 정상적으로 발전하지 못하는 속에서 예술 한 분야만 향기롭고
정상적으로 발전할 수 있다는 것은 있을 수 없는 것이 현실인 것이다.

인도주의

· 톨스토이의 부활

우리나라의 대학에 연극영화과가 처음 생긴 것이 1953년 서라벌 예술대학에서였다. 그 후 각 종합대학에서 학생수를 늘려서 등록금 더 많이 받으려고 학과목을 늘렸는데, 그 와중에 연극영화과도 어기지기 많이 생겼나. 그때 든 생각이 연극이나 영화가 어떻게 '학문'이 될 수 있을까 하는 것이었다. 그것은 실제로 무대에서, 그리고 카메라를 가지고 영화를 만드는 일에 열중하면 되는 것이라 생각했으니까. 그런데 요새 보니까 호텔 도어맨도 대학에서 호텔학과를 나와야 한다고 그런다.

그런데 이것보다 더 모를 일이 있다. 2차세계대전 결과로 소련과 미국에 의해 한반도가 이북과 이남으로 나뉘져 국경 아닌 국경이 만들어졌다는 것은 이미 다 알고 있는 사실이다. 남한이 남쪽의 한국이면, 북한은 북쪽의 한국이라는 말인데, 여기에 '학學' 자을 붙여 '북한학'이라는 것을 대학에서 강의한다고 한다. 도무지 그것이 학문이 될 수 있는지, 무엇을 이야기하는 학문인지 모르겠다. 더구나 북한학 교수라는 사람들 나이가 대략 40~50세다. 그러니까 1950년에 태어나지도 않은 세대인 셈이다. 이 사람들이 북한을 연구해서 장차 남북이 통일되는 데 이로움을 주기 위해 연구를 하고 있다는 것인데, 나이가 이 정도밖에 안되는 사람들이 과연 무엇을 안다는 것인지….

실제 전라북도 모 대학 최모 교수라는 사람이 김대중정권 시절에 북한에 대한 대통령 정책자문위원인가를 했다. 그때 일간지 조선일보와 싸움도 난 적이 있는데, 그가 한 말이 뭔고 하니 김일성이 1950년 6·25때 남침을 한 것이 아니고 처음으로 남북통일을 기도했다는 것이다. 그 교수 나이로 봐서는 6·25 때 어린아이였을 사람인데, 그런 그가 어떻게 그걸 안단 말인가. 북한학이라는 것이 과연 어떤 내용의 강의를 하는지 참 궁금하다.

나는 전쟁을 직접 겪은 세대다. 1950년 6월 25일부터 불법남침을 당한 날부터 9월 29일 맥아더와 이승만이 서대문을 통해 중앙청으로 들어올 때까지 실제 보고 겪은 사실을 쓴 일기도 갖고 있는 이렇게 살아있는 증인이 있는데, 김일성의 통일시도라는 주장이 신빙성이 있을 리 만무하다.

1950년 6월 25일, 인민군이 남침했다. 그 당시 말로 6·25동란이었는데, 당시 내 나이가 서른다섯이었다. 인민군 최고사령관이었던 김일성이 서른일곱이었으니 나하고는 같은 세대 사람이다. 그러니 소위 인민공화국을 형성하는 세대하고 나하고 같이 역사를 걸어온 셈이다.

근자에 와서 신문에서는 사회의 저명한 인사들이 "북쪽이 달라진 것이 없다"라고 이야기하는 것을 접할 수 있다. 즉, 북한이 김일성이 전쟁을 도발한 그때 1950년이나 지금이나 같다는 이야기다. 그러니 그 때를 살지도 않은 사람들이 연구한다는 북한학이라는 것이 무엇인지 잘 모르겠다. 신문에서 주로 언급되는 것 중 하나가 북한의 태도에 대한 것이다. 가령, 얼마 전 대구에서 유니버시아드대회가 열렸데, 북한은 대회 며칠 전에 서울 시청 앞에서 벌어진 인공기 소각사건을 트집잡아 대회에 불참하겠다고 나섰다. 그러니까 노무현 대통령이 미안하게 됐다며 유감을 표명했는데, 실은 사과한 것이나 다름없다. 그렇게 해서 북한이 대회에 참석한 것이다.

북한의 그러한 태도, 즉 생떼를 쓰거나 생트집을 잡거나 억지를 부리는 일이 일어나는 현실을 부인할 수 없다. 가까운 예로 2002년 서해안에서 북한 경비정이 북방한계선NLL 남쪽 3마일해상까지 침범해 우리 해군 경비정에 공격을 가해 배를 침몰시키고, 그래서 우리 병사들이 죽었던 사건을 들 수 있다. 그리고 나서 회담에서는 "돈을 달라", "쌀을 달라", "뭐 해달라"는 식으로 요구를 했다. 침범은 자기들이 해

놓고 멀멀 트십을 잡아 자기들이 필요한 것을 요구한 것인데, 이것이 바로 북한의 실체라고 할 수 있다.

북한이 쌀 달라고 해서 남한 정부에서는 또 줬다. 언론에서는 북한이 이런 짓을 감행하는데 어떻게 그럴 수가 있느냐며 떠들어대는데, 정부에서 하는 소리가 있다. "인도주의적 입장에서 식량을 지원하고 비료를 지원한다"는 것이다. 필요할 때마다 쌀이며 비료며 의약품 등을 타내기 위해 그때그때 일부러 꼬투리를 잡아 생떼를 부리는데, 그것을 뻔히 알면서도 남한정부는 다 내준다. 왜 그런지 그 이유를 모르겠다.

이때 정부의 대답이 그러한 현실적인 대립이나 마찰은 제쳐두고, '인도주의적' 입장에서 지원을 해주는 것이 너그러운 처사라는 것이다. 즉, 국민을 납득시킨다며 하는 변명에 항상 붙이는 타이틀이 바로 '인도주의人道主義'라는 것이다. 언제부터 그 말을 썼는지 잘 모르겠지만, 언제부턴가 꼭 뭐 줄 적에 인도주의란 말을 쓴다. 도대체 인도주의가 뭐길래 북한에서 생트집을 잡고 뭘 달라고 할 때 상투적으로 내세우는 것일까.

인도주의는 사전적 정의에 따르면, 인간의 생명, 인간의 본성에 속하는 것, 인간의 가치, 인간의 근원적인 감정 등을 존중하려는 정신이다. 인도주의는 서양말로 '휴머니즘humanism'이라고 한다. 서양에서는 이 휴머니즘을 다음과 같이 정의하고 있다.

「일반적으로는 인간의 본성과 인간 고유의 가치와 존엄성을 존중하는 태도를 가리키지만, 특수하게는 서유럽의 르네상스에 고유한 그리스 라틴의 고전을 학습함으로써 인간형성을 꾀하려는 교양이념을 가리킨다. 이 중 특수한 의미에서의 휴머니즘에 대해서는 우리나라에서 '인문주의人文主義' 라는 역어를 보통 쓰고, 우리나라에서 휴머니즘은 그것과 구별하여 19세기 후반 문학사상에서의 인도주의에 가까운 것으로 받아들여지고 있다.」

하지만 사전적 의미보다 더 정확하게 따져보면, 서양의 휴머니즘은 러시아의 대문호 톨스토이를 빼놓고는 이야기할 수가 없다. '톨스토이=인도주의자(휴머니스트)' 라는 공식이 성립한다고 해도 과언이 아니다.

1936년 한국 극예술연구회는 톨스토이의 소설 「부활」을 현재 시의회 자리인 부민관에서 연극으로 공연을 했는데, 이 연극은 우리나라 사람이 극화劇化한 것이 아니라 일본의 신파극단이 공연한 대본(작품)을 그대로 번역해서 한 것이다.

이두현 저 「한국연극사」를 보면, "톨스토이의 「부활」은 극예술연구회 이전에도 1920년대에 현철玄哲씨 문하생들이 무대예술연구회舞臺藝術研究會를 설립하고 이 연극을 했었는데, 그 후에 또 토월회의 후신인 박승희朴勝喜에 의한 동우회연극단同友會演劇團 제2회 공연으로 톨스토이의 「부활」을 공연하는 등 톨스토이의 이 연극은 그 당시 굉장히 인기가 있었다"라고 나와 있다. 이렇듯 그 당시 일본을 통해 들어온 톨스토이의 「부활」은 우리나라 사람들에게도 큰 공감을 얻었는데, 그 골자가 바로 인도주의다.

내용을 간단히 말하자면, 주인공 네흘류도프는 귀족으로서 어렸을 때부터 휴가를 보내는 집에 하녀 겸 양녀로 있는 카츄샤라는 여자를 만나 사이좋게 지낸다. 시간이 흘러 청년이 된 네흘류도프는 어느 날

카쥬샤와 하룻밤을 보내고 그 후에는 헤어져 잊어버리고 산다. 성인이 된 네흘류도프 공작은 어느 날 사회의 유력인사로서 배심원으로 나간 재판소에서 살인절도 혐의를 받아 재판을 받는 카쥬샤를 만난다. 카쥬샤는 임신을 해서 집을 쫓겨나 타락하여 전락해 버린 것이었다. 보통 사람들 같으면 자신의 신분이 높기 때문에 창녀로서 범죄를 저질러 재판을 받고 있는 여자를 모른 척 하면 그만일 텐데, 네흘류도프는 그 타락의 원인이 자기의 무책임한 행동에 있음을 깨닫는다. 결국 그는 카쥬샤에 대한 양심의 가책으로 시베리아 형무소로 유배가는 카쥬샤를 자청하여 따라간다.

연극에서 눈보라치는 시베리아의 황야를 걸어가는 그 장면을 본 사람치고 울지 않은 사람이 없었다. 강자(공작)가 약자(창녀)를 옹호하면서 유배지에 따라간다는 사실은 현실에서 있을 수도 없는데, 일본 사람들은 이 연극을 보고 깊은 감화를 받아 큰 반향을 일으켰던 것이다.

톨스토이는 네흘류도프라는 한 귀족이 까쥬샤라는 창녀를 따라 괴로운 시베리아 유형을 따라가는 결말을 통해 죄를 지은 사람이 죄의식없이 뻔뻔스럽게 나 몰라라 하며 세상을 살면 안된다는 '휴머니즘'을 강조했다. 이렇게 인간의 본성에서 자기의 도의적인 책임을 회피하지 않고 인정하여 속죄하려는 인간성이 바로 톨스토이의 휴머니즘이다.

그의 인생이란 선善에 대한 희구希求라고 볼 수 있다. 어떤 설교의 형식이 아닌, 문학작품으로서 인간 양심을 크게 뒤흔들어 놓고 사람들을 감화感化시킨 것인데, 이에 홀딱 반한 사람이 바로 프랑스의 작가 로망 롤랑이다. 톨스토이 숭배자로서 롤랑은 톨스토이의 영향을 받아 「사랑과 죽음의 희롱」이라는 아주 재미있는 작품을 쓰기도 한 휴머니스트다. 그는 「부활」을 '톨스토이의 예술적 성서이며 최후의 불꽃이다' 라고 지적한 바 있다.

부활과 관련한 에피소드가 있다. 일본에서는 한 유명한 영문학자가 한 여배우와 사랑에 빠져 대학교수직을 그만두고 배우와 극단을 만들었다고 해서 사회적으로 굉장히 비난을 샀던 사건이 있었다. 시마무라 호게쓰島村抱月라는 이 와세다대학 영문학교수는 영국·독일 등 유학을 다녀온 상당한 실력가로서 유럽에서 헨리 입센의 「인형의 집」같은 리얼리즘 연극을 보고 와서 그 사상을 일본에 퍼뜨렸다. 그러던 중 우연히 마쓰이 스마고松井須摩子라는 여배우를 만나 사랑에 빠졌던 것이다. 대학교수가 신파극단의 여배우와 천착스럽게 사랑을 한다고 지식층에서 맹렬하게 비난을 받자 시마무라는 마쓰이 스마고와 도피생활을 하려고 극단을 만들어 일본 전국을 돌아다니며 연극을 했는데, 이 극단이 문예좌文藝座이며, 공연을 하며 일본 전역을 돌아다닌 작품이 바로 이 부활이다. 그러던 중 시마무라 호게쓰가 폐병에 걸려 죽자 마쓰이 스마고는 예정했던 전국을 다 돌고난 후 자살했다. 카츄샤를 농락한 네흘류도프처럼 마쓰이 스마고도 부활의 영향을 받아 시마무라 호게쓰에 대한 책임을 느꼈는지 그만 자살해버린 것이다.

연극 「부활」에서는 네흘류도프 공작이 눈내리는 시베리아 벌판을 가는 장면에서 주제곡이 흘러나오는데, "카츄샤 내 사랑…"으로 시작하는 이 곡이 그 당시 굉장히 유행했다. 물론 이 노래는 톨스토이하고는 상관없이 일본 극단이 연극할 때 사용한 곡이다. 그런데 이 노래의 멜로디가 현해탄에서 김우진과 동반 투신자살한 윤심덕이 부른 노래 「사死의 찬미」 곡조와 비슷하다. 「사의 찬미」 곡은 서양의 왈츠곡인 「Over the waves」에 가사를 붙여 윤심덕이 곧잘 불렀던가 보다. 윤심덕이 연극 부활을 보고 그 주제곡을 듣고 불렀다기보다는 「Over the waves」의 그 애처로운 멜로디가 자신의 처지와 일맥상통한 감이 있다고 생각해서 부른 것 같다. 그리고 연극 부활의 주제곡 「카츄샤 내사랑」도 이 왈츠곡의 멜로디를 살짝 변조變調시킨 것 같다.

「부활」의 주인공 네흘류도프는 사실 톨스토이 자신의 정신생활의 한 상징이라고 알려져 있다. 실제 그는 결혼 전에 저지른 죄를 고백한 일이 있는데, 그 하나는 숙모집의 마샤라는 순진한 하녀와 관계한 일이었다. 그 하녀는 타락하여 일생을 망쳤던 것이다. 이러한 경험이 톨스토이의 인도적 정신을 형성하게 했는지도 모르겠다.

아무튼 당시 부활 연극공연을 본 사람들은 휴머니즘이란 개념을 몰랐겠지만, 그 작품이 담고 있는 휴머니즘에 대해 뭔가 느꼈기 때문에 감동을 받고 '아, 저런 삶도 있구나. 사람은 잘못을 했으면 책임을 지는 것이 옳구나' 하고 깊이 공감을 했기 때문에 그 연극이 매우 인기가 있었다고 생각한다.

톨스토이의 「부활」은 휴머니즘을 문학으로서 표현한 것으로 인도주의 이상 그 자체다. 이러한 고상한 이념을 생떼쓰는 북한에 쌀 보내면서 갖다 붙이는지 당최 모르겠다. 누가 무엇을 뺏으려고 생떼 쓸 때 겁이 나서 주면서 쓰는 말이 인도주의가 아니지 않은가.

৪৯

얼마 전 KBS에서 방영한 「한국사회를 말한다」라는 타이틀의 특별 기획물을 보니까 반체제 인사로 타국에서 이방인으로 살고 있는 인사들의 삶을 다룬 「입국금지-최후의 망명객들」편에 독일에 살고 있는 김성수, 프랑스 파리에 살고 있는 이희세, 그리고 재일한통련在日韓國民

族統一運動聯合 오사카 지부의 한모씨의 이야기가 나왔다.

김성수는 일명 동백림사건東佰林事件에 연루되어 한국에 못 들어오고 있다. 그의 아버지는 죽기 전까지 아들을 꼭 한 번 보고싶어 했지만 아들은 결국 임종을 볼 수 없었다. 그리고 어머니도 죽어 버렸다. 이희세 역시 유명한 이응노李應魯 화백의 조카라고 한국에 못 들어오게 하고 있다.

마지막 한모씨 이야기는 더 기가 막힌다. 박정희정권때 김대중이 납치되어 바다에 빠져 죽을 뻔한 사건이 있었다. 이 사실을 재일한통련 오사카지부에 있는 한모 노인이 데모를 하는 등 사회에 널리 알리는데 앞장서 결국 미국이 알게 되어 비행기로 바다를 비행하며 감시해 김대중을 살린 적이 있다. 그 사실은 지금 누구나 다 알고 있는 것이다. 그런데 시간이 흘러 김대중이 대통령이 되었을 때 어찌했는가. 그 노인 덕에 살아서 대통령도 할 수 있었던 것인데, 당시 안기부(國家安全企劃部, 박정희정권때 중앙정보부(中央情報部), 현재는 국정원(國家情報院))에서는 국가보안법 등의 이유로 그 노인을 못 들어오게 해서 결국 일본에서 생을 마감했다. 고향에 묻어달라는 유언을 남겼다고 그 자식들이 인터뷰한 것이 방송에 나왔다.

최근 언론보도에 따르면, 박정희정권 때 인혁당사건人革堂事件을 재심再審하여 독재정권 시절에 있었던 잘못된 판결, 오도된 역사를 바로 잡아야 한다고 말한다. 또, 며칠 전 정부는 친북활동 등의 이유로 귀국이 허용되지 않았던 해외민주인사에 대해 입국을 허가한다고 발표했다. 입국허가 인사 중에는 재독在獨 작곡가인 고 윤이상尹伊桑의 부인 이수자, 고 이응로 화백의 조카 이희세, 1987년 파독派獨광부 간첩단 사건의 배후인물로 지목됐던 김성수 등이 포함되어 있다.

바로 이러한 때 국정원은 빈산난제가 추진하는 해외 인사들의 고국 방문 일정에 따라 입국할 것으로 알려진 송두율宋斗律 독일 뮌스턴대 교수와 재독 통일운동가 김영무에 대해 체포영장을 발부했다. 이른바 국가보안법을 위반한 혐의다. 이어 TV 뉴스마다 재독 철학자 송두율의 사건을 다뤘는데, 국정원은 송교수의 북한방문 등 국가보안법 위반 사항에 대해 법적 절차에 따라 철저하게 조사하겠다고 했었다. 그런데 다른 한쪽에서는 민간 평양관광단이 북한으로 출발, 평양관광을 마치고 귀환했다는 기사가 났다. 해외민주인사의 입국을 허가하고 민간인 북한 방문을 허용하는 등 사회가 변화를 일으키고 있는데, 한편에서는 37년만에 귀국한 송교수의 간첩활동이라는 국가보안법 위반 행위를 따지고 있었다. 범법자犯法者라는 법적 근거가 무엇인지, 그리고 변호인 참견도 불허한다고 그러는데 그 법적 절차라는 것이 또 무엇인지….

진정 인도주의를 신봉하는 정부라면, 북한에 쌀 주고 비료 주고 할 때만 인도주의를 찾을 것이 아니라 몇 십년 전에 행해진 친북활동과 같은 다 지난 과거의 일에 반성하고 뉘우치는 사람들에게도 인도주의를 실천함이 어떨까.

유명 그리고 미지의 여생

· 늙음과 죽음

보통 내가 아는 사람이 죽으면 그 사람하고 나하고 "유명幽明을 달리했다"고 한다. 유幽는 저승을, 명明은 이승을 뜻하는데, 그 래서 누가 죽으면 유명을 달리했다고 말하는 것이다. 내가 아는 사람

중 사상 최근에 나와 유명을 달리한 사람은 원로극작가 이용찬^{李容燦}으로, 그는 1927년생이니 나보다 나이가 11살이나 아래인 셈이다. 그와의 인연은 1950년대로 되돌아간다.

1953년 서울 환도 후 내가 국립극장의 기획위원으로 있던 때의 일이다. 한쪽에서는 국립극장을 없애려는 세력이 있었는데, 그들은 국립극장이 무능하다고, 그래서 필요 없다고 자꾸 공격을 해왔다. 그래서 나는 당시 국립극장장이었던 서항석에게 "우리가 이렇게 무능하다는 공격만 당하지 말고 뭔가 하나 기획해서 국립극장에서 이런 일을 한다는 것을 보여줍시다" 하고 희곡작품을 현상공모하자는 의견을 냈었다. 신문에서 소설, 시, 희곡 등 신춘문예를 공모하는데, 국립극장에서는 희곡만 공모해보자고 한 것이다. 이 때가 1956년이다.

그렇게 해서 두 작품이 가작^{佳作}으로 입선되었는데, 하나는 하유상의 「딸들 연애자유를 구가하다」이고, 다른 하나가 바로 연세대 출신의 당시 동아일보 문화부기자였던 이용찬의 「가족」이란 작품이었다. 이용찬은 그렇게 국립극장의 희곡공모에 입선되면서 극작가로서 길을 걷게 되고, 작품 「가족」을 내가 연출을 맡아 무대에 올리면서 그와의 인연은 시작되었다.

특히 그의 대표작이라 할 수 있는 「삼중인격」과 「피는 밤에도 자지 않는다」는 내가 연출을 한 작품들로, 실은 내가 그에게 그 희곡들을 쓰게 한 것이나 다름없다. 그러니 따지고 보면 그가 희곡작가로 길을 걷게 된 것에 내가 연관이 없지 않다고 말할 수 있다. 그가 희곡작품 공모에 입선이 안 되었더라면, 그는 신문기자 그리고 문화부장, 논설위원, 나아가 편집국장이 되는 길을 가지 않았을까 하는 생각이 든다. 왜 그런 생각을 해보는고 하니, 그의 선친이 동아일보 창설자인 김성수와 막역한 사이였으니까 그럴 수도 있겠다는 것이다. 그런 사람이 최근 나와 유명을 달리 한 것이다. 그 사람의 부고訃告를 듣고 그를 회고해보니 나 때문에 그의 길이 바뀐 게 아닌가, 그래서 결국 극작가로서 생을 마감하게 된 것은 아닌가 하는 생각에 미치게 되었다.

내가 나이 60이 넘으면서 예술원 회원이 되었는데, 그때부터 오늘에 이르는 동안 이 나라의 쟁쟁한 예술인들이 거의 다 세상을 떠나는 것을 보아왔다. 당대의 대가인 문인, 화가, 음악가 등의 임종을 직접 혹은 간접적으로 경험했다. 그런데 이들의 임종을 지켜보기도 하고 또 임종에 있었던 사람들의 이야기를 들어보면 대개 죽기 전에 눈물을 흘린다고 한다. 왜 죽기 전에 우는 것일까. 사랑하는 가족들을 남겨두고 떠나가게 되어서일까, 아니면 자기가 이룩해놓은 업적들을 생각하니 아까워서일까, 혹은 죽는 것이 싫어서 그럴까? 다 맞을지도 모른다. 다만 그럼에도 불구하고 어쩔 수 없음을 알게 되면서 체념하는 그 순간 눈물이 주르륵 흐르는 것인지도 모른다. 인간이 죽기 바로 전의 정신이 어떤 상태인지는 아직 과학적으로 밝혀지지 않았다. 그 순간을 아무도 알 수 없는 것이 어쩌면 '인생' 인지도 모르겠다.

1960년대 이후 줄줄이 이은 죽음의 행렬을 보면서, 그리고 현재는 나보다 나이가 적은 이들의 죽음까지 지켜보면서 나도 "나의 죽음"에 대해 생각을 하게 된다. 인간은 누구나 죽는다는 것에 대해 두려움을 갖기 마련인데, 앞서 유명을 달리한 사람들을 보면서 솔직히 나는 죽음에 대한 두려움이 없어졌다고 해도 틀리지 않다. 점점 죽음에 대한 두려움과 멀어지면서, 내 자신의 죽음과 가까워지면서 그 간격, 즉 '알 수 없는 남은 생(未知의 餘生)' 에 대해 생각해보게 된다.

많은 사람들의 장례식 중에서 인상 깊었던 하나는 바로 시인이며 소설가인 월탄 박종화의 경우다. 그는 민족문학가 이광수와 김동인의 뒤를 이은 마지막 역사소설가라 할 수 있다. 1921년에는 「장미촌」과 「백조」의 동인이었고, "민족과 역사를 떠난 문학은 존재할 수 없다"고 역설하며 스스로 민족을 주제로 하는 역사소설을 쓰기 시작, 1936년에 「금삼錦衫의 피」를 쓰는 등 민족정신을 역사소설로써 표현하였다. 그가 예술원 회장이었을 때 나는 예술원 연극분과회장이었다. 예술원 간부 중 한 명으로서 나는 그의 장례식을 계속 지키고 있었고, 마지막 장지葬地까지 따라가는데 그렇게 많은 조문객이 따라오는 것은 처음 봤었다.

박종화는 먼저 타계한 부인과 합장合葬을 하였다. 합장이란 두 사람의 사자死者를 한 무덤에 묻는 방식으로 부인이 묻힌 무덤의 절반을 파서 그를 묻는 것이었다. 상여를 내려놓고 관 묻는 것을 보려고 서 있었는데, 관을 내려놓더니 갑자기 관을 뜯어내는 것이다. 관은 뜯어지기 쉽게 되어 있어 칠성판만 나두고 전부 뜯어내더니 흰 천으로 싸서 매듭이 일곱개 지어진 송장을 꺼내 관은 두고 송장만 넣고 흙을 덮어 무덤을 만드는 것이었다. 나는 처음 보는 광경에 얼마나 깜짝 놀랐는지 지금도 잊혀지지 않는다.

나중에 이야기를 들어보니 '나장裸葬'이라는 것으로, 이는 시체를 관에 넣지 않고 그대로 땅에 묻어 장사葬事 지내는 일을 가리킨다. 나장 풍습은 조선시대로 거슬러 올라가는데, 조선시대에는 계층을 사士, 농農, 공工, 상商으로 구분해 가장 낮은 계급이 장사하는 사람이었다.

그런데 박종화의 집안이 거상巨商으로서 그 당시로서는 하층이었던 셈이다. 양반은 관을 묻는 장사를 하되 낮은 계급은 그렇게 하질 못하게 했는데, 그 전통이 내려온 것이다. 지금은 시대가 완전히 바뀌어 그럴 필요가 없는데, 그리고 실제로 나장하는 사람은 박종화밖에 보질 못했는데, 아마도 역사에 충실한 사람으로서 조상들은 다 나장을 했는데 자기만 관에 묻히면 전통에 어긋나는 행위이기 때문에 그런 것이 아닌가 싶다. 아무리 낮은 계층의 집안이었다 할지라도 전통을 지키려는 완고한 집안이었기 때문에 그런 것 같다.

2000년도 들어서는 나보다 나이 많은 사람이 죽는 경우가 별로 없다. 이미 다 죽고 없으니까 그럴 것이다. 이제는 죽는 사람의 세대가 달라졌다. 그런데 나는 내 세대에 죽지 않고 다음 세대까지 살아 있는 셈이다.

프랑스 꽁뜨 「낙엽」이라는 글의 내용을 보면, 나처럼 친구며 주위 사람들이 자꾸 죽어가는 것을 보며 살고 있는 주인공이 나온다. 집 앞마당에 나무가 한 그루 있는데 이파리가 한 장씩 떨어지면 그때마다 아는 사람이 한 명씩 죽어갔다. 이파리도 다 떨어지고 마지막으로 단 한 장만 남아 있다. 아는 사람은 모두 죽고 주인공은 그것마저 떨어지면 자신도 죽을 것이라고 생각하는데, 그 잎이 안 떨어지고 계속 남아 있어 결국 주인공은 죽지 않고 산다는 이야기다. 실은 누군가 그려놓은 가짜 잎이었다. 그런데도 주인공은 그 잎이 안 떨어지니까 죽지 않는다는, 어쩌면 죽을 때가 가까운 사람의 심리를 묘사한 이야기인 듯 싶다. 실제로 낙엽이 지고 초겨울이 들어설 무렵 통계적으로 사람들이 많이 죽는다. 싱싱하던 이파리들이 단풍이 들고 고엽枯葉이 되고 이어 없어지는데, 그 사이 사람들도 많이 죽는다 하니 인생사 역시 자연의 십리일 것이라는 생각이 든다.

✿

요즘 현실을 보면 젊은 사람들, 특히 중·장년의 가장家長들이 많이 불안해하는 것 같다. 체감하는 퇴직 나이가 40세라고 하기도 하고, 연금이나 건강보험 같은 문제에도 민감한 것을 보면 노후생활에 대한 불안과 두려움이 굉장히 심한 것 같다. 우리 젊었을 때는 그런 것을 모르고 살았으니 세월이 달라도 한참 다르다.

TV를 보다 보면 간혹 예순이 넘은 노인들이 혼자 살고 있는 게 보도된다. 자식들이 돌보지 않아 혼자 사는데 1년에 한번도 들여다보지 않는다고 한다. 세상이 참 많이 각박해졌고 노인들은 자꾸 외로워하는데, 그 자식들은 자신의 부모를 돌보지 않으면서 또 한편으로는 자신들이 노인이 되었을 때 어떻게 살지를 걱정하고 있다.

부모를 저버리는 풍조는 오늘의 이야기가 아니다. 고려장高麗葬 혹은 고래장이라는 풍조가 옛날에도 있었다. 간단히 이야기하면, 자식이 늙은 아버지나 어머니를 지게에 짊어지고 산으로 올라가는데, 지게에 얹혀 있는 부모는 "얘가 나를 고려장하러 가는 구나" 하고 체념을 하고 슬퍼하지도 않는다. 산에 도착해서는 부모를 내려놓고 "안녕히 계세요" 인사하고 자식은 혼자 내려와버린다. 그렇게 함으로써 부모와 정리情理를 떼어놓으면서 산 채로 장례식을 치르는 것이나 다름없는데, 말하자면 자연사自然死 하도록 내버려두는 것이다. 고려시대 때 있었기 때문에 고려장인데, 실은 이게 더 올라가면 사람을 산 채로 구덩이에 버려두었다가 죽으면 정식으로 장례를 치르는 습관이 고구려 때도 있었고, 이런 풍습이 고려시대까지 전해졌다는 사실이 중국의 「위지魏志」라는 역사책에 기록되어 있다. 지게 위에서 내려져 산 속에 혼자 앉아 빈 지게를 지고 내려가는 아들을 물끄러미 내려다보는 심정이 어땠을까 생각하면 그야말로 요새말로 비극이다.

고령화사회로 접어들면서 노인문제가 심각한 사회문제로 대두되고 있다. 그 중 방치되고 있는 독거노인이 늘고 있는데, 사회적인 노인복재대책은 부재不在한 상황이라고 한다. 그보다도 가정에서의 노인학대가 더 심각한 수준이라는 보도가 있다. 무관심, 부양의무 소홀은 물론이고 폭행 건수도 점점 늘어나고 있는 추세란다. 특히 경기 불황과 생활고 등으로 많은 노인들이 거리와 요양시설 등지로 내몰리고 심지어 치매노인들을 외딴곳에 버리기까지 한다니 사회보장제도는 둘째 문제고, 학대와 유기遺棄 당하는 노인의 모습이 바로 젊은 사람들 자신의 미래의 자화상이라는 것을 모르는 것일까. 이것은 위에 말한 고려장의 현대판이다.

그러면 과거 사람들은 노후의 생활에 대해 어떤 생각을 했을까, 사람이 늙으면 어떻게 되는지, 어떻게 살아야 하는지 등에 대해 어떤 가르침이 있었을까 궁금하다. 가령 아랫목에 머리를 두고 자지 말라, 밤에 손톱 깎지 말라 등과 같이 삶의 지혜에 대한 가르침 같은 것은 있었다. 즉, 옛날 온돌방에서는 아랫목이 따뜻해서 머리를 따뜻한 곳에 두면 재수가 없다고 안 좋다고 했고, 전기와 손톱깎이가 없던 시절 호롱불 밑에서 가위로 손톱을 자르다 보면 상처를 입을 수 있으니 그렇게 하지 말라고 한 것이다. 이것들은 모두 대부분 예비적 경고 같은 것으로 실제로 요즘 시대에는 해당이 안 되는 말이다. 아무튼 오래 산 사람일수록 이런 것을 많이 알고 있어서 문제가 생기면 마을이나 집안에서 가장 나이든 어른에게 조언을 구하고, 그 어른이 말하면 무조건 믿어야 하는 경우가 많았다.

믿는 것이 근거가 있고 힘이 있어 믿는 사람이 많아져 세력이 생기면 신앙이 되고 믿는 사람이 얼마 없으면 미신이라고 천하게 여긴다. 어찌됐건 이렇게 믿는 행위가, 즉 신앙이 젊은 사람들에게 늙어서 어떻게 사는 것이 좋은 것이고 옳은 것인지 하는 것을 알려주는가, 노후에 정신적으로 여유를 갖고 풍요롭게 살 수 있는 방법을 일러줘 현실의 괴로움을 극복할 수 있게 해주는가 하는 것이 의문이다.

세력을 갖는 신앙은 나라마다 여러 가지가 있겠지만 세계적으로 대표할 수 있는 신앙으로 크게 세 가지를 들 수 있다. 중국의 공자와 맹자의 가르침인 유교, 인도의 석가모니의 가르침인 불교, 서양의 예수의 가르침인 그리스도교가 그것이다. 그렇다면 이러한 신앙들은 지금처럼 노후를 걱정하고 불안해서 노이로제에 걸린 젊은 사람들을 구제할 수 있는 종교적인 방법을 제시해 주는가, 미지의 여생을 알 수 있게 해서 편안하게 살 수 있게 해주는가?

불교는 석가모니를 교조敎祖로 삼고 그가 설說한 교법敎法을 종지宗旨로 하는 종교로서, 불교에서 부처라 함은 곧 석가모니를 말한다. 석가는 샤카라는 한 종족의 명칭이고, 모니는 성인聖人이라는 뜻으로 '석가모니'는 '석가족族 출신의 성인'을 말한다. 석가모니는 네팔 남부와 인도의 국경부근인 히말라야산 기슭의 카필라바스투의 성주인 슈도다나의 태자太子로 태어났다. 그는 태어나고 늙고 병들고 죽는다는 네 가지 인간의 기본적인 고뇌인 생로병사生老病死에 관해 남들보다 일찍 매우 심각하게 사색을 많이 하였던 것 같다. 불교에서 하는 이야기는 한마디로 "남을 믿지 말라"는 것인데, 즉 부처님은 자신의 마음 속에 있으니 남을 의지하지 말고 자기 스스로를 스승 삼아 살라는 것이지만, 정작 노후생활에 대한 가르침, "늙어서 어떻게 하면 된다"라는 그런 해결책은 없는 것 같다. 따라서 늙어서 걱정하지 않고 살기 위해 부처를 믿는다는 것은 이해가 잘 안 간다.

예수 그리스도교는 그 기점과 근거가 바로 예수 그리스도다. 예수를 하느님의 아들이며 죄악으로부터 인류를 구원하는 구세주(메시아)로 믿는 것을 신앙의 근본교의로 삼는다. 악의 세계에서 구해주는 신이 예수이니 예수를 믿으라는 것인데, 예수님을 믿고 있으면 늙어서 어떻게 살지 걱정안해도 된다는 말인가? 그리스도교의 3대 요체는 성서(하느님 말씀), 교회(그리스도교 신자들의 공동체), 그리스도교 윤리인데, 이것을 믿지 않고 지키지 않으면 죄악으로 간주할 뿐, 그리고 단적으로 "이웃을 사랑하라"고 말할 뿐 늙어서 어떻게 살라는 얘기는 없는 것 같다.

한편, 유교에서는 6경六經이라 해서 도의道義적인 이야기를 한다. 육경은 시경詩經, 서경書經, 예기禮記, 악기樂記, 역경易經, 춘추春秋의 6가지 경經을 말하는데, 경이란 사람이 항상 좇아야 할 도리를 말한다. 가령 효를 해라, 이웃을 사랑해라, 인자해라, 예의를 지켜라, 지혜를 가져라, 어른을 공경해라 등이 그런 것이다.

죽는다는 것은 자연의 섭리니까 차분하게 마음 가라앉히고 살아갈 수 있는 방법이 뭐 없을까 하는 것을 종교에서 찾아보려고 했는데, 불교나 그리스도교에서는 평안을 찾을 길이 없어 보이고 유교에서도 여생에 대한 불안을 떨쳐버릴 수 있는 방법을 찾기에는 너무 추상적인 것 같다.

그렇다면 현대과학에서는 그런 것이 없을까 찾아보니까 프로이트의

「정신문석학」이라는 것이 있다. 하지만 정신분석학이라는 것도 아무리 정신을 파헤쳐봐도 미지의 여생에 대한 불안감을 해소시켜줄 수 있는 방법을 찾지는 못한다는 것이 결론인 것 같다. 종교도 지금 이 시대를 살고 있는 사람들의 노후생활에 대한 불안감을 없애주지 못하고, 심리분석이라는 현대과학도 아직 미흡하다고 한다면 과연 이 시대 젊은이들은 어찌 살아야 한다는 말인가.

ॐ

일본 방송을 보니까 100세 넘은 노인이 24,300명이란다. 이는 세계 최고로, 한국은 KBS 방송에 따르면 1,872명이라고 하니까 일본의 10분의 1도 안 되는 수치다. 일본 TV 방송을 보는데 그 100세 넘은 노인들이 쭉 나온다. 그 중 늙은이 같지 않은 세련되고 멋지게 보이는 사람은 이탈리아에서 오페라를 가져와 일본에서 공연하는 음악기획자라는 사람 단 한 명뿐이고 나머지 24,299명은 다 보기 흉했다. 저렇게 백살 먹도록 살 필요가 있나, 정말이지 반드시 오래 산다고 좋은 것은 하나도 없다는 생각이 절절하다. 일본은 백살 넘은 사람이 저렇게 많은데 얼마나 큰 사회적 문제가 될까, 아마 골머리를 앓고 있을 것이다.

나는 참 오래 산 사람으로서 반드시 오래 사는 것이 좋은 것이 아니라는 점은 확실하게 말할 수 있다. 그런 내가 조심하고 있는 것이 무엇인고 하니 후회할 일을 되도록 하지 말 것과 부끄러운 일을 하지 말 것, 그리고 위선적인 행위를 하지 말 것이다. 즉, 가만히 그 일을 떠올렸을 때 내가 왜 그랬을까 스스로 후회스럽고 부끄러워지는 일을 하지 말자는 것이고, 성인군자처럼 구는 그런 거짓을 행하지 말자고 스스로 다짐한다. 이런 것은 극려조심하는 것이다. 그 다음 무서운 것이 하나 있다. 바로 치매에 걸리는 것인데, 내가 의식하지 못할 테니 이것이 제일 겁난다.

일본의 백살 넘은 노인들에게 무엇이 그들을 백살이 넘게 살도록 했는지 앙케트를 해보았더니 대답이 대충 다 비슷했다. 주로 건강에 강한 것으로 뭐 소식小食하라는 둥 스트레스를 줄이라는 둥 그게 그거라 한 귀로 듣고 흘려버렸는데, 그 중 정신이 번쩍 들게 한 대답이 하나 있었다. "말조심하라"는, 즉 늙어서 떠들어봤자 이로울 것이 하나도 없다는 그 말이 귀에 쏙 들어왔다. 마치 나에게 하는 충고처럼 그렇게 가슴에 팍 와 닿았다. 쓸데없는 말은 할 필요가 없다는 말이 오래 사는 사람들에게는 반드시 필요한 것 같다. 혹시 요즘은 필요 없는 말이 참 많아 사는 것이 더 불안한 세상이 된 것이 아닐까 하는 생각이 잠시 든다.

프로이트의 정신분석학 연구는 나처럼 늙어서 삶을 다 겪은 인생의 경험에서 묻어 나온 것이 아니기 때문에 다분히 추상적이다. 죽음이 그리 멀지 않았다는 생각으로 현재를 살아가는 내가 만약 죽음에 이르는 그 순간까지 변화하는 심리현상(우울함, 걱정, 조심, 두려움 등)을 그때그때 녹음이나 글로 써서 기록으로 남긴다면, 죽음을 향한 인간의 실상, 즉 죽음에 다가가는 심리상태가 어떻게 변화하는지, 죽음에 이르렀을 때 인간의 정신상태가 어떤 것인지 등을 알 수 있지 않을는지….

공수래공수거

지은이 / 이원경
발행인 / 조유현
발행처 / 늘봄
편　집 / 박민경 김금발미
디자인 / 박현숙

등록번호 / 제1-2070 1996년 8월8일
주　소 / 서울시 종로구 충신동 189-11
전　화 / (02)743-7784
팩　스 / (02)743-7078

초판발행 / 2005년 8월 20일

ISBN 89-88151-56-9 03800

* 값은 표지에 있습니다.